女孩，女人，其他人

GIRL, WOMAN, OTHER

12位非裔女性的掙扎、痛苦、歡笑、渴望與愛

Bernardine Evaristo
柏娜汀・埃瓦里斯托——著
謝靜雯——譯

CONTENTS

推薦序 精彩又複雜的女性生命，英國文學的百家齊放／許菁芳 007

第1章

— 艾瑪 012

她希望大家能懷著好奇心來看戲，一點都不在乎他們穿什麼，反正她有自己的「要你管」風格，但這種風格確實有了轉變，逐漸遠離老套的牛仔連身褲、切格瓦拉貝雷帽、巴勒斯坦解放組織圍巾、永遠別著的象徵兩個交纏女性的徽章

— 雅茲 057

雅茲攻讀英國文學，計畫成為記者，替發行全球的報紙寫有爭議性的專欄，因為她有很多話想說，而是時候讓全世界聽到她的聲音

— 多明妮克 094

在大家眼中，多明妮克個性強悍、自給自足，但是跟妮辛格比起來，她並不是，妮辛格強大、難以征服，她的存在和精力主宰了這家咖啡店，嗓音裡那種異國風情的感性長音，填滿了灰濛濛的星期一下午

第2章

卡蘿 136

每日的辭彙環繞著股票、期貨、財務模型打轉
她喜歡沉浸在這樣的宇宙：財政細胞分裂之後，自我複製到極大量，繼而擴展成美麗的無限閃閃發亮的財富星辰，讓世界運轉不息

布米 176

她真希望奧古斯丁能夠在場目睹他們家小女孩達陣成功，她也希望卡蘿能回家來繼續慶祝，布米特別煮了鍋燉肉，希望女兒現在都畢業了，會回歸真正的文化，甚至再用雙手吃飯，而不是斜眼看著媽媽這麼做，彷彿她是叢林來的野蠻人

萊提莎 218

是這樣的，老師，萊提莎回答，那些老來變殘障的芭蕾舞者呢？最後得動手術換掉臀部的體操選手呢？還有那些把膝蓋搞壞的賽跑選手呢？妳竟然還敢跟我說，運動對我有好處？

CONTENTS

第3章

雪莉 252
她所踩的每一步，都會拉拔這些孩子往上，她不會拋下任何一人
她撫平裙子、抖鬆領帶和燙整的鬈髮，木頭課桌已排齊，黑板抹得乾淨，白粉筆放在木托盤裡，準備讓她在這個多元文化鄰里的綜合學校，啟發能力不一的班級

玟森 288
玟森喜歡有家人和他們的朋友環繞在自己身邊；艾瑪來過兩次，從艾瑪在中學認識雪莉以來，她就很喜歡艾瑪
每個母親都希望自己的孩子有個摯友

潘妮洛普 318
潘妮洛普很難想像母親曾經這麼叛逆、愛交際
她為母親必須在職業和家庭之間做出選擇感到遺憾，感覺真不公平
如同她母親等不及要逃離南非的野蠻，她則迫不及待要上大學、有一份職業，將父母那種束縛重重的生活拋在後頭

第4章

梅根／摩根 354

接下來幾個月，她覺得自己漸漸褪去過往強加在身上的
一層層東西，盼望最終能夠抵達自己的核心
她忖度，自己是否應該生為男人，因為她根本
不覺得自己是女性

海蒂 393

幾個二十幾歲和三十幾歲的曾孫也來了，
天曉得他們大部分從事什麼行業
玄孫們坐在另一張桌子，他們的名字，海蒂大多不記得，有幾個大人負
責看顧，阻止他們把食物當飛彈，而不是放進嘴裡的糧食

葛莉絲 430

她一直想到特威德河畔貝里克區的吉里恩&兒子百貨當店員，蘭里太
太每年會帶她們到那裡看聖誕裝飾
孤兒院裡最好的女孩會在那裡工作

CONTENTS

第5章 — 慶功宴 470

我無法想像情況會比目前更好，如果這齣戲得了大獎，也許他們會邀我回去再做一齣，也許不，我還有好多東西要給，我可能還是得到處奔走，試著找工作，然後會有更多人找我去參加專題討論，談劇場多元化

尾聲 509

謝詞 525

推薦序

精彩又複雜的女性生命，英國文學的百家齊放

作家／許菁芳

《女孩、女人、其他人》是作家柏納汀．埃瓦里斯托的巔峰之作，她以這本書獲得二〇一九年英國布克獎（The Booker Prize）。她是史上第一位獲得此項殊榮的非裔女性，也罕見地與另外一位作家瑪格麗特．愛特伍（Margaret Atwood）共享本次殊榮。愛特伍是加拿大國寶級文豪，她獲獎的小說《聖約》（*The Testaments*）是一本續集，接續她前著《使女的故事》（*The Handmaid's Tale*），同時也曾改編為知名影集，台灣讀者或許並不陌生。布克獎早年也曾有過兩位作家共同得獎的前例，但後來更改規定只能由一人獨得。二〇一九年，埃瓦里斯托與愛特伍兩人獲提名的作品不分軒輊，評審團經過激烈辯論難以抉擇，決定破例讓兩位作家共享榮耀。

本書由十二位非裔女性的故事交織而成。從一位中年女同志劇作家艾瑪開始串連，讀者逐漸

認識她的女兒、朋友、朋友的母親、祖母、老師、學生，以及構成她們獨特生命經驗的人事物。角色上下起碼跨越三代，地理空間涵蓋且超越英國本土。每個女人是一個章節，故事線推移如水流般起伏跌宕，時而涓涓細流，時而浩浩湯湯，開展百年來英國的社會變遷，跨國移動，性別認同，種族、階級革命。簡而言之，雖是講十二個女人的故事，但是她們記錄了英國社會的複雜樣貌。

本書有三大特點。第一，她的敘事觀點是演化而非進展。非裔女性是雙重少數族裔，結構上是弱勢，長期受忽略乃至歧視——在這個歷史前提下，記錄她們的生命史，往往很難跳脫失敗者悲劇或者成功突圍的二元視角。但是，埃瓦里斯托成功地創造一種同理而貼近個人的角度，描繪出每個人的生命長河。無論她從何處出發，重點是她在旅途中的風景，每一次的選擇，有時軟弱有時堅強，有時卑劣有時偉大。

例如雪莉，她是中學老師，曾經抱持著夢想投入教學現場，卻逐漸被學生、同事、政策消磨殆盡。每年，雪莉仍然將幾個前景看好的孩子納入羽翼，確保他們從貧民窟中鯉躍龍門，確保她自己的信仰——教育足以翻轉生命——依然保有部分光潔。但是雪莉的奉獻並不完全甘願。雪有一部分的她非常苦澀、充滿怨恨，企圖以學生翻轉的命運來否證她自己放棄翻轉的命運。雪莉的生命乍看之下是理想主義者的現實殞落，但她同時又是資本積累的成功案例，而她的內心世界，更是一場充滿衝突糾葛的大戲。這是作者的成功之處，隨著角色發展，讀者見證人的複雜，不能用單一量尺衡量生命的內涵。

第二，人與人的關係是自我的表達——面對生命時，沒人是受害者也沒人是復仇者；每個人都是自己的鬥士。我印象特別深刻的是多明妮克，她是在倫敦劇場工作的女同志，在地鐵站撞上真愛，妮辛格，一位來自美國南方的基進女性主義者。妮辛格彷彿女神，嚴格素食者，禁酒禁菸，是吉普賽造屋者，在全美各地的「女子土地」生活工作，每完成一份工作就轉到下一個基地。多明妮克愛慘了妮辛格，一步步陷入俘虜關係而不自知。妮辛格所使用的語彙非常華美——向父權與種族霸權宣戰，追求自由、解放壓迫、發展認同——但是，落實到生活中，多明妮克所面對的嚴格紀律，還有令人窒息的親密關係，其實都是妮辛格控制伴侶的方式。但我喜歡作者描繪多明妮克的方式：她逃離妮辛格之後，並沒有停留在受害的經驗當中，她接受自己曾經軟弱，她帶領自己前進。她在加州緩慢重建生活，參加諮商團體、打工、接案，逐漸獨立。多年後她再度戀愛，與她的同志伴侶領養一對可愛的雙胞胎。三十年的美國生活，多明妮克建立了新的家園。她是在親密關係中受虐的倖存者，但她允許自己帶著這樣的過去，繼續活下去。

《女孩、女人、其他人》的最後一項特點是文字形式。這本書雖然是小說，但它的形式像是斷句的散文，幾乎沒有句點，甚至在很多地方都是單字斷行。這是作者的實驗，嘗試一種對讀者更友善、更輕易的表達方式——閱讀感其實更貼近我們在網路與社群媒體上的習慣。因此，這本複雜的小說可以很快速地推進，不需要停下來推敲或反覆咀嚼；更令人驚豔的是，這種文字形式無損細節的細緻，情節轉折，以及結構的精巧，依然能帶給讀者精彩小說的迷路感。換句話說，這本書的有趣之處不止於它的內容，閱讀它的過程也是一項亮點。讀來輕易、快速，卻能夠鋪陳、累積深厚的脈絡。這是極為有趣的閱讀經驗。

真正的傑作往往是無形勝有形，埃瓦里斯托在這本書裡所達到的境界也是如此。首次閱讀草稿時，我其實一直沒有意識到書中所有角色都是非裔；我只感覺這些女人的生命如此複雜精彩，告訴我許多我本來並不知道的英國社會與歷史面向。直到完讀，我才發現原來這十二個角色都是非裔，也才意識到這是作者埃瓦里斯托的精心設計——她認為英國小說中的非裔女性角色實在太少了，因此決定要盡她所能地寫出越多角色越好。她的巧思極為成功。身在世界另一端的我，對英國文學毫無所知，第一次閱讀現代英國小說就能夠從**她們**的視角切入。

非裔女性的故事曾經罕為人知，無疑是一大憾事；不僅僅是英國文學的遺憾，也是世界文明的遺憾。幸好，我們是活在二十一世紀的今天，這塊肥沃的夢土已經開始百花齊放。

第 1 章

艾　　瑪：有自己的「要你管」風格，
但這種風格確實有了轉變……

雅　　茲：攻讀英國文學，計畫成為記者，
替發行全球的報紙寫有爭議性的專欄……

多明妮克：在大家眼中，多明妮克個性強悍、自給自足……

GIRL,
WOMAN,
OTHER

一　艾瑪

1

艾瑪

沿著水路步道漫步，這條水路將她的城市一分為二，幾艘清晨的駁船緩緩駛過
她左側是航海主題的人行橋，設有甲板似的走道和帆船桅杆般的塔門
她右側則是河道彎處，河往東行經滑鐵盧橋（Waterloo Bridge），流向聖保羅圓頂
她覺得旭日開始東升，空氣裡輕風徐徐，城市尚未被熱氣與廢氣堵塞
步道過去，一位小提琴手正應景地拉奏提振人心的旋律
艾瑪的戲《達荷美最後一位亞馬遜人》（*The Last of Dahomey*）今晚即將在國家劇院開演

*

她回想自己在劇場起步的當年
她和當年的夥伴多明妮克惡名在外，兩人會在那些冒犯她們政治感受力的節目裡搗亂
從場地後方將她們受過演員訓練的宏亮聲音投射出來，然後逃之夭夭
她們信奉有破壞力的公開抗議行動，惹得站在對立面那些人氣惱不已
有個導演的戲裡有半裸黑人女性白痴似地在舞臺上東奔西跑，她記得自己將一杯啤酒澆在那位導演頭上
然後拔腿逃到漢默史密斯的後街
一面放聲狂叫

後來的幾十年間，艾瑪一直身處邊緣，一個對著將她排除在外的體制拋手榴彈的叛徒
直到主流開始吸納過去屬於激進派的主張，她發現自己有望加入其中的行列
這件事直到三年前首次有女性藝術指導執掌國家劇院才實現
長久以來，這位指導的歷屆前任總是客氣地說不，某個星期一早晨艾瑪早餐過後接到一通電話，當時生活正空虛地往前延展，只有網路的電視劇等在前方
愛極了那個腳本，非做不可，妳能不能也幫我們執導？我知道通知得有點臨時，但妳這星期有空喝個咖啡嗎？

艾瑪啜了口美式咖啡——為了開啟一天，習慣額外加份濃縮——逐漸走近前方那棟粗獷主義

灰色藝術複合建物

至少他們這年頭用了霓虹燈飾活化地下碉堡似的水泥建材，那個場地以革新進步而非傳統守舊聞名

多年前要是膽敢走進去，她估計轉眼就會被攆出來，當時大家上劇院真的都會換上最時髦的裝扮

然後睥睨那些打扮不合宜的人

她希望大家能懷著好奇心來看戲，一點都不在乎他們穿什麼，反正她有自己的「要你管」風格，但這種風格確實有了轉變，逐漸遠離老套的牛仔連身褲、切格瓦拉貝雷帽、巴勒斯坦解放組織圍巾、永遠別著的象徵兩個交纏女性的徽章（說起感情外露啊，姑娘）

近年來，她冬天會穿銀色或金色運動鞋，夏天則穿萬無一失的勃肯鞋

冬天，黑長褲，寬鬆或緊身，就看那一周她的尺寸是十二或十四（上半身則小一號）

夏天，圖紋哈倫褲，長度恰好到膝蓋下

冬天，鮮豔的不對稱襯衫、針織套衫、夾克、外套

終年以來，她褪染的髒辮已經習慣像蛋糕上的蠟燭那樣豎立起來

銀色環圈耳環，厚實的非洲手鐲、粉紅口紅是她長年的專屬風格宣言

雅茲

近來形容她的風格為「瘋癲老婦的模樣，媽」，求她跟正常的母親一樣到瑪莎百貨買衣服，

兩人理應在街上同行的時候，拒絕走在她身邊，免得讓人撞見

雅茲很清楚，艾瑪永遠都不會是正常的，她五十多歲，還不算老，可是跟十九歲的小妞講這個也沒用；總之，年老沒什麼好羞恥的

尤其當整個人類都身在其中

雖說有時候朋友當中只有她自己想要慶祝變老這件事

因為能夠不早逝是如此大的恩典，她在廚房餐桌邊跟她們說，夜幕四合，在她位於布里克斯頓舒適的連棟屋子裡

她們大啖各自帶來的菜餚：鷹嘴豆燉菜、煙燻烤雞、希臘沙拉、扁豆咖哩、烤蔬菜、摩洛哥羔羊肉、番紅花飯、甜菜根、羽衣甘藍沙拉、鍋煮藜麥，還有給挑剔鬼的無麩質麵點

她們替自己斟葡萄酒、伏特加（卡路里較低），或者遵照醫囑，喝對肝更友善的東西

她預料她們會贊同她逆著中年牢騷的趨勢而行，反之卻招來了困惑的笑容，那麼關節炎發作、記憶力流失和熱潮紅又怎麼說？

艾瑪路過那個年輕街頭藝人

她給那個女孩一抹鼓勵的笑容，後者也如此回應

她撈出幾枚銅板，放進了小提琴盒

她還沒準備要捨棄香菸，於是倚在河畔牆壁上點燃一根，為此而討厭自己

廣告告訴她這個世代的人，香菸會讓他們顯得成熟、動人、強大、聰明、誘人，更重要的

是，酷

沒人告訴他們，香菸其實會害死人

她眺望河流，感覺溫暖的煙霧順著食道而下，舒緩了她的神經，一面試著抵抗隨著咖啡因湧來的腎上腺素

經歷過四十年的首演之夜，她依然覺得害怕

要是她慘遭評論家的抨擊呢？要是他們有志一同給出一星評論，不把她的作品看在眼裡？偉大的國家劇院**到底**在想什麼？竟然放這個蹩腳冒牌貨進這棟建築

她當然知道自己不是冒牌貨，她寫過十五齣戲，導過四十多齣戲，有如一位評論家曾經寫的，艾瑪・邦宿（Amma Bonsu）向來就愛從險中求勝，作品交到她手裡大可放心

要是那些來看試演的觀眾起立喝采，只是出於好心呢？

噢，閉嘴啦，艾瑪，妳是個凶悍的老戰將，記得吧？

看

她有完美的演員：六個年紀較長的女演員（什麼都見識過的老手）、職涯發展到一半的人（倖存至今的人）、三張新鮮面孔（充滿希望的天真派），其中一位是頗有天分的西蒙，她會睡眼惺忪地晃進彩排來，忘記拔掉熨斗插頭、關掉爐子或關上臥房窗戶，然後驚慌失措地打電話給寓友，浪費掉寶貴的彩排時間

幾個月以前，為了得到這份工作，西蒙會把她的祖母賣為奴隸，現在卻成了被寵壞的自負小

傢伙，幾個星期前，只有她跟導演在彩排室的時候，竟然指使導演去替她買杯焦糖拿鐵回來
我好累喔，西蒙嘀咕，暗示逼她工作得這麼賣力，全是艾瑪的錯
不消說，她目前得花心神應付小西蒙・史蒂芬森小姐
小史蒂芬森小姐——自以為才踏出戲劇學校，直接進了國家劇院工作，距離征服好萊塢只差一步
不久
她就會知道真相

碰上這類時刻，艾瑪格外想念老早逃往美國的多明妮克
她們理應同享她這個職涯的突破時刻
在八〇年代認識，當時都去參加以女子監獄（不然還有什麼？）為背景的劇情片試鏡
兩人都因為自己被預設為奴隸、僕人、妓女、保母或罪犯而幻想破滅
卻依然拿不到演出機會
她們在蘇活一家骯髒的小餐館抱怨自己的命運，一面大啖夾了炒蛋和培根的兩片濕軟白吐司，配著低價濃茶沖下肚子，身邊淨是在街頭營生的性工作者
久在蘇活成為時髦的同志聚落以前
看看我？多明妮克說，艾瑪也這麼做了，她身上沒有一絲卑屈的、母性的或犯罪的氛圍
她非常酷，光彩動人，比大多數女性高挑，比大多女性纖瘦，顴骨線條分明，煙燻般的雙

眸，濃密的黑睫毛幾乎在臉上灑下陰影

她一身皮衣，蓄著短髮，黑色瀏海撥向一旁，騎著破舊的老機車在市區奔走，機車鍊在外頭

他們難道看不出我是活生生的女神嗎？多明妮克大喊，打了打浮誇的手勢，甩了甩瀏海，擺出惹火的姿勢，有些人轉頭來看

艾瑪較矮，有非裔的臀部和大腿

奴隸姑娘的完美料子，有個導演在她走進場地的時候告訴她，當時她為了一齣解放奴隸的戲去參加試演

她旋即又走了出去

多明妮克的選角指導則告訴她，她來試演維多利亞時代的戲劇，等於是浪費他的時間，當時不列顛沒有黑人

她說明明有，罵他無知之後，也走出了房間

而且她還狠狠甩了門

艾瑪意識到多明妮克和自己志趣相投，她會願意跟自己合力殺出一條血路

一旦消息傳開來，她們兩個就會很難找到工作

她們到當地酒吧續攤，持續對話，暢飲酒水

多明妮克出生在布里斯托的聖保羅區，母親是非裔蓋亞那人西西莉雅，家系可以回溯至奴隸時代，父親是印裔蓋亞那人溫特利，祖先來自加爾各答的契約勞工

身為家中十個孩子的老大，這些孩子看起來更像黑人而非亞裔，認同也是如此，尤其因為比起剛從印度來的印度人，他們父親對當初一起成長的非裔加勒比海人更有共鳴

多明妮克青春期就猜到了自己的性偏好，明智地隱藏不說，不確定朋友或家人會怎麼反應，她並不想被社會排擠

有幾次她試著跟男生交往

他們津津有味

她則勉強忍受

十六歲立志成為演員，她前往倫敦，在那裡人人都大肆宣揚自己的局外人認同

她露宿在堤岸拱橋（Embankment arches）底下和河岸街（Strand）的商家門口，有個住房協會的黑人員工前來查訪，她說了謊，哭訴自己因為父親家暴而逃家

那位牙買加裔住房員聽了無動於衷，所以妳被打了，是嗎？

多明妮克加碼抱怨自己受到了家長的性侵，最後得以住進青年旅館的緊急房間；一年半之後，每周淚漣漣打電話給住房辦公室，成功拿到住房協會的一間公寓，位於布盧姆斯伯里一個小小的五〇年代街區

為了找個家，我情非得已，她告訴艾瑪，那不是我最光彩的時刻，我承認，不過，沒造成傷害，因為我父親永遠不會知道

她以自我教育為使命，目標放在黑人歷史、文化、政治、女性主義，發掘了倫敦的另類書店
她走進伊斯靈頓的「姊妹書寫」書店，一口氣瀏覽好幾個鐘頭，那裡每本書的作者都是女性；她什麼都買不起，每周分次站著讀完了整部《家鄉女孩：黑人女性主義選集》（*Home Girls: A Black Feminist Anthology*），凡是能找到的奧德麗．洛德（Audre Lorde）的作品也都讀了
書店店員似乎不在意

一家非常正統的戲劇學校錄取我的時候，我已經很有政治意識，什麼都拿來挑戰他們，艾瑪
我是全校唯一的有色人種
她執意知道為什麼莎士比亞劇中的男性角色不能由女性來飾演，談起跨種族的選角更是沒完沒了，她對著課程指導大聲嚷嚷，其他人——包括女學生——都緘默不語
我意識到我孤立無援

*

隔天我被校長帶到一邊
妳來這裡是為了成為演員，不是政客
如果妳繼續惹是生非，我們會要妳離開

這就是警告，多明妮克

還用說嘛，艾瑪回答，閉上嘴或滾出去，對吧？
至於我，我的戰鬥精神來自我爸，克瓦貝納，他在迦納是參與獨立運動的記者
直到聽說他就要因為煽動叛亂而被逮捕，就趕緊逃來這邊，最後在鐵路局找到工作，在倫敦橋站認識了媽
他是收票員，她在車站大廳樓上的辦公室工作
他刻意安排由自己去收她的票，她則刻意最後才下火車，這樣就能跟他聊上幾句

媽，海倫，是混血兒，一九三五年在蘇格蘭出生
她父親是奈及利亞學生，在亞伯丁大學一讀完書就消失不見
連一聲再見都沒說
多年後她母親才發現，他回到了奈及利亞當地的妻兒身邊
她根本不知道他有家室
三、四〇年代在亞伯丁，媽不是唯一的混血兒，但她模樣太過罕見，別人老是會讓她感受到這件事
她提早離開中學去上祕書學院，南下到倫敦，當時那裡有不少來求學或工作的非洲男性
媽去參加他們的舞會也去蘇活的夜店，他們喜歡她較淺的膚色和較鬆的髮質

她說她一直覺得自己很醜，直到非洲男人們告訴她她並不醜
妳應該瞧瞧她當時的樣子
結合了歌手蓮納．荷恩（Lena Horne）和演員桃樂絲．丹鐸（Dorothy Dandridge）
所以沒錯，真的滿醜的

媽希望他們頭一次約會可以去看個電影，再到她最愛的地方——Club Afrique，就在蘇活這裡，她反覆暗示了幾次，她很愛跟著快活音樂❶和西非爵士起舞
他卻帶她去參加一場社會主義會議，就在象堡站一家酒吧的後面房間
那裡有一群男人坐著牛飲啤酒，暢談獨立政治
她坐在那裡裝出有興趣的樣子，為他的才智所折服
他則對她的默許印象深刻，就我看來

他們結了婚，搬到佩克漢姆
我是他們的最後一個孩子，也是頭一個女兒，艾瑪解釋，對著室內已經逐漸濃重的菸霧哈了口菸
我的三個哥哥成了律師和醫師，既然他們遵從了我父親的期待，我就沒有起而效尤的壓力
他對我唯一的擔憂是婚姻和孩子
他認為在我擁有婚姻和孩子以前，演藝事業只是個嗜好

爸是個社會主義者，想要藉由革命來改善全體人類的命運
真的是

我跟媽說她嫁了個父權主義者
這樣看吧，艾瑪，她說，妳父親身為男性，一九二〇年代出生在迦納，而妳身為女性，一九六〇年代出生在倫敦
妳的重點是？
妳真的不能期待他「懂妳」，依妳的講法
我讓她知道她這樣是為父權主義護航，在壓迫所有女人的制度裡扮演共謀
她說人類很複雜
我要她別看扁我

媽一天受雇工作八個鐘頭，養大四個孩子，維持家裡的運轉，每晚確保桌上備妥父權主義者的晚餐，每天早上替他熨好襯衫
同時，他忙著在外頭拯救世界

---

❶ Poly Styrene，將此藝名的姓和名連在一起後會變成聚苯乙烯（polystyrene）。

他只負責一項家務，那就是到肉鋪那帶星期天午餐要吃的肉回來——郊區版的狩獵採集工作

現在我們孩子都離家了，我可以看出媽並未實現自我，因為她把時間都花在打掃或重新布置住家

她從未埋怨過自己的命運，也不曾跟他起過爭執，這就是她受壓迫的確定徵象

她告訴我早年她試著牽他的手，但他一把甩開了她的手，說表達情感是英國人矯揉造作的作風，她從此不曾再試

但是每年他都會送她你所能買到最肉麻的情人節卡片，而且他熱愛多愁善感的鄉村音樂，星期天晚上會坐在廚房裡聽著吉姆．里夫斯（Jim Reeves）和查理普萊德（Charley Pride）的專輯

一手拿著威士忌，另一手忙著抹眼淚

*

爸為了運動會議、示威、在國會外擔任抗議活動糾察、站在路威仙市場販售《社會主義勞動者》（*Socialist Worker*）而活

我成長期間聽著他在我們晚餐期間的宣講，大談資本主義和殖民主義的邪惡，以及社會主義的優點

那是他的講壇，我們是被他俘虜的會眾

我們就像被他強迫餵養他的政治理念

如果他在獨立過後回迦納，可能會在那裡成為重要人物

但他卻成了我們家終身任職的總統

妳在開玩笑吧？他當然不知道我是女同志，媽要我千萬別告訴他，跟媽出櫃已經夠難的了，

媽說窄身裙和燙捲髮大流行的時候，我卻穿起男人的 Levis 牛仔褲，當時她就懷疑我是了

她確定這只是一個階段，等我四十的時候，會再提出來鬧她

爸沒空處理「同志」議題，每周六晚上電視喜劇演員如果不是在羞辱他們的丈母娘或黑人，

就是大開恐同的玩笑，他都會跟著哈哈笑

艾瑪聊到中學最後一年，在布里克斯頓頭一次參加黑人女生團體，在當地的圖書館看到傳單

來開門的女子，伊蓮，頂著一圈完美的爆炸頭，平滑的四肢裹著緊身淺藍色牛仔褲和緊身牛仔襯衫

艾瑪第一眼就想要她，跟著她走進大房間，女人們坐在沙發、椅子、抱枕上，或盤腿席地而坐，喝著咖啡和蘋果酒

她們傳著香菸時，她緊張地接了過來，她坐在地板上，倚著貓咪抓破的粗花呢扶手椅，感覺

伊蓮溫暖的腿貼在她的胳膊上

她聽著她們辯論身為黑人女性的意義

當白人女性主義組織讓她們覺得不受歡迎時，身為女性主義者的意義
當別人叫她們黑鬼，或是種族歧視惡棍毆打她們，感受如何
白人男性為白人女性（這是性別歧視）開門或在公共運輸上讓位，卻不這樣對她們（這是種族歧視），狀況又如何
艾瑪可以理解她們的經驗，開始加入大家的行列，再三這麼回應：我們聽見了，姊妹，我們都有同樣的經歷，姊妹
她覺得自己彷彿從冷天走進室內

她參加的頭一晚到了尾聲時，其他女人說了再見，艾瑪主動留下來陪伊蓮清洗杯子和菸灰缸
她們在凹凸不平的沙發上親熱，籠罩在街燈的光暈中，伴著呼嘯而過的警笛聲
這是最貼近她對自己做愛的一次
這是另一次的返家

隔周她又去參加聚會
伊蓮卻跟另一個女人卿卿我我
完全不理睬她
她自此不曾再去

艾瑪和多明妮克灌下無數杯紅酒，一路待到被掃出店外
她們判定她們必須創設自己的劇團，才能以演戲為業，因為她們都沒準備好為了得到工作而背棄政治理念
或是為了保住工作而噤聲不語
事情顯然就該這麼發展
她們從廁所偷來硬梆梆的廁紙，在上頭寫下劇團可能的名稱
灌木女子劇團最能捕捉她們的意圖
她們會在劇場裡只有靜默的地方發聲
黑人女性和亞裔女性的故事會有機會散播出去
她們會照著自己的意思創作劇場
這成了劇團的信條
照我們的意思
不然不要也罷。

2

客廳成了彩排空間，用破車運來道具，戲服來自二手商店，布景則從垃圾場撈撿，她們找朋

友來幫忙，人人邊做邊學，必要的時候，患難與共

她們在缺了按鍵的老打字機上寫獎助金申請，對艾瑪來說，擬定預算感覺跟量子物理學一樣陌生，她想到要窩在書桌後方就心生畏怯

舉行行政會議時她姍姍來遲，說自己頭痛或經前症候群而提早離開，這點惹惱了多明妮克

她一踏進文具店又直接跑了出來，說它引發她的恐慌症，兩人起了爭執

她痛批多明妮克，因為多明妮克沒按承諾寫好劇本，卻在深夜流連夜店，或在演戲當中忘詞

劇團起步半年之後，兩人時時針鋒相對，她們以朋友的身分一拍即合，卻發現兩人無法共事

艾瑪在她的住處召開不成即敗的會議

兩人坐下來享用葡萄酒加上外帶中式餐點，多明妮克承認，比起親自面對觀眾，她從替劇團安排巡演可以得到更多樂趣，她寧可當自己而不是扮演別人

艾瑪承認自己熱愛寫作，厭惡行政工作，而她對演戲真的拿手嗎？她表演怒氣很精彩沒錯——但那也是她的極限了

多明妮克成了劇團經理，艾瑪則是藝術指導

她們雇請女演員、導演、設計、舞臺人員，安排持續幾個月的全國巡迴

她們一般到社區中心、圖書館、邊緣劇場、女性慶典和研討會上演出她們的劇目《身為女性的重要性》（*The Importance of Being Femail*）、《女性割禮：音樂劇》（*FGM: The Musical*）、《非－安排婚姻》（*Dis-arranged Marriage*）、《巧妙絕計》（*Cunning Stunts*）

她們在觀眾離開和抵達的演出地點外面分發傳單，或是趁著深夜將海報貼在告示板上

另類媒體開始針對她們的戲寫評論，她們每個月甚至推出《叢林女人》（*Bush Women*）地下刊物

但是由於銷售狀況慘澹，而且老實說，寫作品質也不佳，某個夏夜在「姊妹書寫」盛大出刊後，前後只維持了兩期

當時一群女人過來享受免費的廉價酒，往外散到人行道點菸暢聊

*

為了補貼收入，艾瑪到皮卡迪利圓環（Piccadilly Circus）的漢堡店打工

她在那裡賣的漢堡是由重組的紙板、重新加水的洋蔥、橡皮口感的乳酪做成

這些東西她在休息時間可以免費享用——害她長了痘子

她身上穿的橘色尼龍服裝和帽子，表示顧客會把她當成必須聽命行事的制服僕人

而不是她那個妙不可言、藝術性、高度獨特性和具叛逆精神的自我

她會把塞滿蘋果風味糖塊的免費脆皮派，拿去送給那些在車站附近流連的逃家年輕男妓，她跟他們成了朋友

完全沒想到幾年以後，她會去參加他們的葬禮

他們當時渾然不知，沒有防護措施的性愛等於與死神共舞

沒人知道

她住的地方是個水泥牆面的破敗工廠，位於多弗，天花板垮塌，有一群除也除不清的老鼠

後來她搬進了一連串同樣骯髒、非法占據的住屋，直到發現自己住進了全倫敦最好的非法住屋，就在國王十字站後側，過去作為辦公空間的大街區

她運氣不錯，是這裡住滿人以前頭一批聽聞風聲而來的人

而且地主管家在大門架設水力開鑿機的時候，她正待在樓上

此舉觸發住民激烈的抗爭，而當中的重金屬迷認為地主管家活該一頓踢打，最後被判坐牢

他們將之稱為國王十字之戰

此後那棟建築以自由共和國為人所知

他們運氣也很好，因為那片地產的主人，某個叫傑克．史丹尼佛的人，住在蒙地卡羅而不用繳稅，因為在雪菲爾的家族餐具事業而坐擁財富，一等他的資產股份公司傳來消息，他竟然對他們的主張表示同情

西班牙內戰時他曾在國際縱隊裡打過仗

在倫敦最可疑區域之一的一棟建物做了不當投資，對他的帳戶來說是個可以遺忘的註腳

如果他們好好照顧那個地方，他寫道

就可以免費住下來

他們不再非法偷電，而在倫敦電力委員會開了戶

瓦斯也一樣，之前靠著將一枚五十便士硬幣塞卡瓦斯錶來運作

他們必須成立管理系統，某個周六早晨聚集在大廳要解決這件事

馬克斯主義者要求成立勞工自由共和國的中央委員會，這未免有點太奢侈，艾瑪暗想，看到他們大多以「原則上反對當資本主義的走狗」，作為不工作的藉口

嬉皮們提議成立公社、共享一切，但他們的態度如此自在放鬆，大家的聲音紛紛壓過了他們

環保主義者希望禁止噴霧器、塑膠袋和除臭劑，搞得大家都跟他們反目，連那些氣味不怎麼清新的龐克也是

素食主義者要求推動無肉政策，蔬食主義者希望能延伸到無乳製品，大自然長壽主義者提議每個人早餐都吃蒸包心菜

拉斯特法里派希望大麻菸合法化，保留屋後一塊地來舉行他們的專屬集會

哈瑞奎師那教徒希望每個人當天下午加入他們的行列，沿著牛津街（Oxford Street）打鼓遊街

龐克希望能夠大放音樂，但是大家當然吼著反對

男同志希望能把反恐同的規定，銘記在這棟建築的憲法裡，大家回答，什麼憲法？

激進的女性主義者希望有些區域僅限女性使用，由合作會社自主管理

蕾絲邊激進女性主義者希望自己的活動區域，跟非蕾絲邊的激進女性主義者區隔開來，也由合作會社自主管理

黑人蕾絲邊[2]激進女性主義者想要同樣的事情，但前提是任何性別的白人都不能進來

無政府主義者走了出去，因為任何形式的管理都背離了他們所相信的一切
艾瑪寧可自己行動，跟不會試圖將自己的意志加諸在他人身上的那些人來往
最後，一個直截了當的輪值管理委員會成立了，設定了各項規則，包括反對毒品買賣、性騷擾和投票給保守黨
後頭那塊地成了共享空間，那裡有廢金屬雕塑
由藝術家們提供

*

艾瑪成功取得了打字間，大到她可以繞著慢跑
裡面有私人的廁所和水槽，她幸福洋溢地保持潔淨，讓裡面瀰漫著花香
她以搶眼的血紅漆料塗滿牆壁和天花板，扯掉企業用的灰色地毯，在木頭地板上丟了幾張拉菲亞草墊，架好二手電爐、冰箱、軟骨頭、床被、從垃圾場撿回來的浴缸
她房間大到可以辦派對，大到可以讓人借宿
在黑膠唱片上迴轉的唐娜．桑瑪（Donna Summer）、雪橇姐妹（Sister Sledge）、蜜妮．萊普頓（Minnie Riperton）、夏卡．康（Chaka Khan）的舞曲節奏，讓她的派對順暢運轉
她夜裡想誘人上床時

就在十八世紀黑漆中國屏風後面，從舊中國外交館外頭的垃圾子母車搶救回來的蘿貝塔・弗萊克（Roberta Flack）、莎拉・沃恩（Sarah Vaughan）、伊迪絲・琵雅芙（Edith Piaf）、伊特・珍（Etta James）、瑪蒂達・杉廷（Mathilde Santing）就是她的背景音樂

她一路跟自由共和國的不少女性交手過

她只想要一夜情，但大多想要更多

發展到一個階段以後，她很怕在走廊碰上她征服過的對象，像是瑪莉思，瓜地洛普來的譯者

她不是在半夜敲艾瑪的房門，哀求要進去，不然就在門外潛伏，騷擾任何可以進門的座上賓

狀況嚴重到，只要艾瑪走近那棟建物，瑪莉思就會在窗前破口大罵，有一天艾瑪路過她的窗戶底下時，她將一桶蔬果削皮倒在艾瑪身上，整件事演變成危機

惹得環保人士和管理委員會大怒，他們主動寫信給艾瑪，要她「別繼續在自己門前拉屎」

艾瑪回信寫說，真有意思，人才拿到丁點權力，搖身就變成**極權主義法西斯分子**

但她終究學到了教訓，同時也不乏他人的矚目；艾瑪和多明妮克身為灌木女子劇團的主要推手，總有追星族排隊等著跟她們來一腿

---

❷ 編按：原文為lesbian，全書dyke為女同志。

從不到三十歲的小女同志，到可以當她們母親的婦人

艾瑪來者不拒，她向朋友們吹噓，她的品味真正遵行了平等主義，橫跨了文化、階級、信條、種族、信仰和世代

這點讓她有幸享有比多數人更開闊的遊戲場域

（她沒說出口的是她對大胸脯的偏好，因為為了性物化而孤立身體部位，並不符合女性主義精神）

多明妮克比較細挑慎選，而且一次只跟一人來往，對象一個換過一個，她會找女演員，通常是金髮，對方的微小天分往往比不上搶眼的美貌

或是找模特兒們，而相貌**就是**她們的天分

她們常在只有女人的酒吧流連

星期一到Fallen Angel、Rackets、the Bell、the Drill Hall Theatre，那裡會有女同志知識分子出沒，星期五晚上則到珍珠在布里克斯頓經營的無照小酒館，珍珠是牙買加裔中年女性，將地下室的家具清空，設置了音響系統，在門口收入場費

對艾瑪而言，固定跟一人來往的體驗如同監禁，她當初為了自由和冒險的生活離家，可不是為了最後落得受另一人欲望的禁錮

如果她跟某個女人同床超過兩三次，她們通常都會從獨立迷人變得越來越依賴

在短短一周之內

當她們透過任何必要的手段，想對她的自治伸張權力時，她成了她們幸福的唯一來源

生悶氣、淚水、控訴自私和無情

艾瑪學會對所有女人防患於未然，事先聲明自己的意圖，永遠不會跟同一個人同床兩次，或者最多只能三次

即使她想要

性愛是單純無害、十分人性的樂趣，接近不惑之年以前她有過不少體驗

跟過多少對象？一百？一百五十？肯定不超過那個數字吧？

兩三個朋友提議她嘗試心理治療，幫助自己定下來，她回答說，比起花心搖滾的男明星，她簡直是個處女，那些男明星老愛吹噓自己征服過幾千人，別人還因此佩服他們

有人要他們去接受心理分析嗎？

無奈的是，她早期征服過的對象有一兩個近來在社群媒體頻頻騷擾她，過去就在那裡等著摑妳一巴掌

就像那個女人，她貼文說兩人三十五年前上床時，艾瑪是她的第一個對象，當時艾瑪喝得爛醉，吐得她滿身都是

這件事造成很大的創傷，我一直無法釋懷，她哀號

或是那個沿著攝政街（Regent Street）追著她跑的女人，因為她遲遲不回電而對著她大吼大叫，大概也是那段時間的事

妳以為妳是誰，妳這個裝模作樣、愛現愛演的劇場咖？妳什麼也不是，沒錯，**妳什麼也不是**

妳一定忘了吃藥吧，親愛的，艾瑪當時回喊，然後逃進地下迷宮般的連鎖服飾店

很久以前，艾瑪就已經對換床伴這件事失去興趣；久而久之，開始渴望在情感上貼近另一人的那種親密，雖然不是專一的關係

非單一伴侶關係是她想要的，或者現在叫做多重伴侶？有如雅茲形容的，就她看來，那只是缺乏正式名分的非單一伴侶關係，**孩子**

有多蘿芮斯，住布萊頓的平面設計師，還有賈琪，在高門區的職業治療師

她們分別跟她來往了七年和三年，兩人都很獨立，在跟她的關係之外各自擁有完整的生活（和孩子）

她們既不黏人也不依賴，不會嫉妒也沒有占有欲，她們真心喜歡對方，所以是的，有時她們會稍微耽溺於三人行的曖昧關係

偶爾為之啦

（雅茲要是知道可會嚇壞）

中年的艾瑪有時相當懷念年少的日子，回想她和多明妮克會到傳說中的Gateways俱樂部朝聖那個存在五十年的地方，最末幾年就藏在切爾西某處的地下室

當時幾乎是空的，兩個中年女人站在吧檯那裡，頂著男人髮型、一身西裝，彷彿從《寂寞之井》（*The Well of Loneliness*）的女同小說裡直接走出來似的

舞池光線昏暗，兩個垂老嬌小的女人，一個穿黑西裝，另一個穿著四〇年代風格的洋裝，頰貼頰，伴隨著達斯蒂·斯普林菲爾（Dusty Springfield）德演唱的〈愛的容貌〉（The Look of Love）起舞

天花板中央甚至沒掛閃閃發亮的迪斯可鏡面球，將星塵灑在她們身上。

3

艾瑪將咖啡扔進垃圾桶，直接走向劇場，路過滿是醒目塗鴉的水泥滑板區

時間還太早，小伙子們還沒開始他們罔顧性命的跳躍扭轉，不戴安全帽或護膝

年輕人就是無所畏懼

就像雅茲，出門騎單車不戴安全帽

當母親告訴她，戴安全帽的差別可能是

A 頭痛

B 從頭學怎麼說話

她還氣呼呼地揚長而去

她走進舞臺門，向警衛鮑伯打招呼，他祝她今晚順利，接著她穿過走道登上階梯，最後踏上深廣的舞臺
她往外眺望扇形觀眾席那片具傳聲效果的空蕩曠野，模仿希臘的圓形露天劇場，以便確保觀眾席的每個人都能毫無阻擋地看到演出
今天晚上會有上千人填滿這些座位
連一篇評論都尚未刊出，演出票券就幾乎銷售一空
觀眾對不同東西的這種索求，又該如何解讀？

*

《達荷美最後一位亞馬遜人》，由艾瑪．邦宿編劇與執導
十八和十九世紀期間，女戰士替國王效勞
女人們住在國王的深宮大院，那裡供應食物和女奴給她們
她們離開宮殿時，會有一個奴隸女孩帶頭搖著鈴，警告男人們把頭別開否則準備受死
她們成為宮殿守衛，因為男人們不可信任，可能會趁國王熟睡時砍掉他的腦袋或是閹割他
她們受訓裸著身子爬過帶刺的洋槐枝枒，好讓自己強悍起來
她們被送進危機四伏的森林九天，憑一己之力存活下來

她們擅長操使毛瑟槍，可以輕易將敵人斬首或開腸剖肚

她們力抗隔鄰的優魯巴人以及前來殖民的法蘭西人

她們逐漸擴增為多達六千人的軍隊，全都和國王有正式婚約

她們不能跟他人有性關係，產下的男嬰一律處死

頭一次聽聞這件事時，艾瑪判定她們彼此一定有來有往，因為實施性別隔離的時候不都是這樣嗎？

她對這齣戲的構想隨之誕生

最後一位亞馬遜人是馬薇，她以獻給國王的脆弱少女新娘之姿登臺；她無法替國王生下後代，因此被趕出他的寢宮，被迫加入他的女戰士軍隊，她從險象環生的入門訓練存活下來，因為強健的體魄與巧妙的戰鬥策略而逐步晉升，成為傳說中的亞馬遜將軍，以她無畏的凶猛震懾了國外的觀察家

艾瑪呈現了馬薇對她眾多女情人的忠誠，在她厭倦她們之後許久，依然確保國王發派輕鬆的家務給她們，而不是將她們趕出大院，落入貧困的生活

到了那齣戲尾聲，馬薇年老孤身，與往日的戀人們重新產生連結，藉由立體投影，讓她們以幽魂的形式顯影又消逝

她重溫那些她闖出名號的戰爭，包括國王煽動的那幾場戰爭，為美洲廢除了奴隸買賣提供俘虜；那些非法奴隸船隻為了跟他做生意而強行突破封鎖

她以自己的成就為榮
投影內容呈現她戰鬥的情景，揮舞著毛瑟槍和大砍刀，亞馬遜軍隊往前衝刺，聲勢震天
朝著觀眾高聲呼嘯、蜂擁而來
令背脊發寒，相當駭人

最後
是馬薇之死
燈光慢慢暗下
直到全黑

艾瑪真希望多明妮克能夠飛來看這齣戲，十年前艾瑪寫這劇本時，她是首位讀者
這齣戲花了這麼久時間才登上舞臺，是因為她先前寄劇本去的每個劇團都拒絕了，說不適合
他們
而想到為了演出這齣戲，讓灌木女子劇團復活，她就無法忍受
多明妮克離開以後，這艘戰艦只剩她獨力掌舵
她獨撐幾年，覺得遭到拋棄，一直沒找到可以取代多明妮克的人，多明妮克向來都會為艾瑪
的創意構想提供實際的解決方案
她最後解散了劇團

然後成為自由接案者

雪莉

她交情最久的老朋友今天晚上會來，打從少女時代，艾瑪的戲只要上演，雪莉必定出席，兩人十一歲在文法學校認識以來，雪莉就是她人生中的常數，當時雪莉是學校唯二的棕色女孩，那天午休時間，穿著綠色制服的女孩們在操場上興奮尖叫和吶喊，玩得不亦樂乎，跳繩、跳房子、鬼抓人，艾瑪獨自站著，雪莉朝著艾瑪直直走來

雪莉站在她面前

雪莉頭髮拉得筆直，滿臉發亮（艾瑪後來發現是抹了凡士林），制服領結打得無懈可擊，襪子拉到了膝蓋

如此沉著、整潔、好看

不像艾瑪滿頭亂髮，主要是因為她無法停止撥弄母親每天早上替她弄好的辮子

或者無法阻止襪子滑到腳踝，因為她忍不住老用一腿磨蹭另一腿

她穿來學校的羊毛衫大了三個尺碼，因為母親希望這件衣服可以撐個三年

哈囉，她說，我叫雪莉，要我當妳的朋友嗎？

艾瑪點點頭，雪莉牽起她的手，領著她到之前離開的那群人，她們正在玩橡皮筋跳繩

在那之後她們孟不離焦，雪莉在課堂上很專心，艾瑪可以靠她幫忙回家作業

雪莉聽艾瑪聊她暗戀男生的事情一連幾個鐘頭，後來，經過雙性戀過渡期（短時間曾經暗戀過雪莉的哥哥艾洛和東尼）之後，對象則改為女生

雪莉從未對她的性傾向說過負面的話，在她蹺課時替她掩護，熱切地聽她講述少年劇場的事——抽菸、擁吻、喝酒、演戲——就照那個順序，即使兩人在畢業之後各奔東西，雪莉投入教學，艾瑪進入劇場，兩人依然維繫著友誼

即使艾瑪藝術圈的朋友都說雪莉是地球上最乏味的人，非得邀請**她**過來不可嗎？艾瑪都會挺身支持雪莉的平凡

她是個好人，艾瑪抗議

只要開口要求，雪莉都會答應擔任雅茲的臨時保母（艾瑪也曾經當過雪莉女兒們的保母，也許一兩次吧？）

艾瑪需要借錢償債的時候，雪莉不曾發過一次牢騷，有時索性當成生日禮物一筆勾銷

有好長一段時間，感覺付出是單向的，直到艾瑪在心裡推論說，她為雪莉安全可預期的生活增添趣味和活力

而**那**就是她的回報

然後還有她那群或**那幫**朋友，雅茲糾正她，媽，現在沒人說一群朋友了，簡直是史前時代的叫法

她想念她們往昔的樣子，當時全都在發掘自己的樣貌，渾然不知自己在未來的歲月裡會有多

大轉變
她那群人過去都會參加她的開幕之夜，臨時起意撥個電話，（當然是室內有線電話——那種事以前是怎麼運作的？）晚上就能約出來聚聚
隨時可以分享和掀起風波

梅寶是自由接案攝影師，一到三十幾歲就搖身從同志變成直女，為了自我重塑，拋開所有蕾絲邊朋友，可能是英國中部諸郡頭一個穿著Barbour牌防風夾克、騎著馬的黑人家庭主婦
奧里芬膚色如此之黑，在英國完全找不到角色可演，最後在好萊塢的熱門犯罪影集擔綱演出，過著居家有海景、現身於雜誌光面跨頁上的明星生活
卡翠娜是護士，回到她所屬的亞伯丁，她說，成為重生的親英派，嫁給從醫的克斯提，拒絕再南下到倫敦來

拉緒米今天晚上會來，她是薩克斯風手，以前會替她們的節目編曲，後來決定沒什麼比歌曲和調子還糟糕，開始往前衛音樂界發展，演奏艾瑪私下以為是bing bang bong的音樂，通常在遙遠的田野領銜主演詭異的音樂祭，那裡的乳牛多過出席的觀眾
拉緒米也在她任教的音樂學院那些好騙的學生面前，發展出不可思議的權威大師角色
他們會圍在她社會住宅裡的壁爐周圍，用茶杯啜飲廉價的蘋果酒
她則一襲飄逸長袍，盤腿坐在沙發上，長髮夾雜著銀絲

她譴責和弦進程，偏好微分音即興、複合拍子、複合節奏、多音結構與效果
一面宣稱作曲已死，女孩與男孩
我關心的是當代即興

雖然拉緒米將近六十，選擇交往的戀人，無論男女，年齡一直介於二十五到三十五，一等對方到了三十五，關係就會告終
艾瑪要她解釋這一點的時候，她想出的理由不外乎，他們到了那個年紀，不再那麼容易受到左右，臉龐不再青春、皮膚不復緊緻

然後還有喬琪，只有她沒活到九〇年代
她是來自威爾斯的水電工學徒，她因為同志身分被耶和華見證教派的家人拋棄
她成了失落的小孤兒，大家都將她納進自己的保護傘底下
她是市政住房水電團隊唯一的女性，必須忍受男性同事時時的影射，他們老把螺絲洞定位器、橡膠球、母螺、浮球閥的笑話掛在嘴邊
當她在水槽底下修理東西或是俯看溝渠時，他們也會說些想對她屁股幹些什麼的話

喬琪
每天喝兩公升的可口可樂，晚上則在裡頭摻雜酒精和藥物

就吸引女人來說，她是這群人裡面運氣最差的，而且悲傷又愚蠢地自認永遠會孤身一人

許多晚上在外頭的聚會末尾，喬琪總會涕淚縱橫地說她醜到吸引不了人，那不是真的，大家反覆向她保證她魅力十足，雖說艾瑪認為她更像查爾斯·狄更斯（Charles Dickens）小說《孤雛淚》（*Oliver Twist*）裡的機靈鬼，而不是奧利佛

而這點在蕾絲邊世界裡不算壞事

艾瑪永遠忘不了最後一次見到她的情形，兩人坐在the Bell酒吧外頭的路緣石上，狂歡的人們醉醺醺地漸行漸遠，艾瑪把手指探進喬琪的喉嚨，逼她把之前在廁所吞下的藥物吐出來

在兩人的關係裡，艾瑪頭一次表現出對朋友的氣餒，朋友如此無藥可救、如此缺乏安全感，應付不了成人身分，老是嗑藥喝酒到神智不清，妳該長大了，喬琪，妳他媽的該長大了！

一周之後，她從頂樓陽臺摔下，在她位於多弗的皮普斯地產社會住宅

直到今天，艾瑪都還想不通喬琪是怎麼死的

她是跌落（意外），飛落（絆倒），跳下（自殺）或被推下來的（不可能）

艾瑪依然覺得愧疚，依然納悶是不是自己的錯

席維斯特總是在首演之夜現身，如果只是為了慶功派對的免費供酒

雖然幾天前彩排完回家的路上，他在布里克斯頓地鐵站外攔住她，控訴她出賣自己

然後說服她一起到Ritzy電影院喝一杯，兩人坐在樓上的酒吧，四周淨是獨立電影的海報，都是他們當初就讀戲劇學校認識以來一起去看過的

像是由偉大變裝皇后Divine主演的《烈火重生》（*Born in Flames*）、《塵埃的女兒》（*Daughters of the Dust*）、《霸王別姬》，還有普拉娣巴・帕碼（Pratibha Parmar）執導的《憤怒之地》（*A Place of Rage*）以及黑色音頻電影團體的《漢茲沃斯之歌》（*Handsworth Songs*）等電影

那些電影啟發了她身為劇場創作者的美學

雖然她從未向席維斯特承認自己同樣膚淺的品味，他在政治上是個純粹主義者，不會理解的

像是她著迷於《朝代》（*Dynasty*）和《朱門恩怨》（*Dallas*），原始的系列以及近來的重新詮釋

或是《美國超模》（*America's Top Model*）、《替百萬富翁作媒》（*Millionaire Matchmaker*）、《老大哥》（*Big Brother*）和其他……

艾瑪環顧酒吧，看著那些在布里克斯頓犯罪猖獗，但是消費親民的時期，移居進來的其他另類人士

這些人跟她是同類，活過了兩次暴動，以自己的多種族社交圈和血脈為榮，就像席維斯特，他來這裡朝聖，走訪這個時有變動的同志社群中心，認識了成為他終身伴侶的男人科文，當時科文剛從聖露西亞抵達

他們以前是如此搶眼的一對

席維斯特，或簡稱為小席，當時金髮俊美，八〇年代大多時間都穿洋裝，長髮披瀉在背上

他一心想挑戰社會的性別期待，遠在當前的趨勢以前，他愛這麼發牢騷，當初是**我**先開始的

科文一臉雀斑、膚色淺棕

只要想要

就會纏上回教頭巾、穿蘇格蘭短裙、阿爾卑斯山皮短褲、上完整的彩妝

為了挑戰林林總總的其他期待

科文說

席維斯特現在毛髮轉灰漸禿，蓄起鬍子，一律只穿薄舊的中國工裝

他聲稱那是從 eBay 上買來的真品

柯文則穿著復古的工裝夾克和牛仔連身褲

兩個年輕男人坐在他們隔壁桌，頂著上班族髮型、臉頰平滑、西裝筆挺、鞋子啵亮，看來彆扭不協調

艾瑪和席維斯特交換眼神，他們討厭那些移居這個鄰里的闖入者，這些人光顧故作時髦的館子和酒吧，這些地方現在取代了室內市場，原本可以在市場裡的攤子買到鸚哥魚、甜薯、阿開木果、蘇格蘭邦尼辣椒、非洲食材、織品、鑄鐵鍋、奈及利亞巨蝸、中國來的皮蛋

這些高檔地方現在都雇用了保全，不讓當地人進去

因為雖然他們的客人為了自娛喜歡到貧亂的爛區走動

但隱藏不了自己ＤＮＡ裡的好區成分

席維斯特積極參與「保存布里斯頓的真貌運動」

他從未失去革命熱情

這不見得是好事

艾瑪啜飲今天的第七杯咖啡，這杯摻了蜂蜜威士忌，席維斯特則直接就著瓶子猛灌啤酒，照他的說法，革命分子只該用這方式喝

他依然在經營他的社會主義劇團The 97%，通常在邊緣場地和「難以抵達的社區」巡迴，她應該也繼續這麼做

艾瑪，妳應該把自己的戲帶到社區中心和圖書館，而不是帶到國家劇院的那些中產混帳面前

她回答說，她最後一次到圖書館演出的時候，觀眾大多是遊民，最好的狀況是在睡覺，最糟的則是在打鼾

那大概是十五年前的事，她發誓再也不做這種事

社會包容比成功更重要，還是應該把成功（success）稱為有病（sick-cess）？席維斯特回答，艾瑪說服不了他，她有權往更高遠的方向發展，在他不斷牛飲由她買單的啤酒時（唔，妳現在大紅大紫，肯定撈了不少吧）

她辯解說她有權在國家劇院執導，而劇場有責任確定他們吸引來的觀眾，不只是大倫敦周邊的郡過來的中產階級一日遊客，順帶提醒他，他父母也包括在內，他們是住伯克郡的退休銀行家和家管，會為了倫敦的文化過來，即使在他少年時期出櫃的時候，這對父母也表示支持

有一回他在喝醉時說溜嘴，說每個月都會拿到父母給的津貼

（她人太好，不曾拿這點提醒他）

重點是，她說，在邊緣惹是生非不要緊，但我們也必須在主流之內發揮影響力，我們付的稅金也資助了這些劇場，對吧？

席維斯特露出了非法避稅者的自得神情

至少我**現在**乖乖繳稅，你也**應該**這麼做

他往後靠坐，雙眼因為啤酒而水汪汪，默默評判著她，她懂得那個神情，酒精就要帶出她好友身上平日不見的惡毒

承認吧，小艾，妳為了野心拋下原則，妳現在就代表了體制，他說，妳變節了

她站起來，收攏非洲印花拼布包包，離開了現場

沿著主街往前走一點之後，她回頭便看到他倚在Ritzy的牆上捲菸

還在捲菸

你繼續原地踏步吧，小席。

4

艾瑪頂著夜色走回家，依然感激她在人生中這麼晚的時候成了有屋族，就在她幾乎無家可歸

的時候

首先，傑克．史丹尼佛死了，對於父親那些年決定不好好從國王十字再生計畫汲取經濟利益

——預計開發從倫敦前往巴黎的火車路線，兒子強納生一直很心急

通知自由共和國民三個月後必須遷移

簡直猶如晴天霹靂，艾瑪卻不得不承認這段時間以來她過得愜意至極，因為住在地球上最昂貴的城市之一，卻不曾繳過半毛房租

離開她棲居的舊辦公室時，她哭了，這裡的空間大到足以慢跑，窗戶可以俯瞰從英格蘭北部駛入車站的列車

她付不起營業租約，也不符合補助住房的資格

艾瑪開始輪流睡在朋友家的沙發，直到有人讓她借住客房

她繞了一圈又回到原地

接著她母親過世，被無情貪婪的肉食性疾病從體內開始吞吃，從一個器官起步，然後逐步摧毀其他器官

艾瑪把這個疾病視為母親受壓迫的症狀和象徵

媽從未找到自己，她告訴朋友們，媽接受自己在婚姻裡的卑屈地位，從內部開始腐爛

在葬禮上，她幾乎無法正眼看父親

不久之後，他也在睡夢中心臟病發過世；艾瑪相信那是他靠意志力實現的事情，因為沒了她母親，他活不下去，她從他到英格蘭的早年就一直是他的支柱

她對自己悲痛的強度感到意外

接著她後悔不曾親口對他說愛，他是她父親，一個好人，她當然愛他，現在他走了，她明白，雖然他是父權主義者，但她母親說得對，他是他所屬時代和文化的產物，艾瑪

我父親當初不得不倉促離開迦納時，身心飽受折磨，她在他的告別式上發表悼詞，他那些年老的社會主義同志都出席了

失去自己的家、家人、朋友、文化、母語，來到一個不想要他的國家，一定帶來很大的創傷

他一有孩子，就希望我們在英格蘭受教育，就這樣了

我父親篤信左翼政治有更高的目的，為了讓世界成為更好的地方而積極付出

她沒告訴他們，她一直把父親視為理所當然，從童年開始一直到他過世，一直從她自以為是的褊狹視角觀看他，而事實上他沒做錯任何事情，只是沒達到她對他的女性主義期待

她一直是個自私愚蠢的小鬼，而現在已經太遲

她母親在世時，每年她過生日的時候，他都會在母親代他購買與郵寄的生日卡上告訴她，他愛她

她事業有成的哥哥們好心把賣掉佩克漢姆老家的錢，分最大一份給她

用來支付大筆頭期款，這間附有小小花園的連棟小屋，位於布里克斯頓的雷頓路上一個可以稱作是自己的地方。

5

雅茲

十九年前在分娩池裡出生，在艾瑪點了蠟燭的客廳裡

在焚香繚繞、海浪拍濺的樂聲、陪產員以及接生婆各一位、雪莉和羅蘭的圍繞之下——她父母接連過世，觸動了她養兒育女的念頭，強度前所未有且揮之不去，而她摯友同意擔任她孩子的父親

她運氣不錯，羅蘭和肯尼交往了五年之後，也在考慮父職這件事

隔周周末，他會按約定來帶雅茲走，星期五下午到星期天晚上，艾瑪發現自己並不覺得自由到樂翻天，反倒很想念她的新生兒

雅茲是她從沒料到自己會想要的奇蹟，有個孩子真的讓她變得完整起來，她很少向人傾吐這個想法，因為感覺有點反女性主義

雅茲會是她的逆主流文化實驗

不管在哪裡，她都親餵母乳，不在乎那些因為母親餵養孩子的需求而覺得被冒犯的人

她帶著雅茲到處走動，用揹巾縛在背上或越過胸前，把她放在彩排室的角落裡或舉行會議的桌面上

巡演時，她帶雅茲搭火車和飛機，那個旅行娃娃車看起來更像小行李箱，有一次差點送雅茲通過機場安檢掃描器，趕緊哀求機場人員不要為這件事逮捕她

她創造了七位教母和兩位教父的職位

為了確保當孩子不再那麼順服和方便攜帶時，會有足夠的臨時保母可以託付

只要不會自陷險境或危害健康，雅茲想怎麼打扮都隨她高興

她希望趕在教育體系透過高壓控管、嘗試壓垮她孩子的自由精神以前，讓雅茲勇於表達自我

她有張女兒穿過街道的照片，橘色芭蕾舞裙上圍著塑膠羅馬軍隊護胸甲，背上有白色精靈翅膀，紅白條紋緊身褲上套了件黃短褲，腳上踩著不成雙的鞋子（一邊涼鞋、一邊雨鞋），嘴唇、臉頰和額頭抹了口紅（這段時間會過的），頭髮紮成了各種團狀，髮尾掛著迷你娃娃

艾瑪不理會路人以及操場或托兒所那些小心眼母親拋來的同情或批判神情

雅茲不曾因為暢所欲言而受到指責，不過會因罵髒話而被責備，因為她需要擴展自己的語彙（雅茲，說妳覺得瑪莉莎很討厭或不討人喜歡，而不要把她形容成大便臉臭屁股）

雖然雅茲不總是能得到自己想要的，但如果可以提出充分理由，就很有機會如願以償

艾瑪希望女兒自由自在、擁護女性主義、強大有力

後來她帶女兒去上專為兒童開設的人格發展課程，培養女兒的信心和口才，好在任何情境裡茁壯成長

真是大錯特錯

雅茲十四歲想爭取跟朋友去參加雷丁音樂祭時說，媽，妳期待我成為能夠獨立思考、徹底自我表達的成人，我正走在這樣的旅程上，在這個關鍵階段，如果妳限制我的活動，就會嚴重損害我少年時期的發展，我是說，妳真的希望我為了反抗妳老派的規矩，逃離安全的家，露宿街頭，靠著賣身存活，然後吸毒、犯罪、得厭食症，跟大我兩倍年紀，剝削我的混帳男人發展出有害的關係，最後早早死在毒窟裡嗎？

女兒出門在外的那整個周末，艾瑪心煩氣躁

成年男人從青春期以前就開始盯著她女兒看

外頭的戀童癖遠遠多過大家所知道的

一年之後，雅茲準備出門參加派對時，艾瑪竟然斗膽建議她把裙子拉低點，換低跟一點的鞋子，將深凹衣領往上拉，至少遮住身體的百分之三十，依目前的端莊等級看來只遮了百分之二十，雅茲罵她是女權納粹

更不要提**那個男友**了，他開車送她回來時，艾瑪瞥過一眼

雅茲一到家門口，艾瑪就等在玄關那裡，問她任何家長都會提的，無傷大雅的問題

他是誰？做什麼的？希望雅茲會說他在讀第六學級，是個人畜無害的男學生

雅茲以正經八百的傲慢態度說，媽，他是三十歲的心理變態，專門誘拐脆弱的女人，關在地窖裡一連好幾個星期，對她們為所欲為，然後把她們大卸八塊，塞進冷凍庫，冬天拿來做燉菜

然後上樓到房間去，留下一股大麻的餘味

這個她想培養成女性主義者的孩子，近來也說她並不是女性主義者

女性主義很盲從，雅茲告訴她，老實說，這些年來身為女人都已經是過時的說法，我們在大學認識一個非二元性別的運動者，叫做摩根．馬林格，讓我大開眼界，我想我們以後都會成為非二元性別，非男也非女，反正男或女都是性別化的表演，那就表示妳的**女性**政治，媽咪，會變得很多餘，順帶一提，我是人道主義者，比女性主義的層次高得多

妳到底知不知道那是什麼？

現在女兒離家讀大學了，艾瑪很想念她

想念的不是那個從她舌頭竄出來傷害母親的惡意之蛇，因為在雅茲的世界裡，只有年輕人有感受

而是想念在家裡砰砰走動的雅茲

她一股腦兒衝進來，彷彿颶風剛剛將她吹進屋裡——我的包包／手機／公車套票／書／票／腦袋呢？

她人在家裡熟悉的背景聲音，進浴室鎖上門的喀答響，雖說屋子裡只有母女兩人，這個習慣
從青春期開始，讓艾瑪覺得受到侮辱
在（罐頭）番茄湯或蘑菇湯上轉胡椒罐轉個十次，雅茲喜歡罐頭湯勝過艾瑪親手烹調的可口
湯品

早晨，模糊的音樂和廣播的閒聊從她臥房傳出來
星期六看到女兒蓋著羽絨被，蜷縮在沙發上看電視，直到午夜準備出門玩耍
艾瑪幾乎還記得自己以前也會在深夜出門，凌晨搭公車回家

雅茲不在，房子的呼吸感覺起來都不一樣了
等待她回來，弄出噪音和紊亂
她希望雅茲大學畢業後回家來
這年頭大部分年輕人都這樣，不是嗎？
他們沒錢用別種方式過活
雅茲可以永遠待下來
真的。

一　雅茲

1

雅茲

坐在媽媽選擇的座位上，就在前座區中間，是劇場裡最棒的位置之一，雖然她寧可躲在後面，免得這齣戲又令人難為情

她把她狂野至極、活力滿點、強壯且豐厚的爆炸頭綁起來，因為在表演場地裡，坐在她後頭的人會抱怨看不到舞臺

正因如此，雅茲那些爆炸頭夥伴控訴大家有種族歧視或微暴力行為，她反問他們，要是有個張牙舞爪的樹籬擋住演唱會舞臺，他們自己又會有什麼感受？

她大學那幫「誰也惹不起」的死黨，其中兩個成員各坐她的一側，瓦麗思和柯特妮，跟她一樣用功讀書，因為她們都決心拿到好學位，因為要是沒有好學位，她們就

麻煩大了

她們都同意，反正她們都有麻煩了

她們大學一畢業就會背負一筆巨債，面對工作的瘋狂競爭，還有過分高昂的租金，那就表示她這個世代必須搬回老家，永遠離不開，導致有更多人對未來感到絕望，地球每況愈下，英國不久又要脫歐，歐洲自己又在反動的道路上狂飆，讓法西斯主義再次風行起來，而瘋狂的是，那個做人工日光浴的噁心億萬富翁成為美國總統，在智性和道德上秀出新下限，基本上那就表示，老世代的人毀掉一切，而她的世代注定陷入厄運

除非他們從長輩手中將智性控制權搶過來

越快越好

雅茲攻讀英國文學，計畫成為記者，替發行全球的報紙寫有爭議性的專欄，因為她有很多話想說，而是時候讓全世界聽到她的聲音

瓦麗思坐在她右側，來自伍爾弗漢普頓，正在攻讀政治學，為了替人民發聲而想成為國會議員，會先走社區運動這條路，按照巴拉克「主要角色模範」歐巴馬的模式

回來啊巴拉克！

柯特妮坐在她左側，來自薩福克，正在攻讀美國研究，因為她真心喜歡非裔美國男人，她選擇這條路，是因為有機會在第三學年到美國念書，她希望到時能釣到一個老公

劇場裡的觀眾大多頂著灰髮（平均年齡有一百歲）

到處都是媽的朋友和死忠粉絲，他們的頭髮應該也都灰白了，但更可能把頭髮削掉、染色或用頭巾蓋住

她望向席維斯特，彎腰駝背坐著，穿著破舊的藍色「共產中國」工裝，邋遢得要命，鬍鬚讓他更像阿米緒農夫而不是郊區雅痞

老到不適合這麼打扮了，小席

他又起手臂、拉長了臉，戲都還沒開場，彷彿就打定主意自己不會喜歡，他注意到她的目光，於是綻放笑靨、揮了揮手，可能因為被她讀透心思而覺得尷尬

她也揮了揮手，又露出很高興見到你的表情

他是她的教父之一，但一連三年都寄給她同款生日卡片而被降至C等級——廉價的回收再製慈善卡片，她十六歲開始，他就不再送她生日禮物，彷彿她能夠合法發生性行為之後，就不需要經濟援助似的

A級教父母每逢她生日就會給錢，給得還不少，他們最棒了，因為他們真心希望跟她維持良好關係，作為跟年輕世代之間連結的管道

有兩、三個教父母為了些無意義的風波，跟媽鬧翻之後，完全消失不見

媽說席維斯特應該別再批評別人的（她的）成功，說因為他不肯隨著時代改變，已經被拋在後頭

妳指的是妳自己之前不久的感受嗎，媽？

打從媽拿到國家劇院的機會以來，對於掙扎求存的劇場同行們，態度變得自負起來，彷彿只

有她一人發現了成功的祕密

彷彿她這輩子有很多年不是看著爛電視節目，一面等待電話鈴響

有個眼光犀利的女兒，就會有這種問題

她可以看穿家長的屁話

科文叔叔今晚沒陪席維斯特來，因為他相信政治比劇場舞臺上的任何東西都更戲劇化：「英國脫歐和川普地震——看看我們這個時代的錯中錯喜劇」是他最近的口號

身為蘭貝斯區的工黨議員，他通常在會議上負責滅火，或者有如席維斯特反過來說，說他引發火災，因為科文在政治上老是自以為是，而席維斯特就愛扯他後腿

當人生伴侶固定對你潑冷水，你還需要敵人嗎？

科文會用「一級棒」這種過時的說法，喜歡到布里克斯頓最昏暗骯髒的酒吧放鬆一下，在那裡會有老人家圍坐著，大發關於柴契爾夫人和礦工罷工的牢騷，是少數幾家沒改造成葡萄酒館、餐酒館或香檳吧的酒吧之一，媽都會這麼嘀咕

彷彿她自己沒參與多年前布里克斯頓的仕紳化過程

彷彿她自己不常到Ritzy那樣的藝文據點

彷彿她自己不曾帶雅茲到一家她理應鄙視的香檳吧，慶祝雅茲提早一年通過進入大學的預備課程考試

當她們走進室內市場現在常有上流銀行家類型的人出沒的那區，就這麼一次，媽輕聲說，她

們穿過圍欄之間的走道時，那些人看著她們的神情，彷彿在文化之旅上看到了原住民

可是，不久前，雅茲有個朋友在斯托克韋爾站的 Cereal Lovers Café 撞見的那個人又是誰？

那家咖啡以天價專門供應上百種的早餐穀片

只有把靈魂賣給雅痞地獄的人，才會想要踏進那個地方

那家咖啡店惹惱了在地人，他們不停地砸破窗戶

至於爸

（妳可以叫我羅蘭，不，你是我爸，**爸**）

他坐在她前面幾排的地方，穿著 Ozwald Boateng 牌高級西裝——外面亮藍，內裡是紫色緞子

他的腦袋瓜亮晶晶，每天早上起床就抹可可脂，晚上睡前也是

多虧每個月去上亞歷山大技巧課，他背脊筆直，抵銷掉他所謂的學術駝背症候群

他時不時隨興地環顧四周，看看有誰認出他常上電視

爸的治裝預算可以用來付她一整年大學學費，他卻說他付不起

那就是他的癖好，看重時裝勝過為父職犧牲

她的癖好則是在他的大衣櫃裡翻翻找找，看看西裝外套裡有沒有遺留大面額鈔票，他的（四層樓）住家位於克拉珀姆公園，白色木地板，黃色牆面，掛著布列松的原版相片，是他年少時期在溫布利的舊貨市集上巧遇的，當時每張一鎊

頭一次來訪的人在門口玄關經過那些照片時，他總會吹噓一番

這樣說可能也沒錯：她十三歲的時候天真地拉開了他床鋪下面的抽屜，看到了狀似皮製防毒面具的東西，她推想鼻子應該在的位置上，卻連了根皮製陽具，還有搭配的鞭具、凝膠、手銬跟其他無法解釋的物品，當時的她可能還**太過**稚嫩不適合看到這些東西

遺憾的是，一旦看過就無法忘記，她年紀小小就學到教訓，要等翻過別人的抽屜還有看過對方電腦上的瀏覽紀錄，才算真正認識那個人

爸的三部曲上了《紐約時報》（*New York Times*）和《星期日泰晤士報》（*Sunday Times*）暢銷排行榜，《我們當時怎麼生活》（*How We Lived Then*）（2000）、《我們現在怎麼生活》（*How We Live Now*）（2008）、《我們未來怎麼生活》（*How We Will Live in the Future*）（2014）

羅蘭．夸堤（Roland Quartey）博士，全國第一位現代生活教授，任教於倫敦大學

真的假的？**全部**嗎？爸？當他在電話上得意洋洋告訴她，他最近在教職上的晉升時，她問他那樣難度不是有點太高了嗎？這樣你不是要專精全世界的一切嗎？可是全世界涵蓋了七十億人，大約有兩百個國家和幾千種語言和文化耶

那不是更像是**神的**權限嗎？告訴我，你現在是神了嗎，爸？我是說**正式來說**？

他咕噥了點關於物聯網和寶可夢、恐怖主義和全球政治、《絕命毒師》（*Breaking Bad*）和《冰與火之歌：權力遊戲》（*Game of Thrones*）的事，然後隨口引用德希達和海德格的話，他應付不

了棘手的情境時，總是會這麼做

那貝爾・胡克斯（bell hooks）呢？她回擊，在手機上快速捲動她「性別、種族和階級」課程的指定閱讀清單

凱穆・安東尼・阿皮亞（Kwame Anthony Appiah）、朱迪斯・巴特勒（Judith Butler）、艾梅・塞澤爾（Aimé Césaire）、安吉拉・戴維斯（Angela Davis）、西蒙波娃（Simoone de Beauvaoir）、法蘭茲・法農（Frantz Fanon）、茱莉亞・克莉斯蒂娃（Julia Kristeva）、奧德麗・洛德（Audre Lorde）、愛德華・薩伊德（Edward Said）、佳亞特里・斯皮瓦克（Gayatri Spivak）、葛羅莉亞・斯坦能（Gloria Steinem）、V・Y・穆登博（V.Y. Mudimbe）、柯尼爾・衛斯特（Cornel West）跟其他人呢？

爸沒有回答

他沒料到她會有這種反應，學生智取師長（新手最棒！）

我是說，你的參考範圍都是男性，而且都是白人（即使你並不是，她忍住沒加這一句），你怎麼可能是現代生活的教授

他終於開口的時候，聲音哽咽，他的車來了（不是出租車），趕著要離開

如果此話不假（車＝禮車和出租車＝計程車），這輛車會載他到電視攝影棚，因為他定期上電視，和那些態度比他更傲慢的人辯論

他在媒體上到處賣臉，媽不以為然地表示，他打出名號、被名氣腐化以前是多麼好的一個

人，他以前還有些信念，但現在他只相信自己，妳父親就是體制本身，雅茲，那就是他們將他奉為上賓的原因，他不像我是個局外人，我得辛苦搶機會、掙點麵包屑，雅茲，**麵包屑**

有趣的是，當媽在電視上看到他，他講的一切她卻幾乎都會不情不願地表示同感，她現在都到國家劇院來了，沒辦法說自己是局外人了

爸在雅茲那次的嚴厲批判之後，生了好久的悶氣

他不肯讓她到他家過周末，隔周或再隔周也一樣

有好多截稿期要趕，這種狀況妳懂吧？

*

重點是，如果她和父親往後要有個健康的關係，得由她出手來控制他，因為沒有人會這麼做，他來往的人都是些媽所謂的「逢迎拍馬者」，雅茲在他的派對上見過那些人，主要是電視上的白人名人，將他視為他們名義上的一員

她在教育媽上面幾乎成功了，雖說過程艱辛，尤其在她十四或十五歲的時候，那時媽要是沒辦法隨心所欲，常會陷入歇斯底里

現在媽知道最好不要控制或反駁她女兒

近年來，雅茲只需要說，別頂嘴，媽咪！媽就會閉上嘴巴

爸則還在學習

他到最後會感謝她的

肯尼（二號教父，每逢她的生日都會明智地送給她尾數兩個零起跳的支票）正忠誠地坐在爸旁邊

肯尼頂上無毛、蓄著八字鬍，走七〇年代的風格（並不好），是景觀園藝師，她和他之所以處得來，主要是因為他對自己的偉大毫無妄想，兩人會一起看《X戰警》（*X Factor*），為了看而看，而爸則會假裝那是因為他要撰寫它的文化意義

兩人星期天一大早會在城市甦醒以前，一起出門騎單車，越過公用地到巴特西，穿過偏僻街道到里奇蒙和河邊，純粹為了個中樂趣，並不是為了保持苗條身材而強制運動

而那是爸跑馬拉松的唯一原因

前幾天，她說了點無傷大雅的話，爸氣呼呼地上樓之後，肯尼確實請她別用那麼負面的態度對待她爸

雅茲回答說，這是因為她正逢憤世嫉俗的青春期，我就是忍不住，肯尼，等這段時期過去，我會變回討喜的樣子，到時我會讓你知道的

聽到這番話，肯尼哈哈大笑，他喜歡提醒她，早在她還是爸試管裡的幾百萬個精子之一，他就已經認識她了，媽以前都會抱怨，她在子宮裡老愛亂踢

她回嘴說，那是因為她在胚胎時期就預感自己將要生在貧苦之家

等她畢業工作了，要勸媽賣掉她的房子，更正，是**她們的**房子，由於**媽**對布里克斯頓的仕紳化也出了力，現在價值飆漲

媽可以改住小平房，對她這個年紀的女人來說很實用，也許就找個房價比較便宜、不算熱門的海邊小鎮

賣掉房子剩下的錢，雅茲就可以拿來買個小公寓

暫時只要一房就可以

幫忙我登上有屋族階梯，會是妳人生中的關鍵作為，媽咪

媽沒回話

雅茲真希望這齣戲已經得到了五星好評，這樣她就可以在它事先得到認可的狀況下看戲，這點滿重要的，因為要是被劇評家痛批，媽陷入情緒暴衝，可能會延續好幾星期，而這個餘波得由**她**來處理——關於劇評家怎麼因為對黑人女性生活徹底缺乏洞察，而破壞她的事業，這可是她辛苦奮鬥四十多年之後的重大突破，巴拉巴拉，他們**不懂**這齣戲，因為它講的不是非洲那裡的救援人員，也不是問題青少年、毒販、非洲軍閥、非裔美國藍調歌手，或白人拯救黑奴

猜猜到時誰要負責接電話，將粉碎的老媽拼回原狀？

她是媽的情緒照護者，過去一向如此，往後永遠都會是

那就是身為獨子的重擔，尤其是女兒

女兒自然比較有愛心。

2

雅茲在大學的房間裡有張吉米・罕醉克斯（Jimi Hendrix）的大海報，他那頭狂亂的頭髮，纏著嬉皮頭帶，起伏的胸膛，鼓漲的褲襠，電吉他

只要走進她房間的人一看到這個文化符徵，就會立刻知道他們面對的是什麼樣的狠角色

雖說她多元和難以預測的品味超越史前的電子搖滾樂段，延伸到A$AP Rocky，到沃夫岡・莫札特（Wolfgang Mozart），到Stormzy，到神父樂團（the Priests），到安潔莉克・琪帝歐（Angélique Kidjo），到Wizkid，到Bey，到弗雷德里克・蕭邦（Frédéric Chopin），到RiRi，到史考特・喬布林（Scotte Joplin），到桃莉・巴頓（Dolly Parton），到阿穆爾・迪亞布（Amr Diab）等等的

她甚至有俄羅斯倍低音歌手的專輯，說他們在唱歌，倒不如說他們讓地面隆隆響

這麼多超棒的東西，品味超群的是誰啊？

她使出「嚴重幽閉恐懼症和社交焦慮」的把戲，奪得了她那區最大的一個房間

房間俯瞰運河，運河沿著校園邊界流淌，通往遠處的濕地，那裡有水獺（還是獾？）和蒼鷺（還是鵜？）以及其他她不認得的飛禽走獸，而她也懶得查清楚

她寧可往腦袋裡塞滿有助於推展人生的東西，而查明英格蘭東部野生動物的名稱並不在其中

她房間另一側俯瞰穿越校園的曲折小徑，大多晚上會有一堆酒藥不忌的男學生從那裡踉蹌路過她的窗戶，回到他們的房間，通常喝得醉醺醺，自私地大聲喧嘩，之前要不是在市區，不然就是在學生活動中心的酒吧喝酒

她只去過學生活動中心酒吧一次，因為裡面擠滿了酒醉的人渣，也就是隨著學期過去，惡意變得越來越深的那類男生，因為他們的老媽沒有每晚把尖叫著的他們扔進浴缸裡泡澡

那類男生臉上會掛著越來越受傷的神情，不明白為什麼上課聽講時沒人想坐他們旁邊，沒人想跟他們直說，老兄，你好臭

雅茲以為她會在大學談戀愛，找到一個跟她同樣層次的好男生，長得不醜，比她還高（必要條件）

星期六晚上可以依偎在一起，星期天早晨聽著音樂，在床上一起發懶，而她一面追讀《紐約客》（*New Yorker*）、《觀察家報》（*Observer*）、《gal-dem》雜誌、《根源》（*The Root*）雜誌、《大西洋》（*Atlantic*）雜誌、「theGrio」網站的內容

因為總有一天她會為它們撰稿

悲傷的是，媽比她還有魅力，是蕾絲邊世界的性感尤物

媽 du jour（目前交往）的女友們，有如爸說的（嘿，會法文的時候又何必講英文），是兩個白人女性，多蘿芮斯和賈琪，雖說媽跟人類所知的每個種族都來往過（那叫做跨種族放蕩）

她們相處起來很自在，這點教人寬心，因為女人們過去曾經為了爭搶媽而交戰不休

這點奇怪且可疑，因為就多蘿芮斯和賈琪來說，沒有人想以壓倒人的聲勢爭吵，答錄機上也沒有高聲叫囂的留言，沒人試著在半夜踢開屋門，媽舉辦的派對上也沒人在角落裡潛伏，惡狠狠地盯著對手

她們好像真心喜歡對方，雅茲懷疑她們有可怕的床上三人行，但無法開口問起

況且，雅茲早已數不清曾經有多少女人來來去去，多到一個地步，新來的那些人幾乎無法不在她的芮氏煩人等級上留下痕跡

早餐桌邊必然有張新面孔，試圖跟她們新戀人的女兒交朋友，忙著替她烤吐司、用起司和番茄煎蛋捲、倒果汁給她、餐後替她洗碗盤

這個女兒會在自己的生日／聖誕節／復活節快到的時候，拋出無數毫不微妙的暗示

（桌子上為什麼沒有橘子果醬？）

雅茲對人說起自己非比尋常的成長過程時，不諳世故的那些人以為她在情緒上受過傷，妳媽是個多邊戀的蕾絲邊，而妳爸是個自戀狂男同志（她這麼形容他），而且妳在兩邊的家來來去去，妳父母忙著追求事業時，還把妳丟給好幾個教父教母，妳怎麼可能不受創？

這點令雅茲心煩，她無法忍受別人說她父母的壞話

那是她的特權

總之，她只好安於跟她那幫大學死黨一起打發時間，而不是出去找男人

遺憾的是，她成年的時候正逢「滑手機按讚聊天約砲」的世代，男人期待妳在第一次（唯一一次）約會的時候獻身，希望妳**完全沒有**陰毛，重現他們在網路上看過的色情片女人做的那些噁心事情

她懷疑住同棟的男生們日日夜夜都在看色情片，不然怎麼那麼少在房間外露臉（上課呢？上什麼課？）

她在大學只約過一次會，過程包括跟一個男性樣本坐在酒吧，她原本以為他是個有趣的男人，但他顯然忙著滑手機，查看附近有沒有更迷人的女性，這樣他就能可悲地以必須複習功課為藉口，提早退場

她在他退場之後不久也離開了，她在回家的路上，看到他在幾棟房子之外的另一家酒吧跟女人搭訕

雅茲想，等她同齡的男人想要穩定下來，她的卵巢老早報廢了，到時他們就會去找年紀小一半的女人，依然可以輕鬆生兒育女

所以

雖然大家認為她還算有魅力（不是百分之百的醜八怪），有她獨特的風格（部分九〇年代哥德，部分後嘻哈、部分浪蕩、部分外星），她必須跟性愛約會網站的女生形象競爭，她們露出了注射過膠原蛋白的翹唇、鼓脹的矽膠乳房

雅茲考慮跟年紀大些的三十多歲男性交往（他們總是想跟十幾歲女生來一發），最後她腦海裡浮現他們的鼻毛、皺巴巴的屌和啤酒肚

所以直到適合的人出現（如果會出現的話），願意許下承諾並且投入長期的單一伴侶關係（她母親就不是）以前，她先替自己找了個床伴史提夫，他是來英國攻讀博士的美國人，研究的是「八〇年代嘻哈和種族政治相互關係和美學」

遺憾的是，他在芝加哥也有個女友，這點在他倆同床共枕時引發了某種道德難題，她打電話來，他得說謊遮掩自己在做什麼

夜裡，雅茲有時輾轉難眠，擔心自己會孤身一生

如果她沒辦法在十九歲時好好找個男友，等她年紀大些還會有希望嗎？

媽有幾個女性朋友幾十年來都是單身，不是那些不難找到上床對象的蕾絲邊，而是那些有好工作、有房子的直女，她們沒有伴侶可以同享房子，說她們在人生這個階段還沒準備要定下來

媽指控她們有「尋找歐巴馬症候群」

私底下背著她們說的

死黨裡的第三個成員，奈娜，跟在美國求學的卡汀訂婚了，是她父母替她選擇的對象

她起初百般抗拒，最後他們威脅要趕她出家門，想到大學畢業後要像她們其他人那樣找工作賺錢，她就轉念接受了

幸運的是，她見到他並認識他以後，兩人一拍即合，長周末（像是星期三到星期一）常常飛到他就學的康乃狄克州

即使如此，她修的課還老是拿到A的成績，她就有那麼聰明
她也超級有自信，誰都不該去惹她
校園裡有個男生開始寄露骨的簡訊給她，她向學校舉報，讓他險些慘遭退學
有個同班同學被強暴，在奈娜面前崩潰，奈娜付錢請律師把那個強暴犯關進牢裡六年
她們都有同感，服完刑以後，他會回到街頭強暴更多女人

瓦麗思正跟艾能交往，他是索馬利亞裔挪威男生，兩人從中學歷史課同班以來就一直在一起
他們都非常迷動漫，每年都會到倫敦參加漫畫展
瓦麗思的嗜好是畫卡通，正在發展一個索馬利亞超級女英雄
女英雄會追捕那些傷害女人的男性
慢條斯理地閹割他們
不用麻醉藥

她們閒散地或坐或躺，雅茲用分裝小包泡熱可可，拿媽替她烤的奶油酥餅請大家吃，雅茲上大學之後，媽很怪地開始迷上烘焙，簡直像是意識到自己一直以來不是完美的標準老媽，嘗試做出補償似的
這幫人裡有四分之三的人都不大喝酒
雅茲的腦袋是她最寶貴的資產，她可不準備亂搞它

瓦麗思可以接受面紗頭巾和婚外情，但對酒精和豬肉說不

奈娜說她預計跟卡汀結婚幾年後開始喝酒，等他正式有了第一位情婦以後，她自己的母親就是這樣，她母親的一天以G&T調酒開始，以利口酒結束，中間又喝乾一到三瓶的葡萄酒

只有柯特妮在社交活動的時候會喝紅酒

迎新周在體育館舉行的歡迎派對上，雅茲第二天就受到瓦麗思的吸引，她們兩人都在周圍徘徊；雅茲後來告訴瓦麗思，她就是受到瓦麗思那張永恆臭臉所吸引，瓦麗思好性子地接受了這個說法，反問雅茲自己近來有沒有照過鏡子

她們都認為同儕很幼稚，一面在校園的星巴克角落裡啜著冰茶，遠離其他新鮮人的喧囂，那些人東奔西跑，參加泡沫派對、舞廳彩彈遊戲、尋寶遊戲，結伴泡酒吧，雅茲預測，最後肯定有人會被送去急診

她在校方的迎新周意見表上寫著，這是誰的餿主意？

這些可憐的年輕孩子才離家第一周，就帶他們踏上酒精中毒之路？

你們何不現在早早替他們預約勒戒中心，而不是等他們大二時初次出現肝病的症狀？

瓦麗思

會用跟飄逸衣服配色的頭巾

她有綠色日、棕色日、藍色日、花色日、螢光日——從來沒有黑色日（她不是傳統主義派）

她常常把手機塞在頭巾裡，不用手就能講電話，雅茲跟她說，這種做法完美結合了虔信和實用性

瓦麗思回答說，她之所以包頭巾是為了傳達自己的穆斯林認同，雖然有人認為這跟信仰有關，但**可蘭經**裡頭可沒提到女人要遮臉，妳知道吧？

瓦麗思的膚質完美無瑕，但她要走出房間以前，必定先上一層平滑的粉底

用一條條的睫毛膏，加深她早已濃密的睫毛

她將眉毛畫成高高的弧形，幾乎一路延伸到耳朵那裡

瓦麗思說她要是沒「戴上臉」根本不堪入目，雖說雅茲向她保證，索馬利亞女人是世上最美的女性，而那包括妳，瓦麗思

瓦麗思說自己很胖，雖然她尺寸明明很正常，她猛掐自己的大腿，變得又紅又白，讓雅茲看看她的「皮下脂肪團」，那根本不存在，瓦麗思，那只是肉被捏得很用力，差點爆掉的樣子

有時即使沒太陽，瓦麗思還是會戴墨鏡，晚上和在室內都是

她甚至試著在上課的時候戴，看起來兇狠超酷，最後有個勇敢的講師，珊德拉・雷納茲博士（各位，叫我珊蒂就可以），為了表示她不會任人擺布，雖然學生都這麼看她，她命令瓦麗思摘掉墨鏡，除非生了病且出示診斷證明

要不然就離開她的班級

這是為了讓自己看起來大膽無畏，某個星期六中午她們享受完披薩，正要返回校園，兩人顯

眼地站在大學城裡滑溜雨濕的鋪石街道上，瓦麗思向雅茲解釋

或許是為了遮掩妳的恐懼，雅茲提議，實際上妳是心裡覺得畏－懼吧，幾個字母把兩組字區隔開來，畏－懼（fear-ful）或無－畏（fear-less），樣子類似但字義完全不同，看吧？

雅茲心中湧上一種超齡的、不尋常的智慧

這是那種頓悟的時刻之一

兩人默默往前走，瓦麗思一臉若有所思的樣子，然後回答，態度一樣睿智，也許兩者都有吧在那一刻，雅茲明白她倆為何處得這麼來，她們在智性上波長相同

人生在九一一事件以前是不同的，瓦麗思說，她們走出城區，順著繁忙的大馬路走，路過灰石厚塊建造的古老大房子；她自己太年輕，不記得「之前的時代」，她母親說，以前大家會帶著詫異、好奇或同情的眼光看著包頭巾的女人

後來就是「之後的時代」，她母親說，大家開始以露骨的敵意看待那些女人，每次只要有聖戰士炸掉或開卡車撞死白人，狀況就會隨之惡化

碰上這樣的時刻，瓦麗思就會做好心理準備，有更多人會推擠她、對她吐痰、罵她阿拉伯髒鬼，而我根本不是阿拉伯人，雅茲

瓦麗思說，誇張的是，大家蠢到認為超過十五億的穆斯林都有同樣的想法和作為，執行大規模槍擊或把人炸掉的穆斯林男人被稱為恐怖分子，做了同樣事情的白人男人則被稱作狂徒

這**兩組**人都瘋了，雅茲

我知道，瓦麗思，我**知道**

兩人穿過街道時，雅茲看到有人對瓦麗思擺臭臉

她替朋友用臭臉回擊

瓦麗思說她外婆很少離開他們在伍爾弗漢普頓的社會住宅了，走在路上時遇到那樣的敵意，對她來說太辛苦，而且她不曾停止哀悼自己失去的一切

一九九一年前，她在摩加迪沙過著優渥的生活，家族的成年男性都從事家族經營的牙醫事業，直到他們全遭殺害，她帶著女兒逃離

這些年來她外婆吃一堆處方藥

坐在客廳裡，漸漸隱沒不見

直到有一天他們會永遠失去她

不過，她母親夏楠則全然不同，她反覆提醒孩子，我們可以決定讓自己被歷史的重量和現代的暴行壓垮，或者我們可以選擇採取戰士姿態

爸在工廠工作，媽身兼兩份工作，第一份是在穆斯林婦女避難所裡任職，第二份是教導戴頭巾穿長袍的婦女如何自我防禦，學習怎麼保護自己不被「抓扯頭巾」、抵抗相關的攻擊

她在社區中心教導的課程結合了以色列格鬥術、巴西柔術、合氣道、馬來武術，瓦麗思得意地說；瓦麗思自己也跟著母親學了綜合武術

雅茲和瓦麗思回到了校園，穿過巷道時，雨勢減弱，陰霾漸散，彩虹顯現
她們途經體育館，穿著運動服的學生們進進出出
她們走過洗衣房，如殭屍般茫然的學生們望著機器旋轉或玩著手機
她們路過藝術中心，裡頭有個藝廊和咖啡館，那裡為特意來校園咖啡館的上流人士供應高價咖啡和蛋糕
她們經過一批批宿舍，裡頭飄出音樂和大麻味，最後抵達自己的住所
她們走進大樓，登上樓梯，瓦麗思繼續講話，說她學會回擊，如果有人說以下任何這些話
恐怖主義跟伊斯蘭是同義詞
她受到壓迫，他們感受得到她的痛苦
如果有人問她跟賓拉登有沒有親戚關係
如果有人說她要為他們的失業負責
如果有人說她是移民蟑螂
如果有人要她滾回她的聖戰士男友身邊
如果有人問她認不認識任何自殺炸彈客
如果有人說她不屬於這裡，什麼時候要離開？
如果有人問她是不是要奉令成婚
如果有人問她為什麼打扮得像修女
如果有人放慢語速跟她講話，彷彿她不會英文

如果有人說她的英文很好
如果有人問她是不是做過女陰割禮，妳這個小可憐
如果有人說要殺了她和她家人

妳真的吃了不少苦頭，雅茲說，我替妳難過，我沒有看扁妳的意思，而是能夠同理
我沒吃多少苦，不算是，我母親跟外婆才是，因為她們失去了自己的所愛和家鄉，而我吃的苦主要都在腦袋裡
大家刻意衝撞妳，並不是妳腦袋想像出來的
我比較的是死在索馬利亞內戰的那五十萬人，我在這裡出生，我會在這個國家功成名就，我一定要拼死拼活工作，我知道等我進了職場，情況會很艱困，可是妳知道怎樣，雅茲？我不是受害者，永遠不要把我當成受害者，我媽養大我可不是要當受害者的。

3

那天下午，她們最後到雅茲房間跟著阿穆爾．迪亞布的音樂起舞
雅茲告訴瓦麗思，用身體來制衡大腦是很重要的事
瓦麗思問她意思是不是她們花太多時間思考，必須做些肢體活動？

對，沒錯，雅茲說，邊跳舞邊用手臂做出精巧的動作

那妳剛剛幹嘛不直接說？

那天晚點奈娜過來的時候，她們依然大聲放著迪亞布的音樂，奈娜住在同一條走道上，是最初將這個知名埃及歌手介紹給她們的人；螢幕上，歌詞從迪亞布的性感嘴唇湧出來時，雅茲立刻發現自己喜不自勝

瓦麗思也愛他，說迪亞布的音樂攪動她的靈魂

雅茲說他讓她覺得，自己對那個終有一天會接收她熱情的男性滿懷愛意

瓦麗思說那個男性應該要害怕，非常害怕

奈娜說迪亞布很老派，所以對她來說比較像是懷舊的東西，她向她們示範阿拉伯風格的舞蹈，搖擺臀部、旋轉胳膊，一面嗑軟糖嗑到嗨

這成了她們的固定活動——阿穆爾·迪亞布之夜

*

住隔壁的柯特妮穿著睡衣來敲門，要她們降低音量，因為她打算睡覺，而且都已經午夜了？

雅茲要她**非常仔細**聽聽大樓其他區域有人音樂也放得很大聲，聽到了嗎？樓上和樓下都有？

她當然聽到了，況且現在是星期六晚上，等被叫來的保全車一開走，噪音又會再次揚起

大家都這樣，對吧？雅茲說，雙手搭在臀上，所以妳幹嘛特別針對**我們**？一面給柯特妮意味深長的表情

那是個緊繃高張的時刻，奈娜出來打圓場，她說她知道怎樣處理衝突，因為她父親在穆巴拉克任職埃及總統整整三十年期間，在外交部門服務

那叫獨裁政權，瓦麗思挑戰她

那叫政局穩定，奈娜反駁

奈娜的祖父跟穆巴拉克一起在梅薩哈省長大，跟他一起在司法部共事，兩邊家族是朋友

同為外交人員，她父母養成了能跟任何人聊天的技巧，彷彿對對方抱有濃厚的興趣，即使他們明明痛恨那些混帳，他們還是會對妳很好的，瓦麗思，奈娜有一次曾經撫慰地說

瓦麗思懂奈娜的意思，埃及人瞧不起索馬利亞人

埃及革命期間，穆巴拉克政權倒臺，奈娜一家逃到英國，反正他們原本就有公民身分，是她爸在這裡投資百萬英鎊換來的

之前，她在薩塞克斯讀寄宿學校的時候，她父母在很多國家生活過

不要問我家裡的錢是哪裡來的，她說，回答瓦麗思的詢問

他們沒跟我說過

為了化解緊張的情勢，奈娜掛著老練的笑容，邀請柯特妮進雅茲的房間來，妳叫什麼名字？

主動請她喝可樂，音樂再次開始的時候，示範動作給她看就讓自己浮動起來，柯特妮，想像自己是水、空氣、光線，讓音樂移動妳的身體，不要過度思考，目標是要跟自己共舞、為自己舞動

不久，柯特妮就跟著她們其他人一起旋轉飄浮，她喜歡這種 fa la la 音樂，為什麼以前沒聽過呢？

妳不覺得這樣說有點冒犯人嗎？雅茲問

為什麼？我喜歡這個音樂，而且肚皮舞也很有趣

這不叫肚皮舞，雅茲回答，那樣說好東方主義，我們這邊不容忍那種叫法，這時奈娜要雅茲別再說了，並且解釋說她們的跳法靈感來自現在叫做 Raqs Sharqi❸的舞蹈

好吧，柯特妮說，聳聳肩，華麗地轉個圈，跳得彷彿臀部可以跟腰際分離，腰部跟胸膛分離、手臂跟軀幹分離、雙手跟胳膊分離

她舞跳得比她們所有人都好

那晚她們都在雅茲的地板上過夜，早上再到食堂一起吃早餐

柯特妮告訴她們，她在薩福克郡的小麥和大麥農場長大，她們開玩笑說，難怪她有一副農場

---

❸二十世紀上半發展出來的古典風格埃及肚皮舞。

女孩的長相

閃閃發亮的眼睛，奈娜說

晶瑩剔透的肌膚，雅茲說

擠奶女工的胸脯，瓦麗思補充

瓦麗思為了大學開放參觀日出門以前，從未離開過伍爾弗漢普頓，她承認自己這輩子從未去過農場

我也沒有，雅茲說，我的靈魂是都會雅痞，不走鄉村田園風

奈娜告訴她們，她父母在科茲窩有個培育羊駝的農場，在南非弗蘭谷還有個葡萄酒莊

瓦麗思說有些人運氣就是好，奈娜回答說那又不是我的錯，瓦麗思說好吧

雅茲說，她喜歡新鮮牛奶，但是想到賴床時會有公雞鬼叫不停，就讓她失去興致，同樣地，她喜歡有新鮮牛奶，但不想為了得到牛奶去擠奶，或是為了牛肉漢堡殺牛

瓦麗思說她喜歡每天能到牧草地上散步，會讓人神清氣爽，但柯特妮告訴她，她討厭散步，而且她家農場附近根本沒有牧草地

柯特妮吃著早餐的蛋、培根、烤豆時，犯了個錯，就是問瓦麗思為什麼要戴頭巾

雅茲從綜合堅果穀物上抬起頭來，以為會看到瓦麗思大發雷霆，瓦麗思卻只是將湯匙插進麥片濃粥裡，以溫和到令人驚訝的語氣說，第一那跟文化有關，第二那跟政治有關，就在雅茲以為她要說第三干妳屁事的時候，她卻沒有

瓦麗思只是說，母親告訴她，沒必要向任何人解釋自己

奈娜喝第二杯濃縮咖啡，小口啃著水煮蛋，準備要介入——沒有那個必要，因為柯特妮道歉了，雖說她的語氣聽來不悅而不是帶有歉意，我因為不懂才問的

酷，那現在妳知道了

*

雅茲判定，雖然柯特妮對其他文化相當無知，但她展現了人格的強度和膽量，這是加入「誰也惹不起」的先決條件，她們都傾向直言無諱，你必須懂得反擊，而不是像軟腳蝦一樣跑去對著馬桶哇哇哭

她喜歡柯特妮

如果她也喜歡她

那麼歡迎她加入這幫死黨

幾個月後的某個星期一早晨，她們上完「種族、階級和性別」之後排隊上廁所時，雅茲告訴柯特妮，她現在是榮譽姊妹（sistah）了，這個詞原本來自黑人女性，現在被那些非黑人女性盜用（總是這樣！）

不過，柯特妮永遠無法成為完全成熟的姊妹，只能是榮譽上的

雅茲解釋說，身為姊妹是對「我們如何被看待，我們是誰」的回應，而這點無法過度單純地

加以簡化，而「我們是誰」有部分回應了「我們如何被看待」，寶貝
雅茲發現自己近來老用「寶貝」稱呼自己喜歡的人，這不是刻意或造作，自然而然就發生了
這是個難題，雅茲午餐期間繼續這場對話，她喝豆子湯（腦袋需要蛋白質），柯特妮吃肉、馬鈴薯泥和豆泥
大家再也不會單純把妳當成另一個女性，而是跟有色人種來往的白人女性，而妳會失去一點特權，不過妳應該還是要檢查一下，妳聽過「檢查你的特權」這個說法嗎？寶貝？
柯特妮回答說，身為教授也是知名劇場導演的女兒，雅茲根本不屬於弱勢族群，而她，柯特妮來自真正窮苦的社群，那裡的人十六歲進工廠工作、十七歲生子成為單親母親，是很稀鬆平常的事，而且她父親的農場實際上屬於銀行所有
對，可是我是黑人，柯特妮，這點使得我比不是黑人的人受到更多壓迫，只是瓦麗思是她們當中受到最大壓迫的（不過別跟她這麼說）
在五個類別裡：黑人、穆斯林、女性、貧窮、包頭巾
她是雅茲唯一不會要求「檢查你的特權」的人
柯特妮回答，作家羅珊・蓋伊（Roxane Gay）警告過不要玩「特權奧林匹克」，羅珊在《不良女性主義的告白》（*Bad Feminist*）裡寫說，特權是相對且脈絡化的，而我同意，雅茲，我是說，這一切到哪裡才結束？比起在拖車公園裡長大、有個販毒單親母親和坐牢父親的白人鄉下人，歐巴馬會更弱勢嗎？比起飽受磨難的敘利亞難民，嚴重身障的人會更有優勢嗎？羅珊表示，我們都必須找到新的論述方法來討論不平等

雅茲不知道該說什麼，柯特妮什麼時候讀了羅珊・蓋伊——這麼不可思議的作家？

這是個學生智勝老師的時刻嗎？

#白女孩勝過黑女孩

柯特妮補充說，她只喜歡黑人男性，可能會生混血孩子，所以反正不管怎樣，她的「白人優勢」都會嚴重減損，至少減個百分之五十吧，都這個年代了，她離開達丁頓來讀大學以前，竟然沒見過實體黑人，真令人難以置信，那裡除了三個亞洲人，一概是白人

雅茲告訴她，就對話來說，那樣推理並不合邏輯

柯特妮回答說，她自己就是個不合邏輯推理的大粉絲，那其實只是表示，對話自由流動、憑著直覺走，而不是按照可預測的軌道走，可以這麼說

雅茲以上廁所為由暫時告退。

4

雅茲邀請柯特妮在第一學年末尾到家裡來住

她警告柯特妮，說早上很可能至少會有個媽的後宮女眷，半裸著身子在屋裡走來走去，相信我，老人家那個樣子並不養眼

柯特妮以前只去過倫敦一次，單日旅程包括搭巴士到白金漢宮、特拉法加廣場、大笨鐘、聖保羅天主教堂、倫敦塔，然後搭火車直接回達丁頓

兩人共用雅茲的雙人床，頭一晚在睡前關著燈閒聊，月光透窗灑在床上，使得雅茲覺得這晚很特別，尤其夜裡氣溫溫煦，窗戶敞開

她們躺在那裡的時候，雅茲問柯特妮為什麼不更常來首都，妳不知道自己錯過了什麼，寶貝

那是因為我爸媽不喜歡倫敦，柯特妮回答，他們覺得這裡是個鬼地方，滿是有色人種、自殺炸彈客、左翼分子、裝模作樣的演員、同志、波蘭移民，波蘭移民搶走了這個國家男男女女好好工作賺錢的機會；爸的政治觀點都是從報紙來的，逐字引用，雖然有趣的是，他跟村裡的印度裔技工拉吉是朋友，他們會一起在酒吧對酌

我說他偽善，他說，那是**拉吉**啊，柯特妮，他**不一樣**

妳可以跟妳爸說，我覺得要是沒有移民設下更高的工作標準，英國經濟就垮了，媽說，不管何時都給我來個波蘭的水管工或電工，我不要國內培養出來的那些

對他來說沒差，他說他們都一個樣子，親愛的，指的是所有他討厭的人

我等不及看他在我帶混血兒回家時，會露出什麼表情

雅茲帶柯特妮逛佩克漢姆、斯托克韋爾、布里克斯頓、斯特雷特姆

她們順著布里克斯頓大街走著，柯特妮說眼前有那麼多性感男人，她簡直要昏倒了，她忍不住盯著男生那些可口的臀部瞧，他們的牛仔褲低到露出整件內褲

雅茲注意到，那些「臀」也回報了柯特妮的注目，她的乳白胸脯從丹寧襯衫頂端顯眼地湧出

他們盯著柯特妮，而不是雅茲，平時很少有男生會打量柯特妮，常有男生打量的通常是雅茲

也不是說雅茲對那種讓褲子垂在屁股下面的男生有興趣

今天的重點是柯特妮，她根本不特別性感，此刻雅茲彷彿是隱形的，而她朋友就像是魅力難擋的女神

走在黑人女孩旁邊的白人女生，通常大家會覺得她對黑人男人是友善的

雅茲以前跟其他白人朋友有過同樣的狀況

不禁感到一種

久經世故的厭倦

她們約好要到奈娜在女王道站後面的家宅

奈娜用簡訊將走法傳來，「繞過海德公園角落就到，花哈哈」

她們抵達一棟位於安全柵門後方的大宅，必須按門鈴才能進入嘎吱作響、碎礫鋪成的車道

一位穿著黑制服、套著白罩衫的女僕放她們進玄關，那裡有大理石地板、噴泉、廊柱，以及

一路通往圓頂屋頂的好萊塢式迴旋樓梯

奈娜蹦蹦跳跳走下樓梯，懷裡捧著蓬鬆的小白球，是她的西施犬，叫梅西女士

喏，她說，把小狗塞向她們，抱抱看

柯特妮很樂意配合，甚至抱來貼在臉上，柔聲說好可愛喔，已經習慣農場動物更糟的狀況，

雅茲想像，像是豬、把手伸進乳牛的肛門，好釋放牠們便祕的屎糞

她自己則不肯碰狗，不喜歡跟那些會把自己屁股舔乾淨的生物靠太近

奈娜速速帶她們參觀完房子，雅茲覺得這也太病態了，是有錢到過分的**病態**，而不是美妙到病態

奈娜為自己母親在家居裝潢上的豪奢品味，而不是為了自己的富裕而道歉

摸東西的時候請千萬小心，死黨們！

雅茲注意到，見識到奈娜的生活方式之後，柯特妮表現得一副很榮幸能夠進入奈娜生活圈的樣子

奈娜現在是「住在鄰近海德公園的大宅的奈娜」，雅茲對這位朋友抱持的觀感，在心理上都難以抹滅或排除這一點

她意識到，知道某人家財萬貫，跟實際上近身見識到對方富裕的程度，兩者是不一樣的

*

她們結伴到海德公園散步，在陽光中順著蛇形湖漫步

雅茲望向藍色湖泊，人們愉快地享受著腳踏船和槳划船

湖周的步道似乎是有錢阿拉伯人的社交熱門路線，停車場上塞滿了車門往上開啟、黃金輪轂的名車，這些車子的價碼足以用來拯救國民保健服務

奈娜在大學通常都穿名牌運動裝，緊身上衣、短裙、高跟鞋，肩上掛著香奈兒金鍊包包

只要有群年輕男子靠過來欣賞地打量她，她的肢體語言就會隨之改變，而他們一向如此，因為她披瀉著一頭黑髮、棕色肌膚散放光澤、雙腿肌肉結實

這裡是她的地盤，她走起路來像個公主，有點自以為是

奈娜總是堅持自己是地中海人，這點讓雅茲覺得別有興味，惹瓦麗思心煩，奈娜試著說服她們，她不是黑人，甚至不是非洲人，因為她家族是來自埃及海岸的亞歷山大城

妳是非洲人，瓦麗思痛批她，快啊，承認吧，妳是非洲女人，她會撲向奈娜，假裝要痛打她，兩人會像六歲孩子一樣尖聲鬼叫

在蛇形湖走逛的人不理會雅茲，她對他們來說膚色太深（對啦，他們可以滾蛋）

他們大膽地用眼睛緩緩剝掉柯特妮的衣服，彷彿她是個女僕

柯特妮興奮不已，愛極了這種注目

雅茲不想跟她說實情

＊

她們三人討論大學的方式，跟在校園裡不同，不知怎地，今天感覺就是不一樣，她們的第一年已經過去，等在眼前的是漫長的夏天

雅茲和柯特妮打算在夏天為第二學年預做準備，開始搶讀閱讀清單，讀書加打工會讓她們忙

得團團轉

瓦麗思已經開始在伍爾弗漢普頓給更生人的慈善機構實習

柯特妮準備到薩福克一家生活風格農場商店工作，那裡的煮鍋賣價高達一萬英鎊

雅茲則在倫敦西區一家時髦餐廳當服務生，那裡的常客有寡頭政客、名人、英格蘭超級足球聯賽足球員和他們的花瓶妻子、情婦和護衛

她在自己的手機上頻做筆記，未來寫回憶錄可派上用場

然後用她的 iPhone 偷拍照片

身處自己的自然棲息地，又是焦點中心，奈娜情緒高昂，口風一鬆便說，她不打算為自己的藝術史課程啃書，因為——妳們猜怎樣？

她劈頭就說她沒那個需要

這是機密，請不要跟任何人說，尤其別跟瓦麗思講，事實上是我委託一個退休學者幫我寫論文

她轉身面對她們，期待得到欣賞和贊同的反應

雅茲驚愕不已，靜靜回答，妳應該跟別人一樣為自己的學位下工夫，我不知道妳跟那些作弊的人一樣

既然其他人都這樣，也就不算作弊了

那也不表示這樣做就是對的，況且並不是每個人都這樣

醒醒吧，雅茲，大家不會告訴妳的，是吧？卡汀的企管碩士學位花了他好多錢

雅茲納悶，她們的友誼是否能夠克服奈娜的欺瞞，加上她極度的特權，難怪她在考試前晚猛追網飛的劇集，依然能夠拿到A＋高分

奈娜是個驕縱、懶惰、失德的公主，不照規則走，為了抓住自己的特權無所不用其極，甚至要嫁給父母挑選的對象

雅茲納悶，在宿舍住同一條走廊，是白人校園裡的少數有色女孩之一，是否真的足以讓「誰也惹不起」這幫人的友誼在大學畢業後維繫下去，仔細一想，能否維持到大學第二年都難說

雅茲必須用功讀書，為未來奠定基礎，因為她必須站在頂尖的位置上，而柯特妮（或者該說，羅珊・蓋伊）說得沒錯，她現在明白了，特權的重點在於脈絡和際遇

即使她有錢，她也不會作弊，她非拿到一級榮譽學位不可，就像瓦麗思，絕對會全力以赴，她可不會拿差勁的成績，在沒有萬全計畫的狀況下，被拋入邪惡的大世界裡，上學期她遇到即將畢業的三年級生，她問起他們的下一步時，他們滿臉驚恐

新聞所的碩士學位正在倫敦召喚著，她在那裡會如魚得水，跟媽同住免去租金

她固定替學生報紙《Nu Vox》寫主題報導，而她的專欄《為什麼我的教授不是黑人？》（*Why isn't my professor black?*）靈感來自第一學期參加過的學生會議，那個月在網路上得到的評論比起其他文章都多，當中只有一半全然無知，當然了，都是些在這個星球上近親繁殖、愚蠢、種族主義、膽怯、醜陋、沒朋友的怪物匿名寫成

重點是，那篇文章讓她聲譽鵲起，使她成了校園裡的風雲人物，媒體社團和學生廣播的人會來問她的意見

明年她會試著把文章投到專業報紙和重要部落格上，她打算在第三年等資格符合時，坐上《Nu Vox》的編輯臺

她打算爭取媒體社團社長的位置

她已經在思考競選策略

那些擋她的路、微不足道的篡位者就要倒大楣了

她知道並不容易，她已經準備要背水一戰

*

雅茲反思這幫死黨的其他人

柯特妮人真的很好，原本天真單純，進大學以來成長了許多，因為加入這幫人，現在變得更世故，這些人都不是英格蘭東部典型的學生：

不好惹的人道主義者，母親是個蕾絲邊劇場咖，父親是個同志「知識分子」

超級富家女（作弊鬼），政治上跟埃及老菁英階層有關係

索馬利亞裔穆斯林女子，包著頭巾，懂得綜合武術

瓦麗思是她們當中最有深度的，因為她的家族有過如此痛苦的過去，雖說她很討厭別人替她感到難過

瓦麗思的人生是最不公平的一個，迫使她過早**成熟**

有如人生的障礙對她的逼迫，雅茲也過早**成熟**

所以《達荷美最後一位亞馬遜人》

這齣戲

就這麼開場了。

一 多明妮克

1

顛峰時間，多明妮克在維多利亞站巧遇妮辛格

倫敦這些無情的通勤者不計一切想趕搭車子，這股強大的氣勢撞倒了妮辛格

妮辛格的袋子落地打開，東西全掉了出來：護照、《倫敦入門指南》（*A-Z, Rough Guide to London*）、麻纖維包包、衛生棉條、Zenith E相機、帕瑪氏護手霜、邪眼護身符、象牙手把的獵刀

路過的多明妮克過來幫忙，兩人在站內地板上手忙腳亂將散落的物品收起來，妮辛格連聲道謝

完成之後，妮辛格再次打直身子，恢復平靜，多明妮克發現眼前就是個非凡的異象

這女人有如雕像，皮膚散發光澤，長袍飄逸，五官分明，嘴唇豐滿，細細的髒辮往下自由垂到了臀部，髮間繫著銀製護身符和鮮豔珠子

多明妮克不曾見過像她這樣的人，主動請她喝咖啡，有信心她會答應，因為蕾絲邊通常會，而多明妮克懷疑這個人就是

兩人在站內咖啡店面對面坐著，妮辛格啜著一杯加了檸檬片的熱水，這是她唯一允許自己入口的熱飲，她說，我不虐待自己的身體

同時

多明妮克喝著一杯即溶咖啡，在裡頭化了兩顆方糖，往嘴裡一連塞了幾塊消化餅乾（旁邊另有一包當點心的麥提莎巧克力球），為了自己不假思索放進身體的垃圾感到愧疚——虐待身體，沒錯，虐待身體

她不曾認識過非裔美國人，妮辛格的口音激起一種感官的愉悅，有如溫暖的玉米麵包、黏乎乎的肋骨排、秋葵、什錦飯、芥蘭菜葉、炸五花肉、炒包心菜、花生脆糖——還有她讀過的非裔美籍女作家小說裡的其他食物

妮辛格幼年離開英格蘭之後，頭一次回到這裡，之前兩周才到迦納朝聖一番，這是她頭一次回到母土，走訪了埃爾米納城堡，被捕的非洲人先被監禁在那裡，再被運往美洲為奴

導遊帶他們走進地牢，關上門

在炎熱窒悶的黑暗裡，他生動描繪高達一千人被塞在僅能容納兩百人的空間中，沒有任何便利設施或衛生設備，食物或水少之又少，前後長達三個月時間

那一刻，四百年蓄奴的痛苦歷史以前所未有的方式，進入了我的體內，我情緒崩潰，啜泣起來，多明妮克，我比以往都更加意識到，白人得負多大的責任

多明妮克壓下這麼回答的衝動：也有非洲人將非洲人賣為奴隸，所以狀況比妳說的複雜多了

妮辛格專門在「美利堅『非』合眾國」的「女子土地」上打造木屋，她自五歲起就跟母親住在美國，妮辛格的父親在英格蘭和加勒比海的幾個女子之間周遊，妮辛格的母親厭倦了，透過通訊和一位退役的英俊男子陷入愛河

母親當時才二十二歲，愚蠢地帶著妮辛格和她弟弟安迪離開他們位於盧頓的公寓，搬到了德州的拖車公園，以活動房屋為家

妮辛格和弟弟睡在小廚房邊的地板上，母親則跟男人共用收摺雙人床，在相隔幾尺的地方高聲歡愛

他從醒來就開始喝酒，夜裡則墜入酒醉嗑藥的呆滯狀態，平日四處打些零工

她母親在雞肉工廠找到工作，傻氣地相信自己可以治好他的癮頭，帶著孩子跟他共創人生

她限制他癮頭的嘗試全是白費工夫，只是常常討來一頓毒打，最後她放棄改變他，自己反倒走上了嗑藥的人生

起步原本就很糟糕，後來只是變本加厲，妮辛格發現自己在兩個差勁的毒蟲底下成長，他們並不把她跟她弟弟擺在優先

最後在她進入青春期時，難以避免的事情發生了，早先就有些徵兆，不當的碰觸和評語，原本她過於稚嫩而不懂得解讀，後來則太過脆弱而抵擋不了

母親和弟弟出門購物，她留下來寫作業時，她的處女之身被偷走

隔天早上在學校她突然哭出來之後，跟一位老師說了來龍去脈，對方是個男性，總是誇她是個聰明的孩子——那幾乎是她所認識的唯一一個好男人
一位社工受到指派，她和弟弟被送往了寄養家庭
寄養家庭照顧他們，但並不愛他們
愛得不深，而且是有條件的愛

安迪十六歲入伍從軍，不再理會變成「bull dyke」❹的姊姊，他發現她跟她女友同床時，就這麼叫她

幸運的是，我還滿聰明的，用功讀書最後進了剛解除種族隔離的德州奧斯汀大學，而不是當地的社區大學
一畢業，我就去住女性公社，遠離我弟弟和**那頭野獸**那類的人
這時我母親死於嗑藥過量
我和我弟在葬禮上沒講話
從那以後就沒說過話

---

❹男性外表或舉止的女同志。

多明妮克坐在那裡聽著眼前這位非凡的異象說話，這女人超越了恐怖童年的悲劇，成為如此高貴的人，散放如此的溫暖和經驗

在大家眼中，多明妮克個性強悍、自給自足，但是跟妮辛格比起來，她並不是，妮辛格強大、難以征服，她的存在和精力主宰了這家咖啡店，嗓音裡那種異國風情的感性長音，填滿了灰濛濛的星期一下午

妮辛格是個女同志，性感姊妹、靈感來源、特殊現象

多明妮克想對著這女人蜷起身子，受她照護

這是種嶄新的感覺，因為她從離家以來一直是全然獨立的，而現在她卻覺得如何？興奮？絕對的

也許她愛上了全然的陌生人

我想妳可能說得對，多明妮克那天後來回答，兩人坐在萊斯特廣場（Leicester Square）的Cranks全食餐廳，妮辛格表示她跟金髮女友的交往史，可能是一種自我厭惡的徵象；妳必須問自己，是不是受到白人理想美的洗腦，姊妹，妳必須更精進自己的黑人女性主義政治，知道吧

多明妮克忖度，對方說得有沒有道理，她為何老愛找刻板印象中的金髮女性？艾瑪曾經拿這點調侃她，但並未語出批評；艾瑪自己是各種混合的產物，常有不同膚色的伴侶

相反地，妮辛格在種族隔離的南方成長，不過這樣不是應該會讓她更傾向種族融合，而不是反對嗎？

多明妮克納悶她是不是真的被白人社會洗腦了，納悶她是否有愧於自己最珍惜的認同——黑人女性主義

她判定妮辛格是個天使，被派來幫助她成為更好的自己

她成為妮辛格在城裡的私人導遊，積極炫耀自己對這城市的歷史和熱點有多熟悉，在公車跳上跳下，抄捷徑穿越迷宮般的地下隧道，鑽過城市最老地區的古老巷道，帶妮辛格參觀將近兩千年的羅馬殘壁，退潮時分帶她到布滿石頭的泰晤士河灘，拾荒者在那裡用拖網尋找底下是否埋了考古遺跡，穿越無數的公園、綠地、公共花園、更荒野的公共用地，沿著運河一連散步好幾個鐘頭，從小威尼斯（little venice）到沃森斯道（Walthamstow）的濕地，搭河輪前往格林威治（Greenwich）和邱園（Kew）

到了晚上，她們溜進隱密的女性酒吧

在昏暗的角落裡親熱

她們認識的當天晚上就上床了，之後每晚都是

如此崇高，如此精神性，多明妮克在兩周之後復工，面對滿桌子未完成的工作時，她對著艾瑪讚不絕口

我這輩子終於第一次正式墜入愛河，對象是個我見過最美妙的女人，她從內在力量的位置渴望著我，艾瑪，聽起來可能很怪，但對我來說是如此新穎，也性感得要命，彷彿她只要想要，

都能將我剝光（她確實如此），而我覺得無助且受到支配（我喜歡這樣），而我以前的戀人總是
從一個軟弱的、崇拜的位置渴望著我，這點再也挑不起我的興趣
我們兩人之間的張力彷彿充滿靜電，小艾，我好像被充了電似的，我們無法忍受分開，連五
分鐘都沒辦法，妮辛格對於怎麼在壓迫人的白人世界裡，作為一個得到解放的黑人女性，是如
此睿智博學，她讓我大開眼界，唔，對於一切，她就像是愛麗絲・沃克（Alice Walker）－奧德
麗・洛德－安吉拉・戴維斯－艾瑞莎・弗蘭克林（Aretha Franklin）合而為一，真的，小艾

艾瑪回答說，這個妮辛格肯定與眾不同，才能讓我們之中最酷的女同志搖身變成眼冒愛心的
青少年，所以我什麼時候可以見見這個愛麗絲－奧德麗－安吉拉－艾瑞莎啊？對了，她的真名
是什麼？

是辛蒂，如果妳非得知道，**千萬**別跟她說是我跟妳講的

多明妮克同意帶妮辛格到國王十字的非法住屋那裡吃午餐，但妮辛格嚴格要求只能邀請有色
女性參加，而餐點必須全部是蔬食、有機且新鮮
不然她沒辦法在同一個空間自處。

2

妮辛格踏進艾瑪在自由共和國的房間門口時，確實儀表非凡

她至少有六尺高，一頭裝飾華美的髒辮、掛著生育娃娃木頭大耳環，紅長褲、乳白色刺繡連衣裙，踩著羅馬式綁帶涼鞋

她年紀比她們稍長，但看不出實際年齡

艾瑪注意到，她的存在感強大到會削弱他人

妮辛格抵達以前，艾瑪的客人們出於愛屋及烏，因為喜歡多明妮克而想要喜歡妮辛格，現在既然她來了，她們都想打動她

艾瑪希望妮辛格能夠證明自己值得多明妮克的愛

妮辛格盤腿坐在一圈女人之間，大家準備席地用餐（艾瑪發現用餐桌太過郊區風格）

蔬菜燉鍋、番薯、沙拉、全麥麵包都擺在塑膠桌巾上，攤在大家面前

（餐點都是從廉價超市買來的，沒一樣是有機或新鮮的，蔬菜經過料理或切碎後誰看得出來啊，妮辛格好大膽子竟敢要求每個人照她的偏好進食）

對話生氣蓬勃，人人都想跟妮辛格講話，她得到的敬意並不是她自己掙來的，艾瑪心想，只是單靠一副沼澤女神巫毒女王的外表

妮辛格吸走了全部的注意力，她對每個人都很友善，不，應該說對每個人都很**寬大**，最後卻毀於一旦，因為她有點諷刺地聲稱聽到這麼多黑人女性講起話來這麼**英式**，真是詭異

艾瑪想，她是在控訴她們太像白人，或者最多是說她們黑得不夠真實，她以前就碰過這種狀況，外國人把英國口音跟白人畫上等號，她總覺得有必要為這點挺身說話，因為那種想法暗示

著英國黑人比不上非裔美國人、非洲人或西印度群島人

不管怎樣，這或許能夠解釋，多明妮克跟妮辛格才交往沒多久，為何就換成一口美式腔調

（噢，多明妮克！）

那是因為我們就是，艾瑪回答，英國人，**我們全部**都是，對吧？但她本能地感應到，直面挑戰妮辛格並不明智

妮辛格毫不遲疑地回答，黑人女性只要發現種族歧視就有必要指認出來，尤其是內化後的種族歧視，那種自我厭惡深深注滿我們的內心，讓我們轉而排斥自己的族群

艾瑪突然想到，這女人會是個可怕的對手，先前散放暖意的那種能量已經迅速轉化為輻射向來大聲堅持己見的多明妮克，這回卻對室內那種雙邊張力毫無所覺——兩個領頭女性正準備大戰一場

她只是坐在愛人身邊撒嬌

我們必須警醒，妮辛格對似乎被她催眠的那群女性說，我們必須小心讓誰進入我們的生活，她說，現在不掩敵意地瞪著艾瑪，我們當中有些女性是被差遣來毀掉我們的，內化的種族歧視無所不在，我的朋友（**她的朋友？**）

我們必須對每件事、每個人保持警覺

講完重點後，她繼續對艾瑪不理不睬

我們也必須對自己的語言保持警覺，她說了下去，妳們有沒有注意到，比方說，「黑」這個字永遠帶有負面意涵？

令艾瑪氣餒的是，大家頻頻點頭稱是，她們到底怎麼回事？

妮辛格接著說起這些事情的種族暗示：踩在黑色門墊上而不是跨過去，不穿黑色襪子，（為何要踐踏自己人？）永遠不要用黑色垃圾袋，她指示，至於黑函、反對票（blackball）、黑色情緒、黑魔法、害群之馬（black sheep）、黑心，舉例來說，我從不穿黑色內褲，何必對自己拉屎？我很訝異妳們原本不知道這些事情

更多人點頭如搗蒜，艾瑪頻頻對多明妮克使眼色，她是來真的嗎？妳是來真的嗎？但多明妮克欣然接受這堆蠢話

艾瑪受夠了，看到其他人的腦袋都化成糨糊，她只能獨力應付這個女人

對我來說不是問題，她說，因為妳們猜怎樣，我小時候戒掉尿布之後，就沒在自己的褲子裡拉過屎

房內竄過一波可以明確感知的壓抑笑聲，太好了！她打破了妮辛格的魔咒，妮辛格氣壞了，沒時間耗在這種廉價笑話上，艾瑪，我想妳需要聽聽鮑伯・馬利（Bob Marley）的〈救贖之歌〉（Redemption Song），將自己從奴役心態解放出來

艾瑪考慮感謝妮辛格告知她，她在心態上受到奴役，然後告訴妮辛格，非洲人被指稱為黑人，是「黑」這個字出現在英語裡許久之後的事，所以如果溯及既往，將種族歧視的意涵加諸於日常表達上，是完全說不通的，如果這樣做，就會把自己逼瘋，很遺憾地說，也會把妳身邊的其他人逼瘋

我很訝異妳原本不知道這一點

妮辛格不到一分鐘就告退，拖著多明妮克一起走
艾瑪很高興目送那個可怕的**辛蒂**離開
以前的多明妮克要是站在她的立場上，肯定也會這麼做
不管那個巫毒女王講出什麼屁話，新的多明妮克一概買帳
怎麼會發生這種事呢？
艾瑪希望等這個女人回美國，這個妮辛格階段會跟著結束
她**就要**回美國了，不是嗎？

在兩人熱戀的末尾，多明妮克（膽怯地）在電話上通知艾瑪，妮辛格對她下達最後通牒，說
要不是跟她回美國，不然就此分道揚鑣，我不接受遠距戀愛這種東西，親愛的
艾瑪告訴她，她瘋了，別跟那個女人走，多明妮克，別去
但既然找到了真愛，多明妮克便追隨愛前往美國。

3

妮辛格是絕對禁酒、素食主義、不抽菸、激進女性主義分離主義蕾絲邊造屋者，在全美各地

的「女子土地」生活與工作，完工後便轉移陣地，是吉普賽造屋者

多明妮克則是喝酒、淺嚐毒品、大菸槍、蕾絲邊女性主義、肉食者、愛跑夜店的人，為女性劇場製作節目，住在倫敦的公寓裡

不久，她就在稱為「精靈月亮」的女人土地上成了絕對禁酒、素食主義、不抽菸、激進女性主義分離主義蕾絲邊造屋者，那裡只准女同志入住

其他女性可以來訪，成年男性與超過十歲的男孩一律不行

她們的工作室專門協助建造價格合理的房子，以便吸引更年輕的女性來活化逐漸老去的社區

精靈月亮座落於鄉間，放眼即是無盡的空間和遠景，令多明妮克覺得精神煥發，倫敦則充塞著汙染空氣、骯髒街道、狂亂氛圍、冰冷剛硬，那裡的生活步調如此快速，從布里斯托初次抵達倫敦以來，就被捲進了陽性（妮辛格指出）的大都會漩渦裡

她們分配到莊園裡最遠地區的原木小屋，那個隔絕的角落充滿田園風光，兩人可以遠離塵囂互相依偎，在敞開的火爐上烤煎餅

眼前是一片田野，屋後則是山毛櫸、樺木、槭樹組成的林地

頭一晚，多明妮克興奮得睡不著，她坐在迴廊上，在黑暗中傾聽鄉間的陌生聲響

艾瑪怎麼會想阻止她經歷這等好事呢？是出於嫉妒嗎？有如妮辛格懷疑的，說自己篡奪了艾瑪的位置，成為多明妮克生命中最重要的人，艾瑪因而無法接受？

確實，她和艾瑪一直是沒有性愛關係的靈魂至交，而現在妮辛格是她的靈魂至交、一個徹頭徹尾、絕無僅有的女神，艾瑪為什麼看不出來？她在那頓晚餐上的粗魯無禮簡直不可原諒，妮辛格只是試著要幫忙大家明白種族歧視的運作方式，她怎麼可以扭曲妮辛格的話呢？

妮辛格是個心胸寬大的好人

她降落在多明妮克的人生裡，多明妮克過去在不同戀人之間流轉不停，準備接受不同的東西

她厭倦了劇團的營運，投入太多時間撰寫補助金申請表，而回報只有區區百分之十

她對這件事大發牢騷的時候，艾瑪並未真正去面對，反倒總是提醒她，她們兩人是多麼棒的團隊，小多，看看我們到目前為止做出的成績

是，但內心深處，多明妮克想要新的東西，想要一場歷險，雖然她沒清楚說出口，也不知道會以什麼形式出現

在希臘萊斯沃斯島上度過長長的夏天，跟幾百個蕾絲邊一起在海灘上露營，連續這樣七年之後，對她不再那麼有吸引力

到歐洲城市度個短假還可以，但難以讓她覺得滿足，她去過迦納幾次，知道不大容易以出櫃的蕾絲邊身分在那裡生活，而她對於到國外教英文作為第二語言沒興趣，對二十幾歲的年輕人來說，這個選項頗受歡迎

然後在維多利亞地鐵站，金星將妮辛格送到她的面前來，賜給她翻轉一切的偉大愛情

在精靈月亮的頭一周，她們受邀到蓋亞之家吃自助餐，蓋亞是這片莊園的主人，在遺囑裡將

這片地產餽贈給受託人，確保這裡永遠都能作為女人土地

她的家是個不規則延伸的長方形平房，有拱形天花板、拼布罩單、女體曲線雕刻、陶製花瓶、田園牧歌畫作和織錦壁掛，一概出自蓋亞之手

完全沒有男人的形象

到處都沒有

她們湧到屋外享受溫暖的夜晚，插在地上的火炬點亮草坪

瓊・拜雅（Joan Baez）的清亮高音、瓊妮・密契爾（Joni Mitchell）的淒切低音、瓊・阿馬特雷丁（Joan Armatrading）和崔西・查普曼（Tracy Chapman）更豐富、悅耳的低音，從迴廊上的唱片轉盤上傳送出來

多明妮克聽到蟋蟀聲，遠處的貓頭鷹啼鳴，享受彼此陪伴的女性低哼，她著迷不已，覺得自己好似穿越時空的旅人，進入了一個神奇的另類社會

這些女人的臉都曬成古銅色，模樣健康，似乎無憂無慮，彷彿她們跟自己和彼此都相處自在

這種快樂開懷對多明妮克來說很奇怪，她在這群陌生人之間遊走，她們也都以真心的熱忱問候她

這是祕教嗎？

她習慣冷靜自持的倫敦人，他們會先以批判的眼光打量你，再決定你是否值得他們投注時間和對話

蓋亞的灰髮攏成了髻，其他人則是留辮子或理平頭，有幾個黑人女性偏好單純的玉米辮

她們穿著牛仔褲和休閒褲、T恤和寬鬆的襯衫、馬甲或背心、運動裝和寬鬆洋裝，沒人化妝或穿高跟鞋

她們自釀啤酒，擁有一座葡萄園，有幾個人抽菸和抽大麻，多明妮克渴望抽菸放鬆一下，但她向妮辛格保證過，不會再碰那些東西，同意一個中毒身體就是中毒心理的徵兆

住在這個社區裡的女人來自各行各業，也有人原本是家庭主婦，她們是工匠、主廚、老師、農人、店員、樂手，其中有不少人都退休了

多明妮克好奇想知道更多

蓋亞告訴她，她在五〇和六〇年代經歷過社會跟立法接納的戰鬥，最後決定背離男人，她受夠了父權主義

她繼承父母在長島的大宅時，買下了這座農場

她想念男人嗎？

從不，精靈月亮的女人嘗試過和諧的生活，即使爆發爭端，我們也會舉行聊天會，想辦法解決，女人們可以選擇隔開幾百英畝生活，等情勢冷卻下來再說，不和可能會花上幾年才修復，久而久之，大家就會彼此原諒，即使傷疤仍在

偶爾會有居民被迫離開，因為暴力或偷竊這樣難以寬恕的行為，如果女人轉為異性戀，想跟男人交往，就必須離開，但如果保持獨身，就可以留下來，我們曾經有個女人轉向，被撞見晚

上偷偷帶男人進這片地產

她就得離開

多明妮克說女人們似乎非常放鬆，沒有她想像的那麼凶悍嚴厲，她自己甚至曾經受到這樣的指控，雖然凶悍嚴厲也沒什麼不對

在這裡沒必要凶悍嚴厲，多明妮克（妳的名字真美），因為這裡沒有男人，那就是為什麼我們在妳眼中這麼平靜，我們可以只當自己，重新取回女子神性，跟大地之母連結並保護之，分享我們的資源，共同做出決定，但同時保有自己的隱私和自主，透過瑜伽、武術、散步、跑步、冥想、靈性追求，自行療癒女性身體和心靈

只要對我們每個人有效的任何做法都行

多明妮克自由地閒聊，在女人們之間自在移動，對她們深感著迷，她們對她也有同感，英國黑人女子在這些地區很罕見，她們表示，明顯表達對她的好感

她很習慣如此，也樂在其中

妮辛格整晚都待在迴廊的座位上，一臉陰沉，大家接近她的時候都小心翼翼，只要多明妮克望過去，就會注意到妮辛格監測著她的一舉一動，雖然她不以為意，繼續融入群體，跟一個叫艾瑟的迷人美洲原住民女性相談甚歡，後者穿著貼身運動服，在鎮上教婦女阿斯坦加瑜伽，她希望多明妮克能來參加她的六十五歲生日派對

我很樂意，多明妮克回答，稱讚艾瑟模樣比實際年輕，沒想到這時妮辛格輕拍她的肩膀

我們得走了

真的嗎？

她們頂著夜色走回家，穿過田野間闢出的小徑，妮辛格舉著火炬照亮前路，遠離倫敦的慣常生活，來到這個特別的地方，多明妮克覺得相當開心，她也會變得很嬉皮風嗎？

妮辛格靜默了一陣子之後宣布，我們最好別再社交了，一次就夠了，我來這裡是為了跟妳在一起，不是跟她們，對於白人女性跟她們那些馬屁精的虛假友誼，我頂多只能忍受到這個程度，如果她們邀妳去參加聊天會，就拒絕，她們的賤招就是先查出妳的私事，以後拿來對付妳記得我們是來這裡工作的，如果我們模糊了界線，只會把事情搞砸，相信我，別相信那些大地之母的屁話，我在這些女人的社群裡活動夠久，知道這些巫婆就跟外頭那些人一樣壞心眼

如果妳對她們那麼不滿，我們為什麼還要來這裡？多明妮克問

因為我不想住在男人的世界裡

她們繼續邊聊邊走，踩得石地嘎吱響

在我身邊，妳很安全，妮辛格說，雖然多明妮克並不覺得自己特別不安全

在我身邊，妳就完整了，雖然多明妮克並不覺得自己不完整

在我身邊，妳就等於回到家，因為家是一個人，而不是一個地方

妮辛格說她一直想把多明妮克的名字改為索傑納，一種女性主義的重新洗禮，依據反奴隸制

度的運動者索傑納．特魯思，然後說起一段膚淺的歷史，雖然多明妮克很清楚那個傳奇的廢奴運動者是誰，任何自尊自重的黑人女性主義者都知道，她也這麼說了

妮辛格還是唸了她一頓

這會是妳新自我的女性主義甦醒，妮辛格解釋，這個名字比女性化的多明妮克更妥當

我喜歡我原本的名字

那就留著吧，反正我會叫妳索傑納，親愛的

多明妮克決定，妮辛格想怎麼叫她都隨她高興，反正她不會回應該死的索傑納或其他名稱，妮辛格開始表現得有點奇怪，也許艾瑪當初警告得沒錯，別跟那個女人去美國，小多，妳會後悔的

她們原木小屋的迴廊光線從黑暗中浮現，妮辛格說在只有女性居住的土地上，黑暗沒什麼好恐懼的

多明妮克認為，強暴犯和連續殺人狂不需要跟腦外科醫師一樣聰明，就可以越過高高的圍籬，染指他們的獵物

她們在臥房裡點亮蠟燭做愛，妮辛格說那就是她們分享最深刻連結的方式，多明妮克也同意，和妮辛格之間的性愛是無上享受的體驗，因為主要由妮辛格來服務她，而她發現這是她所喜愛的，相反於她過去在性愛上那種平等的狀態，現在回顧起來，並無法給她滿足感，雖然當

時不這麼覺得

事後，她們清醒地躺在彼此的臂彎裡，多明妮克確實覺得完整，或者至少覺得更完整

妮辛格往上凝望木料天花板的低矮橫梁，說既然她們兩人顯然會共度下半生，多明妮克有權聽更多她的人生故事，從她的第一個伴侶蘿茲說起

多明妮克認為這話說得太早

當妳還只有二十幾歲

人生是個往未知未來延伸的遼闊距離

現在還太早，妮辛格

她想要這麼說

妮辛格在奧勒岡的女子土地認識蘿茲，以為對方是她人生的摯愛，那個白人女性年長幾歲，讓她明白，沒有男人，女人會幸福許多

蘿茲什麼都會建造，從花園棚屋到樹屋到小木屋到大房子和穀倉，妮辛格是她的學徒

頭幾年她覺得備受珍惜，很有福氣

白天並肩工作，夜裡一起歡愛，這種存在方式充滿田園風情，最後她卻發現蘿茲隱藏了酗酒的癖性，藏了一堆琴酒，趁妮辛格入睡的時候喝

在頭一次對質之後，妮辛格不管做什麼都不對

兩人起了爭執，起初唇槍舌戰，後來拳腳相向，家飾品砸爛、家具翻倒、窗簾扯破、窗玻璃

砸裂，有天晚上蘿茲被送往醫院，斷了骨頭，輕微腦震盪，所幸並無大礙，沒有生命危險

那個（全是白人，當然了）女人社群責怪妮辛格，說她們受夠了，說她該離開了，真不公平

她被無情驅離，所有的物品塞在帆布背包裡，被押送到大門，趕進了外在世界

她花了好幾年時間才對這種不公義釋懷

妮辛格上路了，受雇於東海岸的女性社群，情緒上漸漸復原，陸續跟幾個人交往過，當對方露出真正的本性時，就撕破臉結束關係，她決定尋找真正的靈魂姊妹，這又花了幾年時間

我得遠道到倫敦才找到她

就是妳——索傑納

妮辛格轉頭面對多明妮克，枕頭貼枕頭，用碩大強壯的雙手捧住她的臉頰

既然我都向妳敞開自己了，從現在起我們之間不要再有任何祕密，我想知道關於妳的一切，而妳也會知道關於我的一切

同意嗎？

多明妮克點點頭，但意識到自己幾乎不可能搖頭，因為腦袋被妮辛格鐵鉗般的雙手制住，那個動作不再溫暖浪漫而變得機械化

妳還愛我嗎？

比以前更愛，多明妮克老實回答，因為妮辛格坦率堅強地克服種種試煉而更加欣賞她

她很感激這樣的女子選擇了她

或者該說

有如妮辛格所說，愛選擇了她們。

4

幾個月之後，選擇了她們的愛常常動盪不安

她們起爭執的頻率超過多明妮克這輩子的經驗，狀況嚴重到她開始納悶妮辛格跟蘿茲決裂的真相

妮辛格向來自認完美無瑕

妳的問題就是，索傑納，妳習慣帶領而不是被帶領，她會說，記得妳是我的學徒——建造房子，活出真正激進分離主義女性主義蕾絲邊生活，避開敵人，擺脫化學毒素生活，依靠土地生活，並活在土地上——如果妳不管什麼都堅持要跟我對抗，就不可能成功

所以我們的戀愛關係什麼時候變成師徒關係了？我自己就是個領導者，不是嗎？

啊，但那是妳的真貌嗎？妮辛格挑釁，半夜時分多明妮克急著想睡，她們已經吵了幾個鐘頭，就在她打起瞌睡時，妮辛格會將她搖醒，開始重複同樣的要點

妳要不要放下強悍姑娘的武裝，**順其自然**就好？

妳要不要挖掘自己內在深處的真貌？

妳要不要讓自己盡情享受受人——徹底的——照顧？

多明妮克的感受矛盾紛雜，妮辛格依然耀眼，依然高貴，依然是她付出熱情的對象，她依然相信對方真心為她著想，當初將她從倫敦拯救出來

對方也時常如此提醒她

平順時，多明妮克陶醉於這份愛或許真的能夠永續下去

不順時，她忖度自己到底為何要跟一個想過度操控她整個人生，包括她的心思的人在一起

為什麼妮辛格認為，跟她陷入愛河，就表示必須放棄自己的獨立，徹底屈從？

那不就跟男性沙文主義一樣嗎？

過一陣子之後，多明妮克覺得自己變了個樣子，腦袋朦朧，感情原始，五感強化

她享受性愛和深情——當夏季降臨，在屋外的田野上，在熱氣裡肆無忌憚裸著身體，完全不必擔心有人會撞見，妮辛格將之稱為多明妮克的性愛療癒，彷彿兩人相遇以前，她受過多大的磨難

多明妮克不予追究

她想找朋友將這個狀況徹底談談，她最想找的對象是艾瑪，或是精靈月亮的那些女性，她需要聽聽別人的想法，但別無可能，因為妮辛格不讓她們靠近，多明妮克只要有意跟共事的女性交朋友，妮辛格就會挑起事端

她判定不值得掀起這種風波，她前後寄了三封信給艾瑪，遲遲沒接到回信，卻收到了父母和

手足的回音

艾瑪還在氣她離開她跟劇團嗎？

她提議要到鎮上郵局打越洋電話給艾瑪時，妮辛格陷入嚴重低潮好幾天

這是多明妮克排斥她的表現

多明妮克再也不曾提起。

5

多明妮克抵達精靈月亮以前，對打造房屋抱著純然浪漫的懷想；她想像自己原本精實頎長、受人仰慕的身體，順應自然加以運用——在廣闊的戶外工作，費勁的肢體勞動、跟同事相濡以沫、汗流浹背、沾染塵土，期待在一日末尾沖洗乾淨，最後坐下來飽餐一頓——之後，會變得更結實、柔軟和強健

工作會很單純，活力充沛，令人開心滿足

唔，實情並非如此

她從未搬過比舞臺負重磅更重的東西，發現日日八小時的勞動難以置信地磨人，她的關節發疼，從來沒時間可以恢復，即使戴了保護手套，原本平滑優雅的雙手依然磨出水泡，割傷處處，變得粗糙，而且必戴的頭盔並無法替她的臉龐擋去陽光

她想像自己未來會成為：幾乎跛腳、長繭，臉龐就跟垂老漁夫一樣凹凸不平

多明妮克判定自己不適合這樣的工作，跟她的同事不同，她們的身材有如磚房，包括妮辛格

她們有男人般的外表，她不是，即使她是（她從來不覺得有必要將自己分類），顯然在女漢子的宇宙裡，美國女漢子遠遠勝過英國女漢子

在她們身邊，多明妮克覺得自己相當女性化

上工第二周開始，她不肯起床，因為她覺得自己的背部彷彿斷了，是的，斷了，她告訴妮辛格，一臉愁雲慘霧，眼角含淚，最後妮辛格保證發派輕鬆點的職務給她，我總得照顧自己的寶貝，對吧？

此後，多明妮克的職務都圍繞在次要的工作上，像是敲釘子、在木框上釘絕緣材料、油漆、裝潢、一天供應幾次咖啡和點心

在家裡，妮辛格堅持清掃這座原木小屋，因為她想盡可能確定裡頭沒有灰塵

多明妮克沒反對，她自己對家務的看法向來是在房裡輕快地走來走去，舉著羽毛撣子揮掃各種平面

妮辛格也堅持要下廚，因為只有她明白怎麼替她倆調配均衡的營養，以便維持完美的健康，多明妮克原本不會介意，只是妮辛格煮飯不加鹽巴，家裡禁用鹽巴和香料，妮辛格說香料會刺激腸胃和情緒

吃飯成了不愉快的磨難和佯裝享受的演出

妮辛格也替多明妮克洗衣服，手洗，因為我是妳的愛奴，她說，只是在說笑，或許不是，儘

管多明妮克抗議說她想自己洗內衣褲，尤其是那些沾了經血的

多明妮克開始後悔自己任由妮辛格扛起所有的事情，替她做一切決定

她開始渴望自己做點家事，渴望下廚，渴望清掃，渴望做點更需要動腦的工作

她的生活變得毫無目標，除了無條件愛著妮辛格，以及越來越順從她

連最簡單的事情都成了困難的來源

她穿著（及膝）短褲搭上（無袖）寬鬆棉衫到鎮上，男人瞅著她看，真的是她的錯嗎？

她真的必須遮掩身體，而不是「做出撩人的打扮」？有如妮辛格所控訴的

她為什麼應該換成幾乎短到頭皮的髮型（以往通常是濃密波浪的非洲混搭印度風），妮辛格特地買來理髮專用的剪子並且親手剪成

她早上去拿麵包的時候，為什麼不應該跟溫和的社區麵包師傅緹莉閒聊

因為那些狀似很好的女人就是最懂得以退為進，最終也是最危險的，因為她們會介入我們之間，妳難道不明白，大家都想破壞我們偉大的愛情嗎？

她為什麼不應該讀她到鎮裡圖書館借來、男人寫的書？

妳不能一面過著女性主義的生活，腦袋裡卻塞了男性的聲音，索傑納

那樣根本說不通，太過頭了

妳幹嘛不閉上妳該死的嘴巴

她們坐在床上，又是大半夜，連續好幾個小時，妮辛格為了她交過的女友纏著她不放，妮辛格動不動就端出這個話題，這一次試著說服多明妮克她們只是玩物，對她來說毫無意義

多明妮克厭倦一直試著說服妮辛格，過去那些女友完全威脅不到兩人當前的關係，她已經跟妮辛格說過很多次，她對其中幾位的愛，比起她對妮辛格的感受根本不值一提，沒意識到承認對前任有過任何一種愛，都是不可被接受的

她想要離開房間，到小屋的其他角落或是到前廊上睡覺，只要能逃開妮辛格不斷的單調低喃；不可能，因為妮辛格會跟著她離開房間，繼續說個沒完，有時直到黎明

她們都是白人女性，絕對不會留下來

離開她們的是我，真的，向來是她主動甩人，從來不是被甩掉的那個

我的重點是，只有黑人女性可以真正愛上黑人女性

好啦，我投降，我同意，我們把燈關了睡覺去

我不希望妳投降，我要妳改變，我要妳更深層地了解我的推論方式，接受它為真理。

6

多明妮克來精靈月亮已經快一年，某天近晚木屋響起了敲門聲

妮辛格正在煮飯，多明妮克一直躺在沙發上空洞地盯著天上飄動的雲

站在眼前的正是艾瑪，看到她一臉興高采烈

我的老天，多明妮克大喊，能夠見到她實在太好了，兩人狠狠擁住對方

我好擔心妳，小多，妳抵達以後只寄了一張明信片，妳一直沒回我的信

什麼信？多明妮克正準備要問，這時妮辛格出現在她背後，問她為什麼邀請這個人過來？

沒有啊，多明妮克畏怯地回答，艾瑪來了，這不是很棒嗎？

妮辛格一語不發，回到廚房繼續料理

妮辛格的無禮嚇唬不了艾瑪，艾瑪闊步走進開放式客廳加廚房的主要區域，仔細察看的神情彷彿想看橫梁的肉鉤上是否掛了屍骸

她將背包一把丟在地上，往沙發用力一坐，渴死了，小多，給我一杯加冰塊的通寧水，可以加點伏特加進去，妳知道怎麼調

多明妮克不得不解釋，家裡是無酒區域，一邊從過濾水壺倒水給艾瑪

從什麼時候開始的，艾瑪（用表情）問

妮辛格默默地烹調著帶著蒜味的濃稠豆子和蘑菇燉菜，搭配全麥麵包，創造出某種充滿張力的氛圍

在木頭餐桌上——兩側各有一張長凳

妮辛格邊吃邊盯著食物，多明妮克可以看出艾瑪覺得這餐飯淡而無味，難以入口，她討了鹽巴，但屋裡沒有

到現在，多明妮克已經習慣無鹽無香料的菜餚，起初的渴望已經消失，她的胃口已經調整了

自己的期待

她向朋友問起家鄉的故人舊友，急著想知道八卦，小心不露出她對自己拋在後頭的那些人的感情，也小心不要流露離開他們而感到的遺憾

艾瑪拋回幾個問題，關於在精靈月亮的生活

多明妮克告訴她，她們一星期有五天都在建房子，有時候六天，傍晚回到這裡的時候，通常早已筋疲力盡，妮辛格晚上會準備一大堆食物，夜裡一般早早就寢，周末則去購物和散步，她們有個菜園需要照顧，看書——想也知道是女人寫的書，最好是女性主義者，有時候她們會到鎮上看電影，如果被內容冒犯就直接走出去

她想要補充——有點像是妳跟我早期在劇場的日子，艾瑪，只是當時只要內容冒犯到我們，我們一定會先鬧場才離開，她沒說出口，因為妮辛格會覺得受到貶抑，會指控多明妮克將自己跟艾瑪鬧場的叛逆事蹟，拉到高過她倆相當被動的電影院出走行動

多明妮克回答艾瑪的問題，不，她們不跟社區裡的其他女人往來，寧可不要有所牽扯，是，生活很安靜，她們就喜歡這個樣子，很完美，就是這樣，完美無缺

多明妮克說話的時候，因為自己的生活聽起來如此可悲禁欲而難為情，缺乏家鄉那種熱鬧多事，無止無盡的關係風波和女性的場景，經營劇場的順境逆境，城市本身、政治、示威反對柴契爾夫人、抗議第二十八號條款、為了「奪回夜晚」婦女運動而遊行、在格林漢康蒙和平營過周末；遊走法律邊緣的朋友捲進了「遺失」支票本騙局，在購物袋內面鋪了錫箔紙，避開百貨公司的警報偵測系統，在地鐵站跳過刷票閘欄逃票，通常也會闖紅燈

感覺彷彿好久以前，如此遙遠

跟妮辛格共度的一年，她並未定期向艾瑪報告目前的狀況，要不然艾瑪肯定會針對一切質疑和挑戰她

艾瑪一直是她徵詢意見的對象，向來對她實話實說，是她的頭號支持者

妮辛格只在吃完以後才抬起頭來，打算上床就寢，她將陶碗拿到金屬水槽，還沒走到以前，就使勁將碗扔進去，碗砸破了，碎片四濺

她與艾瑪擦身而過，氣沖沖地朝臥房走去，索傑納，要來嗎？

誰是索傑納？多明妮克彈起身來的時候，艾瑪問

多明妮克離開的時候沒回答

當時晚上七點

隔天早上，多明妮克找到機會跟朋友坐在屋外階梯上，妮辛格正在淋浴

她要花十分鐘，多明妮克說，緊張兮兮地瞥向背後，這是她不肯放棄的儀式，即使妳在這裡

艾瑪提議她們離開這個精神病院到外頭散個步，多明妮克說坐在前廊上就可以了，要不然妮辛格會起疑

起疑什麼？

7

那天早晨，木屋對面的田野上長滿綠油油的黑麥草，一路延伸到這片地產一望無際的盡頭遠處可見一片松木林，天空晴朗無雲，藍得美妙無比

多明妮克得意地向艾瑪炫耀這片景致，很清楚艾瑪倫敦公寓的窗戶，臨著一間酒吧的發黑牆壁和咕嚕作響的水管

艾瑪肯定會同意她至少在某個層面做了正確的決定吧──這裡是天堂，對吧？

艾瑪嘀咕了點關於地方對但人錯了的話，對那杯她被迫喝下的恐怖蒲公英「咖啡」發了牢騷，因為這裡禁止真正的咖啡，她現在因為咖啡因戒斷而腦袋抽痛，吃了止痛藥也幾乎止不住，妮辛格撞見她吃早餐時從塑膠包裝擠藥出來，斥責艾瑪將藥帶進她的家

那是她到目前為止跟我講過唯一的話，小多

她們坐在那裡片刻，靜靜吸收這番話，多明妮克納悶艾瑪什麼時候會大發議論

她並未令人失望，她滔滔說起朋友受制於邪惡辛蒂的魔咒，她難道不知道祕教領袖會將追隨者跟家人、朋友、同事、鄰居和任何可以介入並說「嘿，這裡是怎麼回事」的人隔絕開來，藉此控制他們嗎

我要組織一場救援行動，小多，倫敦的一群朋友會像特種空勤團一樣降落，將妳從徹底瘋狂

的辛蒂手中救出來

她自己笑了，但多明妮克並沒有

我正在嘗試某種東西，小艾，我在嘗試新的生活方法、新的存在方式，妮辛格向我示範怎麼活出真正女性主義的生活，男性能量帶來失序，艾瑪，父權制度引起分裂、暴力而且獨裁，厭女傾向是這麼不經思考地根深柢固，我現在明白女性為什麼永遠放棄男性，這裡好特別，可以不用每天應付男性的壓制，給人無比解放的感覺

我認識的妳一向喜歡男性，小多，我們甚至愛著跟我們親近的那些男性，我們懂得父權制度的弊端沒錯（對了，多謝妳告訴我它是怎麼運作的），可是我們將男人視為個體，不是嗎？妳從來就不是分離主義或厭男主義者，妳發生什麼事了？

她什麼事**也沒有**，妮辛格的聲音在她們頭頂上轟然響起，她正站在她們背後

她用蒙著濕氣、肌肉結實的腿，卡進兩個女人之間，再用另一條腿，有效地將她們的身體分開——她們原本勾著手臂

妮辛格在自己創造出來的空間用力坐下，她圍著毛巾，依然濕答答滴著水，滔滔說起父權制度允許女陰割禮，而所有的男人最終都是這種制度的共謀，看到世界各地以文化、宗教或不管什麼的為名，殘害女性生殖器，而世界上犯下大半性暴力的是男性，為什麼不要對他們如法炮製？在他們進入有生殖力的青春期時，將他們的精子儲存起來，然後閹割那些混帳

妮辛格緊緊貼住多明妮克，一隻胳膊繞住她的脖子

感覺不像表達情感

更像是勒絞

艾瑪站起來走進屋裡，收好背包之後，回來站在她們面前

我走了，回家去了，那裡也是**妳的**家，小多，跟我一起走

多明妮克不需要救援，她搖了搖頭

妮辛格把她拉得更近，往臉頰吻出聲音，乖女孩。

8

多明妮克和妮辛格在精靈月亮完成十座新房舍之後，妮辛格巧妙地跟蓋亞取得協議，讓她們跟其他地方敲定契約之前暫住下去

除了成天跟對方膩在一起，無事可做

多明妮克早該悄悄溜走，因為兩人的關係已經無法修復，但她發現，失去了做微小決定的能力之後，像是吃什麼、穿什麼、能跟誰說話，更難做出這麼重大的決定

妮辛格的偏執越來越嚴重，好似夢魘般的繭，將她困在其中

這些女人打定主意要摧毀我倆偉大的愛情，索傑納

當她遇到其他女人時，妮辛格就在身邊，所以她其實沒辦法自由跟她們聊天，不然事後會被

斥責她說錯了話

連她早上到緹莉那裡拿麵包都惹來整夜的叫囂，妮辛格跟蹤她，從遠處分析她們的肢體語言，判定她倆在調情

妮辛格宣布，從現在起改由她自己去拿麵包，每周到鎮上購物她也自己去，因為想也知道多明妮克在男人身邊會有什麼舉止，不，我不會買巧克力來款待妳，對妳不好，她**真的**有必要看牙醫（牙醫是男性）嗎？或者只是藉口？

妮辛格動手搥多明妮克手臂那天，她以為自己會離開，後來推想這種事僅此一次，卻發現不是，一次的搥擊漸漸演變成多次

多明妮克怕反擊會加劇妮辛格的侵略性，最後她向自己坦承，她就是做不到，她真的沒辦法訴諸暴力

吵架期間，她試著衝出屋外逃開，但妮辛格以碩壯的身軀擋住了門口，雙腳跨開，命令她坐在椅子上，深呼吸，索傑納，排除這種負面能量，外頭的世界很危險

妮辛格的聲音如透過擴音器傳入多明妮克的意識，迴盪不已、砰砰作響，獨處的時間寥寥無幾，她忘了怎麼獨處，開始賴床晚起，晚上則早早就寢，她討厭置身於毫不留情的燦爛陽光裡

她不是在睡覺，不然就是瞪著虛空看

某個星期六早晨，妮辛格開卡車到鎮上去做每周採買，說她會出門一整天——這是個測試，她通常幾個小時內就會回來，悄悄徒步走到木屋，看看多明妮克在幹什麼好事

這一次，她前腳才走，蓋亞就騎著輕型機車出現在她們住家外頭，彷彿事先停在某個地方等著妮辛格離開才來，多明妮克先聽到引擎聲，從來沒人過來，會是誰呢？

她看著蓋亞走向木屋

蓋亞說，我們還滿擔心這裡的狀況，妳跟當初抵達的樣子判若兩人，有人超過一個月沒看到妳，一切都好嗎？

一切都好，多明妮克回答，站在門口，不敢把門打得太開

蓋亞盯著她，帶著成人期間都在女人的圍繞下生活，所累積起來的知識和智慧，在門前階梯上坐下

多明妮克，過來陪我坐坐

我們知道她是什麼樣子，蓋亞說，我們都體驗過她的怒氣，她的不可理喻，她對世界的敵意，對我們的敵意，妳可以跟我談談

多明妮克抗拒著，什麼都不說，那對妮辛格會是多大的背叛，後者堅持全然的忠誠，一面使勁掐著她的手臂，用力到瘀青，好讓她記得絕對不要，我是說，**絕對不要**跟任何人談到我或我們之間的關係

妳可以跟我談談，蓋亞重複，輕輕將手搭在她的手上，將同理的力量傳達給她，最後多明妮克覺得自己軟化下來，向蓋亞承認，也對自己承認，是的，她被困在關係裡，對方是個心智不健全的暴力女性，眼前卻看不到逃離的出路

藉由背叛妮辛格，她終於忠於自己

蓋亞安慰她，我們會幫妳逃出去，好嗎？

真的嗎？

妳有資金嗎？

她一直沒把我的名字加進原本該是銀行共同帳戶裡，主動跟她討回屬於我的那份儲蓄，等同告訴她，我要離開她，我不知道到時會發生什麼事

我可以借妳足夠的錢處理自己的問題，妳想去哪裡？回英國嗎？

不大想，至少時候還沒到，我沒辦法面對那種屈辱，我想見識更多美國

我有朋友在西好萊塢，可以先供妳住，等妳計畫好為止，有能力的時候再還我，護照在妳這邊嗎？

妮辛格替我保管——我知道她藏在哪裡

我們下星期六同一時間會過來

載妳到機場去

9

多明妮克有好幾年時間痛罵自己竟然留在妮辛格身邊那麼久——將近三年，三年

她過去如此堅強，在離開妮辛格之後再次堅強起來，她當初怎麼會這麼軟弱呢？

找回了失去的自我，她很感激

離開精靈月亮之後，她待在蓋亞的律師朋友瑪雅和潔西卡那邊，她抵達的那天下午，她們以新鮮沙拉和平靜的黃色小房間歡迎她，小房間位於她們俯瞰柳橙和檸檬果園的昂貴房產後方

頭一晚，多明妮克覺得相當迷惘，妮辛格還在她的腦袋裡，事實上妮辛格在那裡非法居留了很久時間

她常做惡夢，夢見妮辛格從窗戶闖進她的臥房，手上揮著那把兩人認識時，妮辛格擁有並藏在床墊底下的那把獵刀

隔天，瑪雅和潔西卡問多明妮克晚餐想吃什麼，多明妮克不習慣有選擇，思索良久；最後她們讓她如願以償，烤了綜合肉類，有漢堡肉、火雞腿、香腸、豬肉、羊排和牛排——配上沙拉

吃了幾口之後，她衝到廁所嘔吐，回來以後勉強吃了點沙拉

那天晚上她熬夜跟那兩個女人交流，她們在藝術學校認識，原本是一窮二白的藝術家，轉換跑道專攻公司法，為了賺進大把鈔票而捨棄工作上的滿足感，每天工作十八個小時，扼殺了自己的創意

她們計畫五十歲退休，重新找回藝術的自我，如果還不算太遲的話

聽到她在倫敦劇場圈和跑夜店的生活，她們很興奮，讚許她和艾瑪選擇了創意的道途，即使經濟不穩定，而且永遠可能無法擁有房產或退休金

多明妮克跟她們一起坐在溫暖的果園裡，喝著可口的葡萄酒，直到深夜時分

感覺就像某種鎮定劑漸漸失去效力，她覺得精力湧了上來

她很亢奮，她很嗨，她再次活了起來

10

多明妮克愛上了美國西岸，為了方便，跟一個男同志結了婚，瑪雅和潔西卡借錢幫她

她跟美國人打交道的時候，英國口音是個很大的賣點，可以提升她的地位，她模特兒般的外貌（常有人這麼告訴她）和很酷的機車客風格也是；蕾絲邊們尤其想幫她忙，提供她機會，想屬於在她們心中她所代表的東西

在她能夠自立以前，瑪雅和潔西卡讓她以低廉的租金住在她們家幾年

她的頭一份工作是替一家電影公司擔任行政，這份工作等於是跳板，她後來轉戰現場藝術活動的製作

她覺得自己滿有福氣的，竟然這麼快就奠定名聲，一旦如此，她隨即邀請艾瑪來訪

艾瑪不曾明講，我早就說過了

多明妮克也參加每周一次的諮商團體，針對家庭受虐的女性倖存者

隨著幾周過去，她聽大家分享生命故事，得到了翻轉人生的頓悟

當她全心投入，她發現真的很有淨化心靈的作用

她開始明白，身為十口之家的長女，她向來必須照顧幼小的手足，讓她失去好好受到呵護的機會

她一出生，母親就懷了另一個孩子，而每個新生兒都占去了母親全部的注意力

多明妮克想通自己之所以受到妮辛格的吸引，是因為她無意識地希望受到呵護

接著呵護變成了窒息，媽咪最後成了爹地，她這麼告訴艾瑪，艾瑪並不同意，說她只是運氣不佳，而不是懸而未決的童年問題，妳變得太美國人了，小多

多明妮克一直跟蓋亞保持聯繫，直到蓋亞過世，蓋亞曾經來信說，妮辛格在多明妮克離開不久之後，被逐出了那個社群，妮辛格在那片地產上暴衝滋事，想查出「索傑納」的下落，出言威脅大家，頻頻砸破窗戶

女人們報了警，但並未提出告訴

放心，她不知道妳在哪裡

有幾年時間，多明妮克依然會做惡夢，夢見妮辛格穿越群眾朝她衝來，或是開車撞她，在她過街或在公共場所現身時，甚至在她幾年後於洛杉磯成立的女子藝術祭開場演說期間

妮辛格會痛斥她竟然棄自己而去，枉費當初好心收她為徒，教她怎麼在厭女世界裡徹底活出

女性主義

我把一切都給了妳，**一切**，沒有我，妳什麼也不是，索傑納，**什麼也不是**

多年之後，多明妮克得知，妮辛格在她出走十二年之後死了

她最後的女友，莎哈拉，在藝術祭上自我介紹，說自己在亞利桑那的有色婦女靈性避靜所，跟妮辛格成為戀人

她常常聊起妳，多明妮克，她聽說藝術祭很成功，說自己很有功勞，說她是妳的恩師，成就了妳，她說妳利用了她卻不曾表達謝意，不曾公開認可，也並未償付她對妳個人發展的龐大投資，她計畫到洛杉磯來跟妳對質，但一直找不到恰當的時機

我現在認為，她原本以為是弱者的人變強大，讓她很害怕

起初我完全相信她關於妳的說法，直到我們交往幾個月後，她開始把我當成門徒而不是戀人，占有欲、侵略性都變得很強，玩起心智操控遊戲

當時我二十多歲，她五十多歲

她不肯讓我離開她的視線，說我應該感激她拯救了我，救我從哪裡出來？誰曉得，我一直沒得到說得通的答案

交往不到一年我就準備離開她，這時她中風，變得不良於行，我就離不開了

除了我之外，她在世界上孤零零的——沒有家、沒有朋友、沒有家人可以求援，她說每個人總是離開她

她過世的時候，我覺得得到釋放

聽到前任戀人之死，多明妮克也覺得得到釋放，同時覺得悲傷，妮辛格的人生其實是個充滿遺棄的人生

妮辛格一直不明白，其實錯在於身為成人的自己

多明妮克在諮商團體裡認識了樂凡，身為團體裡唯二的蕾絲邊，她們自然互相吸引

樂凡是非裔美國人，喜歡融入背景裡，說話輕聲細語，思考深刻

來自奧克蘭，目前在洛杉磯從事音效技術，前任女友有暴力傾向

她第三次試圖分手時，最後進了急診室

多明妮克覺得樂凡相處起來輕鬆愉快，她以前讀的是國際關係，博覽群書，對國際時事興趣濃厚

多明妮克開始擴張自己的閱讀範圍，從女性文學到關於世界的非小說

兩人可以花上好幾個鐘頭討論柏林圍牆倒塌以及蘇聯解體的後果

或是媒體上黛安娜王妃和查爾斯王子的婚姻戰爭

或是中東的戰爭，或布里克斯頓和洛杉磯的暴動

或是氣候變遷和資本主義之間的關係

非洲、印度、加勒比海和愛爾蘭的後殖民歷史

她們的友誼隨著時間逐漸深化，久而久之發展成親密關係
她們尊重彼此的自由意志，不提出索求
她們先談了四年戀愛才住在一起，即使在那時，多明妮克也擔心兩人關係的平衡；擔心從一周見幾次面到天天見面，會讓她們的關係失去平衡
並沒有
她們想要孩子，於是收養了一對雙胞胎寶寶，泰麗亞和羅里，他們的父母在黑幫仇殺槍戰中喪生
她們成了一家人，在同志婚姻合法化之後結為連理
多明妮克將近三十年前搬到美國
她將那裡視為自己的家。

第 2 章

卡　　蘿：每日的辭彙環繞著股票、期貨、財務模型打轉……

布　　米：希望女兒現在都畢業了，會回歸真正的文化，
甚至再用雙手吃飯……

萊 提 莎：那些老來變殘障的芭蕾舞者呢？
最後得動手術換掉臀部的體操選手呢？

GIRL,
WOMAN,
OTHER

一 卡蘿

1

卡蘿

步行穿過利物浦街站，站內有如星際戰艦般的玻璃與鋼製天花板，由高聳的科林斯風格柱子
撐起

她朝著電扶梯與高窗走去，氣氛神聖的晨光透窗而入

她路過列出啟程與抵達時間的時刻表下方

資訊透過發亮的字母、數字和文字傳達，擴音器傳出低沉響亮的宣告，通知旅客月臺編號並
列出

該列車抵達終點站以前，沿途即將行經的所有站名，時刻表隨之不斷翻動更新

也通知旅客，因為軌道遭人蓄意破壞、沿途落葉過多、沿途陽光過烈、列車下有屍體，所導
致的無數延遲

真不懂得為人設想，她認為
竟然選擇在重達幾千噸，以一百四十英里的高速前進的機械鋼鐵怪獸前投身而下？
選擇如此粗暴且戲劇化的終局
卡蘿知道什麼會逼人陷入如此絕境，知道表面正常但實則感覺搖搖欲墜的狀況
群聚在月臺上的人們內心懷著足以活下去的希望
跟他們之間的距離只有一躍之遙
搖搖欲墜
距離
永恆的
平靜
只有一躍之遙

不過，這些日子以來，她覺得自己活力十足，就像同事們說的，積極「展望未來」，展望下一個「機會之窗」

這些日子以來，她在倫敦最繁忙車站的刺耳雜音裡，是個樂意參與的交響樂團員，那裡每年有將近一億五千萬雙腳踩過，無名通勤者聚合在那裡，不管他們的外表包裝，不管他們的心理線路——扭曲、糾結、短路、觸電受傷，基因百分之九十九相同

他們全都無比沉著，從容自若，掌握局勢，社會化到足以在這個周一早晨以通情達理的社會

成員身分，出現在公開場合，所有的風波都已內化
看看她
一襲量身打造的都會服飾，芭蕾舞者似的肩膀斜度，燙直的頭髮往後梳整為武術風的髮髻，
眉毛以書法般的手法拔整過，搭著白金配珍珠這種低調又務實的飾品

卡蘿
每日的辭彙環繞著股票、期貨、財務模型打轉
她喜歡沉浸在這樣的宇宙：財政細胞分裂之後，自我複製到極大量，繼而擴展成美麗的無限
閃閃發亮的財富星辰，讓世界運轉不息
她理想的睡前閱讀就是審視商務收益，以及監督非洲和亞洲市場商品的投資計畫
夜色透過老派的上下滑窗瀉入她的書房
二十四寸iMac筆電催眠似的令人上癮，她的臉龐沐浴在藍光中
面對電腦螢幕時，似乎只有她會無視於社群媒體的平行宇宙，以及她認為純粹浪費時間的種
種誘惑
至少**她**對電腦主機板的癮頭是有產能的，她試著說服自己，喀答按著永無止境、頻頻彈出的
金融網站，那斯達克、《華爾街日報》（*Wall Street Journal*）、倫敦證券交易
一面監測影響市場行情的國際新聞，影響穀物的天氣概況，引發國家動盪的恐怖主義，影響
貿易協議的選舉，可能會毀掉整個產業、農業和社群的天然災害

跟工作無關的內容，都不值得一讀

＊

但是現在時時刻刻都有即時新聞，她永遠追趕不上，無法停止按下另一個超連結的過動習慣

即使再也吸收不了任何東西，記不得剛剛看過的上一個網站，即使明知自己午夜過後通常會在書桌前睡著，但不知怎麼的就是無法收工，然後在幾個小時以後醒來，睡眼惺忪地拖著自己上床睡覺

θ波與δ波腦波之神的恐怖作為

將能夠保護她安全的意識奪走

睡著了

當不好的事情發生在

不乖的小女孩身上

是小女孩

自己

活該。

2

卡蘿跟著一身灰暗色調打扮的通勤人群，踏上電扶梯的銀色階梯，由地底往上升向主教門的街道層

她正要跟香港新客戶舉行早會，該客戶的資產淨值多達全球最貧窮國家的國內生產總值數倍

她走進行政會議室時，心想對方最好不要難以置信地多看一眼

玻璃長牆俯瞰著市景

另一道牆上掛著可以抵稅的巨幅藝術品，價值等同倫敦二區的市區住宅

她心想對方最好不要這樣看她：認為她應該推著服務車，上頭擺著咖啡壺、各類茶水（花草茶、綠茶、伯爵茶、錫蘭茶）以及公司客製的分裝餅乾

她習慣了客戶和新同事的眼光略過她，望向他們期待會見的他人

她會大步走向客戶，堅定地（但女性化地）握握他的手，同時溫暖地（但自信地）看著他的眼睛，一面露出無辜的笑容，以完美清脆的標準發音向他報上自己的名字，展露她美麗（感謝神並不會太厚）的嘴唇，上頭抹了一層低調的粉色，露出無瑕的貝齒，而客戶會忙著調整現實與期待之間的衝擊，並試著不要表露於外，同時由她掌控整個情勢與對話

對卡蘿而言，重點就在於占上風，她絕不放過這些她想像中小小征服的機會

也許他會發現自己意外地受她吸引，比較世故的人往往試圖隱藏這一點，不像幾年前那位奈及利亞的石化億萬富翁，他想將自己的投資組合擴展到銅礦

他邀請她到薩沃耶飯店午餐會談，她卻發現地點是在他皇家套房裡的私人餐室

他帶著她參觀裡頭的八個房間，妝點得堂皇大器：希羅風格的列柱、法國萊儷的枝形吊燈、基座上的古董胸像、貼了絲綢壁紙的牆面，以及英國田園畫作

他強調主臥室的床墊由手工製作，每根彈簧都裹著喀什米爾羊毛

就像睡在空氣上面，威廉斯小姐，他邊說邊拿出套房裡以銀字壓印在卡片上的「枕頭選單」給她看

彷彿她是願意斬斷自己的抱負，成為他裝飾跟班的那種女人

她必須在不損及商務往來的狀況下，客氣地從他的意圖中脫身

讓他知道她已經訂婚，對象是菲德列克．馬屈蒙，她為了強調而說

因為他想破壞她辛苦掙來的專業地位而憤慨不已

現在，她會強迫自己以正向的態度面對會議，說到底，她的書架上擺滿了從美國訂來的勵志書籍，告訴她要**視覺化自己想創造的未來，相信自己辦得到，相信自己已經成功一半，而且如果投射出強大有力的自我形象，就會吸引他人的敬重**

所以她的會議即將如何呢？

該死的棒透了！

只是她忍不住憶起所有的小小傷害，商業夥伴稱讚她口齒伶俐，卻無法隱藏語氣裡的訝異，
如此一來，她必須假裝自己未受冒犯，露出親切的笑容，彷彿那只是單純的恭維
她忍不住想起海關人員把她拉過去，當時她提著公事包、一身套裝在世界各地出差，其他商務人士卻能輕鬆通關——**未受騷擾**
噢，要是能成為世上那些優勢人士的一員就好了，他們將毫無阻礙、不受懷疑、備受尊重地穿梭全球視為天經地義的權利
可惡、可惡、可惡，電扶梯往上、往上、往上
別這樣，刪除所有的負面思緒，卡蘿，釋放過去，以正向態度以及不受情緒包袱拖累的孩童那種輕盈感，望向未來吧
人生是一場冒險，要以開放的心胸和充滿愛的心加以擁抱

但有這麼一次，在她職涯的起頭，在一個因為人權紀錄而臭名在外的國家，雖說她告訴他們，她來這裡是為了跟他們國家銀行的團隊會面，也拿出證件給他們看，但他們卻拒絕檢視
連她的身體都
受到侵犯
彷彿她是頭赤貧的騾子，屁股裡塞有半公斤的白粉，或是小塑膠袋分裝的白粉等著從腸胃裡排出，而她**顯然**當天早上才把那些東西當早餐吞下
那個地牢般的無窗房間，隔絕在機場的人流之外，房裡那些異國的手侵犯著，而另一個骯髒

的入境官員，藍色制服沾著汗漬

站在一旁觀看

她當時卯足全力才不至於崩垮在那間訊問室裡

這個情境勾起了

她曾經鎖上的那些回憶

事件發生後潛藏於心中多年的回憶，卡蘿當時十三歲半，去參加一場派對，頭一次沒有大人像獄卒那樣徘徊不去，害大家掃興

在萊提莎的家，她媽媽周末出門參加工作特訓，她姊姊潔拉拋下「臨時保母」的責任，跑到男友家過夜

潔拉出門前先命令萊提莎務必守規矩，死都不准邀朋友過來，不然我們兩人都會被逮到

這輩子難得獨享整個空間，萊提莎做了什麼？發簡訊給夥伴，要死黨們帶瓶酒過來，女生們負責帶男生來平衡一下，只能約那些有六塊肌的來喔，花哈哈，最好有肌肉又長得帥的，不然妳們也不准進來，懂吧？

卡蘿之前對男生沒什麼興趣，被貼上九年級超級書蟲的標籤，偏好動腦破解數學難題的樂趣，這點來自她母親布米的啟發，父親過世之後，母親獨力扶養她長大

萊提莎派對的前一晚，卡蘿和母親正坐在褪色的美耐板廚房桌前，卡蘿的作業疊在一旁

卡蘿穿著絨布短褲和她最愛的背心，上頭有隻泰迪熊
晚餐是薯蕷泥配苦葉湯，在共用的木碗裡冒著熱氣
她們住在公宅大樓的三十二樓，跟幾百個住戶像一排排外擴堆高的箱子那樣擠在一起
距離地面的水泥鋪磚和綠樹遠達六百多英尺
跟倫敦城市機場的飛機航道距離太近

*

媽媽
圍著褪色的橘花裹巾，在胸部上方打了結
她裸著手臂，頭髮以瘋狂的角度自由豎起
背脊挺直，因為她受過的教導是挺身盤腿坐在地板上，女兒彎腰駝背的時候，她就會這麼告訴女兒，要她坐直身子，好好講話，妳說起話來為什麼像街頭小混混

媽媽
有雙強健的腳，因為赤腳走過結霜地面而留下傷疤

媽媽
用雙手撈起薯蕷泥，沾了燉汁，邊吃邊說

卡蘿，想想雙曲幾何學有多麼神奇，角度的總和加起來竟然不到一百八十度

形狀不規則的土地，古埃及人竟然想出怎麼測量它的面積，多麼神奇

X原本只是個罕見的字母，直到代數出現，把它變得特別，可以拆解開來，顯出內在的價值

是這樣的，數學是個發掘的過程，卡蘿，就像太空的探索，行星一直都在，只是花了我們很長時間去發現

聰明的媽媽教她怎麼把X和Y送進複雜的運算裡，相信它們會把正確的結論帶到她面前

她多麼喜歡背誦一元二次方程式，當時她同學根本還不知道那是什麼

她多麼喜歡自己比別人擅長什麼，喜歡自己與眾不同

隔天去萊提莎家也是，她事先說服媽媽（除了數學之外，媽媽對其他事情都滿遲鈍的），說她只是到朋友家過夜，其實是去參加派對

派對上，青少年擠滿了走道，客廳的窗簾拉起，家具推到一旁，兩盞邊桌小燈上披著紅色擦碗巾，營造夜店的氛圍

女生成群站在房間中央拘束地跳著舞，男生們貼靠牆面閒晃，歌手巴斯達韻（Busta Rhymes）的音樂低聲播放，免得招惹鄰居來敲門

萊提莎吼著要大家別嗑藥，也不要亂來，死也不准進臥房，絕對不能抽菸，只要聞到大麻味，她肯定會把犯過的人掃地出門，因為以我的生命發誓，這可不是開玩笑

卡蘿生平第一次喝酒，很快就因為伏特加摻萊姆喝到茫，酒飲甜到她幾乎沒注意到酒精濃度高達百分之四十，用螢光彎扭吸管連續喝光幾杯，彷彿那是炎夏午後的檸檬汁

艾莉西亞的哥哥崔伊正在大學攻讀運動科學，帶著死黨翩翩到來

這裡終於來了真正的男人，又壯又帥，他們大搖大擺走進客廳，比跟卡蘿同年的那些男生好多了，他們都還在操場上扯女生的頭髮，然後咯咯笑著跑開

她開始在他們面前搔首弄姿

很高興萊提莎當初強迫她打扮，從那些沒用的書本抬起頭來，快長大吧，卡蘿

巴望自己頭一次塗抹的口紅還沒淡掉，噘出性感的嘴型

甩了甩披垂至肩、光滑亮澤的埃及豔后假髮

她學音樂影片裡的女生那樣扭腰擺臀，身穿跟克羅依借來的塑料熱褲，腳踩向蘿倫借來的高跟鞋，雙腿看來頓時變得修長勻稱

她注意到崔伊正盯著自己看著，彷彿她是命定的那一個，雖說他以前穿過主街時，從未注意過她

從來不曾有人用崔伊今晚的眼神那樣看她，看著她展現本錢的掛頸式上衣，那些本錢在去年從扁平變得極有分量

它們是從哪來的？

她和萊提莎都認為，人類生理真是怪異又隨機

既然眼前有這麼捧場的觀眾，她在客廳中央展開手臂轉了又轉，不為任何原因，轉了又轉，因為酒飲讓她覺得如此自由，而她的情緒如此昂揚，她就是魅力無窮，隨著巴斯達韻的低吼，擴音器傳來的震動在她的周身流竄，直到旋轉從她的雙腳傳至腦袋，她身子一歪，險些把稍早下肚的薯片嘔出來，聽到有人在笑，誰叫她活該愛現

還好崔伊出手相救，讓她免於顏面掃地，他潛進人群並扶她起身，說他會照顧她，妳太性感，該被逮捕，女士

他雙臂環抱著她，她十歲以來不曾被任何人擁抱過，也開始逃離媽媽那種令人窒息的緊抱媽媽溫暖又柔軟，崔伊的胸膛堅硬，但當她仰頭瞅著他，他的灰眸柔和，深深望入她的靈魂愛情，這是愛情嗎？雖說他們才剛認識，而且她還有點想吐？

崔伊——她試著在嘴裡說，卡蘿&崔伊，還是要拼成T－R－A－Y❺？噢不，她可不能嫁給廚房配件，花哈哈，結婚？哇，這想法打哪來的？我的天，真愛，這是她未來的真愛嗎？

他的手撫搓著她的後腦杓，她真希望他別這樣，假髮可能會脫落

他告訴她，她需要新鮮空氣，妳好纖細，我得保護妳才行，女士

她等不及要跟萊提莎說，萊提莎會嫉妒得要命，但也會為她高興，妳長大嘍，卡蘿

---

❺ Tray有托盤的意思。崔伊的原文則是Trey。

他領著她穿過人滿為患的玄關，帶她走出前門，外頭除了街燈之外漆黑一片，冷颼颼的

一旦到了室外，他便把她塞進腋下，彷彿她的腦袋是他隨身攜帶的包裹，她試著要抬頭卻發現無法，腦袋暈眩不已，她覺得自己被他的古龍水征服了，還是防臭體香劑？其實聞起來像是空氣清新劑

他們會停下來接吻嗎？她的初吻，不要用舌頭，那樣很噁心，而是像媽媽愛看的黑白老電影那樣，溫柔地吻在唇上

只是他帶著她走出社區時，她的腦袋根本動彈不得

彷彿她被提離地面，飄浮在愛的羽翼上，那是一首歌嗎？他們走向通往洛克斯雷公園的短巷，她跟萊提莎兒時常坐在那裡的鞦韆上，討論人生的意義，思索即將變得超級無敵、奇異科幻的新世紀，一面朝著空氣蹬腿，感覺風吹過了她們玉米辮間的髮溝

他帶她越過橫跨溪流的小橋，穿過市議會放棄更換掛鎖，不再關閉的柵門

那裡不只有他們兩人

她聽到其他聲音

她試著再次往上看，腦袋彷彿被鉗住了，她不再是自主走路，而是犯人似地被押著往前

接著她平躺在地上，潮濕的草貼著她裸露的背、腿和胳膊，她想睡覺，只要能好好睡個五分鐘就好，感覺自己的眼睛合了起來，當她睜開眼睛時卻什麼也看不見，有人蒙住她的眼，她的胳膊被壓制在頭頂上

她的衣服怎麼會脫掉了呢？

接著
她的
身體
不再
屬於她
自己

而是
成了
他們的

而熱愛數字的她，變得不會計算
無法數數，不想數數
感覺外來的身體部位貼在她如此私密的身體部位上，進入裡面，好噁心，她甚至感覺不到自己的那些部位
好痛好痛好痛
持續不停持續不停直到永遠，就像是0.333333或0.999999那樣沒有止境，只是終究會結束，

因為人生的目標就是朝著終局前去，要不然就不是人生了，這兩者是並進的，媽媽曾經這樣告訴她，一面傷感地瞅著自己的婚禮老照片

卡蘿強迫自己去想最愛的數字，1729
只有這個數字可以用不同方式由兩個數字的三次方相加而得
1的三次方是1
12的三次方是1728
相加而得1729
還有10和9也是，各三次方，相加起來就是1000＋729
過了幾分鐘或幾小時或幾天或幾年或好幾輩子之後，終於停下
是妳急著想要，對了，妳很不賴喔
然後他們就不見了
她
也
是。

3

卡蘿沒跟任何人提過
絕對不能跟媽媽講，媽媽會罵她說謊
也不能跟萊提莎和其他人說，因為大家都說雪若八年級的時候，在同一座公園碰到同樣的事，是她自己的錯，誰叫她打扮得那麼騷
這是卡蘿的錯嗎？
她懷疑是自己的錯，於是將自己鎖在房裡、埋在被單下，上學不是遲到就是蹺課，因為碰上這種事之後，學習還有什麼意義？
學習雨林濫伐和氣候變遷之間的關係，有什麼意義？
或是俄國、法國、中國、美國革命？
或是一九九七年在西伯利亞山區挖出四萬年前的猛獁象寶寶，而且並未腐壞？
或是為什麼調頻並未用在中波與長波的商用無線電傳送上
我的意思是，有——什麼——意義？

直到
某一天

她彷彿從一場惡夢中醒來，她在**那件事**滿一周的時候，望著市中心貧民學校的水泥走廊

觀察同學們一如往常嘻笑打鬧，準備坐在教室後方瘋玩

看著萊提莎，她相信念書是呆子才做的事，老兄，呆子啊

看著克羅依，她在學校的副業是賣搖頭丸

看著蘿倫，她只對下一次上床有興趣

卡蘿覺得自己彷彿在倫敦爛學校的紀錄片螢幕上看著她們，她們的裙子往上拉高，領帶鬆開，打破每條關於頭髮、彩妝和飾品的校規

她看到她們的未來和自己的未來，推著娃娃車的少女未婚媽媽，推著無父的定時炸彈

永遠往沙發側面撈找要投進停車計費器的零錢，就像媽

在銅板價商店採買，就像媽

接近打烊時間在市集裡疾走，搶買便宜的羊脖肉，就像媽

我不要、我不要、我不要，她告訴自己，我會飛得又高又遠

遠離　電梯滿是尿臭味的公宅大樓

遠離　低薪爛工作或是排隊領救濟金的困境

遠離　獨力扶養孩子

遠離　永遠買不起自己的房子，就像媽

永遠無法帶孩子出門度假或上動物園，就像媽

只能帶孩子上教堂，無法上電影院或遊樂場，哪裡都沒法去

她決定證明那些放棄她的老師們是錯的，那些老師們
通常會茫然地穿過監獄風格的走道，雙眼無神，跟兩千名青少年同時說話的喧鬧聲隔絕開來
尤其是雪莉・金恩太太，她負責帶領綠屋，正是卡蘿所屬的群體，七年級和八年級的考試過
後，顯示卡蘿是此校有過最聰慧的孩子之一，金恩太太將卡蘿區分出來，認定她前途無量
卡蘿開始蹺課以後，金恩太太就把她當空氣

金恩太太
是個臭老太婆、臭臉婆、學校惡龍，任何人的失誤她都不會放過，上課才遲到五分鐘就會要
學生留校察看，真是邪惡，然後她竟敢說是為了他們好，說要他們學會紀律，**令人髮指**，大家
都這麼想

可是卡蘿現在想要追求表現，又能找誰幫忙？
她只好放手一搏，主動接近惡龍，還好她的腦袋不如預期的那樣被咬掉，她請教對方，必須
讀哪些科目才能開創最好的職涯，而等時候到了，又該申請哪些大學
她詫異地發現對方願意全面配合，但她必須嚴格遵守幾個條件：再也不能蹺課，上課絕不再
遲到，準時完成回家作業，跟其他來校學習並且想要有所發展的孩子一起坐在教室前側
而且妳必須改變自己的社交圈（社交圈？那**又是**什麼鬼東西？）

金恩太太
在卡蘿中學畢業以前的那段時間持續騷擾她，每次卡蘿在幾百個孩子之間，做著她不苟同的
事情，那雙鷹眼就會盯得卡蘿滿心恐懼，比方說笑太大聲，或是在走廊上走太快（這跟用跑的
不一樣），她會特別把卡蘿挑出來教訓一番，尤其看到卡蘿跟萊提莎、克羅依或蘿倫在一起，
就會訓斥她說那些女生會阻礙妳進步，卡蘿

金恩太太
騷擾卡蘿足足**四**年，即使在卡蘿回歸正軌，不再需要她之後
真是愛管閒事，成績稍微下滑就打電話給她母親
金恩太太
卡蘿在所有的中學普測考試裡得到輝煌的頂尖成績，一年之後牛津大學來電約訪，要安排她
攻讀數學，也不公平地將功勞攬在自己身上
審核入學的老師在擺滿書本的書房裡，對著卡蘿班上多達六十五人、**絕對不合法**的大編制大
感驚奇，妳的學業成就更顯得令人佩服，小姐
但金恩太太卻在卡蘿就學的最後一天，在全校集會上演說，說她的得意門生經過她諸多的付
出與辛勞之後，是該校校史上第一位進入聲譽如此卓越的大學的孩子
剝奪了卡蘿那個榮耀的時刻。

4

卡蘿一路搭乘公車、地鐵、火車，拖著帶輪行李箱穿過人潮，從車站走了久久的路到那所古老的大學，爬上嘎吱作響的蜿蜒木梯，抵達她位於屋簷裡的房間，那裡俯瞰方形院落，古老磚石上攀滿一層層的長春藤蔓

獨自一人

母親上班沒辦法請假，這樣也好，要不然她會做出最古怪的奈及利亞裝扮，會用幾百碼的鮮豔布料，裹出十層樓高的頭巾，而且頭一次跟獨生女分別，肯定會哭得柔腸寸斷

大家就會永遠把卡蘿看做是有非裔瘋子母親的那個學生

頭一周，她用單手就數完了大學裡棕色皮膚的學生，而沒人的膚色跟她一樣深

在宏偉的用膳大堂裡，她幾乎無法從那盤石器時代的噁心食物裡抬起頭來，更不要說跟任何人交談

她聽到大家用響亮的聲音回憶寄宿學校的宿舍和嗑藥的經驗，到印度果亞過聖誕假期，巴哈馬，上大學前的空檔年去爬馬丘比丘，或是到肯亞替窮人建造學校，在倫敦過周末時在M４公路上疾馳，到鄉間的房子辦派對，到巴黎、哥本哈根、布拉格、都柏林或維爾紐斯[6]（這**到底**在哪啊？）過長周末

大多學生並沒有那樣的假期，但真正上流的那些學生嗓門最大，也最有自信，而她只聽得到那些聲音

他們連一個字都不用跟她說

甚至沒注意到她

就已經讓她覺得自己被徹底擊垮，毫無價值，是無名小卒

沒人會高聲談起在公宅大樓，由從事清掃工作的單親母親帶大的過程

沒人會高聲聊起自己不曾出門度假，一次也沒有

沒人會高聲說起自己不曾搭過飛機，不曾看過一齣戲或大海，甚至不曾到有服務生的餐廳吃過飯

沒人會高聲談起覺得自己醜笨胖蠢，或是格格不入，水土不服，力有未逮

沒人會高聲聊起自己在十三歲半的時候被輪暴

當她聽到另一個學生隨口說她感覺「很貧民區」（ghetto），她真想猛然轉身，朝著對方的背影大喊：妳說什麼？妳說什麼鬼？有種當著我的面說啊，婊子！

（在她成長的地方，有人為了更小的事就被殺了）

還是說她聽錯了？他們說的會不會是get to ❼——圖書館？超級市場？

她穿過為了許久以前身材矮小的男人所打造的窄廊時，甚至無法跟人做眼神接觸，幾個世紀

以前，女性都還不能入學，這是她在新生訓練時聽到的，每個人似乎當場立刻交到朋友，而她沒跟任何人說到話

大家要不是走路繞過她，不然就是眼神穿過她，或者這是她自己的想像？她是否存在？還是幻象？如果我脫光衣服，狂奔越過方形院落，除了門房之外，會不會有人注意到我？那些門房肯定會打電話報警，他們頭一次看到她以來，就一直等著做這件事

有個學生在課後悄悄湊過來討搖頭丸的時候，卡蘿幾乎要發簡訊給母親，說她準備搭下一班火車回家

第一學期末的時候，她回到佩克漢姆，告訴母親她不想回大學，因為雖說她喜歡學校的課業，大半都能應付得宜，但她不屬於那裡，所以不打算回去

到此為止，媽媽，到此為止了

欸！欸！妳胡說些什麼？布米嚷嚷，我有沒有聽錯，還是妳要我先用火柴把耳朵掏乾淨？

好好聽我說，卡蘿．威廉斯

首先——妳想歐普拉．溫佛瑞（Oprah Winfrey）（大人物）如果沒超越早年人生的挫敗，會成

---

❻ Vilnius位於立陶宛。

❼ 意思是「要去」。

為全世界的電視女王嗎？

第二——妳想戴安．艾勃特（Daine Abbott）（大人物）如果不相信自己有權進入政治圈，為自己的社群發聲，她會成為英國首任黑人女性國會議員嗎？

第三——妳想薇拉麗．阿莫斯（Valerie Amos）（大人物）如果走進英國上議院，看到裡面坐滿白人老紳士就哭出來，會成為這個國家的頭一位黑人女爵嗎？

最後，我跟爸爸當初為了追求更好的生活來到這個國家，是為了看到我們的女兒放棄大好機會，最後到夜店廁所或演唱會場地，去發擦手紙巾收小費嗎？我們國家來的婦女有太多都淪落到這個地步

妳一月一定要回這所大學，不要再認為大家都討厭妳，妳都還沒給他們機會，妳有問過他們的想法嗎？妳有沒有走到他們面前說，打擾一下，你討厭我嗎？

即使他們都是白人，妳也一定會找到想跟妳做朋友的人

在這個世界上，每個人都有適合自己的人

妳一定像個貨真價實的奈及利亞人回去戰鬥，那是妳身為英國人的權利，卡蘿

卡蘿回到大學，決心攻克她接下來要度過兩年半人生的地方

她會融入的，她打定主意；她會按照母親的建議，找到合得來的人

不是找那些適應不良的人，他們拉長了臉，悄聲來去，用定型膠做出紫色的莫希干髮型

也不是找那些戴著彩色雷鬼接髮的人，就卡蘿看來，他們沒有任何亮眼的表現，她看著他們

高舉標語牌和擴音器穿過城區，要是她帶他們回家，肯定會嚇壞她母親

都奮鬥這麼久了竟然這樣？妳爸爸犧牲自己的健康，就為了讓妳變成臭兮兮的拉斯特法里❽龐克嗎？

她對那些無聊的尋常傢伙也沒興趣，卡蘿開始這麼看他們，就是那些枯燥乏味到消失不見的學生，連她眼裡看來都是隱形的

當然不能找那些菁英分子小圈圈，現在她知道他們的存在，他們遙不可及，當初上的是知名的公學校，那裡專門培養首相、諾貝爾得主、總裁、北極探險家、知名劇場導演和惡名昭彰的間諜

當大家每晚必須穿著正式長袍坐在用膳大堂裡，這些人顯然比其他人都更有歸屬感，這個活動由住校的教職人員監管，這些教職人員可能從到這裡讀大學以來就不曾離開，他們負責傳承學生覺得荒謬的儀式，像是「凌晨兩點，穿上牛津學生特有的裝扮❾，在時鐘換回格林威治標準時間時，拿著一杯波特酒，倒退繞著同伴方向走，以便穩住時空連續性。」

教職人員可能覺得，面對滿室未來的首相和諾貝爾獎得主時，**不吃晚餐可能會令人忐忑難安**

卡蘿的中學出名的是製造未婚少女媽媽和早發職業罪犯

---

❽ Rasta是一九三〇年代興起於牙買加的黑人宗教運動。

❾ sub-fusc 通常是深色長褲、裙子搭上白襯衫，配上黑鞋黑襪，領帶也有規定。

她更喜歡待在自己的房間裡吃泡麵

為了找到最適合自己的人，她仔細研究同學們，主動接近舉止最友善的那些人，一旦跟他們攀談起來

便訝異地發現大家的反應相當溫暖

到了第二學期末，她已經交到朋友，甚至替自己找了個男友，一個肯亞白人，馬可斯，他家族在肯亞擁有一座牧牛場，他毫不遮掩自己對黑人女孩特別有感覺，她並不在意這點，因為她很高興自己被人渴望，而他對她相當體貼

她知道自己永遠無法跟母親提起他，母親之前就擺明要她嫁給奈及利亞人，也不是說卡蘿想嫁給馬克斯，他們畢竟才十九歲，但她母親要是知道了，就會追問她，說對方對她的尊重程度既然不足以娶她為妻，又何必跟這樣的人交往

到時會是雙輸的局面

在馬可斯之前，卡蘿很怕男人，在中學的最後那幾年，她完全不想接近男生

她想像自己永遠找不到可以信任的人，一個不會在她最沒預期的時候侵犯她的人；她跟馬可斯開始一起在圖書館念書，之後一起散步，兩人的友誼發展成戀情，讓她相當訝異

不久她在夜裡偷渡他進房裡

馬可斯讓她的社交生活更順遂，勝過她獨自所能成就的

他很得意地向別人炫耀她，在公開場合臂勾臂或手牽手
為了慶祝她十九歲生日，他向餐廳訂了個私人房間用餐
他是頭一個在她的許可下，跟她做愛的人

卡蘿聆聽著，從她的新社交圈學習
你想要什麼？而不是**你要啥？**
你在跟誰說話？而不是**你跟啥人說話？**
我去廁所一下而不是**我去撒泡尿**
她觀察他們吃什麼，然後如法炮製
學到加了蛋跟佐料的西班牙煎蛋捲，比英式煎蛋捲（加了蛋跟佐料）更有格調
一英鎊二十個的冷凍小麵包，遠遠比不上輕軟、細緻、可撕的新鮮布里歐
比起會沾了害人心臟病發、廉價反式脂肪的油膩薯條，沾了橄欖油加香草的玉米粉薯條**更受歡迎**
誰曉得米磨成粉可以做麵包，麵包可以塞橄欖進去，橄欖可以塞曬乾的番茄小塊進去，烤過的番茄可以塞乳酪進去，乳酪可以加進杏桃和杏仁碎片，杏仁可以做成奶汁
她認識了壽司（用聖誕節收到的壽司組禮物在家裡自製更好）和酪梨醬（原文guacamole要唸成「瓜卡莫里」）
她發現有種叫蘆筍的東西，會讓尿液有怪味，學到任何綠色的東西，只要是供應冷的，微微

蒸過以及（或）口感爽脆，都會很可口

卡蘿改進自己，不是變得跟他們很像，而只是變得更像他們一點

她刮掉抹在臉上的濃厚粉底，摘掉重壓眼皮、長頸鹿似的睫毛，撕掉讓大多日常活動變得困難的黏貼美甲

像是穿衣服、撿東西、打理食材、用廁紙

她拋掉縫進頭皮、一次維持幾個月的假髮，使用時間比建議的超過好幾個月，當初為了戴上印度或巴西女人昂貴的黑色長髮而省吃儉用，她希望這筆錢花得值得，即使頭皮在臭布底下化膿，而假髮就在那塊布上飄盪著

最後一次拆掉縫線，頭皮接觸到空氣時，她覺得好自由

她感受到不透過人造纖維的媒介，溫水直接流過頭皮的那種美妙

接著她拉直了極捲的頭髮，馬可斯說他更喜歡她頭髮自然的模樣，她告訴他，如果維持自然的樣子，她永遠別想找到工作

她受邀進入私人擁有的家屋

地板上沒鋪地毯（刻意選擇）的家，窗上沒加紗簾，任何愛管閒事的傢伙都可以一覽無遺（詭異）

有些住家偏好古老破舊的東西，像是在走廊上喀啦作響的老爺鐘，以及苦於蛀蟲蟲害的古董

衣櫥

破爛老沙發上鋪著毯子（**罩單**），比起坐下來會嘎吱響的閃亮皮沙發**更受人青睞**

木頭餐桌得意地展示刀傷，來自幾個世代的塗鴉破壞，像是

人治VS法治：試討論之

灰色是新的黑色嗎？

艾斯米愛強提，強提愛波皮，波皮愛蒙提，蒙提愛賈斯伯，賈斯伯愛克里莎，克里莎愛瑪莉莎，瑪莉莎愛普希拉，普希拉愛克萊蒙西

那類的內容

她的新好友蘿希的家甚至有稱為側翼和胸牆的區域，免得維京人再次進犯，蘿希帶卡蘿參觀的時候開著玩笑

花園稱作庭園，方圓幾英里都沒有鄰居，因為那裡前不著村後不著店，想發出多少噪音都隨他們高興，以蘿希的例子來說，這就表示在她二十歲生日派對上，僱請小樂團到草坪上演奏

那些客人現在也是卡蘿的朋友，有梅蘭妮、托比、帕翠西亞、普麗亞、露西、傑瑞

早晨她聽到熱帶綠鸚哥飛越臥房窗戶，發出橡皮擠壓玩具般的尖鳴，她一時誤以為是鸚鵡

她望向窗外，看見草坪、湖泊、自由漫步的孔雀

那天稍晚，她認識了純粹為了樂趣而走路的概念。

5

今天早上，卡蘿走下電扶梯，踏出利物浦街站
開始沿著主教門前行，懷著甩動的落錘破壞機般的內在力量，穿過顛峰時間群舞般的混亂
她為了多運動一些而繞遠路走到上班的地方，因為接下來的十四個小時，她大多時間可能都
會坐著
雖然她每天照例都去慢跑
佛萊迪依然賴在被窩裡，一直要到該出門的二十分鐘前，才會一股腦兒跳下床，淋浴、刮
鬍，匆匆吃完一碗早餐麥片，套上跟其他七套輪流換穿的西裝
鞋子也一樣
她每天早上都從富勒姆跑到漢默史密斯
跟著其他健身怪胎一起，他們穿著鮮豔的名牌運動裝備，戴著手腕計步器，從血壓、心跳，
一路測量到他們跑得多遠多快
有幾個人像她那樣，連在凍寒的冬季黎明裡，依然使勁踩著人行道往前奔跑
那時，由燈光映亮、綠金兩色的漢默史密斯橋（Hammersmith Bridge）垂掛著冰粒，橋上的高
塔和紋飾詭異地發著光

她死命狂奔，因為犯錯就表示開始走下滑坡，也就是屈服於失敗，屈服於惰性，屈服於為了自己人生的那個時刻感到難過；那個時刻依然會在她最沒防備的時候，悄悄溜到她的回憶前端

她當時是個孩子，那些禽獸怎麼可以對她做出這種事？明明錯不在她，她當初怎麼可以怪自己呢？

她唯一沒去跑步的早上，當時因為經痛而直不起腰，為了勉強去上班，吞了強效止痛藥，要不然可能會被人指控說假借月事裝病請假

被逮到了吧！沒錯，妳**就是**女人

她甚至考慮摘掉子宮，一口氣剷除月經，這可能會是她為了事業採取的最重大行動，專為有月經問題但野心勃勃的女人提供的策略性子宮切除術

卡蘿抵達俯瞰河流的銀行總部，她從第一天上班就清楚知道，大家期待她會跟美國電視影集裡的那些女律師、女政客和女警探一樣光鮮亮麗

這些女人整天工作時，奇蹟似地穿著緊如繃帶的裙子、踩著纏腳般令人失穩的超高跟鞋

壓垮肌肉和擠壓骨骼的性感帶，包覆於高檔的超高跟鞋裡

如果她為了要展現自己的教育、才情、聰慧、技能和領導潛能，而必須害自己跛腳的話，那就這樣吧

她每天早晨對著臥房鏡子誦念的內容如下

我非常上得了檯面、受人喜愛、善於交際、引人共鳴、有升遷機會、很有成就

我非常上得了檯面、受人喜愛、善於交際、引人共鳴、有升遷機會、很有成就
我非常上得了檯面、受人喜愛、善於交際、引人共鳴、有升遷機會、很有成就
忘了這個事實：她把韋瓦地（Vivaldi）的《四季》（*Four Seasons*）設定為手機鈴聲，對外展現她的音樂品味
有時候
卡蘿喜歡隨著抹了戰鬥油彩的薩滿主義教父費拉庫提的狂亂節奏，像個戰士女王那樣舞動
熱愛他以複節奏的打擊樂和厚顏浮誇的喇叭，撕裂她的情緒，以他對反腐敗——抒情——政治的抨擊，轟掉所有優美講究的偽裝
以及那些百樂門——放克瘋樂團的未來派迷幻音樂
他們將絕佳的航母❿邏輯傳入她的大腦，以他們狂野的想像
以及裝扮誇張的表演——她很愛到Youtube上看
活化她備受忽略的右側大腦
一面為自己舞動
脫離當下
脫離自己的腦袋
脫離自己的身體
感受它
釋放它

無人旁觀
無人評判
繼續跟著靈魂教父詹姆斯布朗舞動
盡情舞動吧，卡蘿，奮起吧
她消失在辦公高樓的玻璃旋轉門之間，就是要往上奮起
踏上九億年前的康尼馬拉大理石（得意地刻在匾額上）的海綠色和灰色渦紋
路過剛從學校畢業的開朗接待員，她戴著廉價的塑膠假髮（真該叫她別這樣），卡蘿停步閒聊打氣時，她無比感激——妳有什麼計畫，泰絲？妳不能永遠待在這裡，妳得往上爬
她在十字轉門那裡刷了卡，進入內部聖殿
平順地走進光亮的電梯，玻璃門正無聲滑開，就在她老闆布萊恩背後
她加入這家公司後一年，布萊恩帶她去喝一杯
她跟他被困在地下室酒吧的磚砌凹室裡幾個鐘頭，聽他不停地說自己永遠無法釋懷，他父親、祖父、曾祖父是畢靈斯門的魚販，回家時總是一身魚臭，而他自己從名不見經傳的中學畢業（以前那個時代可以辦到）之後，成為股票交易員，除了對數字的高超能力和能言善道的天

---

❿《Mothership Connection》是該樂團的專輯名稱，直譯為「航母連結」。

分之外，沒什麼資歷可言

一路力爭上游

他致力於為她這樣的人提供機會，他說，因為銀行業的優績文化是個迷思，妳永遠無法受邀加入任何男士的俱樂部或高爾夫球俱樂部，沒辦法用那種方式快速晉升

雖說她的主管經理告訴過他，她因為研究技能，驚人的分析思考力，精簡卻周全的報告，自信滿滿的簡報技能，嚴格遵守期限，以超乎常人的速度掌握財務數據，極度講究細節——據說，到目前為止沒人發現她用錯或漏掉一個逗點——而備受稱許

所以他要確定公司會比大多數人更快將她拔擢為合夥人

因為這是她應得的

所以她只對報表有興趣，而不是張開雙腿，那又如何，雖說許久以前，那是女人求取晉升的一個方式，這倒也沒錯，他說，滔滔說起他八〇年代投入股票交易事業時紙醉金迷的生活，嗜酒的午餐會延續到「琴酒和午茶時間」，然後微醺地進入「雞尾酒時段」，接著一群人跑幾家倫敦西區酒吧，最後落腳於脫衣舞俱樂部

中年馴服了他，他說

她沒料到，他竟然醉得越來越厲害，大著嗓門，興奮且告解似地說起整型不斷的妻子，說她快變成人造物而非有機體

她忍受他的外遇，就為了緊抓他供應的生活風格，近來為了家裡的溫室買了個魚缸，裡面養滿世上最罕見、最醜陋，也最昂貴的魚種

她什麼都不缺，還能怎麼花他的錢？

直到最近，他在巴比肯那帶的小公寓裡，安置了一個稚嫩到不當的立陶宛情婦，她剛取得電腦科學學位

所以他的生活中空出了位置，可以容納第三個女人，如果妳動心了，我是說，妳身材好又有腦袋，他懷有綺想，他說，然後衝到廁所去吐，沒機會說出口

卡蘿和布萊恩打招呼，客套一番，在透明的電梯裡面對而立，這部電梯可以在六秒鐘內，將六個人送上頂樓辦公室

到了辦公室，布萊恩轉向他的套房，座位面對玻璃牆，俯瞰城內哥德風教堂尖塔以及巴洛克風的工會建築，包括他自己的

一群令人崇仰的跨國銀行家

*

他依然想要她，她看得出來，骯髒的老色鬼，他好大膽子竟然那樣跟她說話，她依然過早就被拔擢為合夥人，她幾乎因為這點而敬重他，近來她升任副行長，是這家銀行幾百名裡的一個，其他銀行則有幾千名

她母親逢人就說女兒是銀行副首

彷彿她是美利堅合眾國的副總統

卡蘿停下片刻，望向玻璃牆外波浪般起伏的千禧橋（Millennium Bridge）
線條優雅纖細，起初如此不穩固，才開幕不久便關閉了兩年，因為當初沒人懷疑，有很多人
同時過橋的時候，就會開始以連鎖步伐摩肩擦踵往前行
就像軍隊行軍同步重重踩過地面，那種效果就會產生震動，讓那座橋搖晃起來
她就是這麼看自己的：跟其他大展宏圖的人以連鎖步伐摩肩擦踵默默前行
她看著今天早晨川流過橋的人們，大多忙著講手機、拍自拍、拍觀光照、貼文、簡訊，並不
認真欣賞大橋兩側的風光
這年頭大家非得分享自己所做的一切不可，從三餐、夜間活動，到半裸攬鏡自照
公眾和私人的界限正在消融
卡蘿覺得既奇妙又駭人，她讀過，總有一天，人類會有奈米電子融入他們的神經路徑，懷胎
後的一個月就以細胞層次植入，自我成長、自我修復
我們都會成為生化人，經過設定，言行舉止都會符合社會規範，而不是無法輕易受到控制的
原始人

也許就能遏止卑鄙的男人強暴酒醉的小女孩
（而且逃過懲罰）
也許能夠阻止小女孩覺得那是她們的錯

（而且永遠不能跟任何人說）

遠處，卡蘿看到一架飛機開始降落到城市機場，也許會路過她童年在佩克漢姆的住家

她忖度萊提莎後來際遇如何，卡蘿十六歲走出原本作為濟貧院的校舍門口時，看到萊提莎對著學校比中指，那是她最後一次看到萊提莎，她們的交情原本這麼好——**以我的生命發誓，這可不是在開玩笑**

萊提莎現在可能是未婚媽媽，或是幫派頭頭，或者坐牢去了，或者三者都是

卡蘿最親近的朋友圈都是大學認識的，大多是高成就者

馬可斯現在是好友，他大學畢業後回到肯亞，兩人的關係隨之結束，他從事野生動物保護，娶了個肯亞妻子，生了混種孩子，卡蘿是他們老大的教母

蘿希是魔法圈法律事務所Slaughter & May的律師；托比是四大審計公司KPMG的管理顧問；帕翠西亞即將完成理論物理學的博士學位；梅蘭妮是英國谷歌的主管；普麗亞正受訓成為全科醫師

只有兩個人落後，露西，不知道自己長遠下來要做什麼，所以只簽短期兼職契約，存了錢之後，就像青少年那樣去當背包客，然後帶著滿腹故事回到英國，但事業毫無進展

可憐的傑瑞為了撰寫北方勞工階級男孩的偉大小說進行研究，在米德斯堡一所學校擔任課輔老師

七年之後他依然在原地，而那本小說還沒動筆

只要行有餘力，他們就會聚聚，無論是個別或群體，晚餐派對、偶有的婚禮，或是到蘿希父母的莊園那裡過周末，她父母退隱到巴貝多的第二個家之後，這裡就由她自由使用

卡蘿學生時代在那裡開始騎馬，這陣子把自己當成馬術家

她也把射擊圓形飛靶當作嗜好

她望向河流對面的泰特美術館，她偶爾會在午休時間（如果她確實午休）到裡頭的展間走走，清理自己的腦袋，對著藝術家的能耐驚歎不已，他們單憑想像力就創造出令人折服的作品

想像力

那是什麼？

她有嗎？

她任自己的視線往南沿著河道行進，通往國家劇場，聽佛萊迪說，今晚有一齣黑人女同志戰士的全女性劇作即將開演，他可能是為了逗趣才刻意誇大吧

他有票，堅持要她出席，會過來把她拖去看性感蕾絲邊的舞臺演出，希望足以燃起慾火，讓她考慮傳說中的三Ｐ：兩個女人、一個男人，妳知道妳想要的，寶貝

才怪，我才不想要，她笑著回答

他向來都能逗她開懷，她想要他的時候，他一向都在，以她想被愛的方式愛她

當她需要獨處的時候，放她一個人

卡蘿只交過兩個男友，馬可斯和佛萊迪，她並非刻意排斥黑人男性，恰恰相反，他們在大學很稀缺，成功進入大學的那些，通常不會追求少數膚色深暗的黑人女性

她單身時期在找對象時，常去城裡的小餐館，在那裡也認識不到黑人男性

她並不怪他們，他們不得不如此，為了存活下去，為了降低按理他們會對社會帶來的威脅

她學到一件事，那就是無可救藥、一籌莫展地陷入愛河，其實是個嚴格的篩選過程

她永遠不會嫁給街道清潔員，是吧？

她工作幾年後在派對上認識佛萊迪，當時她為了省錢，搬回家跟母親同住

滿室上流社會型的美女打量著他這個富家子弟，這位長相俊美的黃金單身漢卻對她有興趣，令她受寵若驚

她答應在某個周日下午跟他約會，一起到Curzon Soho電影院看一部委內瑞拉電影

答應一起從西區的小路散步到海德公園（Hyde Park）

答應一起到埃奇威爾路（Edgware Road）上的黎巴嫩餐廳吃頓晚飯，然後深夜到他父親位於帕摩爾街（Pall Mall）的俱樂部喝個酒

接受他的幽默風趣，他對她的生活和意見真心感興趣
接受他的聰慧、聊天技巧、隨和個性
接受他浪漫的牽手習慣和周到的禮貌
接受他對她明顯的痴迷

他告訴她，他在里奇蒙的城郊住宅長大，那裡有片草地一路延伸到泰晤士河，設有自家的碼頭，泊在那裡的電動船可供出遊

他著迷於她在佩克漢姆公宅度過的童年，對她克服了這麼多障礙而闖出一片天深表佩服

他說他自己只是隨意地按著家族預先鋪好的道路走，從威爾特郡一所古怪的寄宿學校開始，從一八八〇年起，他家族的每個男性幾乎都上這所學校，那所學校在他父親就學時，三十一堂課裡有二十一堂在教拉丁文和古希臘文

謝天謝地在佛萊迪的時代減到只剩七堂

空檔年間旋風似地周遊世界之後，他飛到新英格蘭一所私立文理學院，身為校友的父親在成績清一色是C的兒子申請就讀那年，捐贈了一筆豐厚的款項給校方

四年之後，兒子以低到令人尷尬的平均成績畢業，理由是約莫三十位青少年讓他無法專心，他們頭一次在兄弟會裡不受管束地自由生活，他大多晚上都在那裡開趴，吞了各式各樣的迷幻藥物，常常一連數日神智不清

幾乎沒辦法說話，更不要說寫字
這也不打緊
他最後一學期，母親打電話給一個當過她伴娘的同學，請她做個人情，替他在市內安插了一個薪資優渥的初階職位
她說佛萊迪從新英格蘭飛回舊英格蘭的那天就可以上工
不需要面試，他只需要填點無聊的表格，親愛的
從那以來，他發現公司的生活風格令人乏味沮喪，他夢想住在田野間的棚屋裡，種植自己的糧食

卡蘿畢業之後，為了省錢付房貸，在母親公寓裡免租金住了幾年
她從那裡直接搬進了佛萊迪在富勒姆的房子，兩人的關係進展到訂婚階段
我會在兩人關係裡扮演家庭主夫的角色，他承諾，必要的時候，優雅迷人地勾著妳的手臂、除草坪、做果醬、監督管家、照養我們可愛的黃褐色後代
他準備好屈從於她的野心之下，她喜歡這一點
她知道有他的陪伴，她會前進得更快

他說他父母希望他找的結婚對象，血統可以一路回溯到征服者威廉，就像他們這樣
我跟他們提起我們的事時，妳真該瞧瞧他們的表情。

一 布米

1

布米

從未料到女兒去上有錢人的知名大學，會有長遠的負面衝擊
尤其她在第一學期過後回家來，哭著說無法回去，因為她不屬於那裡
布米當時抽了一兩張面紙揩揩女兒的眼睛和臉頰，直截了當問她，卡蘿，我養大的是個戰士還是個半途而廢的人？妳一定要回大學去，不擇手段把學位弄到手，不然我可不保證會做出什麼事情來

布米萬萬沒料到，卡蘿在第二學期結束後回家來，透過鼻子講話，彷彿裡頭卡了個噴嚏，而不是奈及利亞聲腔那種有力的震動，一面態度傲慢地環顧她們舒適的小公寓，彷彿這裡現在成了跳蚤窩

她難道以為媽媽不會注意到她顯露在外的心思嗎？欸！欸！拉拔孩子長大，就會成為非語言訊號的專家，而孩子往往以為妳笨到看不出來

卡蘿大一暑假在路厄斯罕的馬莎百貨打工，賺到的錢不是像有責任感的成人那樣拿來償還學貸，而是到叫做Oasis和Zara的昂貴時裝店去買衣服，不在New Look和Peacock買便宜貨

第二學年她幾乎都沒回家，到了最後一年，她都到朋友蘿希家的鄉間莊園過周末和假期，她說那裡的房間比公營住宅還多，美妙極了，**母親**，美妙極了

（**母親**——她在諷刺什麼嗎？）

布米親眼看著女兒在畢業典禮上領到學位，不禁涕淚縱橫，彷彿雨水猛掃車窗

在沒有雨刷的狀況下

她真希望奧古斯丁能夠在場目睹他們家小女孩達陣成功，她也希望卡蘿能回家來繼續慶祝，布米特別煮了鍋燉肉，希望女兒現在都畢業了，會回歸真正的文化，甚至再用雙手吃飯，而不是斜眼看著媽媽這麼做，彷彿她是叢林來的野蠻人

布米搭火車回倫敦以前，對卡蘿耳提面命無數次，現在必須找份前景看好的工作，然後找個體面的奈及利亞裔丈夫，好給她生些孫子

卡蘿到目前為止不曾介紹男友給母親認識，那就表示他們對她女兒來說無關緊要

*

將近一周之後，卡蘿回到公寓時，紅著眼睛說「累癱了」，因為她出門「跑趴去了」，母親

跑趴做什麼？布米問，妳年紀大到不能做這種事情了，妳到處跟人上床，是這個意思嗎？

不，我是**處女**（她又在暗諷了嗎？）

布米姑且相信她，妳一定要守身如玉，記得妳是奈及利亞人，不是那些不檢點的英國姑娘，

我現在替妳解凍一些燉肉，我們今天就當晚餐吃

我不餓，不用麻煩，卡蘿回答，然後回到房間關上門，隔天才又出現

卡蘿很快在投資銀行找到一份好工作，布米很高興，卡蘿決定留在家裡存錢付房貸

布米連哄帶騙，要卡蘿到教堂見見特別替她挑好的三個奈及利亞青年，各個都有好學位，俊

美程度不等（布米可不想要醜八怪孫子）

我目前不大有興趣，卡蘿回答

別拖太久，布米警告她，等妳三十歲就太遲了

所以有幾年時間一切都很順利，雖說卡蘿往往工作到很晚，大多日子都在朋友家過夜，她說

那些朋友住得離市區更近

接著有天早餐（卡蘿只喝一杯無糖咖啡），布米大口吃著可口的薯蕷粥，女兒上大學以前熱

愛這種東西，後來開始說像溫水泥，根本無法入口

卡蘿說，我有事情要分享（典型的英式作風，以**分享**作為開場白，而不直接說眼前的事）

我訂婚了，母親

女兒對著廚房地板的褪色油地氈講話，彷彿從未見過這種東西，只是她出生以前那種東西就存在了

要嫁給叫佛萊迪的好男人

布米覺得彷彿有煙火在腦袋裡爆開（輪轉煙火和火箭煙火）

這是怎麼回事？她暗想，這個小妞告訴我，她準備跟一個還沒介紹給媽媽認識的男人結婚？這件事多久了？布米問，無法嚥下卡在嘴裡的粥，感覺確實像是溫水泥

好一陣子了，卡蘿回答，噢，他是白人，英國人，她咕噥，我們已經交往很久了，我真的很愛他，就這樣

就這樣

卡蘿直直盯著布米臉上的表情說著，不管妳做什麼都阻擋不了我，母親

布米試著數到十，但才數到九點二，就從椅子上跳起來，速度快到卡蘿也彈了起來

妳為什麼要這樣，替我招惹這種麻煩，欸？妳是故意要嚇我的，是嗎？妳不可以羞辱妳爸爸的人生！妳不可以羞辱妳的族人！妳想為這個家帶來什麼樣的恥辱？妳不可以讓我蒙羞！我完全不懂妳，完全不懂

布米在迷你廚房裡來回踱步，迫使卡蘿將自己擠進角落裡

她抗拒著掌摑女兒腦袋的衝動，因為不管女兒有多頑皮，即使在女兒還小的時候，她也永遠無法對這世間她懷胎九個月產下的唯一造物動手

這孩子呱呱落地時完美成形，哭著要母奶的慰藉，地點在蓋伊醫院

大迷宮池塘（Great Maze Pond）

滑鐵盧

倫敦SEI

大不列顛聯合王國

布米真希望奧古斯丁還在世，好好開導他們家女兒

她不該在一個異國的公宅大樓裡，獨力扶養孩子長大

她現在的無助感，如同卡蘿十三歲變得陰沉、開始翹課的那個時期，原本的亮眼成績大幅滑落，周末把自己關在臥房裡，頂多出來洗澡、吃飯和上廁所

妳在裡頭做什麼？

睡覺，我很累，媽媽，她透過房門回答

妳只是需要上學跟動腦，為什麼會老是覺得累？我每天要趴在地上打掃耶，誰才應該覺得累？妳還是我？

布米請教教會婦女的意見，她們要她放心，說是青春期的荷爾蒙問題，會過去的

一年左右之後

確實過去了

她聰明的小女孩不再把童年耗擲在睡夢上，在大多科目上回到了班上的頂尖位置

卡蘿的一個老師金恩太太，一個非常體貼的女士，特別有興趣拉她女兒一把，說卡蘿如果繼續像目前這樣勤勉向學，有能力走得很遠，威廉斯太太

卡蘿進入有錢人就讀的知名大學時，布米如此引以為榮，把大學入學許可書拿去影印，不是一份，不是兩份，而是**三份**

裱了框、掛起來——一份在玄關牆上，一份在廁所門板內側，一份在電視上面，她看電視的時候，一抬眼就能看到

她沒料到這最後會讓卡蘿排斥自己真正的文化

布米看著站在廚房角落裡的女兒，有如一頭困獸，覺得自己只要一有動靜就會遭到不測

她不希望孩子怕她

卡蘿，她說，回來坐下，來，聽我說，妳幾乎不認識這個最近才交往的佛萊迪，可是我已經認識妳一輩子，妳對我來說是一切，他對妳來說算什麼呢？如果妳失去自己真正的認同，在這個國家力爭上游就沒意義了，妳明明不是英國人，難道是妳把自己生下來的嗎？

妳是奈及利亞人，這點排在最優先，也最重要

卡蘿，為了妳可憐的爸爸著想，妳一定要嫁給奈及利亞人，懂嗎？

當這番話沒有帶來意想中的效果時，布米決定不理會卡蘿，就從卡蘿當晚走進廚房開始，她希望照常跟母親一起準備星期天的晚餐

冰箱空空如也，連麵包、牛奶或人造奶油都沒有，布米把這些東西都扔進垃圾袋了

＊

布米繼續不理會女兒

兩人通常會挨著彼此貼坐在起居室的三人座小沙發上，一面吵鬧地評論著角落液晶電視上正在播放的奈及利亞電影ＤＶＤ，攝影畫面搖搖晃晃，但這晚她不肯讓卡蘿像平常那樣用椰子油按摩她疲憊的雙腳，卡蘿態度謹慎地問要不要替她泡杯熱美祿，母親？她裝作聽不見

布米繃著臉，默默坐在沙發另一端，規律地吸著鼻子、抹著眼睛，直到女兒離開起居室

後來卡蘿刻意避開她，晚回家的時候透過房門喊晚安，布米都不回答，繼續讀她女同胞布琪．伊曼切塔寫的《母職的喜樂》（*The Joys of Motherhod*），這本小說是她向教會朋友芙羅拉姊妹傾吐煩憂時，對方推薦的小說

芙羅拉姊妹告訴她，小說裡的母親努艾葛也吃了不少苦頭，讀這本書，妳心裡會舒坦一點，布米姊妹

後來，她聽到卡蘿輕手輕腳從廚房走進浴室，然後回到自己的臥房，無聲無息關上房門

布米希望她每天晚上哭著睡著

接著某天早晨

布米坐在廚房裡，忙著將壞掉的米粒，從主街上孟加拉人雜貨店買來的超大包印度香米裡挑出來，這袋米的價錢比街角有錢人超市賣的小包裝米，便宜二十倍

卡蘿上班前走進來，一如往常一副**英國人**的模樣，海軍藍雨衣紮得緊緊的，展現她的纖腰，頭髮往後梳成髻，頸子上掛著珍珠項鍊

我要搬去跟佛萊迪住，妳永遠不必再看到我，聽到這樣妳很高興吧，母親

她站在那裡，以為布米會無視她，只是那一刻有什麼改變了，布米覺得該要給女兒臺階下，不跟女兒講話一直很難受，冷戰幾個星期延展成兩個月，逼近三個月，她的傷痛越來越深，她擔心自己一開口會講出什麼難聽話來

我煩惱太久，開不了口

而且她並不想跟女兒斷絕關係

人生中所愛的人只剩下她了

妳看看這裡，布米說，指著那袋米，英國人喜歡在昂貴的超市裡，把錢浪費在包裝花俏、價格太高的商品上，然後還敢在排隊搭公車的時候，抱怨經濟不停下滑，一面給我臉色看，明明是他們自己的問題，沒錯，是**他們自己**抵抗不了花俏的廣告，就像把錢丟到水溝裡那樣浪費

你們英國人，我想跟那些臭臉人說，應該問問我怎麼在這個國家購物，因為我們移民在這點上比你們更高明，我們不肯為了標籤上寫著「些許小荳蔻」或「番紅花細絲」，裝在漂亮小玻璃瓶的香料，支付貴到荒唐的錢

什麼是「些許」？說說看啊？什麼是「慷慨的一撮」？是一磅還是一公斤？不，就只是**一小撮**，你們這些**傻子**，然後他們還有臉瞧不起那些優質省錢的移民商店，他們不敢走進來，怕被恐怖分子綁架或是染上瘧疾

況且，我們知道怎麼在市場裡講個好價錢，而不是在額頭上寫著「來搶我錢啊，我是傻子」，然後付那些訂好的天價

如果可以付更少，何必付一鎊的錢買一磅的蘋果，如果你堅持立場，讓市場的攤販講不過你，最後被你打敗，讓攤販為了趕快擺脫你，幾乎半買半相送？

如果你照樣跟肉商討價還價，久而久之省下來的錢，就能拿來買一整隻雞了

如果你注意自己的身材腰線

一隻雞做成湯，可以吃上好幾頓

我的重點是，妳是奈及利亞人

不管妳覺得自己有多了不起

不管妳未來的丈夫有多英國

不管妳假裝自己有多英國

更重要的是，如果妳再用「母親」稱呼我，我會打到妳鮮血滴不停，再把妳倒吊在陽臺上，跟著衣服一起晾乾

我是妳媽媽

現在到永遠
永遠別忘記，懂嗎？

等她講完的時候，卡蘿的臉頰上已經淌著一道道黑色睫毛膏，母女互擁的時候，布米因為再次感覺到孩子身子的暖度而感激不已

那天早上，這孩子淚眼婆娑地離開公寓，謝謝**媽媽**再次開口跟她說話，因為她說，當母親假裝妳不存在的時候，妳就像是死了似的

布米看著卡蘿踏進即將她載到一樓、滿是尿騷味的那座電梯

再不久，她女兒就會完全屬於他們

2

布米想起自己的媽媽當初如何收起裹巾，逃離尼日河三角洲的歐波羅

布米的爸爸摩西因為非法提煉柴油時被炸死之後

在沼澤區加熱一桶桶的原油，站得離這種家庭工業的火源太近，是很危險的事

從原油製造出柴油，跟開放的火源才隔兩個桶子的距離，是很危險的事

整個三角洲都知道，但又有什麼辦法可以在那個飽受壓榨的地方存活下來，在那裡，石油公司的巨型鑽油機從地底幾千公尺處吸出幾百萬桶油來，為這星球的其他地方供應珍貴能源，卻任由那片土地腐壞

布米爸爸過世的時候，他原本擁有那片栽種著樹薯和薯蕷的土地，卻在光天化日之下被親戚奪去

妳是他傳統的妻子，並不是合法的妻子，他們對伊雅唐德吼道，直接從他的葬禮湧到她的小屋來

馬上滾出這個地方，這裡現在是我們的財產了，我們不想再看到妳在這邊露臉，這個地方沒妳的事了！

布米記得跟媽媽走了好久的路，穿過森林到外公外婆的家

細軟裝進兩個籃子，扛在頭頂上

回到媽媽開啟人生的小小棚屋以後，外公通知她們，一等布米長到青春期，就要把她嫁出去

要她趕快做準備，我會想辦法張羅嫁妝的錢，這樣會替我解決不少問題，這傢伙到哪裡都是賠錢貨

那天晚上，媽媽告訴布米，她不會讓自己父親強迫她孩子過傳統生活，就像他在她十四歲時替她選了丈夫

隔天早上，她趕在父親醒來前，將她和摩西存下的一點錢綁進裹巾的衣褶裡，牽著布米的手
一起逃離煉油廠的橘色瓦斯火焰，火焰一天燃燒二十四個小時，往潮濕的天際線飛竄，長達
好幾百英里

她們逃離那些令人呼吸困難的有毒氣體，深呼吸就等於慢性自殺
她們逃離讓水源無法飲用的酸雨
她們逃離毒害穀物的漏油，濃稠小溪的害病養漁場，黏答答的黑油凝結在從水裡撈起的捕魚
籃上

螯蝦、螃蟹、龍蝦——完蛋
箭魚、鯰魚、黃花魚——完蛋
梭魚、篩鯡、鯧魚——完蛋

*

她們啟程前往拉哥斯，搬進了水上貧民窟，跟另一個家庭合住一間架高的竹棚，那裡有個平
臺可以坐在外頭，也共用一艘獨木舟，可以在深色骯髒的水域裡航行
媽媽拖著布米，在擁擠的拉哥斯市區到處找工作，布米為自己骯髒的舊衣服和發黑的夾腳拖
感到羞恥
她痛恨噪音喧天的大都市，以及試著輾過她的市內汽車的骯髒廢氣

起初媽媽試著要在街上賣烤玉米和炸麵團，最後卻被其他攤商聯手趕走，這是我們的市場，
滾出去！

布米看著母親因為乞討工作而受盡屈辱，她們到了當地的一家鋸木廠，樹木在廠裡砍完之後
捆在一起，成為飄浮的森林，拖往下游到市區

媽媽找到了主管拉畢，大膽走向他，告訴他，她跟男人一樣強壯，他難道看不出她的手臂因
為務農而強健嗎？

老闆，我有孩子要吃飯，這個工作我做得來，我哪裡都不去，只要給我工作就好，求求你

媽媽在鋸木廠震天的噪音和粉塵中，一周工作六天，她說男人們看到她工作比他們更賣力，
就習慣了她的存在

接著有一天，拉畢說，她不需要再用頭扛木板，說那是給白痴做的苦工，而她不是白痴，說
她可以幫忙操作圓盤鋸

起初媽媽很高興，後來搖著頭回家說，那個男人啊，跟我說天下沒有白吃的午餐

我要讓我們過更好的生活，不要再吃這種苦

我們會活下去的，我的孩子

周間布米用獨木舟載她到潟湖的水上學校，每個小孩一到校，老師就先收取學費，繳不出來
的就會被送回家

布米從未碰上這種事，因為媽媽寧可餓肚子，也不願讓她缺一堂課
媽媽告訴布米，她會好好受教育，找一個受過教育的先生，找一份薪水好、坐辦公桌的工作，這樣如果她以後丈夫過世，也能養活自己和孩子
直到布米十五歲那年，發生了意想不到的事
媽媽在輪班快結束前，試著修理有問題的蒸氣鋸，滑了一跤，鋸齒再次猙獰地轉動起來時，她閃避得不夠快
拉畢來到學校通知布米這個壞消息
她記得自己癱倒在學校地板的竹片上，對著下方攪動的水波失聲痛哭，她記得自己上了獨木舟，被帶回她住的小屋，她在那裡蜷成一顆球
她記得拉畢告訴她，他已經替她付了一個月的租金和學費，同時一面尋找她的親戚，因為妳媽媽的關係，我才幫妳這個忙
他找到了一個遠親，艾奇歐姑姑，她答應讓布米以家務和照料孩子換取住宿和教育
布米因為不用孤身一人回到拉哥斯求生存而鬆了口氣
她自己上市場採買時，男人頻頻過來向她示好
包括一個大老闆，他挺著大肚腩，開著大車子，提議安置她作為小妾
一面對著她的臉噴雪茄菸
僅限專一的契約

布米敲響艾奇歐姑姑水泥房子的前門，姑姑來開門時，布米悲痛萬分，撲倒在地上以示敬意，令她難過的是，姑姑並未把她當成久別重逢的親戚那樣迎接她

我收留妳，妳該覺得感激，艾奇歐姑姑說，帶布米參觀她的三層樓水泥房，布米頭一次踏進不是用竹子打造的家，房間會連向其他房間

像是有個叫育兒室的地方，是給孩子玩玩具的

還有個給艾奇歐太太的「步入式衣帽間」

布米很快發現，她姑姑成天忙著讀時裝雜誌、上美容院、「跟夫人們共進午餐」，必要的時候下個廚，還有看錄影帶

布米在上學前和放學後必須時時待命

布米！！！艾奇歐姑姑在床上喊著要早上的茶，如果家具擦得不夠晶亮，或是孩子們弄髒自己的衣服，或是廚房需要幫忙，或是要布米替她切換電視頻道，或是需要市場上的什麼東西

布米！！！艾奇歐姑姑斷了根指甲時喊道，**現在**就把剉刀拿來，即使布米可能正在吃飯，或在馬桶上便祕，或在做學校功課，或忙著確保兩個小男生泡澡時不會殺掉對方

她自己則必須用花園的水管沖澡

*

布米！！！她聽到，當時她正對著姑姑的茶杯吐痰並嘀咕，我要給妳好看，女士，我要給妳好看，然後把杯子放在漂亮的塑膠布墊上，用小托盤端去給姑姑

布米！！！她上市場的時候聽到，意識到那是她心靈廊道上的回音，回到家的時候，姑姑質問她怎麼這麼久？妳把我當傻子嗎？妳是不是跟男生們聊天去了？

布米！！！她會做失去這個家而流離失所的惡夢，之前在拉哥斯和歐波羅也做過這類的夢，而睡夢中會聽見姑姑這麼尖聲叫著

布米！！！她搭公車到伊巴丹大學的時候也會聽到，她開始在那裡攻讀數學，講堂人滿為患學生坐在地板和走道上

她第一堂課就在教室後頭睡著了

走進空教室來準備下一堂課的研究生助教將她喚醒

一個叫奧古斯丁·威廉斯的年輕人

奧古斯丁

當天便邀她去吃午餐，說她長得非常漂亮，她明知自己並沒有

奧古斯丁

後來午餐時間會找她一起坐在附近的樹蔭下吃油豆絲、樹薯絲，或灑了胡椒的蝸牛肉、烤肉串或豆子蒸布丁

不久，兩人就存在於一種力場裡，跟熙熙攘攘的校園隔絕開來，怎麼會發生這種事？兩人湊

巧相遇，感覺卻彷彿認識了一輩子

他說他可以看出她臉龐靜止時的哀傷，讓她顯得神祕又誘人

她很詫異他竟然試著望進她的內在，很訝異有人會願意這麼做，她現在神祕又迷人嗎？那天晚上她照著鏡子，從每個角度觀察自己，試著用他的眼光來看自己

不像那些把女生當廁所的大學男生，他等了很久才試著親吻她——在她左頰上輕啄一下，足足三天，她都不肯洗掉

生命中有奧古斯丁，布米不再那麼孤單

他們就像一個圓的兩半，朝著完整逐漸聚合

奧古斯丁由社工父親和打字員母親養大，他們從結婚以來就住在同一棟房子裡，而他們的父母也住在當地，他的兄弟姊妹、姑姨叔伯也是，他們會在星期天下午過來吃自助餐：秋葵湯配樹薯糰、燉肉、棕櫚仁油燉芝麻菠菜、蔬菜薯蕷、麵條、麵糰、炸雞和沙拉

他向布米求婚的時候，要她儘管放心，說他父母會接受她，即使她沒有近親可以替她說好話，他父母相信比起其他考量，婚姻應該更著重在愛以及和睦相處上

他們以自己的進步觀念為榮

布米才剛整燙過頭髮，一身長度端莊過膝的白蕾絲洋裝，踩著剛洗白的Bata牌涼鞋，踏進奧古斯丁的家

歡迎，威廉斯太太說，迎她走進客廳，印花窗簾擋住了正午的豔陽

威廉斯太太穿著優雅的連身衣袍，上頭有飛翔的藍鳥

往布米的身邊一坐，布米則僵硬地坐在柳編沙發上，仰頭望著放在牆壁頂端橫架上，為數不少的祖先加框黑白照片

威廉斯太太用雙手執起布米的手握住，布米驚奇於那雙手的柔軟溫暖，她自己母親的雙手堅硬粗糙

威廉斯太太說，她希望自己的兒子成為高尚正直、負責任的人，那是母親渴求的一切

我們不想要嫁妝，妳有我們的祝福，妳現在就要成為我們的女兒

布米覺得自己是個非常幸運的女孩

奧古斯丁不覺得自己有那麼幸運，他們星期天下午照例去散久久的步，在朦朧的陽光下，越過幾英里的玉米田，他抱怨說

他家族的人脈不足以替他在政府或業界安排合乎他經濟博士學歷的工作

如果他到英國去，一定能找到一份工作，讓他成為周遊全球的商務人士或顧問

他最後會在紐約、洛杉磯、日內瓦、開普敦、伊巴丹、拉哥斯，當然還有倫敦，置產

他辦得到的，沒錯，他辦得到

願上帝祝福。

3

在上帝的祝福下
布米和奧古斯丁移民到英國，他在那裡依然找不到符合資歷的工作
他坐進了小計程車的座位裡，直到存夠了錢供他創業（進出口貿易）為止
研究透過土耳其、印尼和孟加拉共和國的血汗工廠，是否可能經營英國和西非之間的貿易
悲傷的是，倫敦的物價比他想像得還貴，存不了錢，而且當奈及利亞的經濟走下坡時，他不
得不匯現金回老家

布米和奧古斯丁都同意，兩人當初都誤信，在英國努力工作和勇於做夢，距離實現目標就只
有一步之遙

奧古斯丁開玩笑說，他在捷徑、瓶頸路段、單行道、死巷上攻得了第二個博士學位
一面載送那些自認高人一等，不屑把他當成平等對象講話的乘客
布米抱怨說，人們透過她的工作（清潔工）來看她，而不是她的本質（受過教育的女性）
他們不知道，她的內在捲著一張證書，聲明她是伊巴丹大學數學系畢業生
就像她當初並不知道，當她在數百個人面前大步走向畢業講臺，接受紮著蝴蝶結的證書捲
軸，和大學校長握手時，她在第三世界國家得到的一級榮譽學位，到了新國家卻一文不值

尤其上頭有她的名字和國籍
頻頻收到工作回絕信，最後她當成儀式，在廚房水槽裡燒毀
看著它們燒成灰燼，沖下排水孔
那就是為什麼，當他們的女兒出生時，他們將她取名為卡蘿
不帶奈及利亞的中間名

奧古斯丁在夜間上工，全副衣裝癱倒在他們的床上，渾身散發著抽了一天的菸味，加上回到家時喝的健力士啤酒味
就在這時，布米將自己拖下床
加入她那一批睡眼惺忪的同事，他們走進她新城市的調暗街燈中，爬上在空蕩街道遊走的雙層紅巴士
她跟其他人坐在昏昏欲睡的沉默中，他們都巴望能在這個國家過上更好的生活，她冬天裹著鴨絨夾克，腳踩襯墊靴子，渴望睡眠，深怕錯過辦公大樓那站，她要在那裡刮乾淨黏在馬桶上的乾硬糞便，消毒跟人類排泄物接觸過的一切
她在那裡用吸塵器將死去的人類細胞吸成真空的毛團，抹地打蠟，清空字紙簍和垃圾桶，清潔鍵盤，抹淨螢幕，擦亮辦公桌、架子，確保一切毫無瑕疵、一塵不染
她盡其所能，即使那不是最好的工作

奧古斯丁說，至少他能當卡蘿的好父親，有如他母親持續來信建議的
不要做個冷淡、專制、不溝通的父親，我的兒啊，趁女兒年幼的時候要建立親密的關係，這
樣等她大些，你們就能繼續親近下去
布米很喜歡看著丈夫和卡蘿打打鬧鬧一連幾個鐘頭，他假裝自己是馬，讓她騎在背上
快跑啊，爸爸，快跑
她很愛他用市場撿來的箱子為卡蘿做的娃娃屋，他替箱子上了漆，添進厚紙板製成的家具，
用衣夾做娃娃——他真是個了不起的男人
有天他對她說，如果我們沒辦法在這裡功成名就，也許我們孩子可以，這番話讓她覺得傷心

奧古斯丁

親愛的奧古斯丁，元旦凌晨載送跑趴玩樂的醉客，開車越過西敏寺橋（Westminster Bridge）
時死於心臟病發
在連續工作太多個晚上，老是外帶垃圾食物之後
為了在一年當中最繁忙的時段讓收入加倍，不知道自己罹患遺傳性的慢性心臟病，結果折損
了一半的壽命
布米走進停屍間，看到她摯愛的奧古斯丁只剩軀體躺在那裡時，便失去了信仰
他的棕色肌膚失去了生命，透著死灰

嘴巴被強行閉合，下頷緊閉，彷彿被釘在一起
她走進去的時候，他並未睜開眼睛，滿懷愛意看著她
她對他說話的時候，他聽不見，在她啜泣的時候，並未擁住她、撫慰她
她斷定根本沒有偉大的神靈守護著她、保護她和她所愛的人

布米按照期待上教堂，投入事工，但只是裝裝樣子，她在那裡的教友身上找到慰藉
但她不再相信自己嘴裡吐出的禱詞或詩篇或聖歌
以往由神占據的空間，現在空空如也；沒有神來允諾永恆的救贖，她發現自己多麼孤立無援而備受衝擊

她和奧古斯丁一直被困在絕望裡，讓他們失去了掙脫的能力，因為備受排擠而被重重壓垮，這並不在他們的移民之夢中
她自問——單憑一份收入要獨力拉拔孩子長大，該如何突破困境？
她問自己——我不是有數學學位嗎？再者，我不是有那份聰明才智，不用跟教授上床，就取得了數學榮譽學位嗎？
我不是很享受解決問題的挑戰嗎？
她問越多，就越了解自己該做奧古斯丁無力做到的事
她要成為雇用他人的人，而不是等著他人雇用
她要成為自家清潔公司的老闆，一個會強調工作機會均等的雇主，就像其他清潔公司

她真希望奧古斯丁還在，可以共享這個笑料

那天晚上她夢到自己雇用大批女清潔工，她們會在全球各地執行任務，清理環境遭受過的所有破壞

她們來自非洲、北美和南美，來自印度、中國和全亞洲，她們來自歐洲和中東，來自大洋洲，還有北極

她想像她們有幾百萬人馬湧進尼日河三角洲，用拖把柄和掃帚柄變成的長矛、毒劍和機關槍，將那些石油公司趕出去

她想像她們毀壞所有用來產油的設備，包括那些高聳入天，燃燒天然氣體的廢氣燃燒塔，她的清潔工們會在每一個燃燒塔下面裝置炸藥，從安全的距離引爆，親眼看著它們被炸毀

她想像當地人同聲歡呼，以跳舞、打鼓、烤魚來慶祝

她想像國際媒體將實況拍攝下來——CNN、BBC、NBC

她想像政府動員不了薪資過低的當地民兵，因為她的女清潔工世界大隊的數量嚇壞了他們

她們靠著自己的超能力就足以殲滅他們

事後，她想像大批唱著歌的婦女，篩濾著河流和小溪，移除汙染溪流的厚厚油光，並且挖土掘地，直到將有毒的下層土壤清除完畢

她想像任務完成時，雲破天開，純淨的水從現在乾淨的雲朵裡傾盆而下，一直下到整個區域都徹底洗滌乾淨，再次恢復完整為止

她想像她父親摩西，一個單純的漁夫，駕著他的獨木舟穿過透明的溪水，按照祖先的高貴傳統，捕魚養活自己的家庭

她想像她媽媽健健康康，輕鬆過活，由雇農照顧他們的土地

因為摩西沒死，那片土地並未被親戚偷走

她想像奧古斯丁，一個綠色金融經濟學家，西裝筆挺，提著時髦公事包，穿過庭園小徑走向他們的家

剛從日內瓦或紐約主持完最近一場聯合國經濟環境會議回來

布米需要一筆現金支付駕訓班和創業的花費；她認識的每個人都只能勉強餬口，該如何才好

除了她教會的艾德拉米·歐比主教之外

奧古斯丁過世以後，他對待她的方式起了變化

只要看到她，就會以目光吞食她的身體，彷彿她是前菜、主菜和甜點合而為一

他老對著奧古斯丁過往崇拜的那對豐胸講話

主日過後，他會安慰似地用手臂環抱著她，手微微滑下她的後背，狡猾地掃過她的臀部，沒人注意到

當她試圖閃躲時，他會朝她貼得更緊

歐比主教是個富有的人，有權勢的人，他受召在地上為神行事，多達兩千名的會眾便賜予他全能的大禮

他表現得彷彿騷擾女性教區居民是他的權利，既然如此，她也有權向他借錢創業

他們多年來不是每每從自己的總收入掏出錢來，繳交什一奉獻到他的捐獻碗裡嗎？而這筆錢他們幾乎付不起

奧古斯丁相信主教的講道，相信奉獻給他的教會就是奉獻給上帝，而奉獻給上帝，就可以帶來無限的興旺，預約到天堂的首排座位

她看透了事情的本質，那對聰明的男人來說是高利潤的事業

她丈夫原本也是個聰明的男人，卻對歐比主教吐出口的每個字深信不疑，彷彿腦袋被用蒜頭炸過似的

即使主教拿教區居民的錢

買了私人噴射機，在菲律賓購置私人島嶼，奧古斯丁的想法也不會有所動搖

某個星期一傍晚，並未排定禮拜儀式的時候，主教安排到舊賓果遊戲場的接待室跟她碰面，並商討貸款的問題，賓果遊戲場現已轉作他的大教堂

她讓他在教堂法衣室裡，以貪婪的雙手剝去她的衣物

她讓他興奮地撫摸她從C罩杯釋放出來的胸脯——彷彿聖誕節到來

她任他扯下她的蕾絲新內褲（用一件的錢買十件）

他進入她體內的時候，她彷彿狂喜似地喘氣呻吟，他花太久時間才將他的小惡魔們釋放到不停抽插她的黑色塑膠護套裡，最後他呼喊出聲，願神賜福教宗！讚美祂聖名！神啊！繼續讓全

世界的人都有存活空間，並且善待彼此，哈利路亞！布米姊妹，哈利路亞！

主教遂行目的以後，布米端莊地對他微笑，迅速穿好衣服

他拉上褲襠拉鍊，扣好皮帶時，她再次用藍紫色包巾裹住身體，重新綁上頭巾

她現在是個生意人了

這是她的頭一場交易

他從西裝上衣口袋抽出裝了現金的信封時，她低調地別開視線，這是一筆要花兩年時間償還的低利貸款

要是單靠她的薪水，得花雙倍時間才能存到四分之一

謝謝你，先生，她說，態度謙卑行鞠躬禮，神供應我所需

她走路回家，在浴缸裡加了鹽巴，躺在裡頭好幾個鐘頭，定時反覆加水，試著透過流汗將他排出體外

她永遠無法告訴任何人，她為了提升自己和女兒，先讓自己降到多低

每一次只要閉上眼睛，就會感覺到他熾熱、貪婪、粗糙的舌頭舔著她的耳朵，嘴唇告訴她，她是他下流的妓女，他的肥胖臉頰貼著她的臉，大手捏掐她的屁股，大肚腩推擠著她的腹部

一面刺穿她身體最神聖的部位。

4

身為布威國際清潔有限公司的主管，布米在性喜揮霍人士的超市張貼廣告，媒合了幾對清潔工和客戶，客戶有住家的也有公司行號，很快就發現員工在最後一刻總教她失望

這種事情做起來不容易，但人生原本就不容易，是吧？只有一個人靠得住，就是她自己

她會從小規模做起，再逐漸擴大，自己出門接案，必要的時候，就讓芙羅拉姊妹照顧卡蘿，芙羅拉想要孩子但無法生育

她的第一個客戶是個叫潘妮洛普·海力菲克斯的女士

她住在坎伯韋爾的一棟大宅，那裡有專給昔日僕人住的閣樓房間

這個年頭，這些人只負擔得起一周一次的清潔工

布米走進那棟房子，前門有彩繪玻璃，玄關地板上有老式鋪磚，挑高天花板，大扇窗，好幾段蜿蜒往上的階梯，她這才意識到自己在英國活動的世界是多麼狹小

她認識的人沒人過這樣的生活，連那些有自己住家的奈及利亞裔教會朋友都不過這樣的生活

潘妮洛普是個高挑的學校退休老師，長相賞心悅目，染的髮色不是金色，也不是灰色或白色

為了遮掩豐腴的女性特質，穿著不合身的衣物

布米永遠無法理解英國女人為什麼不展現肥滿的身形，越豐潤越好，只要端莊合宜就好

在她的文化裡，肥碩的女人是有吸引力的

潘妮洛普以前在卡蘿的學校當老師，布米在玄關那裡注意到一張加框的送別卡片

她想要跟潘妮洛普提這件事，跟客戶發展出工作上的友善關係，因為如果別人喜歡你，就更可能繼續雇用你

但這女士告訴她，妳是來這裡工作，不是來這裡享受社交對話，接著指示她永遠不要打開抽屜、碗櫃或衣櫥

也不要把手探進口袋或提袋

布米真想咬掉這女人的腦袋，但憋住不說話

潘妮洛普自己不久就打破了這項規定，跟前跟後，尾隨布米在屋子裡打轉，滔滔說個不停，抱怨糟糕的第一任丈夫吉爾斯，他是個工程師，是個困在黑暗時代，有性別歧視的討厭鬼，她說，還有可惡的第二任丈夫菲利普，他是個心理學家，後來她發現他像一隻被跳蚤咬的狗，背著她追著卑劣粗俗的蕩婦跑

布米認為這女人外表看似世故，但內在粗魯無文

但一看就知道她很寂寞，她的孩子們早早就離家了

布米替她覺得難過，每星期低調地清走留在廚房垃圾桶旁的大量空酒瓶

一旦有了固定的客戶，布米便開始招募員工，寫了一份職務說明，讓求職者知道她是認真的

一／對清理與清空廢棄物容器、清除指定區域的垃圾極為擅長
二／對清潔過程中的工具和化學劑有充足知識
三／會安全使用去汙劑、化學劑，擅長吸塵，在打掃、手動除塵、抹淨擦亮上有優良紀錄
四／展現消毒飲水機的能力
五／具備替掛燈除塵、替金屬器件拋光的能力
六／致力於追求精確度、留意細節
七／對於防護衣物與自我照護的重要性有認知

不久，她旗下就有了四名奈及利亞人、兩名波蘭人、一名巴基斯坦人

為了達到她設下的專業標準，他們接受了職前訓練

她到圖書館上夜間課程，以便熟悉電腦和網路，找到了一名會計師，因為她可不希望因為避稅而淪落到霍洛韋監獄

等卡蘿在市區開啟自己的銀行事業時，布米已經有了十名員工

其中一位是教會的歐莫芙姊妹，是他們當中最討人喜歡也最勤奮的一個

她丈夫吉摩在哈科特港娶了第二個妻子，在那裡經營手機事業，讓她獨力養大兩個兒子，塔尤和沃爾

兩個女人一起拖地抹桌，成了莫逆之交

妳看到那個男的幹了什麼好事了嗎？歐莫芙說，我希望他的蛇生病，皺縮起來，最後從裡面毒死他

我想妳當初嫁給他，不是為了當大老婆吧？布米回答

才不是，我是現代女人，下一次他來英國，要是想住我那邊，我會在他的燉菜裡放老鼠藥，他一放下行李，吃完我煮的東西，就會跑出門到夜店喝健力士，那裡滿是幾乎光著身子的年輕姑娘

歐莫芙姊妹，我星期五和星期六深夜去工作的時候，在地鐵上親眼看過她們，她們正要上派對去，這國家的年輕女生穿得都像妓女

那是因為她們就是妓女，布米姊妹，她們沒有自尊心，就像我兩個兒子沒有自尊心，沒有老爸管教他們，他們就到處撒野，他們只會惹麻煩，昨天警察才到我家門口，說我家兒子有嫌疑，放學回家的路上跟其他不良少年在公車上層搶了一個女人的東西，我不是叫他們跟那些守法的人一起坐在巴士底層？

我揍他們，手還會彈回來

我用宵禁威脅他們，他們就打破規定

我把他們的電腦藏在我的臥房，他們就把門踢倒

他們最後要不是死在黑社會的槍戰火拼，不然就是被關進監牢，我後半輩子不是去上墳，不然就是每星期去探監一次

這就是我的命運嗎？

歐莫芙姊妹，把他們送回奈及利亞去，那不是個屢試不爽的好方法嗎？

妳是個有能力解決問題的女人，布米姊妹，歐莫芙回答，握住布米的手掐了掐

幾個月之後，歐莫芙跟兒子們說，去奈及利亞度個假吧，一抵達，就被載往阿布加一所嚴格的寄宿學校，學費來自銀行貸款

兒子們離開以後，現在我也一個人了，歐莫芙對布米說，兩個女人坐在昂貴的紅色皮沙發上，在空空的辦公室接待室裡，在空空的辦公高樓裡，凌晨三點在空蕩蕩的城區街道上

吃著布米準備的雞肉、米飯和沙拉

布米期待在上班和上教會的時候見到歐莫芙，兩人在教會禮拜時會坐在一起；分開的時候，她開始想念對方，發現自己渴望以不受認可的方式來觸摸她的新朋友

她想像兩人像夫妻一樣躺在一起

她並不覺得糟糕，反而感覺很對

有天早上下工之後，正準備搭公車回家時，歐莫芙邀請布米到她位於新十字站的公宅大樓裡補眠

兩人雙腳發痠，惺忪睡眼布滿血絲，腋下汗涔涔

公車抵達，載過大批上班族之後，車內瀰漫著濃濃的香水和古龍水、洗髮精、咖啡，甚至是

牙膏的味道，上班族下車之後，換她們爬上去，緊挨彼此，舒舒服服地坐在椅子上

布米感覺自己融入歐莫芙的那一側身體刺癢著

我家是個空巢，歐莫芙說，我們可以互相陪伴

兩人泡過澡之後準備就寢，歐莫芙走到臥房門口說，我替妳在塔尤和沃爾的房間裡鋪了床，不過那是上下鋪，不適合妳這樣的女人睡

歡迎來睡我的雙人床，比較寬敞

就看妳要不要

歐莫芙裹著米白色浴巾，赤腳踩過臥房的厚地毯，豐滿的棕色上半背和雙腿的背面散放光澤，假髮已經摘掉，天然的棕色短髮閃閃發亮

就看妳要不要，她回頭重複，走到床邊時，背對著布米任由浴巾滑落

布米彷彿陷入出神狀態，尾隨她走進房間，忍不住任由歐莫芙探索她泡澡過後放鬆且溫暖的身體

兩人都有豐厚的層層肉摺以及飽滿的胸脯

對布米來說，歐莫芙感覺起來就像家，她老練的動作最後帶來強烈無比的快感

隨著兩人活動持續下去，她也在回應中找到樂趣，她的嘴巴恣意遊走，直到歐莫芙叫喊出聲

布米盡可能留宿歐莫芙的家
她對自己承認，自己飢渴多時但刻意忽略，因為她永遠不會考慮再找另一個丈夫
要取代無可取代的人，絕無可能
這不一樣，歐莫芙是女人

幾年過後，塔尤和沃爾從奈及利亞回來，搖身變成文明有禮的青少年，氣父親只去探望過他們兩次，氣母親出賣了他們
雖然這兩個女人持續在布米的公寓裡交流，但在過去與奧古斯丁共用的臥房裡，在她與女兒同住的公寓裡，跟歐莫芙在一起感覺就是怪，她永遠無法跟女兒談起這件說不出口的事
她過去企圖壓抑的羞愧感開始浮現
她不想當這樣的人
她原本不是這樣的人

布米再也無法放鬆到樂在其中，她翻過身去睡覺，不再回應歐莫芙越來越遲疑的碰觸
告訴我，怎麼做妳才會愉快，布米？我會調整自己的動作
既然問題不出在歐莫芙那裡，布米不知道該提議什麼

*

布米不再邀請朋友過來留宿，歐莫芙不請自來時，布米也婉拒了
也不再跟她排同一個班，不再跟她結伴上市場採買，在教會也開始閃避她
歐莫芙厭倦追問布米怎麼了卻總是得不到答案，於是不再跟她往來，最後索性離開並跳槽到另一家清潔公司去

後來歐莫芙跟茉朵姊妹一起出現在教會——**誰不挑，偏挑她**
茉朵姊妹以前是大尺碼模特兒，非常自戀，穿著傳統服飾，一副以佩克漢姆女王自居的樣子
她在大街上經營美髮店，過去拍攝的目錄照片貼滿了牆面，自認那裡是奈及利亞女士社區中心，倫敦東南區支部
布米覺得這種做法很傲慢且荒謬
就大家所知，茉朵姊妹不曾交過男友，也不曾訂婚或結婚，更不曾跟其他女人的丈夫外遇，甚至不曾跟對她有意的男人調情，其他人要不是懷疑她，不然就是同情她
而男人大多對她有意思

布米刻意坐在那兩個女人後面
茉朵姊妹一如本色，驕傲地挺直背脊，淡綠色連身袍子將較淺的膚色襯得更養眼
相反地，歐莫芙身材較矮，膚色較暗，有討喜的圓肩、肉乎乎的迷人手臂，讓布米直想伸手

撫搓，還有帶著肉窩的厚實大腿以及令人愉悅的闊臀
上面散布著妊娠紋，布米認為看起來像藝術品，摸起來有如盲人點字

布米注意到那兩個女人在教堂逐漸湧進人潮時，默默端坐，彷彿彼此並不熟識
但是兩人之間流露著親密感，她納悶以前她和歐莫芙坐在一起的時候，別人是不是也有同樣
的想法
人人站起來唱歌的時候，她注意到她們的身體本能地傾向對方

布米很詫異，歐莫芙竟然這麼快移情別戀
也很訝異，這件事竟然讓自己這麼沮喪。

5

科飛
是她雇用的另一個清潔員工，退休的迦納裔裁縫，想賺錢貼補退休金
他也比她的大多數員工年長，但工作更賣力也從不抱怨
他的妻子已經過世，有五個成年孩子以及眾多的孫子，原本在赫恩丘租用三間臥房的公營住

宅，多年之後政府讓他買下
耳朵上方和頭頂上還殘留一些濃密灰髮
她想要叫他剃掉
禿都禿了，就該坦然接受

*

科飛
邀她到布里克斯頓一家叫Ritzy的電影院酒吧，參加「迦納融合音樂之夜」
這是她到英國以來，頭一次在教會之外的地方聽現場音樂
她不喜歡各有一名歌手、鼓手和吉他手的樂團音樂，但她喜歡柔光照明和小小桌子，她跟他可以私下圍桌吃零嘴、喝檸檬汁（她）和拉格啤酒（他）
其他客人都是些懶得打扮，走波希米亞風的邋遢類型
她注意到這裡隨意混雜著不同種族的客人，有兩個男同志手牽手，似乎沒人在意
怪的是，科飛在這個環境裡似乎怡然自得，隨著音樂用腳輕打拍子，點著腦袋，對陌生人咧嘴回笑，儘管他的灰西裝和領帶格格不入，正如她的亮橘色傳統洋裝和頭帶
她喜歡科飛越過桌子看她的神情，彷彿她是全世界最美的女人
他問起她的生活，她只是聳聳肩，有什麼好說的呢？

一個女兒、一份事業、一個已逝的丈夫
等妳想談的時候，我都會聽，他說

他邀她上他的五旬節教會——她拒絕了
他邀她到學校看他孫子比賽足球——她接受了
他邀她參加他么女的婚禮——這未免太快了
他邀她到家裡吃飯，她接受了，享用了他的棕櫚仁湯、發酵玉米粉球、羊排和包心菜
這男人懂得下廚，她喜歡這一點
更喜歡的是，這男人想替她下廚

交往夠久之後，科飛暗示，他想跟她享受魚水之歡，那就表示，她必須決定兩人是否要超越友誼，如果是，她跟一個迦納男人一起要做什麼呢？
她自問這是不是自己想要的
她得到的結論是，眼前有什麼就好好把握吧
卡蘿見過他之後說，他這個人很不錯耶，媽媽，妳不覺得也差不多該摘掉結婚戒指了嗎？
她用洗潔精花了十五分鐘便重獲自由之身

他邀她到他大加那利島的分時公寓度假，我睡沙發，他說，床給妳睡

每天早上，她坐在頂樓陽臺，眼前淨是沙色的起伏屋頂，然後往下俯望游泳池，科飛在那裡來回游四十圈，池畔種滿了她家鄉那種棕櫚樹

布米頭一次嘗試便喜歡上雞尾酒，尤其是瑪格麗特，喝起來就像汽水，最後意識到自己像個女生一樣咯咯笑

兩人在傍晚手勾手沿著步道漫步，頭上是整片的棕櫚樹海，海水頻頻拍濺著黑色礁石

她跟他說了人生初期的故事——三角洲的水和油，潟湖的水和木材

科飛提議陪她回到歐波羅探訪她的親族，但她無法面對，她說，那裡的狀況並未改善，反倒惡化了，不管那裡還剩什麼親友，她也都不認識了

她跟科飛說，她人生中有太多人都太早離世

她吐露心聲，說每次只要他離開視線，她就預計他不會再回來——發生車禍、炸彈爆炸、在泳池裡中風、在浴室心臟病發，而她正在睡夢中

他要她儘管放心，說自己還有很多年可活，他自己的父親可是九十四歲高壽

而且他每天都吃綜合維他命跟魚肝油

她跟他說了更多卡蘿的事，說她在市區的銀行上班，也說到來自英國上流社會的佛萊迪

她說卡蘿宣布打算嫁給白人的時候，她有多沮喪，那就是純正奈及利亞家族血脈邁向終結的開端

他們的孩子會是混血，而且長相會像白人
血脈在兩個世代以內就會被抹除
難道我們是為了這個來到英國的嗎？

布米準備在見到佛萊迪的時候討厭他
卡蘿頭一次帶他進公寓時，他幾乎是用跳的穿過門口，一頭金髮搖搖晃晃，瘦長的腿滿場走，性情開朗，並未用勢利的眼光睥睨她簡陋的家，他說這裡真舒適
真高興終於見到妳，他說，妳看起來根本不到當卡蘿母親的年紀，我可以看出她的長相遺傳到誰
佛萊迪喜歡陪她一起看奈及利亞電影，玩笑說他是榮譽奈及利亞人，而且**超級愛吃**她的料理，尤其是他們留下來過夜時，她煮來當早餐的薯蕷粥，卡蘿甚至又開始吃了，真是奇蹟一樁
她告訴科飛，佛萊迪讓卡蘿變成了更放鬆、更快活的人
佛萊迪安排讓布米到倫敦一家餐廳跟他雙親會面，她相當期待
只是他事先警告她，雖說他們看過卡蘿多有格調、能言善道又功成名就（對他母親來說，最重要的是卡蘿有多苗條又漂亮），對卡蘿有好感
但他們依然是作風傳統的勢利眼

晚餐期間，佛萊迪的父親馬克一臉不自在，卡蘿從頭到尾坐著假笑
他母親潘蜜拉對著布米微笑，彷彿她是個飢荒受害者，當她開始向布米解釋什麼是hors d'œuvres（開胃菜）時，佛萊迪要她別再說了，媽咪，別再說了
她從家裡的酒窖拿了瓶「佳釀」送布米，它「真的需要趁沉澱物變得比液體多以前，拔開正在崩解的軟木塞來喝。」
布米大方接受了這份禮物，無法理解英國人為什麼覺得老酒這麼特別——搞不好有毒，更不要說可以入口
她自己準備了一份好禮物要送潘蜜拉，是五碼長手工編織的靛藍布料

布米希望這輩子只需要再見這些人一次——在婚禮上
但卡蘿和佛萊迪沒通知任何人就逕自公證結婚，因為他們說，想到要規劃一場婚禮，感覺就像一座埋了地雷的山
布米應該要覺得生氣
但反倒只是鬆了口氣

6

布米躺在綠色躺椅上，就在跟科飛共享的赫恩丘房子花園裡
陽光直接將維他命D灌注在她的肌膚上
科飛在她背後的廚房裡料理晚餐
他們也去公證結婚，然後到錫利群島度了兩周蜜月，他們愛極了那個地方，當地人非常和氣友善

布米比剛剛分手時更想念歐莫芙
理想上她希望歐莫芙和科飛並存在她的生活裡——這只是個白日夢，因為只有男人才能有多位配偶
這些日子以來，歐莫芙到茉朵的美容院工作，根據傳聞，也跟她住在一起
布米已經拋棄神的事工許久，兩人很難碰巧遇見，只有一次她回佩克漢姆，路過茉朵的美容院時往窗內一窺
歐莫芙就在窗邊的接待處怒瞪著她，彷彿在說，**妳**來這裡幹嘛
紫藤蔓延在花園盡頭的棚屋上

前方有一片種類混雜的長草，她將這片地稱為他們的牧草地，連向了他們的長形草坪
左側成排的蘋果樹就是他們的果園
科飛挖了個小池塘，沒比大水窪大多少，她調侃他
他堅持稱它為科飛湖

佛萊迪和卡蘿大多星期天會來吃午餐
佛萊迪會送她鮮花和巧克力，並說，哈囉！媽，很高興見到妳，妳跟平日一樣風情萬種，然後給她一個大擁抱和一枚吻
有時候科飛的兒孫也會共襄盛舉

布米往後靠坐，啜飲科飛端出來給她的鮮榨檸檬汁
她真希望母親還活著，可以享受她的新生活
看看我現在的樣子，媽媽，看看我現在的樣子。

一 萊提莎

1

萊提莎・卡尼夏・瓊斯

穿過超市的蔬果區，十五分鐘之後大門即將開啟，她在那裡擔任督導

她是四處巡邏的臭婊子老大

或是少將媽媽

她的小鬼頭都這麼叫她

為了將補貨同步化，她從晚上在貨架走道間遊走的網購客人那裡取得資訊

她檢查過倉儲，確保她負責的那區配送正常，她很快就會註記有六百公斤的艾德華國王馬鈴薯尚未送達，雖說供應商已經跟超市收取費用（罪犯！）

她今天不打算處理負庫存，這點明天就會以原因不明的赤字出現在她（幾乎）毫無瑕疵的工

作成績卡上

她用掃描器做了資料輪替，確保貨架補好補滿，較舊的貨品擺在頂端

她要確認展示的水果擺得整整齊齊，全部形狀完美無瑕，符合顧客的期望，他們不明白大多數水果在原始純正的狀態，在形狀、觸感、大小和顏色上絕對無法標準化

如同她在超市訓練學院裡所學的

直到十七世紀荷蘭農夫栽培出目前那些變種橘色胡蘿蔔，胡蘿蔔原本是紫色、黃色或白色

她喜歡跟她的孩子傑森、珍泰、喬登說這些事，好讓學習變得更有趣，因為他們除了在考試上表現優異之外別無選擇

除非他們想被鍊在地下室，沒得吃、沒得喝，也沒有衛浴設備可用

整整二十四小時

她經常這樣威脅他們

萊提莎

一身制服，前側有褶線的海軍藍長褲，搭配海軍藍毛衣和新鮮整燙的白襯衫，以造型膠將髮絲撫平側分

當前的樣貌非常俐落且專業，她從如同恐怖電影的少女時期爬出來以後

開始往上攀登零售霸權的陡峭階梯

三年來六次榮獲當月優秀同仁冠軍
半年來三次榮登當月最佳督導
獎金少得可憐，鐘點費只加了一鎊，但責任大得多，而她依然必須跟著輪值，周末仍然得要上班
至少那表示她有所進展，誰曉得，如果她努力工作、討好上司、不要惹火同事（太多）、持續聚焦在自己的目標上，也許終有一天當得上店長，那就表示要維持單身狀態
萊提莎離開學校以後開始到超市工作，當時她是個嗜聽重金屬樂、好爭愛辯的蠢蛋，不具任何資歷，不聽任何人的指令
就像學校，試著將毫無道理的規定強加在別人身上
既然讀書無法讓人快樂，她看不出有何意義（那些用功的人都慘兮兮，而且不懂得打扮），讀太多書會磨壞腦袋（這是科學事實）
她這樣告訴老師們
尤其是臭臉婆金恩太太，以前老愛在走廊上攔住她，妳並不笨，萊提莎，只要妳好好用功
萊提莎回答說，節省腦力才是常識，金恩太太，一臉傲慢無禮的表情，這是她特有的技能，按照老師們的說法
我們大腦的細胞一直在死去，要是我在青春期用太多，金恩太太，我會耗盡自己的資源——就像我們瀕臨滅絕的星球，到了老年我可能會神智不清，她說，一面擺出這副神情：對啊，就像妳，臭臉婆

金恩太太一時語塞，最後終於在腦海裡撈到正確字眼，正準備開口的時候萊提莎就走開了

（得分！）

*

運動也是一樣，她盡可能以月經為藉口逃開，從月初持續到月底

校方會不會要求檢查她用過的衛生棉條？

她甚至考慮興起「學校禁體育」運動，因為強迫運動會損耗他們的身體，而沒人想跟他們實話實說

她就這樣跟體育老師羅伯森**小姐**說，後者也在「老師們除了騷擾無辜的人之外，沒更好的事要做」的走廊上攔住她，告訴她，為了保持身材、維持健康，她必須做運動

是這樣的，老師，萊提莎回答，那些老來變殘障的芭蕾舞者呢？最後得動手術換掉臀部的體操選手呢？還有那些把膝蓋搞壞的賽跑選手呢？

妳竟然還敢跟**我**說，運動對我有好處？

羅伯森小姐一樣一時語塞

（得分！）

她在自己想像中的大會演講上說了這番話，站在講臺上，透過擴音器對著她這世代的少男少

女傳講常識之語，大規模煽動全世界的孩子起而造反，引發徹底的混亂

那就是爹地離家之後，她內心的感受

爹地在市政府從事害蟲管制的工作，他從工作上得到很大的滿足感，沒有兩天是一樣的，他會說，他們坐在廚房餐桌邊，吃著炸魚條和沙拉當午茶，我的職責是要剷除那些騷擾大家住處、給他們帶來惡夢的可惡害蟲，然後講講穩定人心的話，療癒他們的創傷

這是天職，這是使命，是我對世界的貢獻，懂嗎？

媽咪聽了大翻白眼，而萊提莎和潔拉會吃吃笑，雖說這些話她們以前都聽過，但聽他用這種傻氣的方式講話還是很滑稽

周末他會到時髦夜店當保鏢貼補收入，就像聯合國的維和部隊，只是規模小一點，懂吧？

媽咪又翻了更多白眼

爹地蓄著黑色長髒辮，身高六尺五，體型寬廣
都是肌肉，不是肥油，摸這邊，他對萊提莎說，一面展示他到健身房上課練就的巨大二頭肌
捏捏看，她根本無法掐凹他的身體，他要她試試看的時候，她也沒辦法用雙手環抱它們
等潔拉問他能不能也試試時，他就忙著吃東西，並說現在不要，晚點再說，潔拉，晚點再說
只是晚點從來就沒來

他喜歡跟知名足球員接觸，他們小費給得很大方，私底下也愛賭博，因為他們短時間內花很少力氣就賺太多，所以不懂錢的價值

夜店後面有個房間，他們賭輸的現金多過於大多數人一輩子的收入；他們全都求著跟他合照，這位傳奇的格蘭摩·瓊斯，保鏢之王，他在廚房餐桌邊吹噓著

應該是相反吧，媽咪說

爹地會假裝一臉暴怒

足球員要他擔任他們的私人保全；他拒絕了，因為他希望在家裡度過午茶時間

我想跟妳們在一起，我的孩子加上我老婆，等於我的人生（life），因為L代表愛，I代表不朽，F代表**家庭**，E代表**永恆**

他每隔一個周末就會在夜店輪夜班

星期六和星期天早晨才回家

她爸媽以前會帶她和潔拉逛倫敦所有的免費博物館

媽咪說，在人生中表現良好的孩子，都有父母帶他們逛美術館，不必是有錢人就能做這件事

一旦進了博物館，他們就讓她和潔拉帶路，不過萊提莎比起姊姊更能隨心所欲，因為姊姊比較害羞和內向

如果萊提莎想要一直看可怕的恐龍而不要看別的，也沒問題

她就這樣持續了好多年，巴不得可以爬進恐龍的骨骸裡

最後她厭倦了牠們史前的古怪模樣，媽咪說，我很高興這個階段過去了

倫敦水族館那些真正危險的鯊魚也是同樣的情形，就在玻璃水箱後面，近到幾乎可以觸及

形狀令人發毛，雙眼直勾勾盯著人，四周圍繞著更小的魚

她看著牠們的時候，就像進入幻想世界

她無法相信牠們是真的

每年他們都會到斯凱格內斯海灘的布特林度假村一次

他們付不起舉家前往加勒比海度假的錢，那應該是他們一家的頭號度假目的地，可以拜訪當地的親戚

總有一天我們會搭遊輪過去，媽咪說，船上會有游泳池和電影院

我們這星期開始存錢，爹地附和

*

媽咪兩歲的時候從聖露西亞來

在利物浦成長，到聲譽不錯的教會學校就讀，一畢業就踏上社工這條路

爹地十三歲的時候從蒙塞拉特過來，帶著滑稽的口音，一副異地人的模樣，這件事他跟孩子說了幾千萬遍

當他抱怨天氣冷，老師說他行為有問題
當他說方言，他們認為他腦袋很遲鈍，把他降一個年級，雖說他在家鄉是班上第一名
當他跟白人同學一起玩鬧，唯獨他被挑出來，送到懲罰室去
當他因為這一切的不公義而發火時，他們說他出言不遜
當他氣沖沖地離開教室宣洩情緒時，他們說他具有侵略性
所以他決定做個有侵略性的人，對著一位老師丟椅子，第一次差點砸到
但第二次正巧命中
他因為丟椅子被送到波斯特，萊提莎，那裡就像是給少年犯的監獄，他在那裡跟少年謀殺犯、強暴犯和縱火犯一起服刑
我不想跟他們一樣，所以我保持低調，還好我長得很壯，所以他們都沒來煩我
重獲自由以後，我就振作起來，在這個國家替自己開創新生活，萊提莎，獨獨對著她說，雖說潔拉也坐在桌邊
潔拉指控她說是爹地的寵兒
這是真的，而她喜歡這一點
她不打算否認

*

我把過去累積的怒氣全放進健身裡，從此沒再對人失控發飆過，那就是為什麼妳們認識的爹地這麼平和親切，對吧，寶琳？

是的，我發現妳們的父親非常親切，女兒們，然後他們都笑得好像這是只有他們才聽得懂的笑話

所以前一刻還是個愛講笑話的快樂家庭，接著九月到來，她開始上中學的時候，他離開了甚至沒讓她們知道他的去向，彷彿事先毫無準備，他趁女兒上學、媽咪去上班的時候離開，在桌上留了張紙條，寫說他很抱歉

這種事情怎麼可能會發生？這是真的，還是他的惡作劇？

媽咪崩潰了，試著聯絡他——當他的手機響起，她們才意識到他把手機放在家裡，留在枕頭底下

她打給每個認識他的人，卻發現他到別的國家去了

萊提莎坐在客廳窗邊等他回家，潔拉待在自己的房裡

整個星期一晚上，萊提莎坐在那裡打瞌睡，然後在屋外有狐狸開始打架，或是鄰居車子停靠過來，或是路人大聲說話的時候醒來

星期二整天，還有那天晚上也是，星期三一整天也是

媽咪沒強迫她和潔拉去上學，因為她自己也亂成一團，請了事假，她姊姊安潔阿姨過來，接下煮飯和安慰的工作，強迫萊提莎泡澡、吃飯、刷牙，第四個晚上她又坐到窗邊的時候，逼她上床睡覺

那天晚上，萊提莎從浴室門後拿了爹地的浴袍，睡在裡頭，聞著他汗水和體香劑的氣味，感覺他的手臂環抱著她

幾個星期以後，媽咪在電話上聯絡到他，對著話筒放聲尖叫

他沒辦法提出合理的藉口，萊提莎聽到她跟安潔阿姨這麼說，阿姨說他顯然就是跟別的女人在一起，通常這是男人從家庭出走的理由

他說他不會回來了，安潔，現在不會，以後也不會，我原本以為他心很軟，現在才明白我根本不認識他

安潔四處打聽，發現他跟媽咪的同事朋友瑪瓦，一起到紐澤西住了，瑪瓦是在那裡成長的她可愛的四歲女兒緹阿娜是他的孩子

媽咪把他的照片全都拿下來，燒掉他剩下的衣服，丟掉他最愛的東西，像是他的馬克杯、帝王潤膚皂、舊法蘭絨

萊提莎和潔拉永遠不准再提起他，他不再存在

只是他的幽魂還在，萊提莎到處都能看到和感覺到他

在廚房餐桌上跟她們講那些她母親說不是杜撰，不然就是誇大的故事

在樓下的玄關那裡，他走進來呼喚，爹地回到家嘍！知道她和潔拉會立刻拋下手頭的事情，搶先衝到他面前，擁抱他並說哈囉

在客廳，坐在他那張附有電動腳踏板的特殊扶手椅上，聽他鼾聲連連，在她們搔他癢的時候驚醒

全家在生日派對和聖誕節的時候，隨著靈魂樂和摩城唱片起舞，星期天晚上則搭配著雷鬼音樂共舞

他的壯碩身軀塞滿樓上的走廊，她和潔拉小時候會玩的遊戲是，快跑衝過他的腿下，趕在他夾住她們以前溜過去

她在樓上的時候會聽見他宏亮的聲音從樓下傳來

她甚至想念他猛敲浴室門催促她們動作快點，並說我為什麼一定要跟三個花老半天時間打扮的女生住在一起？

她母親開始暴飲暴食，半夜悄悄溜下樓突襲冰箱，從早餐開始就偷偷將琴酒加進水杯裡，或是每兩天

解決掉一瓶

或是購物袋又出現新的一瓶

以為她們不會注意到

然後媽咪要她們到客廳沙發上，坐在她的兩側，告訴她和潔拉，讓她們知道真相的時候到了潔拉，妳父親是我以前一個叫吉米的男友，他後來變得很暴力，想把我丟下樓梯，當天晚上我就從利物浦趕緊搭火車逃到倫敦來

他一直不知道我懷了他的孩子，我從那以後就沒再見過他

她在孕期的最後幾周愛上了格蘭摩

他說他會把這孩子當成親生的來愛

潔拉不肯跟萊提莎談這件事，更常窩在自己房裡，不必上學的時候就玩電腦遊戲，萊提莎像以前那樣，走進去坐在她床上想閒聊時，潔拉盯著電腦頭也不抬，只是叫她出去並順手關上門有天早上一起吃早餐，潔拉說她想見她爸爸，就是妳守密一輩子不讓我知道的那個男人，媽咪——她花了半天查出了他父母的地址，妳不應該去的，潔拉，他不是好東西

安潔阿姨帶潔拉到利物浦去，到他成長的那棟房子門口，當潔拉表明自己的身分時，他母親嚇了一跳，不得不承認她簡直就是吉米的翻版

潔拉可以看出她見到自己並不高興

她在玄關那裡打電話給吉米，要他過來見見女兒，又一個，潔拉聽見她低聲說

他沒辦法見妳，她走回房間的時候說，他有夠多孩子了，不需要更多

妳的人生裡沒有他會更好

潔拉心煩意亂地回家，萊提莎要她忘了他，他只是另一個混帳，就像爹地

將近一年之後，爹地在萊提莎生日的時候來電，對著電話哭泣，說他這麼做是因為他意識到，比起寶琳，他更愛瑪瓦

這不代表我不愛妳跟潔拉，懂吧？

她掛掉他的電話

2

以這種方式失去父親，是萊提莎絕口不提的事；不管別人何時問起，她總跟對方說他死於心臟病發

比起解釋來龍去脈，這樣比較簡單，免得大家認為她和家人肯定有什麼毛病

要不然他何必離開？

她開始撒野、痛恨學校、無法專心，連媽咪都控制不了她，而媽咪都還是社工呢，我要把妳送回牙買加，他們會把妳揍到清醒過來，萊提莎

對啦，隨便，反正我正想到加勒比海度個假

接著她在十三歲的時候辦了那場傳奇派對，只是母親隔天早上太早回家，**原本**晚上才會到的
到時家裡就會打掃乾淨，所以這到底算誰的錯？
萊提莎跟一個男生睡在床上（叫什麼名字？不記得了）
家具翻倒，飲料和嘔吐物留下汙漬，香菸燒痕，窗簾扯破，檯燈破損，塑膠杯、菸灰和菸蒂
散落，因為那場派對一路開到深夜，有一堆陌生人湧進來，她最後放棄要大家守規矩別嗑藥
管他的
她跟他們一起縱情狂歡

老天！那天是她這輩子頭一次被暴打
她母親原本並不贊同體罰，這回卻像瘋子似的拿著皮帶**和**平底鍋**和**鞋子**和**熨斗撲上來，在她
下巴上砸出了口子，這時萊提莎意識到自己身陷險境，於是趕緊逃出家門
她到公園去，坐在邋鞦韆上度過那天餘下的時光
必須忍受愛管閒事者的探詢，妳還好嗎？親愛的？包括那個住在同一條馬路、從不跟人講話
的獨居男人
他邀她到公寓喝杯茶吃蛋糕
彷彿她是個呆頭呆腦的傻子

那就是她媽後來稱之為母女關係的「轉捩點」

萊提莎則稱之為「嚴重人身傷害」，但明智地閉嘴不提，承諾從此會循規蹈矩，她在家裡確實如此，因為不想落得一輩子傷殘或是丟掉小命

不過，在學校就不是了，學校跟以往一樣糟糕，她跟同樣混吃等死的克羅依和蘿倫勉強敷衍過去

卡蘿也是，直到疏遠她這群死黨

卡蘿不想再那麼常跟她們廝混，最後索性斷絕往來，彷彿有人告訴她，學校的意義就在於埋頭苦讀和過得悲慘

跟她這群死黨的宣言恰恰相反

卡蘿成了好學生裡最用功的一個，贏得獎項，變得自視甚高，勤拍臭臉婆老師的馬屁

幾年前某次顛峰時間，蘿倫在地鐵上看到卡蘿，卡蘿假裝沒看到她，我向神發誓，萊提莎，我明明離她的臉才幾寸，死死盯著她，她的視線竟然直接穿透我

萊提莎前幾天在網路上發現卡蘿，是銀行的副行長（不會吧！）

看起來非常專業，志得意滿

這不是她以前認識的卡蘿

這根本是別人

＊

萊提莎許久以來一直想讓卡蘿知道，自己不是以前那個粗人了，那個不夠格當她朋友的粗人

3

熱食區的經理今天遲到了，她走到旋轉烤肉架那裡察看一下

萬事俱備，茹芭通常負責守魚類櫃臺，暫時頂替泰咪，泰咪上星期被炒魷魚，因為她的收銀機帳款有問題，保全在後面房間裝了隱藏攝影機，結果逮到了泰咪

現場逮到她偷吃辣雞翅，無可辯駁的證據，非走不可，在這份工作幹了七年，最後因為偷雞翅被解雇

她在想什麼？

公司把這件事當成警告通知大家，雖說這家店因為員工竊盜、客人順手牽羊、收銀和行政疏失以及其他，每年的營收固定縮水將近百萬英鎊

這對大型零售業就是個風險，縱使有新進的科技和保全設備，萊提莎為了準備下次的晉升，時時留意這類訊息

拚命工作？

讀無聊的文件？

愛死了！

她很感激早期自己負責貨架補貨的時候沒被逮，她的表現比泰咪差得多，但理由更站得住腳

理由是這樣的

她生了頭胎孩子，傑森，對象是杜埃特，是個意外，他不想用保險套，說他會及時抽出來，顯然來不及（有很多次都來不及）

一直到太遲了她才發現

杜埃特是這家店的保全，當時她坐在員工餐廳裡大放厥詞，說了點深刻有意義的話，那是他們頭一次見面

這時他傾過身來低語說，妳身材好好喔，萊提莎

只是這樣

加上那天下班後買了個大麥克和草莓奶昔請她，一路對她甜言蜜語，萊提莎寶貝這個、萊提莎寶貝那個

彷彿往她的裸體上傾倒蜂蜜，然後把它舔掉

他說他就是想對她這麼做，單是看著妳，我就硬起來了

他偷偷把她帶進他們家花園底部、車庫改裝成的公寓裡

他媽在主屋裡看電視

然後早上趁他媽醒來以前再偷偷帶她離開，他媽警告過，不准他帶女生回來

萊提莎納悶是不是還有別的女生，無所謂，反正他現在是她的了，她覺得跟他親近起來，尤其因為他喜歡在事後聊天

之前的男生都只想要高潮，不想對話，更不要說維持一段關係

一段關係就是他們交往七個月以來所擁有的，看電影、聽演唱會，做一般男生女生的活動

他是她坦承父親失蹤真相的頭一個人，她告訴他，當時她多麼沮喪，覺得被拋棄，甚至在他面前哭了幾次，她不曾在其他人面前這樣子

妳爸不應該做那種事，杜埃特邊說邊撫搓她的背，不過這不代表他是壞人，只是軟弱，不少男人都是那樣

她沒想過這一點

所以爹地很軟弱？

結果證明，杜埃特也是

有個男生們都評為十分的新進女員工（女生們評為三分），對杜埃特搔首弄姿，突然間，萊提莎是誰啊？

萊提莎試著找他談，他說他已經往前走

從哪裡往前走？我們沒什麼問題啊，萊提莎

妳讓我覺得被困住了，寶貝，妳太激烈，太快太多，我還沒準備要定下來，懂嗎？

你說太快太多是什麼意思？我從沒開口跟你要求**任何東西**

萊提莎在電話上對朋友痛批他直到深夜，最後只是落得痛哭一場，因為她依然想要他，他怎麼可以對她這樣？

我跟他吐露心事，他卻踐踏我的信任

朋友們表示憐憫，他是條狗，萊提莎，妳可以找到更好的對象，他配不上妳，忘了他吧，她試著這麼做，直到發現自己逐漸鼓起的肚皮並不是青春期短暫的肥胖

她懷孕了

七個月過去，就像那些到學校廁所上大號，卻發現自己生下孩子的人，我的天，怎麼搞的，我根本不知道自己懷孕了

而且

你是這寶寶的父親，杜埃特，就是裡面這個，她輕拍肚皮

他們在這家店外面，就在他輪班以前，她很氣他把她捲進了這灘渾水裡

你會不會像個男子漢一樣扛起責任，小杜？

她說那是他的錯

他說並不是

兩人在做的時候，他不肯戴上防護套，怎麼可能不是他的錯，說什麼真男人不戴保險套，說感覺就是不對

你早該放聰明點，她告訴他

妳也一樣

媽咪氣炸了，就像火箭一樣炸開，先衝過廚房天花板，再來是上面的浴室天花板，然後穿過屋頂，高高竄入天際，最後等她平靜下來便重重摔回地面

這種事怎麼會發生在我身上，她哭嚎

這件事又不是發生在妳身上，萊提莎回嘴

結果猛吃一掌，力道大到差點飛過房間，最後幾乎卡進牆壁──手臂和腿大大攤開

就像喜劇卡通那樣

媽咪暴跳如雷，說萊提莎得自己付養孩子的錢，又吵了一架之後把萊提莎踢出家門，大罵她害家族蒙羞，我真不敢相信，媽咪繼續嘮叨下去，我女兒竟然成了**未婚小媽媽**

妳還好意思說別人，萊提莎回答

媽咪使勁將她推出家門，她猛地摔在人行道上，差點撞破腦袋

萊提莎對著甩上的門尖叫，從花園牆上找到鬆脫的磚塊，丟向客廳窗戶

純粹意外

原本只是要打破窗戶，不是要整個砸爛

總之，傑森在廚房，安全無虞

即使如此，媽媽也尖叫著說要報警

萊提莎知道媽媽絕對不會的，會嗎？

反之，媽媽把她的細軟拿出來，包括傑森

我整天在工作上面對的就是妳這樣的女生，我沒辦法回家來再應付一個

媽媽給了她一個緊急聯絡電話

甚至沒替她撥打

萊提莎最後來到收容小媽媽的緊急住處，她有個寶寶要照顧，媽媽怎麼可以這樣對她，那就表示她失去了可以教她怎麼養大孩子的人

至少杜埃特有幾秒鐘表現出有擔當的樣子

確定兩人的輪班時間可以重疊，這樣她就能神不知鬼不覺地盡可能拿走寶寶需要的東西

她不喜歡偷竊，但說服自己——超商賺進幾十億的利潤、剝削可憐的員工，又不是說承擔不起這點損失

誰叫他們給她的薪水不夠多，總之，不然她要怎麼獨力扶養寶寶？

一個星期後，媽咪過來領她回家，但是先罵她是該死的蠢蛋，我必須先給妳一個教訓，要是由妳單獨照料，寶寶肯定死路一條，人沒辦法挑選家人，是吧？

萊提莎給她最大的擁抱，告訴她有多愛她，謝謝妳謝謝妳謝謝妳媽咪

幸運的是，潔拉十六歲離開學校之後就一直沒工作，所以萊提莎白天去上班的時候，由她照

顧傑森

潔拉很愛孩子，等不及自己生

萊提莎納悶她成天打電玩，只在帶傑森到公園的時候出門，在Tinder上交友約會也沒成功過

潔拉會在大清早回家，說那個人不適合

這樣又要怎麼生孩子

既然萊提莎現在有兩個人幫忙扶養傑森，便覺得重擔從身上卸下，移轉到她們身上

雖然媽咪說，我不知道我身上還有沒有剩下愛可以給人

當萊提莎看著她跟傑森相處的模樣，她對他顯然懷著源源不絕的愛

他逗她綻放笑容的次數，比爹地離開以來都多

所以萊提莎·卡尼夏·瓊斯，十八歲，超市收銀員，單身，帶著一個拖油瓶的單親母親，男生並不急著排隊等著跟她認真交往

她在夜店認識了馬克，她每個月跟蘿倫和克羅依去那裡一次

他是個水電工，在斯特雷特姆有自己的公寓，**酷得不得了**，共舞的時候不會用硬起的下體抵住她

兩人安排了一場電影、披薩，甚至是葡萄酒吧的約會——她頭一次進葡萄酒吧，他請她喝香檳，一路替她開門

她不敢相信自己這麼好運，他勾人的眼神讓她自覺性感，喝下的酒飲令她心蕩神馳，那天晚上在空蕩蕩的停車場，在沒有保護措施下，在他的車子後座獻出身體

兩人親熱的時候，他低語，我一看到妳就知道我們是命中注定，我等不及要跟妳合而為一

那真是個不可思議的時刻，她已經準備好在人生中接納一個男人，作為傑森的父親

最後只得到了珍泰，她至今尚未見過父親，因為當萊提莎試著撥打馬克給的號碼時

發現是空號

所以現在她十九歲，有兩個孩子，沒有男伴，把自己的人生搞得一團亂，覺得無力招架

很感激媽咪和潔拉的幫忙，因為她其他朋友都還是自由身，因為她不是而跟她拉開距離

她們顯然不想承受將單親媽媽當成密友的那種負擔，她為了兩個孩子得被綁住十六年

因為那表示她們

也得如此。

4

崔伊是第三個孩子的父親

是以前同學的哥哥，等於是前兩任的升級，因為他是體育老師，在她以前的學校工作（這樣

的機率有多大？？！！）

她記得他來過那場派對，當時他和他那夥人現身的時候引發騷動

他一踏進前門時，萊提莎就盯住他；她還來不及行動，就有人看到卡蘿跟著他離開派對，醉到幾乎站不起身

星期一到學校，萊提莎直接問卡蘿是不是跟他上床了，卡蘿說，哪有可能，姊妹，不願直視她的眼睛，肯定有人在說謊（**一定做了**）

崔伊透過Facebook約她出來，也許他記得她，也許不記得，她上傳了一大堆兩個孩子的照片，他顯然不覺得倒胃口

在大多數男人的眼裡，那可能讓她顯得很可悲

他在Facebook的大頭貼裡光著上身，試著擺出兇狠的模樣，只是萊提莎可以看出那只是裝裝樣子，因為他的眼神很柔和

其他的照片都是他和死黨們，完全沒有女生，那就表示他不是個玩家，正在等對的女生出現才要投入真心

她為了兩人的約會盛裝打扮，穿了亮片緊身洋裝和細帶高跟鞋，決定在**第十次**約會以前都要守住身體

而且會堅持用保險套

他開車到她家接她，很紳士作風，而不是按照計畫在主街上的加勒比海餐廳會合

兩人開車穿越街道時，談起話來輕鬆自如，他們以前都上佩克漢姆男女學校，一起嘲笑金恩太太，她還在那裡教書，依然被每個人討厭，依然被叫臭臉婆

但是他不是載她上餐廳，而是回他的住處，想來一場**私密的**浪漫飯局，他說，而不要在吵鬧的餐廳裡，讓一堆男生盯著她看

她又能如何回答？

她發現他跟人合住一間屋子，房裡有張床、一個衣櫃和一個水槽，她考慮直接走出去，但他說，我一直夢想跟妳共舞，我們來跳舞吧，萊提莎，來跳舞

然後我會叫印度菜外送

他播放約翰·傳奇（John Legend）的音樂，將她拉向自己，她想，好吧，跳舞無傷大雅，只是他的雙手很不安分，不久兩人便性慾高漲

她生產已經過了一年，這段期間

毫無性生活

她不打算一路做到底，只是想稍微玩鬧一下，兩人還在跳舞，崔伊便拉下牛仔褲的拉鍊，將她的手往下塞進他的長褲

好了，崔伊，我現在可以離開了吧？麻煩你載我回家，這樣好了，我搭公車就好，我真的得回家陪孩子了，免得又惹出更多麻煩

她在腦海裡說

一面在床上幫他手淫，她來不及開口抗議以前，他便進入她的身體，這連第一場約會都不算，更不要說第十次了，她沒料到會這樣，他賣力抽插著，害她痠疼不已，她掙扎著想從他水泥塊般的身體下方移開，我還不想，下去，求你，崔伊，她說

她大聲說著

但他充耳不聞

所以她索性放棄

阻止不了他

誰叫她誤導他

總之，她任他繼續下去

最後他發出呻吟

結束的時候

半躺在她身上

呼呼大睡

重重壓著她的肋骨

她不希望因為動了身體而驚擾到他

她想回家

她真的需要回家，回到傑森、珍泰、潔拉和媽身邊

當他翻身到足以讓她逃脫時，她靜靜離開，免得他醒來點印度菜
她在街道上走著，直到找到公車站牌，等了老半天車子才來，天氣冷颼颼，衣服不夠保暖，
又得換兩班公車，最後花了三個小時才到家
她在淋浴間待了好久時間
納悶他是不是做了錯事，還是錯在她自己
她應該留下來跟他談談這件事
他可能會說他沒聽到她說不要
或者說她讓他慾火焚身
這會有點讓人受寵若驚
說他就是不由自主

她多少預期他會在隔周來電，嘿，妳先走一步，我都還來不及跟妳說，跟妳在一起有多愉
快，周末要不要看個電影？
她等著那通從未撥來的電話，唯一來的只有喬登
所以現在她有三個孩子，傑森、珍泰和喬登，全都在她二十一歲生日以前
三個孩子成長期間，都沒有父親參與他們的人生

萊提莎開始在上班午休時間，到後街散久久的步，遠離夢魘一般的老肯特路（Old Kent

Road），車輛轟隆作響，弄得烏煙瘴氣

她試著理解這一切，試著理解自己

她痛罵自己怎麼這麼笨，是的，笨

而媽媽老在這兩種想法間擺盪：怪萊提莎是個超級沒用的東西，怪自己養出了沒用的孩子。

5

萊提莎完成了超市的晨間巡邏

她正準備放早鳥客人進來，他們偏好在空蕩蕩的走道上滑著推車順暢前進，不必擔心撞倒老太太或幼童

等店門一開，她就上樓到辦公室查看郵件，看看有誰裝病，這個系統很容易遭人利用，因為他們要到蹺班第七天才需要提供醫生證明

身為比大多數人更善於濫用這個系統的人，她**很清楚**

現在她是個好市民，決心揪出不好的那些，像卡特，他在聖誕節前兩個星期要求休長假，當她拒絕的時候，他打電話來請病假

從泰國打來

十天之後，秀出一張診斷書，肯定是什麼可疑的外國醫師開的，他因為她不肯接受而大吵大

鬧，太遲了，卡特，泰國根本不在歐盟裡面，所以不管什麼時候都不適用，她平心靜氣地說，
他從老遠的距離怒吼著，說要對她提出申訴
你高興怎樣都隨你，卡特，那是你的權利
她因為成功地將過去的萊提莎壓下來而得意不已，過去的她肯定會吼回去——看看你會落到
什麼下場，你這他媽的蠢人

這是嶄新的萊提莎
在夜校通過兩項大學預備課程考試
搞得她腦袋一團亂，思考跟背誦過多而大腦抽痛，閱讀過度而雙眼發疼
她因為上那些課程而失去了一半的腦細胞，真的是
另一半的腦細胞，她用在開放大學的網路零售管理學位上
她現在半工半讀進入第二年，還有四年

這是嶄新的萊提莎
將近三十歲，在找到適合自己和孩子的男人以前，都打算維持單身
電器用品區經理泰龍顯然對她有好感，她一直在研究他的行為，想確定他不是拈花惹草型
的，目前為止還不錯
他單身，不曾結婚，沒有孩子

她會持續觀察他，不要急著投入
如果要投入的話，也許永遠都不要

*

她最長的一段關係是跟卡麥爾，前後維持了九個月，兩人好好約過會，她見過他的朋友和家人，他也來她家走動過

媽認為他還不錯，潔拉喜歡他，因為他會陪她一起打電玩，小鬼們對他有好感，因為他會用甜食寵溺他們

五個人在他的ＩＧ頁面上看起來像一家人

這段關係之所以告終，是因為卡麥爾雖然喜歡她的孩子，但仍想要自己的

雖然她喜歡卡麥爾，但她已經受夠了當生寶寶機器

該是往前走的時候了，兩人面對面，成熟地達成共識

他那方沒有說謊、偷情或使壞

在他之後，她跟幾個在派對上認識的男人約過會，發現當中有一個腳踏兩條船，她有天早上離開他的公寓時，有個女人現身跟她對質

另一個似乎同時跟好幾個女人交往，照他的簡訊看來，有Tinder、WhatsApp和Facebook

她趁他睡著時讀過一遍
然後毫不客氣地甩掉這兩個男人
立即生效

這是嶄新的萊提莎
她依然跟媽媽和潔拉住在老家，還有傑森（十二歲）、珍泰（十一歲）、喬登（十歲）
她和珍泰共用一個房間，兒子們住改裝過的閣樓，潔拉和媽媽各有自己的房間
傑森最大也最聰明，比其他孩子喜歡念書，也許因為他身為老大所以更有責任感
她最偏愛他，不敢相信他竟在她不知情的狀況下，在她的體內生長好幾個月
這點讓她覺得悲傷，她不曾在孕期跟他講話，也不曾撫搓肚皮，他可能覺得寂寞，另外兩個她都有這麼做
珍泰的特別之處是唯一的女兒，長得最像她，是個迷你我，而且個性最為體貼，萊提莎只要在桌前打呵欠，她就會走過來說，該補個眠了，媽咪，要不要幫妳泡杯熱牛奶加蜂蜜？
喬登長得像崔伊，她懷疑他也遺傳了崔伊的特質
喬登已經被學校停學，在家裡惹出最多麻煩，不肯乖乖上床就寢，拒絕被迫待在床上睡覺，會偷錢，挑釁兄姊，被禁足時偷溜出去玩
近來她逮到他用全家共用的電腦看色情片

這些孩子共有三個母親
萊提莎最嚴格也最獨裁：功課、順服、禮貌
媽最親切，對孫子的調皮搗蛋，比以前對她更寬容
潔拉是最瘋狂的一個，現在完全不出家門一步，也不肯去看精神科醫生，因為缺乏維他命D
而臉色蒼白，整天黏在電腦前不知在忙什麼

然後幾個星期以前，爹地突然出現了
萊提莎回家發現他坐在客廳那張舊扶手椅上，彷彿不曾離開過
他跟以前一樣魁梧，髒辮裡灰絲多過黑髮，挺著一個大肚腩
當她走進屋裡，他讚許地看著她，滿臉慈愛
跟瑪瓦的關係沒成功，他想念真正的家人
媽看起來不打算很快踢他出去，彷彿對他的愛正以無法控制的浪濤湧回來
傑森和珍泰坐在沙發邊緣，不確定拿這個據說是外公的巨人該怎麼辦
喬登卻已經打定主意，緩緩走向外公，等他走得夠近，外公便伸出手臂摟抱他
喬登仰頭對著外公燦笑，臉上掛著天使般的神情
她意識到，她么兒的人生裡需要有她父親。

第 3 章

雪　　莉：所踩的每一步，都會拉拔這些孩子往上，
不會拋下任何一人……

玟　　森：喜歡有家人和他們的朋友環繞在自己身邊……

潘妮洛普：不及待要上大學、有一份職業，
將父母那種束縛重重的生活拋在後頭……

GIRL,
WOMAN,
OTHER

一 雪莉

1

雪莉

（還不是金恩太太）

抵達佩克漢姆男女學校

這裡在維多利亞時代曾經是濟貧院，兩端不協調地連著

兩棟長方形水泥樓房

有一條過去名為「貧民小徑」的路

通往大如城堡的大門

她穿著淺灰窄身裙搭配西裝外套、粉藍女襯衫、灰色領帶、黑色漆皮船形高跟鞋，以及她的自豪

她穿過宏偉的大門，走進有木頭鑲板的入口
大廳兩側有寬闊的樓梯通往上方樓層
長長的廊道在她的兩側朝相反方向延展
她來得太早，在空蕩蕩的學校裡走逛，探索注滿光線的教室，想像它的精髓注入她的靈魂，是的，她的靈魂
她不是要當一個好老師，而是要當一個了不起的老師
好幾個世代的勞動階級孩子會將她牢記在心，她會是那個讓他們覺得自己在人生中能夠有所成就的人
一個功成名就的當地女孩，為了慷慨傳承而返鄉

她父母，玟森和克洛威斯，因為她順利進入大學攻讀歷史，之後又取得教育證書而以她為榮有所成就的是她，而不是她的哥哥們
他們不必做任何家事，甚至不用洗自己的衣服，而她每個星期六早上卻得做這兩件事
他們從來不必動手下廚，卻可以搶先分到餐點，而且因為他們是正在成長的小伙子，還可以多分一些，最討人喜歡的甜點還可以拿到特大份
他們有話直說不會受到懲罰，她卻在微小的造反時被送回自己的房間反省，妳的想法放在心裡就好，小雪
確實，他們會受到體罰——因為沒得到批准就擅自出門，或是放學後沒準時回家——但那只

是因為她從未違反規定
大家都以為東尼和艾洛注定成為足球明星，未來的比利，距離世界盃的榮耀只有一步之遙
直到他們到了十六歲，早年的天賦並未發展成專業的才華，他們少年足球俱樂部成員的資格被終止
他們提早離開中學，成了搖筆桿的小職員
而不是在溫布萊球場裡踢足球
她才是家族裡的成功故事

雪莉路過實驗室，裡頭放滿培養皿和乾燥箱、顯微鏡和微量吸管
她路過鮮豔多彩的藝術教室，那裡有幾幅相當不錯的畫作，還有一間通風的木工工作室，裡面設有工作臺（只限男生使用）
她路過家事科學教室，裡面有鋼製準備臺和瓦斯爐，準備培育下一代的家庭主婦，全職家庭主婦**加上**全職工作，女性解放運動的缺點
她不會陷入那樣的處境
等她跟雷諾克斯結婚，兩人說好由他下廚，她來清掃，他負責購物，她則負責燙衣服
她甚至不用奮力爭取
能有他，是她的好運

教室牆壁裝飾著流程圖和圖表、解剖圖、行星繞著太陽轉動、滅絕哺乳動物的海報、世界地圖——英國的大小和非洲不相上下，是殖民時期製圖師幾個世紀以來任意妄為的證明，到現在看來也是如此，她朝著自己在二樓的教室走去，牆上按規定掛著成排的英國國王和女王肖像

以及圖坦卡門黃金死亡面具的海報，是她跟自己學校在大英博物館排隊好幾個鐘頭才看到的展覽

美麗的法老男孩，生活在耶穌之前的一千三百年前

她班上的每個女生都愛上了他，為了這份古埃及的迷戀而心醉神迷

還有一張史前巨石柱群的海報，背景有威爾特郡平原夕陽西下的陪襯，顯得神祕無比，是一趟令人難忘的校外旅行

在望向操場的高聳窗戶之間，尼爾．阿姆斯壯（Neil Armstrong）正在月球上漫步，標題寫著：個人的一小步，卻是人類的一大步

就像她

她所踩的每一步，都會拉拔這些孩子往上，她不會拋下任何一人

她撫平裙子、抖鬆領帶和燙整的鬈髮，木頭課桌已經排列整齊，黑板抹得乾淨，白粉筆放在木托盤裡，準備讓她在這個多元文化鄰里的綜合學校，啟發能力不一的班級

在新學年的頭一天，小天使們湧入這間灑滿陽光的教室，見到年紀不比他們大多少的新歷史老師，興奮地吱吱喳喳，聲音恍如溪水流過石子，那一刻，她覺得自己的心喜樂得快要爆開

太陽從雲間冒出來，襲上她的臉，以它的能量和美善帶動她

那天，每個班級的學生踏進她的教室時，她一一點名，決心快速記住他們的名字，心知要建立融洽的關係，老師的個人色彩有多重要

丹妮、多娜、黛西瑪、德手、多琳、大衛

珍娜特、珍妮、賈琪、賈季、克里斯、馬克、莫妮卡、馬修

蘿絲瑪莉、雷尼、洛依德、凱斯、凱文、海倫、伊恩

凱倫、雅斯敏、潔絲敏、傑斯凡、瑪琳、梅琳、艾寇

葛蘭佛、蓋瑞、傑瑞、提姆、湯姆、崔佛、東尼、泰瑞

奎庫、夸庫、夸姆、溫斯頓、史蜜塔、麗亞、艾庫雅

茱莉亞、朱爾斯、茱麗、茱麗葉特、貝佛利、布蘭達、切斯、馬茲、洛里

雷米、葉米、愛比、艾兒蒂、艾迪、卡爾頓、金利、夏布南

上帝保佑他們大家，她的任務已經啟動——要讓歷史**有趣切題**，因為我們必須避免犯下跟過去相同的錯誤，深化我們對自己身為人類的理解，是吧，大家？

安靜坐好，現在不要亂動，我們不是存在於真空中，孩子們，後面不要聊天，拜託，謝謝，我們都是連續性的一部分，跟我重複一遍，未來就在過去，過去就在現在

他們明亮發光的臉龐仰望著她，有些痘子，有點油膩，一些年紀稍長的女生抹太多嚴禁使用的彩妝，但她們都很乖順聽話，照著指示行動，肯定受到了她的熱情和能起共鳴的個性所鼓舞

連凱文、凱斯、泰瑞那幾個小笨蛋也是，他們最初在鉛筆盒上貼了納粹黨徽，厚顏地將國民

陣線⓫的徽章別在外套上炫耀

她處理的方式是教導他們關於希特勒的最終解決方案，給他們看美國人在戰末解放貝爾根—貝爾森集中營的照片

這份震撼觸發了上百個問題

老師！老師！老師！老師！

不，他們**不是**會走路的骷髏，而是戰犯，他們還活著，只剩一口氣，你們可以看到，這些是毒氣室，這邊這個是放滿真正骷髏的集體埋葬坑，這張圖畫的是女人在集中營裡拚命勞動到子宮脫落

你們傳下去，仔細看看

或者當教室裡爆發種族戰爭

看看一九六五年密西西比州私刑處死的照片，是的，這個黑人被吊死在樹上，脖子勒斷，照片裡的那些孩子真的在鼓掌歡呼，而他犯的罪顯然只是挑逗地盯著白人女性

老師！老師！老師！老師！

沒有，沒有經過任何審判，嫌犯直接從街上被抓走，被吊死、槍殺、揍死或燒死

這個，同學們，就是偏見失控時會發生的事

⓫ National Front 極右翼新法西斯主義政黨。

她抓住了大家的注意力，到了每個學期末尾，他們透過許多自製卡片和蛋糕、復活節巧克力蛋、聖誕禮物和水果籃來表達自己的忠誠度，她不好意思捧著滿懷的禮物走進擁擠的教職員室（這樣肯定會樹敵），而是直接帶到自己的後車廂去

校長威佛利先生

在雪莉第一年的年度工作評量

讚許她是渾然天成的老師，跟孩子們很容易建立融洽的關係，她的付出超過職責所需，以值得效法的教學技巧達到優秀的考試成績，替她的族群增光

雪莉覺得現在的壓力是要成為了不起的老師**以及**

全世界每個黑人的代表。

2

教職員室放滿了沙發、桌子、扶手椅、外套架、軟木塞布告欄，欄上釘滿了監控著休息時間的輪值表、明信片、火災疏散指示、一張上空女孩的海報，年紀頂多十六歲

老師們來來去去，孩子們為了這件事或那件事敲門，由這位或那位心煩的教職人員應門，現在又怎麼了，抹依拉－比利－茉娜－茹塞－勒若伊

就不能讓我們平靜地**吃頓**午飯嗎？

雪莉毫無怨言地忍受臭氣薰天的煙霧，雖說她雙眼刺痛，頭髮臭烘烘，不得不每晚洗頭

這樣邋遢的一幫人，這些老師，她心想，穿著淑女裙搭船型高跟鞋端整地坐著，看著他們吃起司番茄三明治或豬肉派或牛肉餡餅，而不是學校食堂供應的噁心爛糊食物

她吃著鹽魚、大蕉切片、發酵小麵包混搭而成的餐點

希望不會有人注意到，她不想替自己解釋什麼

左邊是瑪歌（教地理）穿著飄逸的印花洋裝，嬉皮式長髮編成兩條細辮，在額頭上盤成光環的樣子

只打算教書教到籌滿資金，然後就要踏上橫越歐陸的靈性旅程，前往印度果亞靜修聚會所，

她會在那裡找到自己（首先），找到丈夫（其次），然後離開這個，**這個**，她打著手勢

她們當初一同起步並結盟對抗老古董們，老古董們大多數甚至不知道「教學法」是什麼意思

雪莉喜歡瑪歌，因為「花之力量」，瑪歌喜歡並接受她

雪莉的另一邊是凱特（教英國文學），她的另一個朋友，決心在三十五歲以前升任校長，凱特語氣無比堅定地表示，雪莉和瑪歌只能頻頻點頭，**當然了**，凱特會成為校長，她由政客父母扶養長大，依照凱特的說法，他們不管說**什麼**都帶著堅定的信念，她要不是鼓起同等的信心，

不然就會被那股信心壓垮

熊一般的約翰．克雷頓（教數學）坐在對面，蓄著一臉可以窩藏大批虱子的鬍子，穿著模樣髒兮兮的丹寧外套，燈芯絨長褲磨得老舊，巨大的腳上踩著涼鞋

幾乎無法作為孩子的榜樣，雖說她確實喜歡他——混亂，老愛道歉，對她不錯，她承認，單是這樣就已足夠

他正在讀報，矮桌上的菸灰缸和染著茶漬的馬克杯後方，報紙頭版醒目地印著警方拍攝的黑人少年特寫，眼神狂亂兇惡

她真希望他可以把報紙收起來，感覺很個人，令人難堪

她想跟凱特和瑪歌談談這件事，她們會有興趣，覺得同情，甚至理解嗎？她們似乎沒注意到她的膚色，至少從未提起

她想告訴她們，這感覺就像她個人遭受媒體的攻擊

女人們在街上跟她擦身而過，或她在公車上坐她們隔壁時，她們會慌張地抓緊包包，而她連一毛錢也不曾從她母親的皮包偷過，大多數孩子都會歷經這樣的成長儀式，甚至不曾從學校的文具櫃裡偷過一支鉛筆，更不要說從公共場所偷拿衛生紙——這在大學是常見的罪過，將整捲廁紙塞進針織套衫或包包裡，住同公寓的朋友把自己的戰利品倒在廚房桌上時，她會出言責備，這種賊很常見

雪莉試著不要臣服於這種偏執的想法：覺得每種負面反應都源自於她的膚色

母親告訴過她，她永遠無法確定別人對她起反感的原因何在，除非對方說個明白，不要假設大家因為妳的種族而討厭妳，小雪，也許他們那天過得不順，或者他們脾氣本來就不好

即使對那些看她不順眼的同事，雪莉還是維持禮貌的魅力攻勢，像是提娜・洛里（教體育），只要雪莉在她身旁坐下，她馬上移開

還有洛伊・史提芬森（教物理），有三次他都當著她的面任由門甩上，她確定真的是蓄意的

還有潘妮洛普・海力菲克斯（教生物，六年級的級長），雪莉在校內走廊上嘗試跟她（越來越少）打招呼時，對方理也不理，快步掠過她身旁，好似俄羅斯帝國的大公夫人，路過卑下的佃農身旁

潘妮洛普是唯一會在教師會議上開口說話的人，大家圍成大圓圈，坐在兼作體育館和學校食堂的集會廳裡，那裡瀰漫著新鮮汗水和陳舊包心菜的氣味

她那語帶優越的聲音切穿領頭男老師們的渾厚話聲

他們喜歡以專業網球球員的那股狠勁，越過圓形球場，彼此拍球似地你來我往，而雪莉和其他女性試著要插話，較不堅定的聲音掙扎著要被聽見，往往還沒講完重點，就會被那些帶頭的男性硬生生打斷

連在其他狀況下還滿饒舌的凱特也被迫噤聲

雪莉厭惡的是，她們竟然都可悲地逆來順受，任由那些男人以及潘妮洛普
替她們其他人做決定

這個五月末下午
在一千雙腳蜂擁衝出校舍，沿著車道離去的聲響之後，學校留在創傷後的寂靜中
潘妮洛普談起學校考試成績低劣的問題，宣稱有半數孩子頭腦遲鈍、不守規矩，應該被停學
或甚至被退學
大家都知道她指的是哪一半
大家都知道潘妮洛普會讓調皮搗蛋的皮特·班奈茲那類的白人孩子留校察看，卻勒令溫斯
頓·布萊史托克斯那類的黑人孩子停學
停學是邁向退學的第一步
應要強迫她退休才是，這是雪莉的看法
跟那些老古董一起離開
引進新的秩序
帶進年輕的能手
她

雪莉判定挺身說話的時候到了

我不同意，潘妮洛普，我們不能認定他們就是失敗的，她說，帶頭的那些男性在椅子裡動來動去，她覺得自己口乾舌燥

我相信要為我們的孩子讓社會變得更公平，她再接再厲，不理會那些刻意的咳嗽聲，暗示她要不是照常下去，不然就閉上嘴巴

我們的孩子，她強調（共同擁有的可能性），在來不及證明自己以前，就被告知他們是失敗的、遲鈍的，如同妳剛剛所說的

考試是不錯的方法，但在壓力之下不是每個人都能有良好的表現，也不是每個人都能在年少時期展現聰慧，這可能是後天才培養出來的，妳知道的，經過我們的培育之後，我們必須扮演超過老師的角色，我們必須照顧他們，相信他們

如果我們不幫他們，誰會幫

潘妮洛普？

＊

一種亢奮的、悄然的靜止，讓整個室內活化起來

潘妮洛普並未令人失望，我呢，並不是社工，她回答，對著雪莉明顯的天真和傻笨，語調故作無比的厭倦，我真心認為妳需要先在這份工作待超過兩學期的時間，再來單挑累積了十五年經驗的人

某個真正懂得自己在說什麼的人
現在，回到
剛剛
的話題。

3

那天晚上，雪莉在雷諾克斯面前痛斥潘妮洛普，占去了兩人對話內容的大半，往後許多個晚
上也是如此
他在廚房料理泰式椰奶雞肉咖哩，她坐在通往小院子門旁的迷你折疊桌邊，同樣窄小的連棟
公寓後窗俯瞰著小院子
青蔥切片的氣味，蒜末在平底鍋裡滋滋作響
他們搬進這戶租來的公寓時，樓上那對男女抱怨說他們七十多年來不曾聞過這麼噁心的味道
現在不就聞到了，雪莉心想，當著他們的面關上門
聰慧不是與生俱來的，雷諾克斯，是後天得到的，不管潘妮洛普怎麼想，當著每個人面前大
肆抨擊我，她還有膽說自己是女性主義者？

在這個暖得過分的五月晚上，雪莉啜了口冰涼的葡萄適能量飲

我不是勢利眼，這你也知道，我上的是文法學校，來自勞工階級，相信**平等主義至上**，當然不能跟共產主義者混為一談，我很清楚約瑟夫・史達林（Joseph Stalin）跟毛澤東，不會往那個方向有任何幻想

同時，事實是權力和特權的階級組織不會消失，每個歷史學家都知道這點，這是人性本質，存在於各個時代的社會裡，同樣也顯現在動物王國裡，所以我不會假裝不是

身為老師的職責就是要幫助那些弱勢的人

雷諾克斯拌入紅色咖哩糊和磨碎的薑

她欣賞著他筆直的背，藍色上班襯衫的衣領解開，肚皮好好收納在腰帶的範圍裡面，身體其他部位在正確的地方展現輪廓：肩膀、二頭肌、臀部、大腿、小腿，固定上健身房的成果

她一直想要找一個看起來能扛起她的男人，實際上而不是象徵性的

她一直想找個能跟她平起平坐的男人，有責任心，有合理的職涯計畫（律師），不喝酒（喝不多），不抽菸（從不），不吸毒（只有一次）或賭博（連撞球都不碰）

雷諾克斯將無皮雞肉沾上檸檬草、萊姆葉和椰奶調成的醬汁，這頓飯會很可口，只要雷諾克斯完全照著食譜做，通常都會如此

他不愛冒險，她也一樣

*

至少文法學校試著提供平等的機會，雷諾克斯，她說了下去，讓更聰明的孩子能夠接受更好的教育

要不然就還會由那些公學校的男生主導一切，彷彿現在還是一八九〇年代，而不是一九八〇年代

雷諾克斯從他們收在儲藏室的超值包裡撈出印度香米，放進雙口火爐上滾著水的缺角琺瑯深鍋中

有個好例子，就是我們國家目前的**最高統帥**，要是情況不同，她原本無法攻上政治圈頂端，不管你愛她或痛恨她，那就是我目前在議論的社會流動原則

雷諾克斯切著香菜莖，灑在冒著熱氣的盤子頂端，他們大多晚上都會嘗試一道不同的國際料理，兩人目前正為了房貸存錢，這是他們唯一付得起的旅遊方式

他們旅經地中海和中東，近來跳往了東南亞

她等不及要品嚐濃稠咖哩滑下喉嚨的滋味

他們今晚會做愛，等有了自己的家，就會生養孩子

兩人當初在查普鎮一家地下室的藍調舞廳認識，肯・布特（Ken Boothe）和約翰・霍特

（John Holt）的唱片在轉盤上旋轉，他倆隨之舞動的臀部找到了彼此，沿牆掛設著擴音器，廚房裡有一鍋羊肉咖哩，跟其他非裔加勒比海青少年擠在一起，因為他們通不過城裡其他夜店保鏢那關

即使通得過，也不可能聽到他們熱愛的音樂

在接下來幾個月的約會裡，兩人漸漸熟識

他告訴她，迦納裔的父母在他兒時送他去哈林，父母在移民不久之後落腳於里茲

他由瑪妥姨婆帶大，她是雜誌記者，敦促他在學校要用功念書，即使讓他因此很不受到同學歡迎

現在用功念書，後半輩子就能盡享成果，她告訴他

同時，他母親從在教牧巷公車站後面的巴尼餅乾太妃糖工廠，負責清理桶子，爬升到馬歇爾街（Marshall Street）上的莫理森郵購倉庫，在那裡負責包裝

他父親原本每逢晚上和周末都在羅賓遜的鋼鐵廠上工，收入勉強餬口，後來爬升到里茲郵局，那裡的工作時段和薪資都更好

等他們收入足夠就接他過來

然後再生三個孩子

雷諾克斯回到里茲，相信自己可以比父母更有成就

他在中學是個好學生，但不久就明白在外頭他被視為壞人

因為膚色而成為國家的敵人

會被警察攔住搜身，從他十二歲但外表像十五歲開始，這些成人當著街上所有人面前粗暴對
待他時，他很害怕，試著別哭，但有時還是忍不住
他們離開的時候會丟下一句：走吧，親愛的，這次算你運氣好
很嚇人、令人發毛也使人氣弱，他頭一次放下戒心，向雪莉傾吐心事說，每次發生這種事的
時候，我就因為自己沒在警車或牢裡被痛打或殺害而鬆一口氣
我是個好男孩，不會跟流氓廝混，也不會找人幹架
我開始在校外穿西裝，雖說死黨都笑我，其他人認為我會成為耶和華見證人
我是個好男孩，每星期六下午會走路到里茲中央圖書館拿下周的讀物，因為我想飽讀群書
瑪妥姨婆一直向我灌輸，要成為一個有知識，而不只是有意見的人
我決定成為律師，也許甚至成為刑事律師
這些年來，警察想來找碴的時候，我會讓他們知道我是律師，他們把髒手放在不該放的地方
以前，就會多想一下

雪莉長久以來一直替哥哥們感到憤怒，他們從年少以來也備受警察的騷擾
所有的黑人男性都必須學會怎麼應付，所有的黑人男性都得強悍起來
每當警察殺害或毆打某人，他們都能獲准自我調查並且證明被告無罪

每周和雷諾克斯約會一次，最末一年開始同居；畢業後他們一起搬到倫敦

雪莉·科曼小姐最後成為雪莉·金恩太太

星期六晚上他們可能會看部電影，午夜前後去派對或夜店，隨著雷鬼情人搖滾、雷鬼、靈魂樂、放克，一路舞動到凌晨時分

每年兩次，他們會在折扣期間買必需品，大約每兩周她會跟大學時代那群姊妹淘見面

她最好的朋友艾瑪則不在這個安排之列

她們在新十字女子文法中學成為朋友

這所學校可以鋪路讓學子邁向布萊克希斯的專業人士階級，以及格林威治、布羅克利、電報山那些更時髦的區域，而不是佩克漢姆的公營住宅

十一歲的她們因為身為該年級唯二的黑人女生，彼此越走越近，也因為膚色而顯得突出

艾瑪是兩人當中較為害羞的那個，雪莉對她湧現保護欲；到了青春期，艾瑪——雙親是受過教育的社會主義者（不像她父母既未受教育也不關心政治）投入當地的少年劇場，培養出自信心，踏上特立獨行的道路，大肆抨擊體制

艾瑪十六歲的時候向雪莉出櫃

起初雪莉對這點覺得作嘔

感覺就像背叛了她們的友誼，雖說雪莉不曾透露自己真實的感受，因為她不想傷害艾瑪

幸好艾瑪並未開始穿起男性內褲，也不會在淋浴間盯著同學猛看，更不曾對雪莉發動攻勢，

在朋友身邊，雪莉對自己的身體開始忸怩不安，有一陣子，到對方家裡過夜時，她對兩人同床共眠滿心提防

最終，她下了決定，只要艾瑪對她沒意思（沒有這個徵象），只要艾瑪不跟任何人講，害雪莉因為跟蕾絲邊有關聯而名譽受損，就沒什麼關係門都沒有

艾瑪一離開學校就大肆公開身分，彷彿身為同志是什麼值得驕傲的事

艾瑪存在的主要理由就是為了抨擊她所反對的、當前盛行的正統言論，試圖將之粉碎

這根本不可能，所以有何意義？

雪莉得忍受刻意誇示身分的朋友，不然就會失去這份友誼，而她人生中不能沒有艾瑪

她以**朋友**的身分

深愛著艾瑪

況且

雪莉認識新朋友的機會不多，她的社交圈來自大學和教學同仁，而艾瑪幾乎每天都能在藝術圈裡結交新朋友，他們後來多少也連帶成了雪莉的朋友

大多數是同志，雖說她不理解也不喜歡，卻發現他們不按牌理的言行很有趣，頗為享受他們的陪伴

只要他們善待她，而他們大多如此

她告訴雷諾克斯，跟我這種更實際、更有責任感的存在對比起來，他們令人著迷、充滿藝術性而且激進

雷諾克斯怪她過度分析

雷諾克斯和艾瑪彼此欣賞，他認為她獨一無二，這讓雪莉覺得自己並不是

他在艾瑪身邊會變得更有生命力，更愛說笑也更外向

他們調侃雪莉自命清高（彷彿雷諾克斯自己並不是），他對艾瑪的性傾向毫不在乎，依他的說法，他的瑪妥姨婆就是沒出櫃的同志

姨婆有好幾年的時間都跟她特別的朋友嘉貝麗住在一起，嘉貝麗過世以後，姨婆的床頭櫃上一直擺著她的照片

他記得小時候總是到處窺探，曾在櫥櫃裡找到一只盒子，裡面裝著瑪妥姨婆和嘉貝麗三〇年代拍的照片——戴著單片眼鏡、別著領結、身穿騎馬外套搭膝下燈籠褲，一面抽著雪茄

他原本以為她們是參加化裝派對

他真希望瑪妥姨婆當初覺得可以自由做自己，她在他回英格蘭不久就過世了，如果她現在還活著，他會去拜訪她，挖出真相，告訴她他同意，如果這是恰當的用語

雪莉欣賞他開放的心胸，即使她無法認同

也不是說她思想倒退或反同志，而是對感覺不自然的東西做出直覺反應

即使她試著跟自己的反對立場講道理。

4

久而久之，雪莉成為經驗豐富的學校教師，持續致力於提供孩子們一線生機
明白其他一切都不利於他們：班級人數如此多，缺乏資源，家長不知道怎麼協助孩子做功課
那些家長自己早早離開學校到工廠工作，或學習手藝，或在少年感化院分到一個鋪位
她跟那些打混的同行並不相同，她常常跟雷諾克斯抱怨，那些人盡可能做最少的事情，公開
蔑視自己的學生，彷彿學生只會帶來麻煩，而不是他們保有一份該死工作的原因
原本狀況就差，在柴契爾政府開始推動教育總體計畫時每況愈下
教師們因為薪資之戰以及三日罷工而大崩潰
當民眾對他們失去耐性，第三帝國乘機強勢推動可怕的國定課程，強制執行課程大綱，約束
她原本帶來優秀成果的教學自由
多謝了
接踵而來的是學校排名榜，隨之而來的是大量的電腦化數據輸入、表格填寫、統計資料、視
察，以及**兩周一次**毫無意義、強制舉行的課後校務會議，即使沒事情也要討論
接著蓋世太保總部推行教案，教案成了雪莉持續擴增的清單裡的新髒字：國定課程！學校排

名榜！教案！

這些東西不留空間去回應一整班活生生、呼吸著、個別化孩子們變動不定的需求

她也不再能自由地撰寫學校報告，她原本還滿享受這件事的，評論學生的進步、讓家長知道她看顧著他們的孩子

反之，卻必須按照一份通用的陳述清單來勾選

她不再能夠說，比如，某個孩子的字跡進步了，寫出來的內容更易讀，得分會更高，因為她鼓勵那個孩子坐直身子，專注心神，放慢寫字速度

或者有個孩子不再耍寶打斷上課，而在她的建議下，將他的搞笑功力轉移到戲劇社團，在學校演出《白雪公主和七矮人》（*Snow White and the Seven Dwarfs*）時大放異彩

除非這樣的問題存在於清單裡

但從來都沒有

接著蓋世太保要求每個學生年年都要拿出一本學習歷程檔案，將細心手寫的課堂作業或回家作業，整理成一個檔案，免得家長或孩子的新學校要求查看，這件事往往占用好幾個鐘頭的寶貴教學時間，也給學生帶來無比的壓力

猜猜怎樣？

根本沒人在看

她是什麼？

官僚瘋狂之輪裡的齒輪

雪莉早上開車到學校去
趕在學生衝上貧民之道、破壞任何平衡感以前
校舍的龐然
有如水泥
沉沉落在她的肚子裡

八〇年代遁入歷史，九〇年代等不及衝進來，帶來更多問題而非解決方案
更多　學校的孩子來自掙扎求存的家庭
更多　失業、貧窮、藥癮、家暴
更多　孩子的父母「坐監」，或應該進牢裡
更多　孩子需要免費的營養午餐
更多　孩子在社會服務的名冊裡或雷達中
更多　孩子變得凶猛如獸（而她**並不是**馴獸師）

新的千禧年來到，學校進行定期臨檢抽查時，在書包裡找到大到足以將犀牛開腸剖肚的刀子
手槍藏在襪子裡

幫派招聘人員，幾乎就在學校大門外流連

校園裡活絡的毒品市場取代了福利社

越來越多女生遭到性侵，越來越多女孩自己都還是孩子，就成了母親

學校在大門設置了金屬偵測器和保全人員，所有的門都設定了密碼，走道上出現了攝錄機

面對每個即將畢業的班級時，她抗拒著衝動，免得向他們的家人提議去監獄探訪的時間，而不是鼓勵他們繼續追求更高的教育

尤其是那些坐在她課堂後方的惡棍、怪胎、智商七十以下、（優生學？愛死了！）潛在的連續殺人犯和其他瘋狂變態，他們總是高聲喧嘩到她得用吼的才能被聽見

她過去在課堂控制上表現得如此傑出，校方曾經要求她指導後進如何培養安靜權威的藝術

在那樣的權威下，她的話語曾經有如上帝，現在如果小鬼們刻意惡搞她，她就惡搞回去

因為**你的**行為，全班放學後都要留校

現在她擔心那組「甲級犯人」裡的一個，會在某個幽暗的冬季午後，在她獨自經過停車場樹籬時，用刀刺死或開槍射殺她

最糟糕的是，學校那個未來最可能被終身監禁的十一年級生，強尼．朗森，他唯一的生存目的，就是在她因為他干擾上課責罵他時，破壞她的權威

有一次他搓揉褲襠，讓陰莖在長褲底下挺立

師生雙方各執一詞

沒有證據，沒有證人

那個小渾蛋

要是她能把這些臭小子送回學校還是濟貧院的時代就好了，讓他們花一兩天時間打碎石頭造路，或是碾磨骨頭做肥料

為了換來麵包、稀粥、睡在沒毯子的硬地板上，一天做十二個小時的苦工

不知有多少次，她告訴他們世世代代的改革家、運動家、工會會員、神職人員、慈善家、作家、議會政客、上議院議員，為了讓他們享有透過教育提升自我的權利而奮戰

她跟他們反覆說到自己都覺得厭倦，不想再重複

他們

從來

不曾

聽進心裡

再者，幾十年來，每周有五天晚上都虔心地替作業評分，她現在滿心怨毒地痛恨這件事

她書房桌上積著一堆**垃圾**，是讓她在教室活得像在地獄裡的那些半文盲寫的

綜合能力教室？想當初她還同意這個做法，但根本無法提升標準，反倒拉低整體程度

對於這點，她和潘妮洛普·海力菲克斯所見略同

怪的是，兩人多年以來閃避彼此，卻因為被現在呼風喚雨的新進老師所忽視，而產生了羈絆

她們一起坐在教職員室裡，那些來自各種族、自以為是的年輕人走來走去，把她們兩個當成無關痛癢的老古董而不予理會

儘管小潘的年紀比雪莉**大上許多**

她們特別討厭那些天真的年輕畢業生，每個學期初頂著博士學位蹦進來，擁護炫耀自己的「建構主義」教學理論

滿腹意識形態卻毫無教學經驗——**討厭鬼**

討厭鬼－討厭鬼－討厭鬼，她和小潘會壓低嗓門對著彼此喃喃，幸災樂禍看著那些新手在幾年之後要不是求去，不然就是生命力變得枯竭

她們愛極了：二十二歲的菜鳥老師初來乍到時，原本是個穿著尺碼六號的時尚達人，後來開始改穿鬆緊帶長褲，吃力地走來走去

歡迎加入俱樂部，親愛的！小潘對雪莉耳語，她們會笑得花枝亂顫，不理會同事老師們的好奇目光

他們想不通這兩個老古董為什麼這麼樂

雪莉和小潘坐著吃三明治，哀嘆往昔的美好時光，當時教學尚未過度官僚化，孩子們不會在地盤爭奪戰上互相殘殺

潘妮洛普退休以後，她失去了最大的盟友

雪莉想轉到私立學校任職，女子獨立學校，裡面滿是客氣有禮的中產階級女孩（最好在十三歲以下），她們知道要說請、謝謝，知道不要惹老師生氣

她想要懂得討老師歡心的學生，這就是真相

不要揮舞槍枝、嚼口香糖、吸古柯鹼、意外懷孕、壞蛋暴徒惡棍

她想要那些女學生，家長會花很大工夫「幫忙」孩子的功課，讓她們顯得像神童，中產階級的大騙局，她和雷諾克斯就為了自己的兩個女兒犯下同樣的事

那就是她現在的身分，中產階級

既然如此，中產階級**至上**！

癥結在於得來不易的一九四四年教育法案，讓所有孩童免費上學，這是她在大學的論文題目

碰到緊急關頭時，她卻無法背棄自己的原則

不像那些潛逃到更好學校的同事，回來吹噓自己傑出的視察報告、在私校排行裡令人炫目的位置

那些學校有划船社團和騎馬社團、長曲棍球隊、英式橄欖球隊、回力球隊

有奧運等級的游泳池，受過奧運訓練的運動教練，設備齊全的劇場

校外教學的地點是喜馬拉雅山、庇里牛斯山、智利，甚至到馬爾地夫去「研究海洋生物」

（噢，**拜託**）

他們吹噓在列入文物保護的美麗校舍裡教學的樂趣，那裡瀰漫著松木家具亮光漆的氣味，而

不是混合了青少年體臭、外洩便斗、害喉嚨眼睛灼熱的工業用消毒劑（想想健康和該死的安全）的強烈味道

感謝老天，他們逃離了倫敦最差的學校，他們說，跟她對上視線時，眼神流露純粹的同情

所以**妳**什麼時候要離開這個垃圾坑，雪莉？

她確實考慮過要申請到表現更優良的國立學校，前一天她做了個美妙的夢，就是身為高中槍擊犯，在朝會的時候，將學生全數殘殺殆盡（令人擔心的是，這並不是惡夢），然後背後拖著塵埃，扛著機關槍揚長而去，就像O型腿黑人女版的克林・伊斯威特（Clint Eastwood）

可是當她某天晚上坐在書房面對申請表格，填完名字之後就無以為繼

雪莉・金恩

想到要接受一群陌生人的面談，讓他們檢視她的才智、技巧、教學哲學（這年頭**人人**都得要有）、她的個性（哈哈哈）、她的服裝、肢體語言、相貌（什麼相貌？）

她想像他們寄來的回絕信

「親愛的金恩太太，

我們有不少優秀人選在爭取這個職位，遺憾的是，我們決定錄取更年輕、更漂亮、更苗條、經驗少些、更積極、易受騙、更順從的人

而不是像妳這樣滿腹苦水的老馬，妳從今天起應當被強制退休！

祝好」

*

雪莉意識到，她曾經想要的一切、她曾經成就的一切，都無法讓她坦然接受回絕

想當年她進大學的時候，只有最聰明的孩子才進得了大學

她第一次申請教職就獲得錄取，在學校走下坡以前相當享受這份工作

他們在佩卡姆黑麥還是不貴的爛區時買了房子，現在房價上揚，而貸款已經付清

她在很年輕的時候找到了理想的丈夫，讓她省去多年時間納悶自己能否找到正確對象

學生時代，從雷諾克斯踏進她家門的那刻起，她父母就喜歡上他

他們說雪莉可以盡可能地經常帶他過來

他在場的時候，她母親幾乎注意不到她，她的歷史學位原先將她的地位提升到哥哥們之上，

但是跟他的**法律**學位一比則相形失色

在她母親的眼裡，雷諾克斯做什麼都對

她也挑不出丈夫的毛病，他跟兩人初識的時候一樣稱職、忠心可靠

他依然負責購物但只在周末下廚，他們周間吃外帶或即食餐點，由清潔工來打理家務

她依然會跟朋友碰面聚餐、看電影或喝雞尾酒

雷諾克斯星期五晚上下班後，會跟更年輕的同事到柯芬園的時髦葡萄酒吧對酌，深夜開心返家，渾身菸味和紅酒味，從車站回家的路上吃烤肉串而弄得下巴油滋滋

他依然是律師，專精個人傷害和醫療疏失，從來不曾試圖成為刑事律師，後者壓力太大且薪資過低

他做對了選擇

星期日早晨他送咖啡到床上給她之後，分頭讀報以前，兩人會做愛

兩人的性愛深化了，過去膽怯敏捷，現在則柔情綿綿

他們依然渴望對方，在做愛了三十多年後

近來，他迷上賞鳥，在花園裡放了好幾個餵食器，適合他最愛的小型鳥——金翅雀、藍山雀、鷦鷯，以及在地面低處蹦蹦跳跳、無所畏懼的知更鳥

遺憾的是，從餵食器落下的種子也吸引了鴿子，牠們喜歡在他們花園家具上拉屎，像納粹少年惡霸那樣在花園裡大搖大擺

還有老鼠們表現得好像受邀來用餐

雷諾克斯逮住老鼠，因為不忍心毒殺牠們，帶到幾英里以外的樹林放生

她第一次看見老鼠的時候就警告過他

她打算去買把獵槍

雷諾克斯是足球迷，會跟朋友去看比賽，他唯一的缺點就是在電視上看太多足球賽

就她看來，那是他感受的主要出口，她坐在隔壁房間聽著他對著球場上的行為吶喊、驚叫、歡呼、噓聲、哀號，尤其是有里茲聯上場的時候

對相差兩歲的兩個女兒凱倫和蕾秋，他一直是個事必躬親的父親，成了她們人生電影裡的大明星

同時兼顧工作和育嬰很不容易，她母親尤其出了份力，雷諾克斯會在傍晚和周末捲袖幫忙，

他雖然不排斥換尿布，但拒絕在半夜用奶瓶餵奶

他在客房裡不受打擾地一覺到天亮

等女兒們斷奶，他會在周末時，跟她母親帶她們一起到海邊去，給雪莉迫切需要的喘息時間

她會睡掉整個周末，感激有母親的支援

艾瑪曾經幫忙看顧凱倫和蕾秋一兩次，她通常太忙，加上玟森擔心她會在小女孫身旁喝酒或抽菸

另一方面來說，雅茲一出生，雪莉就成了頭號保母，艾瑪理所當然認為雪莉的家裡多添一個寶寶，負擔也不會太大

凱倫和蕾秋確實把雅茲當成小妹妹

雅茲在不會講話以前很討人喜歡，等她發現語言的力量時就沒那麼討喜了

她和雷諾克斯盡忠職守，每星期天上教堂，前後足足**五年**時間，好讓女兒們進西敏寺的英國教會灰衣醫院學校

這是種磨難，雖說兩人都是基督徒，但不習慣上教堂

凱倫現在是藥劑師，蕾秋是電腦科學家

就第二代移民來說，雪莉算是發展得相當好

而她的女兒們已經走得更前面。

5

雪莉的父母在小小家族土地上建造了退休平房，目前在那裡靠著英國退休金過得相當優渥，她到他們那裡度假

她坐在迴廊上最心愛的藤椅裡，感覺糟糕透頂的整個學年逐漸退去

她手邊有桃樂絲·庫姆森（Dorothy Koomson）最新一本小說，準備藉著檯燈埋頭大讀

月光照著加勒比海

大家都睡著了，包括在那張大雙人床上的雷諾克斯，她母親每周換兩次乾爽潔白的床單

有家人來訪對母親來說是好事，可以讓她保持活躍，讓她覺得被人需要，做著自己最擅長的事，也就是照顧大家，尤其是她唯一的女兒

雪莉為了每年夏天的那一刻而活，計程車抵達海岸，他們背後拖著行李箱，沿著窄巷走向父母的房子

那棟房子可愛極了，漆成玫瑰粉紅，四周開滿玫森悉心照料的花卉

就像她會悉心照料雪莉

她眼前有極樂忘憂的六個星期，然後才會回到魯蛇的煉獄高中，她會在那裡精心挑選更多學子來指導

就像她在卡蘿離開以後，每年做的那樣

卡蘿

來自單親家庭（他們不都是嗎？）

入學後的頭兩年在數學科上表現傑出，校方逼著她盡量學習，以便提早兩年考中等教育數學

結果發現操之過急

她被三個女生帶離正軌，她們是每個老師的剋星

萊提莎．瓊斯，跟任何小孩一樣聰明，是這幫人的頭頭，也是回嘴女王，老是用傲慢無禮的「我為什麼應該？」來回答每項指令

她老是提早離開下課，因為我月經來了／我想吐／我阿嬤剛死，金恩太太

同一位阿嬤會過世好幾次，是雪莉執教鞭以來得忍受的藉口
她抗拒著追問的衝動：妳阿嬤不是上學期才過世？現在繼續寫作文，妳這可惡的小鬼
接著是克羅依·亨佛瑞
她家族裡有一長串的職業罪犯，而她已經接棒家族傳承，按照社工人員的說法
那幫人的第三個成員是蘿倫·麥當納森，她得了性病，根據可靠（保密）權威（校護）的說法，因為她跟校內（年紀稍長的）男生濫交，包括其中一個（年紀較輕的）工友，如果謠言（寫在廁所牆上）可信的話
總之
看哪
奇蹟真的發生了，某次午休時間，卡蘿，當年十四歲，竟然過來找她（勇敢的孩子，雪莉知道自己在學校的綽號，最好的是學校惡龍，最糟的是臭臉婆）
兩種綽號都在黑板上塗寫了夠多次
等著她抵達

*

教職員室裡的某個白痴同事，顯然要這孩子到車上去找金恩太太，她都在那裡吃午餐——以便**不受打擾**

她舒適的三菱轎車副駕駛座往後傾，她吃著火腿酸瓜番茄三明治，一面聽著Smooth FM電臺
撫慰人心的聲響
這時那孩子敲響了車窗
雪莉將窗戶搖下來，同時覺得自己緊繃起來
是，有什麼事？
打擾一下，我必須跟妳談談
關於什麼？
我想表現得更好，小姐，我是說金恩太太，我想要更用功，上大學，找一份好工作什麼的
雪莉一直沒查出卡蘿轉變心意的起因，那並不重要，重要的是，往日的聰明學生請求臭臉婆
提升她的表現
鼓掌！亮燈！哈利路亞！
她因此確保這孩子得到所需的一切資源，以便在修習的每門科目上有優良表現
包括從慈善機構取得獎助金，買額外的教科書、筆記本、文具，甚至是電腦
條件是每個月都要進行個別輔導，接下來四年的受教期間都要，以便監督卡蘿的進度，確保
卡蘿持續專注於學業上
成功了，因為她，這孩子進入了世界頂尖的大學之一
最終，那個曾經墮落、才華洋溢的孩子卡蘿，讓雪莉找回自己投入教學的初衷

教育的力量足以翻轉生命

＊

此後，她每年都會將幾個前景看好的孩子納入自己的羽翼底下，就是那些聰慧顯露於外，得不到家人的支持，最後可能會淪落為妓女、毒蟲或什麼的學生

即使結果各有千秋，她確實改善了他們的機會，幾乎每個都繼續接受更高的教育

沒有的那些學生，比方說有一個成為泥水匠，另一個成為水管工，賺的錢可能比大學畢業生都多，如果報紙上寫的可信

最好心的那些個會帶著禮物回來向她道謝

她的指導計畫使得教學變得稍微可堪忍受，雖然不至於讓她對每個周間的起始懷抱期待也不至於讓她在每個周間的末尾心滿意足

卡蘿，她頭一個也是最大的成就，不曾按她的指示回報結果，一次也沒有，從十多年前離校那天開始，連一通電話或表達感謝的明信片都沒有

這讓雪莉覺得

唔，被利用。

一　玟森

1

玟森
正在準備全家最愛的烤麵包果、炸飛魚佐洋蔥和百里香，配菜是烤黃南瓜、茄子、櫛瓜、煎烤蘑菇，淋上香草檸檬醬汁
海風透過紗窗徐徐吹入廚房，紗窗阻擋白天入侵的蒼蠅和夜間襲來的蚊子
現在回到家鄉，她喜歡吃得健康，吃自家菜園栽種的食物、鮮捕的魚
從海裡
直送到她的廚房

雪莉、雷諾克斯、他們的女兒蕾秋和她的女兒瑪蒂森
東尼、艾洛、凱倫和他們的家人今年夏天晚點會過來

玟森喜歡有家人和他們的朋友環繞在自己身邊；艾瑪來過兩次，從艾瑪在中學認識雪莉以來，她就很喜歡艾瑪

每個母親都希望自己的孩子有個摯友

艾瑪原本是個安靜的孩子，直到開始加入少年劇團，成了喜歡做古怪打扮、比較浮誇的人

玟森告誡雪莉不要學艾瑪，打扮要能夠融入大家，要不然會成為標靶

玟森想錯了，艾瑪不曾成為任何人的標靶

艾瑪青春期出櫃的時候，玟森擔心這可憐孩子的人生將會毀於一旦，擔憂雪莉會受到牽累，最終只能安於悲慘的人生

這點她也想錯了

落地玻璃門俯瞰著迴廊，雪莉端了杯酒到那裡放鬆，神情夢幻地凝望海洋，彷彿那是她見過最美的東西

她來這裡的時候，總是表現得像個觀光客，期待一切完美無瑕，老是一身全白打扮：襯衫、長褲、舒適的涼鞋

我只在度假的時候穿白的，媽，這象徵著我需要經歷的心理淨化

玟森很想回答，妳的意思是，這象徵著妳在這裡都不動手幫忙

不過，她永遠不會責怪雪莉，因為要是惹女兒不高興

女兒可會在她耳邊叨唸個沒完

雪莉初初從英國抵達時，臉色灰敗憔悴，給她幾個星期，她就會滿臉燦爛，身體從都市生活的緊繃不安中解放出來，走起路來更有熱力

只要在巴貝多待得夠久，每個人都會這樣

到了假期末尾，雪莉的模樣和步態就會像是個真正親近土地的孩子，而不是在寒冷氣候成長，覺得諸事不利於她的人

雪莉就是這樣

她愛傾倒情緒垃圾

雪莉就是如此

抱怨在那所可怕學校的可怕工作，當玟森建議她離開，也許轉任教育顧問時，雪莉回答，我不想要建議，媽，我只需要妳的傾聽

雪莉

對自己所擁有的永不滿足：完美的健康、輕鬆的工作、極棒的丈夫、可愛的女兒和孫女、好房好車、無債一身輕，每年可以到熱帶地區**免費**過奢華假期

還抱怨什麼呢，小雪

比起玟森，頂著雨水或落雪或冰雹

一輩子站在紅色雙層巴士的開放式平臺上工作

一天要爬樓梯一百萬次，脖子上掛著笨重的驗票機，腰間綁著隨著旅程越來越重的大錢袋，壓得她的圓肩和背部到現在都還有後遺症

必須面對那些不付錢和票款不足卻**死都不肯下車**的人，他們咒罵她是蠢母牛或黑鬼或該死的外國人

成群學童爭先恐後要上車，如同顛峰時間一身西裝的上班族蜂擁狂奔而來

巴士上層只要有人打架，她就得按鈴要克洛威斯在電話亭邊停車，好讓她打電話報警，因為當時還未發明手機

輪夜班的時候更糟，會有醉鬼鬧事和嘔吐，會有襲擊事件，有人被刀刺死在她值班的時候

她不是在抱怨，她感激上班時沒老闆緊盯著她，行經安靜的路段時，她喜歡跟常客談笑

玟森從冰箱中拿出魚來，以最鋒利的刀子刮鱗去骨切片，用冷水沖洗，沾了白醋之後，再次清洗乾淨

她在碗裡用牙買加椒、蒜、香菜、百里香和油調成滷汁，魚沾滿滷汁後，以錫箔紙裹住並擱進冰箱

她從流理臺上拿起麵包果，切掉莖部，因為她再也沒有力氣徒手將它扭掉

她在麵包果頂端切了個十字，將植物油搓滿它又大又綠的疙瘩表面

放進烤箱，烤個九十分鐘左右

熟透之後就能提供養分和樂趣給她的家人

她自己是個懂得感激的人
感激自己有巴貝多可以歸鄉，而她的英國朋友得待在原地，老來擔憂暖氣的花費以及自己能
否安度寒冬
感激她一走下飛機就能踏進一波熱氣，她發炎的關節不再惹事
關節自此幾乎不曾抗議一聲
感激賣掉倫敦的房子以後，他們能夠在家鄉海邊買這棟屋子
感激她和克洛威斯——現在都八十多歲了——可以領合理的退休金，只要省吃儉用，餘生都
不必為錢發愁，反正她的世代都是這樣，他們只買自己需要的，而不是自己想要的
你為了買房子揹債，而不是為了買新洋裝

玟森每天都數算自己得到的恩賜，感謝耶穌帶她返鄉過更舒適的生活
她感謝耶穌讓她結交了從美國、加拿大、英國歸鄉的新朋友，她們邀她參加讀書會
她覺得很榮幸，她原本是巴士車掌，而她們並不在意
柏娜黛特以前在多倫多曾是公務部門的祕書，從未結婚，男友會在不找其他女人的晚上來拜
訪她
瑟莉絲丁對陰謀理論很著迷，以前是維吉尼亞州中情局的職員，跟來自愛荷華州的喬瑟芬住

在一起，她無須刻意不讓她們知道，但她還是隱密不提

海瑟原本經營布里斯托的第一家黑人美容院，直到丈夫崔佛提早失智過世，她賣掉美容院之後返鄉獨居

朵拉結過三次婚、守寡一次、離婚一次，現在嫁給傑森，一個管理顧問，她是這群人裡最聰明的一個，是六〇年代英國頭一批黑人老師之一

*

她們每個月都會讀一本新書，從千里達作家山姆・塞爾文（Sam Selvon）的《寂寞倫敦人》（*The Lonely Londoners*）開始，關於加勒比海青年在英國惹是生非、惡待女人的故事，在書裡女人甚至沒有機會開口說話

大家都同意應該朝那些傢伙的腦袋送上一掌，也都同意先把焦點放在加勒比海女性作家上，她們會更成熟且更有責任心，等以後再讀男作家的作品

這些日子以來，玟森覺得自己頗有文藝氣息，漸漸習慣看書，而她大半輩子向來只讀報紙

她最愛的作家是牙買加的歐莉夫・賽尼爾（Olive Senior）、千里達的蘿莎・蓋伊（Rosa Guy）、巴貝多的寶兒・馬歇（Paul Marshall）、安地卡的牙買加・金凱德（Jamaica Kincaid）、瓜地洛普的瑪麗斯・孔戴（Maryse Condé）

她最愛的詩集叫《我是個有久遠記憶的女子》（*I is a Long Memoried Women*），由一位叫葛瑞

絲．尼可斯（Grace Nichols）的蓋亞那女士所寫

我們女人／未得到稱頌讚揚／聲音未被聽聞

前幾天，她和讀書會成員起了很大的爭執，不，不是爭執，而是辯論，關於一首詩之所以好，是因為她們能起共鳴，還是那首詩本身就是好的

柏娜黛特說，好不好要由文學專家來判定，她們只知道自己喜歡或不喜歡什麼

玟森同意，她並不是專家

瑟莉絲丁說，詩詞刻意寫得困難，只有少數聰明人讀得懂，是為了讓其他人無法明白

海瑟說，小說比詩集更有價值，因為裡頭字比較多，詩集根本坑人

（玟森認為海瑟不應該進她們的讀書會）

*

朵拉說，沒有客觀真相這種東西，如果妳認為某件作品不錯，那是因為妳讀了有感覺

那麼它就是不錯

為什麼威廉．華茲渥斯（William Wordsworth）或華特．惠特曼（Walt Whitman）、T．S．艾略特（T. S. Eliot）或泰德．休斯（Ted Hughes），對我們加勒比海人應該有任何特殊的意義？

玟森提醒自己要到圖書館去查查那些名字

她們每周聚會結束之後，她步行回家
太陽在天空升得更高，遊客離開海灘，回到旅館和餐廳
她滿腦子都是她們的辯論內容，她想到以後該怎麼提升自己的論理技巧

今天
她往外望向海灘，看到雷諾克斯和克洛威斯消失在轉角，克洛威斯的釣魚船就泊在那裡，是近來買的二手貨
正在修繕當中
上一艘漁船進水的時候，他險些溺死，一路用桶子舀水出來，才救了自己一命
筋疲力盡地拖著自己爬上沙灘
任由那艘老船自行漂到海上墳場
兩個男人都穿著及膝短褲搭短袖棉衫，兩人都沒剩多少頭髮，都有寬闊的背部和強健的雙腿
（雖說雷諾克斯有點 O 型腿，她還是覺得這樣很性感）
兩人赤著腳輕鬆邁步走在沙灘上，這些日子以來身高和體型甚至頗為相像
克洛威斯在身高上縮了點水，雷諾克斯則橫向發展了些
玟森依然想要他，不是克洛威斯，而是雷諾克斯，她告訴雪莉她有這樣的丈夫真幸運
雪莉回答說，他有她這樣的妻子是他運氣好
真是典型的反應

雷諾克斯這個夏天會幫忙克洛威斯打理那艘船
他們會更換鋪板、換裝新引擎、安裝座位和窗戶、焊接跟上漆
他在那方面比東尼和艾洛拿手，他們跟妹妹更像
我們一年工作四十八周，媽，這是我們的恢復期，他們抗議，一面大吃特吃、猛灌啤酒
她的兒子們先從基層做起，然後才往上爬升
東尼目前在警方擔任辦案督導
艾洛現在是兒童服務的支援經理
他們可能依然為了兒時被打而怨恨克洛威斯，證據是留在背上和臀部的疤痕，但在七〇年代要養兒子很不容易
克洛威斯必須保護他們，免得被那些惡意人士拖累：警察、光頭黨——以及他們自己
父母必須給他們堅實的基礎，好讓他們能夠面對自己和世界
她不用這樣帶雪莉
女生過得比較輕鬆

蕾秋帶著瑪蒂森走進廚房，瑪蒂森一臉愛睏的樣子，拖著腳步走來擁抱，我愛妳，阿祖，她說，玟森抱起她來，吸了吸她一頭幾乎筆直的秀髮，聞起來有蕾秋昨天出發前往機場前用的洗髮精
先由她教會雪莉，再由雪莉教蕾秋，確保她們上飛機前都乾乾淨淨、打扮整齊

你永遠不曉得會發生什麼事

想喝沙士嗎？她問她們

蕾秋自己走到冰箱那裡，把罐子拿到桌上，不像雪莉會說好，然後等著女僕端來給她

想喝一些嗎？阿嬤？蕾秋客氣地問，她是孫子裡最體貼的一個

玟森開始切蔬菜，將材料收攏起來，準備淋上百里香、鹽巴、黑胡椒粉、乾辣椒片、檸檬皮末、葵花油混成的醬汁

跟我說說妳跟阿公是怎麼認識的，蕾秋無來由地問道，一面揉搓瑪蒂森的背，瑪蒂森搖搖欲墜、睡意濃濃地窩在她懷裡

玟森一定滿臉詫異，因為蕾秋隨即補充，我想知道妳的故事，等瑪蒂森大一些說給她聽，阿嬤，我想知道妳是獨立個體的時候，是什麼情況

玟森從孫子會講話以來就傾聽著他們的生活，而他們不曾主動問起她的事

她明白年輕人的心思都放在自己身上，而她的角色是在他們父母生他們的氣時，提供安撫慰藉與關懷

玟森喜歡蕾秋好奇到想知道外婆在成為母親以前，是什麼樣的人，當她是個獨立個體的時候，就像蕾秋描述的

只是她從來都不是，她先是個女兒，再來是妻子和母親，現在也是個祖母和曾祖母。

2

我五〇年代抵達英國以後不久就認識了妳阿公，蕾秋，在一場西印度群島裔的聚會裡，地點在蘭僕林路上的酒吧，我發現自己坐在克洛威斯．羅賓森旁邊，他是從巴貝多的六人灣村來的

我們的父親都是漁夫，但我們只是隱約知道對方的存在

我們飛越了幾千英里才真正有接觸，當時他已經在英國待了兩年

他告訴我，在這裡生活很難，姑娘，很難啊

我們在接下來的冬季月份交往，當時我正忙著適應天氣和文化

我很感激有他的支援和引導，即使他長相不特別好看，個性也不特別迷人，那是我原本想像丈夫必須具備的特質，後來我才成熟到接受這個事實：

做夢比實現夢想容易

克洛威斯從來不曾把我丟在我們常去的地方——星期六晚上在艾斯提里亞戲院，或星期天下午在斯托克韋爾公園——讓我在外頭冷得打哆嗦

他完全不像那些家鄉來的野男生，四處撒野，女人換個不停

在英國各地留下混血寶寶

讓那些寶寶在沒父親的狀況下長大

*

我們結了婚，搬進圖庭的一個房間，整個房子滿是房客，大家共用走廊上簾子隔起的水槽，跟厚紙板隔間裡的馬桶
我們開始存錢買房，因為那個年代一般人只要存得夠久，都有能力在倫敦買房子
接著克洛威斯起了個**愚蠢的**念頭，我們帶著存款到英國西南部去吧
他聽說那裡更溫暖，可以在那裡找捕魚的工作
那是他出生在世該做的事，他說，而不是在工廠裡埋頭苦幹做肥料，吸進有毒的化學劑
我們兩個每天都在那裡輪十二小時的班

克洛威斯說他渴望大海，那裡是他可以再呼吸的地方
我最不想要的就是當漁夫的太太，當漁夫的女兒就已經夠苦的了
我以前都在凌晨四點醒來，跟父親和兄弟搭船出海，我在市場上負責替魚去骨去鱗，整個夏天都在賣哥哥們潛進珊瑚礁、用網子撈回來給我的海膽——牠們令人發毛的尖刺還動個不停
我必須把每個海膽拿來，用湯匙撬開，把裡面的金卵挖出來，在市場上當成美食來賣

我又能跟克洛威斯說什麼？那個年代女人必須順從丈夫，蕾秋

離婚是可恥的事，除非發生通姦才能離婚；如果婚姻不成功，就是無期徒刑

我們從帕丁頓搭火車到普利茅斯，到貨運辦公室和港口的拖網漁船那裡找工作

他以為憑著經驗就能輕鬆找到工作

我看著他在碼頭或岸邊走向漁民，頭上戴著英式扁布帽，腳上踩著大大的英國靴子，看到他向那些六十幾歲的大鬍子男人摘帽致意，那些男人看起來就像從《舊約聖經》（*Old Testament*）中走出來似的

他回來的時候一個字也不用說，我從他走路的姿態就看得出來，然後替他——也替我自己覺得難過

世界這一帶的大多數人顯然都滿窮的

他們何必給陌生人工作，何況是他？

有天傍晚，風滿大的，我們坐在港口防波堤那裡吃髒報紙包的炸魚薯條，以前英國人就是這樣吃，沒錯，妳儘管皺起臉吧，那是個噁心的習慣

我試著說服他放棄愚蠢的白日夢，回到倫敦去

他說，小玟，我想更往南走，試試錫利群島的小島，那裡更溫暖，一定有很多捕魚的工作

克洛威斯，如果你真心想要捕魚，我們幹嘛不回家鄉去，我們屬於那裡

小玟，我下定決心了，我一定要試試這個地方，我有直覺會成功

如果在二十年後，蕾秋，我就會當場離開他
如果在三十年後，我會在結婚以前先跟他同居，妳看，我發現我其實不認識這個男人，他竟然要我像個沒頭沒腦的白痴，跟著他團團轉
噢，我說，錫利群島這個名字滿好聽的，也許是個漂亮的地方
我跟他手勾手，表示支持他，要他儘管放心
咱們去探個究竟吧，親愛的，他回答

*

我們沿著海岸搭巴士和火車，錯過的時候，就用走的
想像我們的樣子，蕾秋，六十多年前，一個有色男人和女人，克洛威斯身高六尺四，我矮一尺，穿著時髦的洋裝、外套加高跟鞋，因為我們必須端出體面的樣子，每人各提一只行李箱，穿過鄉間小徑，而且看來那裡的人大多沒看過有色人種，他們會放慢車速呆呆盯著我們或是口出惡言
沒人讓我們借宿的時候，我們就睡在火車站裡
我們沿途經過了有美麗名字的地方，我當時寫下來也記住了：盧港、波爾佩羅、弗維宜、梅瓦吉西、聖莫斯、法爾茅斯、聖凱沃恩、利澤德、馬利恩、波特利文
我們抵達彭贊斯，搭了周間的船到聖瑪麗島去

「錫利群島裡最大的一座島」

我們一登陸，那裡的人不只是不友善，根本就是充滿敵意，那兩個猿人到底是誰，竟然跑來他們的小島？

我們沿著主街走的時候，整個小鎮靜止不動，我抓緊克洛威斯的手臂，可以感覺他在顫抖

我需要他為我堅強起來

克洛威斯到碼頭那裡打聽消息的時候，他們說，你不能在這裡工作

我們走進一家小餐館時，他們說，你們不能在這裡吃東西

我們走進酒吧，全部的人都盯著我們看，酒保說，你們不能在這裡喝酒

因為你們的膚色會染到床單，所以你們不能在這裡睡，窗戶上掛著寄宿看板的女人說，當時大家就是那麼粗魯跟無知，他們直話直說，不在乎會不會傷到你，因為當時沒有反歧視法來阻止他們

你們能做的只是離開這裡，永遠別再回來，我們去申訴時，警察勸告我們

我們搭渡輪到彭贊斯，睡在教堂門口，我們前一晚敲了敲牧師寓所的門，窗簾動了動但沒人來應門

克洛威斯，我說，就跟你說過不值得花這種力氣，現在我跟你要直接回首都去，那裡的人比

較習慣看到有色人種
別告訴我該怎麼做，小玟，我下定決心，再給普利茅斯一次機會，它在海岸上，天氣還是比倫敦溫暖，離鄉下也沒那麼遠，等我們生了孩子，他們可以像在巴貝多那樣自由地跑來跑去，相信我
我直覺這次會很順利。

3

克洛威斯確實找到工作，是在普利茅斯裝卸貨物的苦工
扛著巨大的桶子和笨重的布袋，從船上到倉庫，再從倉庫到卡車
他跟其他的裝卸工處得不錯，很多人以前都是老練的漁夫，不認為他是火星來的
他們會在下班後去喝一杯，好的時候他晚上微醺回來，壞的時候他晚上大醉回家
那時我都已經送孩子上床睡覺，三年間
生了三個孩子

*

我日日夜夜只能跟孩子在一起
我聽到別人路過的時候咒罵我，很少人是友善的
不管我進什麼店家，即使我明明排在第一個，也都最後才得到服務
我用黑色娃娃車推著雪莉，兩個兒子用繫袋綁在我的兩側，然後就會有汽車刻意開進水灘
在我們家門口發現死老鼠的是我
得忍受有人在我們家前門用白漆塗寫**滾回去**的是我，直到克洛威斯再上一層漆蓋過去
晚上獨自在家，害怕有人會把吸飽汽油的抹布丟進窗戶的是我

不過，蕾秋，我在南方的那段時間學到一件事，那就是如果你在某個地方待得夠久，表現得
很文明，久而久之大家就會習慣你

住隔壁幾戶的一位老寡婦，貝瑞斯佛太太，是頭一個好好跟我聊天的人
她以前會彎身探進娃娃車，輕搓雪莉的臉頰，雪莉會抓住她的手指不願放開
寶寶是無辜的，貝瑞斯佛太太說，這個地方住起來不錯，羅賓森太太，等大家認識妳以後
她會拿糖粉酸糖棒送我的兒子們，我還來不及反對，他們就急著一把接下，因為我平時不准
他們吃甜食，又一個英國的壞習俗
貝瑞斯佛太太頭一次來訪，帶來了磅蛋糕，我讓他們各吃一小片
有天放學後，她特地替我和孩子們安排了一場午茶會，介紹我給萊特太太和密辛恩太太認
識，兩個都是當地教會的人

那是我頭一次踏進英國人的家，我記得一清二楚，希望我自己的家人也有那樣的家
客廳的木地板上鋪了印花地毯，貼著玫瑰花壁紙，掛了好多照片，厚重的櫥櫃展示著一排排的盤子，彷彿是裝飾品，這點讓我覺得很奇怪，窗戶上垂著厚重的布幔，還有一套奢華的小沙發——或者就我看來是小沙發，東尼和艾洛在上面蹦蹦跳跳，直到我不得不喝止他們，因為貝瑞斯佛太太人太客氣，不好意思說
她教我怎麼在炭火上烤麵餅
怎麼用正常的牛奶而不是濃縮奶來泡茶
教我最後才加牛奶而不是最早加

貝瑞斯佛太太
邀請我們上教堂，當我們一家五口踏進車道時，她、萊特太太和密辛恩太太迎接我們的方式，彷彿我們是失散已久的朋友
她們保護似地各自牽起一個孩子
陪著我們走進去

即使在公園，母親們也厭倦了把孩子從我們家孩子身邊叫走，彷彿他們可能會染上痲瘋病
幼小的孩子不在乎膚色，蕾秋，直到被父母洗腦
東尼開始去上愛威迪尼小學，接下來是艾洛，他們哭著回家，因為孩子們罵他們煤灰

有老師會找他們麻煩，用藤條修理他們，要他們在教室角落裡面壁罰站
不是我們做的，媽咪，他們會抱怨，不是我們
我和克洛威斯不停灌輸我們家兒子，永遠都要好好守規矩
我們知道我們家兒子雖然活潑，但本性不壞
有一次我在學校門口等著接他們，看到兩個年紀較大的男生撲襲東尼，東尼也回擊了，我勇敢的小男孩
我拔腿衝過去的時候，校長莫瑞先生搶先一步，揪起東尼外套的頸背，押著他走回校舍
兩個惡霸男生哈哈笑，拍掉身上的灰塵，拿起書包走出大門，沒事一樣
雪莉開始上小學的時候，也是因為被罵煤灰而哭著回家，不管克洛威斯到學校多少次，請瓦森先生叫孩子們別再找他孩子麻煩，也都沒有用
另一個有色女孩進了這所學校，一個叫愛斯黛的小小混血兒，她的膚色淺淡，髮色也是，滿頭童星秀蘭．鄧波兒（Shirley Temple）式的鬈髮
愛斯黛就是那種因為膚色大家都說漂亮的紅膚孩子
她母親是那種一頭長髮、披頭族類型的人，會穿黑色長褲、頭戴貝雷帽，搭著影星馬龍．白蘭度（Marlon Brando）那種破舊的皮夾克
我打扮得很正式：膝下洋裝、羊毛衫、外套、絲襪、鞋子、頭巾綁在下巴上
薇薇安試著在學校大門跟我搭話，她是個畫家，愛斯黛的父親是逃離南非種族隔離、流亡海外的開普有色人種

什麼是種族隔離？什麼是開普有色人種？
別一臉這麼震驚的樣子嘛，蕾秋，種族隔離在那個年代不是普遍的知識，總之，薇薇安很快
就放棄跟我交朋友，這也沒關係，因為我們沒有共同點——連我們的女兒也沒有
老師們對愛斯黛很不錯，孩子們早上到校時，老師們會跟他們打招呼，大多數老師都不理會
雪莉，雪莉年紀太小沒注意到
愛斯黛五音不全，卻在學校的耶穌降生劇裡分到了瑪莉的角色，負責獨唱
雪莉的嗓子很好，卻被派去扮演棕櫚樹，站在舞臺後側
跟著那個有兔唇的男生
還有那個有內翻足的女生

隔天我告訴克洛威斯，你可以留在這裡，但你孩子的母親要回倫敦去了
帶著他們一起。

4

玟森透過廚房窗戶看到男人們進入視線而分心，他們在熾烈的熱氣中從海灘漫步走來，儘管
她嘮叨不斷，他們依然沒抹防曬乳也沒戴遮陽帽

幾年前，棕色皮膚的人以為自己可以免於陽光的殘害，結果最後得到皮膚癌
即使今天，大多數男人也懶得防曬
彷彿會減損男子氣概

雷諾克斯比她喜歡想的更像克洛威斯，體格和性情上都是
玟森猜想這就是雪莉挑選他的原因，潛意識裡覺得他很熟悉
也許這是玟森喜歡上女婿的原因
她所嫁的男人較年輕、更性感的版本

再過幾個星期，男人們會將船修繕得適合出海
他們會更換船殼上缺漏的木板、裝上新引擎和推進器
他們會退後一站，欣賞自己的手藝
他們會將一瓶萊姆酒砸在船殼上，作為啟航的儀式
他們會在天亮以前出門捕飛魚，沿途垂線釣起劍魚和梭魚，走得夠遠之後，就會往海面拋出甘蔗渣和棕櫚葉，充當掩蔽物，再往底下丟出桶子，緩緩釋出誘餌，飛魚聚過來覓食時就會被撈進網子裡，不過年紀大了，拉網子更吃力，克洛威斯說，他回到家時腰痠背痛，她替他按摩
釣魚是他自我認同的一個重要部分，讓他覺得自己像個真男人，一個出門工作、養家活口的人，甚至在退休之後

瑪蒂森在蕾秋懷裡醒來，昏昏沉沉張望四周，確認自己身在何方，一見男人們踩著珊瑚色的海砂，朝房子走來，便從母親的懷裡翻身下來，搖搖晃晃走出門口，跑去迎接他們

她在他們之間站定，兩人各自牽起她的一手，將她前後擺盪

這幅景象真迷人

蕾秋謝謝玟森向她吐露心事，故事真精彩，阿嬤，妳是個開拓的先驅者

我們只是兩個到國外打拚的人，蕾秋，不是什麼開拓先驅者

唔，我覺得妳很厲害，現在我要去陪我媽坐一下，我唯一不用擔心她，就是她在這裡的時候，其他時候我都怕她會因為工作壓力而中風

妳不用擔心我們家小雪，蕾秋，她就是喜歡有事情可以發牢騷

一家人在六〇年代回倫敦以後，就落腳於佩克漢姆，買了一棟戰時被炸過的房子，花了幾十年時間整修

他們不曾再談起要到自己不受歡迎的地方闖蕩

有三件事占據了克洛威斯的心思：上班工作、扶養孩子、修繕房子

他發現自己喜歡親自動手，就像他那個世代的多數男人，周末都在忙雜活

穿著深藍色工裝褲，看著手冊學習怎麼抹灰泥、裝水管、拉電線、鋪磚塊、做木工

起初玟森喜歡她幾乎能夠預測一年從開始到結尾會怎麼發展

排除各種突發問題，像是屋頂漏水或是將盲腸發炎的孩子急送醫院

最後，他們終於能夠笑談當初到西南方的歷險，當時克洛威斯年輕魯莽（他承認），讓她煩透了心

她沒料到的是，等丈夫習慣居家生活以後，她卻開始希望他更積極進取

玟森剛到英國的時候，渴望安全和穩定，克洛威斯代表著熟悉，他注意到她、善待她，而她正需要有人為伴，於是對他動了心

這份情感逐漸成熟為愛情，她丈夫有很多值得喜愛和欣賞的地方——他從不殘忍、從未迷途到其他女人的床上，親切待人，對她有求必應

問題是，他並不——令人興奮

雪莉還在念書，頭一次帶雷諾克斯回家喝茶時，就像有個年紀較大的「傑克森五人組」（The Jackson Five）成員站在她家玄關處

他活力四射，青春氣息飽漲，喇叭褲繃得很緊

玟森發現自己湧現出不曾對克洛威斯有過的感受——一種噴發的性慾、激情，不管大家怎麼叫它

她試著不要盯著他巧克力色的可口肌膚，試著不要望進他聰慧雙眸的純粹眼白，克洛威斯因為在海邊豔陽中度過童年而眼白泛黃

他留了一頭修剪整齊的小爆炸頭，貼身的襯衫炫耀著完美的軀幹

她真想用手撫遍他全身、按摩他的卵蛋，感覺他在她的碰觸下硬挺起來

克洛威斯將他們迎進客廳，他倆喝著可可亞茶，呆呆望著這個年輕人

這對情侶手握手坐在沙發上，她和克洛威斯則坐在扶手椅上客氣地閒話家常

克洛威斯壓低嗓門，她注意到，為了讓這個大學生留下好印象

雪莉顯然為雷諾克斯神魂顛倒，雷諾克斯未來打算當律師，她已經得意洋洋地跟他們說過，然後會成為出庭律師，也許有天會擔任法官

他真是個金龜婿

雪莉真幸運

轉眼間，他們就都回到玄關那裡，行禮如儀地說著很高興認識你、謝謝你們、一定要再來

他們越過佩卡姆黑麥走向車站，到國王十字站之後再搭火車回里茲，她和克洛威斯揮手目送

玟森關上屋門，開始爬梯上樓到臥房去，我頭有點痛，她向克洛威斯呼喚，他沒聽到，因為他已經回到廚房，打開雷鬼地下廣播電臺

她在兩人的床上躺下

到底是怎麼回事？

也許這是讓女人變得更情緒化的開端，都會過去的，就像更年期

讓她雌激素耗盡

卵巢垂死

只是她並不想讓它過去，於是鼓勵雪莉周末更常回來，妳當然可以帶雷諾克斯一起來

雷諾克斯會在打招呼時親吻她兩頰

在屋裡，他會熱情地用雙臂環抱她，母親和男友相處得如此融洽，讓雪莉相當開心

從戲院或外食返家的路上，四人成雙穿越佩克漢姆的夜間街道時，她喜歡他的手臂繞過她的腰際，克洛威斯和雪莉大步走在前面，而她和雷諾克斯落在後頭

為了將這種挫折排出體外，她更常主動向克洛威斯求愛

克洛威斯十四歲就不再就學，比起雷諾克斯相形失色，後者會用accountability（責任歸屬）、restitution（回復原狀）和quid pro quo（對價關係）這類的長字

她必須翻查字典的字

克洛威斯對家庭聚會之外的社交活動沒有興趣，舉家遷回倫敦以來就不再碰酒，對看電影或跑趴或玩到清晨沒有興趣，不像雪莉和雷諾克斯會在星期天早上躺在床上，邊讀報邊喝滲濾咖啡壺煮出來的真咖啡，有如雪莉通報的，然後出門吃早午餐，媽

玟森連早午餐是什麼都沒聽過

她真希望自己的體型跟年輕女兒一樣勻稱

她真希望自己享有跟雪莉一樣的教育和選擇，那就表示雪莉可以吸引迷人、性感又有抱負的

男人

男人娶了雪莉，成為蕾秋和凱倫的父親
她幫忙看顧孫女的頻繁程度遠遠超過所需，因為雷諾克斯事後會載她回家
他在車上跟她說話時，有時為了強調會把手搭在她的膝頭上
他的道別吻停留得有點太久，柔軟的嘴唇整個貼上來
或者是她自己的想像？

她要自己放心，她受到雷諾克斯的吸引，並不算是背叛克洛威斯或雪莉，因為並未真正化為實際行動
如果有，狀況就不同了
要是有天克洛威斯出門去了，他出現在她家門口，朝她撲來
她不會有能力抗拒

而她也並未抗拒
有天下午，他按響門鈴，知道她當天值夜班所以在家，克洛威斯上早班去了
他那天下午休假，隨手關上門，以克洛威斯不曾用過的方式吻她，他倆初次認識時，他就說過舌吻不衛生
之後，她就把舌頭好好收在嘴裡

直到現在，她的舌頭不曾跟另一個人類接觸過

雷諾克斯鬆開她為了做家事所穿的無袖連衫裙（擦亮樓梯欄杆），解開她穿在下面的夏季洋裝鈕釦

他拉下她的尼龍襯裙、用吊帶撐起的絲襪，因為她很老派，不喜歡褲襪在大腿間磨搓的不適感，褲襪總會害她起紅疹，得抹凡士林來舒緩

他似乎頗為欣賞眼前的景象，她透過他的雙手發掘自己，也經由自己的雙手探索他的身體

她濕得沿著雙腿淌下

任由女婿用各種方式來搞她的這個女人是誰？

將他含進嘴裡並樂在其中的這個女人是誰？她唯一一次幫克洛威斯口交，在事後卻吐了

隨著這年輕男人步調起舞的這個女人是誰？他在她體內前後爆開許多次，因為他強健有力，可以永遠持續下去，她也可以，直到兩人死於筋疲力盡，因為她整個人脫離腦袋，完全投入在身體裡

直到

廚房的鬧鐘響起

她得去幼兒園接凱倫和蕾秋

他們淋浴著裝

分別
離開屋子
他先出門

那晚她無法入眠
她代替自己的情感，跟自己的道德觀開戰
猜猜哪邊贏了？
她年近五十
她有資格享有這個
享有他

那個星期天的家庭午餐之後，當她確定只有他們兩人在廚房洗碗，便借機敲定下周會面時間
如此持續了超過一年
一周一次，有時兩回
每逢周末，他們會帶蕾秋和凱倫到海邊去，讓雪莉喘息一下
學步兒們睡覺的時候，他們就利用那張雙人床
他們從未談過兩人所做的事
既然雷諾克斯有衝動，由她來滿足他，總比讓他為了別的女人

離開她女兒好吧

＊

接著他離開了她，或者說他停住了
沒有解釋、沒有討論、沒有理由、沒有憐憫
他從跟中年女人上床這件事清醒過來了嗎？他因為跟岳母上床而有罪惡感嗎？雪莉是不是又跟他做愛了？她曾經停過嗎？
還是說他找到了別的對象？
玟森從來沒得到答案，因為她無法開口探問
之後有好長一段時間，雷諾克斯都不跟她做眼神接觸，如果可以的話，根本不正眼看她
雪莉注意到，她跟雷諾克斯不如以前友好
別傻了，妳也知道我多喜歡他，小雪
玟森真希望他不曾在她的內在喚醒他無法滿足的渴望
他讓她淺嚐一下他的滋味，然後抽手撤離
她並不為這點而恨他，反倒更渴望他
他成了綺想素材：兩人在異國情調的旅館裡度過情色的午後，她穿著性感的內衣褲，看起來

比實際年齡輕
在幻想裡，凡事都有可能
即使是現在，事隔幾十年後，當他夏天抵達的時候，以及她瞥見某種光線籠罩著他時，她依然感覺到過去那股吸引力在騷動

雷諾克斯和克洛威斯坐在迴廊的白色板凳上，瑪蒂森依偎在他倆之間
蕾秋在條紋吊床上搖搖晃晃，是克洛威斯掛起來午睡用的，他們都為了什麼事情爆笑出聲，不是針對雪莉說的話，她女兒沒什麼幽默感，可能是因為瑪蒂森說了什麼吧，什麼可愛的話，因為她就是很可愛

*

雷諾克斯抬眼望去，恰好迎向玟森的目光，於是溫暖地揮揮手，天真無邪地
這些年間不曾閃過一抹確認的神色
雪莉吹噓說，雷諾克斯永遠不會對她不忠
玟森總是回答說，她找到了好男人裡的一個
妳真幸運，小雪，妳真幸運。

一　潘妮洛普

1

潘妮洛普的父母是慢慢走向死亡，乏味無趣、不帶感情的機器人
她十四歲的時候在日記裡寫道
真是遺憾
因為她自己生氣蓬勃，正奔向在眼前輝煌開展的美妙人生
她也這麼寫
在日記裡

她父親艾德溫是勘測員，在約克郡出生成長，潘妮洛普寫道，是個日常慣例的奴隸：準時起床、準時出門、準時回家、準時吃晚飯、準時上床、準時生活

我父親從未說過任何有點**意義**的話，她寫道，除了每天晚上下班回家讀的《每日電訊報》

（*Daily Telegraph*）反芻出來的內容

他唯一有趣的地方，她指出，也是最下流的：厚厚一個信封袋的色情明信片，藏在棚子裡的工具箱，從未想像女兒並不需要有陰莖，就能自己拿工具將相框釘在臥房牆壁上

潘妮洛普的母親瑪格麗特也蠢得要命，雖然她的背景有點奇特

她在新成立的南非聯邦出生，先前她的英籍父母為了利用南非一九一三年的原住民土地法案，賣掉了約克郡哈頓康耶斯那片衰頹的大麥田

這條法案將百分之八十的土地所有權，分配給唯一有能力照料的人，她母親告訴她

就是白種人

就是我們

她母親說，在經濟必然的迅速衝刺下，為了社會整體的提升，原住民必須交出土地

而且因為現在原住民急著找工作，勞力很廉價

我父親在那裡買了片大麥田，潘妮洛普，可是經營不成功，因為農場工人很懶散，滿心忿恨，手腳不乾淨

他的農業同行建議他，將那些違規最嚴重的人綁在樹上鞭打

藉此殺雞儆猴

當他對穀物盜竊也開始執行同樣的懲罰時，似乎起了效用

之後，工人們似乎穩定下來，持續工作下去

直到某天他騎馬出去巡視，一群不受管束的農工如一批發狂野獸般從樹林裡現身，對他發動攻擊

轉眼間他就倒在地上，他們搶到了他的鞭子，用來對付他

可憐的男人毫無勝算

妳外公的腦袋一直沒有恢復正常，潘妮洛普，他用很便宜的價錢賣掉農場，把全家帶回英國，我們搬進親戚家，他從此沒再工作過

原住民對我父親下了毒手，能夠遠離可恨的他們，搬回英國，讓我鬆了口氣

白人女孩也不適合在那裡長成女人

我不喜歡原住民男人看我的表情

潘妮洛普的母親在文明的英國長大成年，說她喜歡跳舞交際，星期天會跟一群朋友到鄉間騎單車，其中包括幾個很有趣的痞子，大家一起野餐，喝他們隨身小扁瓶裡的琴酒喝得微醉

她會在夜半偷溜出門，跟他們一起到佛斯河裸泳

遠離家門的時候，會將裙子撩到膝蓋以上

在公共場合明目張膽地抽菸，當時大家認為女人這麼做很粗俗

那個年代，只有那些把頭髮剪短、穿男裝的頹廢**女同志**才能為所欲為，潘妮洛普

我在一場舞會上認識妳父親，他比我年紀稍大，在頭髮掉光以前很英俊，每個星期六，我外公外婆家玄關的老爺鐘敲響七點時，他就會準時過來約我出門

他開始在星期天上我的教會，在我上班的男性服飾店外頭跟我碰面

我想到學院接受小學教師的培訓，是我那個時代女性可以從事的少數職業之一，只是有婚姻的關卡，潘妮洛普，那就表示我一旦嫁作人婦，就必須停止教學

為了我最後必須放棄的東西受訓，實在沒什麼意義

不像我認識的那些痞子，妳父親清醒明智，那就是我在婚姻裡需要的

我父親最後在精神病院悲慘地過世

這對我家人來說是另一段可怕的時期，妳父親作為陪伴和慰藉的來源，輕輕鬆鬆進入了我的人生，他帶我到佛思河上划船，不過從來不曾游泳、跳舞，也不曾喝酒

他認為這些消遣對女士來說都很不得體

交往三年之後我們結婚了

我的確想念跳舞，潘妮洛普，想念它為我帶來的極大樂趣，我時常想起過去，想起自己過去是什麼樣的人

我不知道她到哪去了

潘妮洛普的母親不再說話，回頭去織毛線、縫紉、下廚、清掃、熨燙或其他能填滿她日子的

活動

這段對話沒講完就戛然而止

潘妮洛普很難想像母親曾經這麼叛逆、愛交際

她為母親必須在職業和家庭之間做出選擇感到遺憾，感覺真不公平

如同她母親等不及要逃離南非的野蠻，她則迫不及待要上大學、有一份職業，將父母那種束縛重重的生活拋在後頭

接著他們告訴她，她是個謊言，而她曾為母親感到的憐憫全數沉沒無蹤

取而代之的是苦澀的海嘯

那個謊言本身已經夠糟糕的，雖說往後數年，她逐漸理解他們的論據，或者說，壞就壞在他們揭露這件事的殘忍手法

這份殘忍暴露了「他們是誰」以及「她在世上即將成為誰」之間的斷層

妳不是我們的親生女兒，父親在她十六歲生日那天（真會挑時間）的午餐時告訴她

她被人裝在幼兒床裡，留在教堂階梯上

他們一直等她大到可以理解

當時她被神祕地放在那裡，沒有證明、沒有紙條、沒有線索，什麼都沒有

他們試著生孩子好幾年，遲遲不成功，最後在孤兒院找到她，當時領養程序相當簡單，他們

簽完文件之後便帶她回家
在那一刻，他們並未補充說他們愛她，那是他們不曾跟她說過的話
她在那一刻需要的是無條件之愛的宣言，來自將她當成親生孩子養大的人
但是
他們卻表現得跟平常沒兩樣，即使她淚如雨下
他們繼續圍著鋪著流蘇桌布的橢圓餐桌，坐在固定的高背椅子上
攤開捲在木環裡的餐巾布，木環上刻有他們的名字
他們吃著羊排、薄荷馬鈴薯、奶油豆子，是他們星期六慣常的午餐內容
傳著肉汁
傳著胡椒粉
傳著鹽巴

潘妮洛普弄不出卡在喉頭的馬鈴薯，於是擅自離開餐桌，哽咽著衝上樓梯到臥房去，在床上攤成一團啜泣著，巴望母親可以來看看她的狀況，她豎耳傾聽是否有趿著拖鞋上樓的腳步聲，試探性的敲門，房門打開來，背上的輕撫
擁抱則太過奢求
反之
她聽到不久前她還以為是父親的那個男人，出門去跟兄弟（不再是她的叔伯）打高爾夫，每

個星期六下午的例行活動
原本是她母親的女人會坐在火爐前替她最小的姪女琳達，用鉤針編織小白鞋（不再是潘妮洛普的小小表親）
潘妮洛普可以聽到樓下廣播傳來喜劇和笑聲
對他們來說，這不過是個尋常的周六午後

接下來的幾個月，潘妮洛普常在私底下崩潰痛哭，遠離那兩個她一同生活的人，他們不會苟同這樣情緒外露的行為
遠離學校的朋友，絕不能讓他們知道這個可恥的祕密
她是個孤兒
一個雜種
沒人要
被丟棄

現在他們之間的差距說得通了
她父母不是她父母，她的出生日期也不是她的生日
她並非出自他們的血緣或歷史

她持續用糟糕的念頭折磨自己
她的親生父母怎麼可以這樣無情地把她送走？像一袋垃圾那樣丟在教堂階梯上
要是她先受到老鼠的攻擊呢？或是狐狸？或是碰上凍冷的寒夜？
他們怎麼可以這麼無情？而且他們到底是誰？如果她不知道他們是誰
她又怎麼知道自己是誰？

沒有書面紀錄
她是個棄兒
身分不明
難解的謎團

後來
潘妮洛普在梳妝臺鏡子裡更仔細打量自己，荒謬且清楚地看出自己長得跟**艾德溫**和**瑪格麗特**
一點都不像，她從現在起就當他們是艾德溫和瑪格麗特
艾德溫矮小、貧血、藍眼、鷹勾鼻，這樣的五官很適合情緒少有起伏的男人，即使偶爾爆出
笑聲，聽起來也像是違反了不許自得其樂的自訂規則
瑪格麗特甚至更矮，幾乎不到五尺，頭髮稀薄、灰眸、膚色灰白
就結婚照看來，她曾經漂亮過

現在她看起來
只像是褪色了一般

另一方面來說，潘妮洛普就女孩來說算是高的，身高將近五尺九，噘起的嘴唇自然飽滿、眸色淡褐，在學校奠定了大美人的名聲，她莓金色的鬈髮造型是模仿瑪麗蓮・夢露（Marilyn Monroe），鼻子四周「有淡淡的點點雀斑」，夏天很容易曬出古銅膚色，大家認為這樣很時尚，因為會給她法國聖特羅佩的光采
宛如搭機環遊世界享樂的富豪

潘妮洛普確定自己會上大學，嫁給一個崇拜她的人，成為老師，生養孩子
這些都能夠填滿她此時那個裂開發疼的內在窟窿
感覺失去了定錨
不受歡迎
不被愛
被抹消
誰
也

不是

2

潘妮洛普的認同被炸成四散的碎片之後，轉而將焦點鎖定在吉爾斯身上
她需要有人將她拼湊回來
他十八歲，是男子文法學校英式橄欖球隊長，他真是個炙手可熱的對象，有副《咆哮山莊》
（*Wuthering Heighs*）希斯克里夫的長相，流露常勝軍的自信，較不起眼的男生完全被比了下去
誰**不想**在吉爾斯大帝、吉爾斯沙皇、約克第一吉爾斯王的勢力範圍裡飄浮
她在日記裡寫道
學校裡的每個女生都暗戀他，除了那些據說是**女同志**的人

潘妮洛普一心只想擄獲吉爾斯
她每天早上潛伏在他等候的公車站牌，為了在他下車時佯裝巧遇，大膽地與他並肩跨步前行
幸運的是，兩人聊起天來還算輕鬆，她變得善於阻擋試圖介入他們之間的女生，雖說她很愛
他的橄欖球隊員們蜂擁而至，像一波洶湧的浪濤一樣衝下山丘

她是這群運動英雄當中的唯一女生，他們渾身迷人的男子氣概，老愛自我吹噓
其他人在他們面前都矮了一截
要不是主動讓路
不然就是被她用手肘擠開

她和吉爾斯開始明目張膽地手牽手，藏在穿著綠白制服的同儕之間
他們在她學校大門分別時，他開始給她道別吻，在這樣一群旁觀者的面前令人亢奮
這兩項罪行都可能害她被拖到女校長面前懲處，然後被退學
她又何必在乎？她沉浸在愛河裡，她會生吉爾斯的寶寶，她會創造自己的血脈，她在十八歲時訂了婚
同一時間，她班上的其他女生為了青春痘和嬰兒肥心焦氣躁，害怕自己嫁不出去
她為她們感到遺憾，又肥又醜，可能落得獨身一輩子，該有多可怕
而她是那個黃金女孩
老實說
這個形象還滿適合她的

潘妮洛普從師培學院畢業後就嫁給了吉爾斯，當時他已經是土木工程師
一切都很完美，正如她的夢想，吉爾斯對她關懷有加，非常在意她的福祉，總是滿懷柔情地

碰觸她，撫搓她的臉頰，親吻她的頸背；讓她覺得有分量、被渴望

他的工作薪資優渥，兩人遷至倫敦，前往坎伯韋爾，搬進坎伯韋爾園那裡的大宅，除此之外那裡當時算是貧民區

他讓她全權決定怎麼裝潢：威廉莫里斯花紋壁紙、Uniflex 牌的餐桌椅、De Sede 皮革沙發、棕色墊料人造皮廚房牆壁、橘色粗毛地氈、酪梨色塑膠浴室

他忍受她的料理實驗，當成果太鹹或太甜、太焦或不熟、太濕軟或結塊，水分太多或太黏稠，太碎或塊狀過多，或者需要鐵鎚和鑿子才能破開的酥皮點心底部、自製麵包和烤肉，他都不曾有一聲怨言

她馬上懷了亞當，延遲了任教的計畫，但要建立自己的職涯時間還綽綽有餘

一年之後，歷經十二小時的陣痛之後，莎拉扭著身子出生了

寶寶們還是新生兒的時候，潘妮洛普不介意跟他們一起留在家裡，她無法相信自己對孩子感受到的愛

吉爾斯用他的愛填滿了她心中的洞，但她對孩子們的愛強烈無比、綿綿不絕

她很愛深愛他們的感覺

不過

兩個孩子在她飽脹的胸脯上貪婪地吸奶三年之後，她開始覺得自己被他們榨乾了

老實說，開始覺得有點像是在**吸血**

莎拉還在流口水、咯咯叫的人類演化階段，但亞當已經發掘（唉）語言，到了每天的末尾，她總被他語意不明的吱喳閒聊弄得筋疲力竭

她覺得自己有這種感覺很糟糕，急著開始教學，以便抵銷她目前不願扮演的大地之母角色，尤其她開始覺得自己被整體局勢排除在外，報紙上大肆報導著全球爆發的各種文化改革，包括女性解放運動

她卻深陷在孩子的屎糞和嘔吐裡

吉爾斯下班回家，想討論世界局勢，現在他在通勤期間都讀《泰晤士報》（*The Times*），滿腔知識分子的自以為是，而她腦袋一團糨糊，他最後只好放棄，默默吃著晚餐，然後退到書房裡

同時她忙著送孩子上床就寢

她向他提起回歸教職的事，我們又不是出不起保母的錢

他回答說，有兩個主人是不切實際的事：工作上的老闆和家裡的丈夫

他在開玩笑嗎？從他臉上的表情看來並不是

潘妮洛普強迫自己去參加母親和學步兒的早晨咖啡會，只是為了踏出家門，她和其他年輕女人的連結只有母職，別無其他，她們交換怎麼相夫教子、怎麼料理**非試不可**的新菜色，像是洛林鹹派和波隆那義大利麵，同時忙著控制自己的小孩，孩子們不停鑽來扭去，每個母親的手臂都狂亂地旋轉著，眼神一樣到處閃動，試著確保無法無天的孩子不會爬上樓梯，頭下腳上地一

躍而下，或是拆掉壁爐圍欄，看看火燙的煤炭摸起來怎樣

潘妮洛普在日記裡寫道，她的腦細胞像星星一般不停爆開，一一死去，無可挽回地遭到遺忘

當住六十三號的米德芮靈機一動，建議籌辦「全國餡餅日」，鼓勵社區更常舉辦飲酒派對時，潘妮洛普想要學自己孩子那樣放聲狂叫

謝天謝地

她在緊要關頭找到了當地的圖書館員葛蘿麗亞，她在借還童書之際，可以跟葛蘿麗亞來點**明智的**對話

葛蘿麗亞祕密地、高明地、歡欣地偷偷訂來了六本貝蒂・傅瑞丹（Betty Friedan）的《女性迷思》（*The Feminine Mystique*）

她越過橡木櫃臺神祕兮兮地透露

推薦這本書給所有周間來圖書館、說話得體的年輕母親，她們要不是在身前用嬰兒車推著孩子，不然就是背後拖著通常在尖叫的孩子

那就是個徵兆，葛蘿麗亞說，這些聰明女性因為自己的命運而氣餒

傅瑞丹的書，潘妮洛普怎麼也讀不膩，她將這本書跟掃帚、吸塵器、燙衣板一起藏在櫥櫃裡——很安全，因為她知道吉爾斯從來不曾真正打開她「小巢」的門——他用「小巢」來形容那個地方

美國受過教育的家庭主婦，原本應該滿足於母親和家政婦的角色，實際上內心卻充滿著無法

公開表達的不滿，那些可憐的女人被監禁在郊區的房子裡，只能下廚和清掃，而不是研發盲眼的解藥或同樣高貴的事情，聽聞這種狀況令她大感震撼

她那時便明白，她原本以為很個人的事，事實上適用於眾多女性，有大批大批的女性被丈夫強迫待在家裡，她們卻很想在需要技能的勞動市場上，好好發揮自己的聰明才智，那些女人就像她這樣，因為無聊和平庸而快要發瘋

潘妮洛普發起要吉爾斯讓她回去工作的遊說運動，他依然堅持她留守家中，因為這就是事物的自然秩序，從遠古以來一向如此：

我負責狩獵——妳打理家務

我賺錢養家——妳做麵包

我製作孩子——妳拉拔孩子

英國工人階級的女性可以外出工作，第三世界有好幾億的女性在實現母職的同時，**也能**從工作中得到滿足感，當她對這點表示憤恨不平時，吉爾斯只是嘲笑，**吉爾斯**

如果她們可以，為什麼我不行？她說，持續遊說，每天早晨送茶到床上給他的時候說；在他準備上班時，亦步亦趨跟著他在屋子裡兜轉一邊說；他在廁所逗留太久，透過門板對他說（你**在**裡面幹嘛啊？）準備他早餐要吃的吐司煎蛋時，繼續她的自由聖戰，**以及**在他吃早餐的時候，**以及**在他披上大衣出門上班的時候，因為總有辦法，**總有辦法**可以讓他改變主意的

直到有天早晨，他用拳頭砸破前門的窗玻璃，大吼說算她幸運，吃拳頭的不是她的臉

然後隨手用力甩上門

她可以保有房子（就這點來說，他倒是不錯）
輕易取得亞當和莎拉的監護權（他們對他來說是負擔）
她找到保母，在佩克漢姆男女學校找到工作，同一條路過去一所新的綜合學校

*

她在大學朋友的婚禮上認識第二任丈夫菲利普，而六個星期前，郵差才穿過花園小徑，送來裝在信封裡的離婚判決書

正式標示她
單身的身分

3

菲利普全然不同，是**真正的**好對象，聰明絕頂的心理學家，在她朋友的婚宴上就將她迷得團團轉，最後褪掉了法式緞子襯褲

一等浪漫歌曲響起，兩人就在舞池裡擁吻

那晚兩人在她的旅館房間持續開趴

幾乎才認識他不久，潘妮洛普婚姻解體時內心湧現的動盪情緒（後悔、悲傷、寂寞、自我厭惡，氣憤吉爾斯最後竟然成了個男性沙文主義豬）

就煙消雲散

菲利普，她很快發現，是個陰蒂專家，兩人之間的性愛如同天啟

跟吉爾斯不同：左邊一點，右邊一點，上面一點，下面一點，對了，吉爾斯，你真聰明！

菲利普知道那是什麼，不需要她的指示就能找到，而且知道該拿它怎麼辦

再者，他關懷別人、細膩敏感，想幫助他人改善對自己的觀感

*

他們匆匆辦了場婚禮，只有兩個證人出席，她不想大費周章，免得招來霉運

菲利普將位於高門區的家租出去，搬進她同樣寬敞的四層樓房子，用前側的會客廳來執業

就某方面來說，這還挺令人滿意的，她現在是那個出門上班的人，丈夫待在家裡，雖說也在工作

儘管如此，還是頗具**象徵性**

頭幾個月相當難熬，有時無法一夜到天明，她得抱著莎拉搖晃哄睡，莎拉非常想念父親，但孩子們最終喜歡上菲利普，這也令她如釋重負

菲利普喜歡肢體接觸、深情款款（不像吉爾斯），會跟孩子們說話以及聽他們說（不像吉爾斯），讀書給他們聽（不像吉爾斯），在她忙著批改作業時，陪他們做功課（不像吉爾斯）

菲利普另一個令人耳目一新的地方，就是對她滿懷興趣，想知道她內心深處是誰，想知道在和藹可親、愛討好人的表象底下——這是身為女人和母親的命運——那個真正的小潘

他竟然這麼在乎，令她受寵若驚

他也不會像可怕的吉爾斯那樣，企圖在她身上強加傳統的價值觀，吉爾斯就像是暴龍時代的粗人，篤信男性的優越

菲利普是個跟得上現代思想的人

一個新男人

她在日記裡寫道

到目前為止一切都好

直到她注意到，當她做了菲利普不喜歡的事，或是他無法隨心所欲時，他善意的探究往往會變成侵擾的訊問

尤其在她坦誠表達自己的時候，以思想解放女性的身分面對思想解放的男人，這點應該可以

被接受才對

我們來探索這種負面行為的起因，好嗎？他會問，在椅子上往前傾身，兩人之間的餐桌上晚餐吃了一半，深深望進她的眼睛，讓她覺得，怎麼形容才好？心理上**被強暴**，沒錯，就是這樣

妳孩提時代發生過什麼事？小潘？他會問，顯然妳有些遺棄情結，我們來挖掘妳潛意識的記憶，好嗎？

我寧可我的記憶好好留在潛意識裡，她回答

那麼我們來挖掘妳壓抑的性慾，看看什麼阻止妳成為更好的人？

或者

我要妳往深處挖，小潘，為了了解妳為什麼每天堅持要清理馬桶三次

我這樣做，是因為你尿在坐墊上，親愛的，她斥道

他問她，為什麼同樣堅持要掃廚房地板？

我這樣做，是因為你把吐司和餅乾屑弄到地上，搞得整個房子到處是

當他問她為什麼不先把酒杯沖洗一下，再堆在瀝水板上

她把杯子丟向地板作為回應

當他問她為什麼不喜歡他的朋友（黑框眼鏡、黑色高領毛衣、自鳴得意的知識分子），她回答，老實說，小菲，他們不是我喜歡的類型，抗拒著補上這句的衝動：就像你，我想，就像你

當他問她為什麼反對他訂閱《花花公子》（*Playboy*），說他以為她贊同性革命，說到底，她不是想找個思想解放的男人嗎？她真的是這麼落伍的老古板嗎？

她的回應是捧著一整疊雜誌到花園，餵進秋天落葉堆成劈啪作響的火堆

然後他指控她喝太多酒，有兩個小潘：酒醒的小潘很有邏輯，但喝醉的姊妹很不理性

她告訴他，這種說法太荒唐，一個晚上一瓶葡萄酒**並不**過分，小菲，那些早餐就喝伏特加的斯堪的納維亞人，或是午餐和晚餐都配葡萄酒的地中海人又如何？況且，為什麼你晚上跟朋友到酒吧喝酒就可以，我就不能私下在家裡來點歐洲大陸的習性？你老婆有這麼世故的歐洲習慣，你該感激才是

現在把核桃麵包、卡門貝爾乳酪、無花果酸辣醬傳過來，**親愛的**

潘妮洛普最後得出的結論是，在陷入愛河時跟某人結婚，可能不是很好的做法，最好先等個幾年，（十年、二十年、三十年，永遠不？）看看兩人在激情退去、現實降臨時，是否依然處得來

她對自己承認，在頭胎孩子出生以後，和吉爾斯之間的性吸引力再也無法燃起，兩人的關係開始變調

她泌乳的胸脯或她更豐滿的體態，不大能讓吉爾斯燃起欲望；他從未直說，但從他看她的神情（嫌惡），以及他的行為（不想碰她）便可略知一二

生過孩子以後，她哀嘆自己的腰身回不到原本的尺碼，她哀悼胸部失去了球一般的彈性

他不再告訴她，她美到令人窒息，以前他一天總會說上好幾回

她意識到那種事多麼令人上癮

一旦沒有了，她便開始渴望

而且覺得自己很醜

不過

她下定決心不要放棄第二任，希望他也不會放棄她（像吉爾斯那樣），即使在他開始忘記能滿足她性慾的細節

也許他只是懶得努力，不管原因為何，他跟她前任丈夫一樣，訴諸毫無想像力的傳教士抽插體位

她決定，寧可自己不快樂，也不要忍受婚姻再度失敗，成為社會邊緣人的那種公開屈辱

第一條規則：夫妻不會邀請單身女性來晚餐派對

孩子們學會在他倆附近小心翼翼，對菲利普還是不錯，把他當繼父愛著，孩子年紀尚小，就讓他們經歷兩次毀掉的婚姻，潘妮洛普很過意不去

等他們長大離巢，母親和繼父實質上已經各過各的生活，彼此再也無話可說，甚至不會激烈爭吵

他們繼續共享那棟房子，擁有各自的生活空間，兩臺電視、兩支電話，在廚房裡各坐一端

直到，很老套，他找了個年輕版本的她取而代之，是他的客戶之一，十九歲的梅里莎，北歐金髮類型

潘妮洛普進行每周例行的徹底搜查時，在廚房垃圾桶找到用過的保險套

那天晚上她在冰箱前圍剿他，手裡舉著一鍋滾水

他承認已經跟這個梅里莎交往一陣子，一直不敢告訴她；潘妮洛普在意的倒不是不忠（她說服自己），而是在他們家裡背著她搞鬼，對象還是一個比她女兒年輕的人

他說那跟年齡完全無關，說梅里莎才脫離童年不久，要幫助她翻出受壓抑的記憶比較容易，妳知道的，幫忙她釐清自己

她那時便想念起吉爾斯，至少**他**不是菲利普這種令人發毛的心理掠食者

悲傷的是，他已經在香港娶了第二任太太（**印度裔**），他在那裡造橋，住在偏遠熱帶島嶼的公寓裡，在那片土地上有自己的鳥園

亞當和莎拉如此回報

他等孩子們長成青少年，可以像成人一樣對話以後，才開始邀請他們到島上過暑假

他們很喜歡年紀小得多的半印度裔同父異母的弟弟們，拉維－保羅和吉米－德弗

只要她說點他們的壞話，孩子們就會指控她種族歧視

她的孩子是政治正確衝過頭的範例。

4

孩子長大離巢後，令人發毛的菲利普搬回他高門區的住處，只剩潘妮洛普一人——他保住他的房子，她保住自己的

有好幾年時間，整棟房子只有她一人，找到了一個很棒的非裔清潔工叫布米，布米把整個地方整頓過一遍，大多數房間都空著，找人打掃感覺非常浪費

潘妮洛普決定當房東，將上面幾樓改成寢室客廳兩用房間，出租給日本學生

他們如此乾淨安靜、有秩序、態度恭敬

真不錯，收租的時候還有人對她鞠躬

她不喜歡單身狀態，發現中年找伴並不容易

男人再也不會注意到她，她也不知道如果有合適的對象在場，要如何不著痕跡地調情，好招來注意力，因為她過去從來不需要主動

年輕的時候，男人會自動受她吸引，她只需要回應，大方地、挑逗地，或無禮地（她現在看出來了）

現在纏擾她的大問題是這個：當男人最不想要的就是帶妳出去，妳要怎麼讓他採取行動？她頭一次也是最後一次透過機構安排的盲目約會，一等她走進來坐定，預期的婚配對象（至少就書面來說是如此）便起身走了出去

這輩子頭一回，她幾乎巴不得自己是「另一種樣子」
她讀過一篇文章說，年紀較長的男人和中年男人通常都會追求更年輕的女人，而年紀較長的女人和更年輕的女人往往會愛上中年女性
悲哀的是，她身上沒一根女同志的骨頭

潘妮洛普現在讀的女性雜誌都說，女人不該用男伴來定義自己，依賴男人是軟弱的象徵
跟她年輕時期讀過的雜誌大不相同，當時那些雜誌都給相反的建議
她採買單人食材時，試著要開心，獨自就寢時，試著要開心，在空蕩蕩的床鋪上醒來時，試著要開心，工地的工人不再對著她的背影狂吹口哨（想當初她還很抗拒這種事），試著要開心
對鏡照著自己中年的身體，試著要開心，不要一副臭臉，因為女性的外形不管形狀尺寸，都應該被接納，不是嗎？
潘妮洛普要愛自己和接納自己
把家裡的全身鏡丟掉就是個好的開始
她為了爭取工作權利而失去第一段婚姻，所以她上班的時候應該也要開心
起初她確實樂於教導那個地區的弱勢孩子，他們的家長在這個國家已經繳了幾代的稅金，雖說她知道大多數孩子並不會有光明的未來
那些會算術的，會到超市收銀機工作；那些會算術又識字的，會去當打字員；那些考試成績夠好的，才會接受更高的教育

她對自己族類的人有種責任感，當學校的人口組合因為湧進移民和他們的後代而開始改變時，她非常反感

十年之間，學校原本主要是來自勞動階級的英國孩子，變成了多元文化的動物園，孩子們來自語言裡甚至沒有**請**和**謝謝**的國家

這解釋了不少事情

她痛恨女性主義漸漸式微，而那些來自多種文化的喧鬧人群逐漸增加，她老是覺得憤憤難平，通常是因為那些不知禮節為何物的較大男孩，以及那些表現得彷彿擁有整個星球的惡霸男老師

那種類型的人在她多年前開始任教時，看不起人的態度到了令她垂淚的地步

他們從未讓她加入對話，只會盯著她的胸部瞧

她不得不默默坐著，跟著其他年輕女老師一起被物化，教職員室的布告欄上貼著上空模特兒的海報

就像有些女學生受到男老師上下其手的騷擾，老實說，當女學生抱怨**這位**男老師撫摸她胸部，或**那位**男老師拍她屁股，或**另一位**男老師把手探進她的裙子裡，有任何人把這些話認真當一回事嗎？

就她所知，有兩位男老師跟女學生「私通」

而且安然逃脫，他們全都無須負責

男老師們
下班後相約到綠龍去喝杯啤酒
從沒想到開口邀她或其他有**子宮**的老師
男老師們
他們在教職員會議開場以前就自行做好決定，其他人只能面對既成事實，根本無望得知午餐
期間或走廊上或前晚在電話上早早開始的決策對話
她花了多年時間才了解到自己並不遲鈍愚蠢，她費盡工夫才學會怎麼擠進辯論裡，強迫他們
解釋自己**到底**在說些什麼，要他們好好擔起責任
她費盡力氣才學會擊潰任何反對意見，尤其是道德嚴謹的加勒比海聖雪莉那樣的後起之秀
她在自己的日記裡這麼形容
多年前，雪莉才結束教學試用期沒多久，竟然就在教職員會議上恣意批評潘妮洛普——校內
唯一膽敢英勇反抗男人的女性
聖雪莉為什麼不去攻擊那些**永遠**神氣活現的男性沙文豬，而不是曾經將公平薪資法和性別歧
視法請願引進職場的堅強女性，最後兩個法案都成為法律
改善了全體職業婦女的處境
她理應受到女性同事的欣賞與尊重
她花了好久時間才原諒聖雪莉，但當她一原諒雪莉，兩人就成了朋友，工作上的朋友

5

潘妮洛普

每天晚上從學校回家，回到她的黃金獵犬漢柏汀克身邊

牠總是陪在她身邊，總是急著要擁抱，會連續聽她說好幾個鐘頭的話，完全不打岔，在她出門的時候哀聲嗚咽，她一踏進家門就前來迎接，跳起來討抱

漢柏汀克按照她最愛的七〇年代情歌歌手，英格柏．漢柏汀克（Engelbert Humperdinck）來命名，那個渾身曬成古銅色的性感男人依然魅力無邊，在電視上現身，牙齒像拋光珍珠一般閃閃發亮時，她幾乎無法抑制自己

就她看來，比起最近的對手湯姆瓊斯——威爾斯山谷來的那個以推骨盆出名的大嗓門——性感多了

她也跟姊妹淘重新聯絡上，那些大學同窗頗有同情心，刻意忽略當初她在結婚時幾乎不跟她們打交道的事實

吉爾斯只喜歡跟那些無聊的工程師同行和他們的（家管）妻子共處，她告訴姊妹淘，而菲利普的周圍淨是那些假知識分子和他們多愁善感、志在拯救星球的配偶

她承認當時失去了**自我**，將自己納入婚姻裡的**我們**，甚至捨棄了原本的姓氏

潘妮洛普・海力菲克斯成了潘妮洛普・歐斯特比，然後成為潘妮洛普・哈金森，最後又換回原本的姓氏
這個姓氏其實也不算是她的
（她把這份恥辱藏在心裡）
姊妹淘一年結伴到卓特咸泡溫泉兩次，她們將之稱為排毒／大吃大喝的周末
沉溺在姊妹淘的同歡共樂裡，一面按摩、美容、三溫暖，開心暢飲偷偷夾帶進去的葡萄酒
因為她們縱情飲酒的套房，距離接待處那些緊繃拘束的溫泉職員很遠
那些職員徹底反對有人**玩得忘我**

＊

潘妮洛普
當有個姊妹淘的婚姻也瓦解時，她悄悄覺得如釋重負，因為這樣她就不會覺得這麼孤單
她們可以一起上劇場跟戲院，享受外食和藝術展覽，到姊妹淘位於普羅旺斯的**正統**鄉村小屋度假，到阿爾卑斯山和泰國進行溫泉之旅
第二段婚姻結束以後，女兒給她莫大的支持
是她最好的朋友，潘妮洛普常常這麼提醒女兒，不只是在她喝了一兩杯以後，半夜打電話給女兒時

莎拉從未掛她電話，一次也沒有，我都在，媽，請不要做任何傻事，拜託
潘妮洛普的身上並沒有自殺基因，女兒竟有這種想法，令她難過
莎拉交過幾個男友但尚未墜入愛河，也許是因為她見識過母親沉浸愛河的結果
她聊起生養孩子並說，媽，我有孩子的那天，就是我放棄工作的日子，我不想當上班的母親
沒關係，潘妮洛普要她放心，而且是真心的
她只希望自己的女兒能夠自我實現
在她人生的這個點上，女性主義政治可以滾開了
看看她落得什麼下場？

吉爾斯負責支付孩子們的大學生活費，也成了他們最愛的家長
她明明是養大他們的家長，卻不受他們的偏愛，這點令她傷心
亞當修完學位之後跑到德州去當石油工程師，至少好過中東的另一個工作機會
莎拉成了西區一個大經紀公司的演員經紀人，抱怨那些明星都把她當成幫傭
做這行根本沒妳想的那麼光鮮亮麗，媽
隔周星期六就會從白教堂區的合租公寓回家吃午餐（她為什麼要住在髒兮兮的東區，潘妮洛普想不通，依然把那區跟維多利亞時代的貧民窟和開膛手傑克聯想在一起），
莎拉的室友都是些年輕的專業人士，半數是亞洲人
受過良好教育、說話得體

一點也不亞洲

冬天時，潘妮洛普通常會煮莎拉最喜歡的綠花椰防風草湯
配上脆皮小麵包
夏天時，則是莎拉最愛的綠葉、番茄、無花果、可食花卉和羊乳酪拌成的沙拉
配上脆皮小麵包
潘妮洛普更喜歡重口味的食物，像是麵點和馬鈴薯，濃稠的燉菜，豐郁的咖哩，椰棗布丁蛋糕那類超級黏稠、甜滋滋的點心
她喜歡在餐後飽脹著肚皮
吃到胃袋瀕臨撐破的地步
要不然在情感上會覺得空虛

莎拉會毫無忌憚地大說客戶的閒話，潘妮洛普愛極了
這是她距離那些出現在名人雜誌上的人們最近的時候，她閱讀那些雜誌藉以逃脫個人存在的悲慘現實，遁入幻想世界，那些外表亮麗的人們在那裡過著完美無缺的生活
即使她知道這是為容易受騙的大眾帶來美好感覺的仙丹妙藥，依然可以帶來撫慰而不會引發妒意
莎拉說，更成功的演員要是沒受邀去試鏡他們垂涎的角色，就會怪她；如果爭取到了那個角

色，成果卻不如所願，害得事業觸礁，同樣也會怪她
而沒成名的演員會因為不成名而怪她
她旗下的同志演員客戶大多假裝自己不是同志，而已婚的那些演員花招百出，妳不會相信我聽過的事，媽，像是那個有名的已婚演員，他的癖好就是蹲在玻璃桌面上拉屎，而桌子下面躺著一個年輕美女
相信我，演藝界的人比大多數人壞掉得更嚴重，比起來，妳根本是小巫見大巫，我其實也沒那個意思啦，我不是說妳壞掉了，嘿，我們都算是壞掉了，不是嗎？
她說
將麵包深深浸入湯裡，麵包溺了水
無法輕易獲救。

6

幾年過後，前門門鈴響起
潘妮洛普可以看到莎拉和克瑞格的模糊輪廓
聽見他們小小雙胞胎馬堤和莫莉興奮地咯咯笑著

*

她打開門，他們快步走了進來，孩子朝她撲來，漢柏汀克則輪流撲向每個人，莎拉輕吻她的臉頰，克瑞格給她一貫的**澳洲式**擁抱

他從事電影音效製作，在首映的時候認識莎拉，當時他負責音響管控，而她正陪同新簽進來的小明星出席

潘妮洛普做了個脆皮披薩當午餐，上頭高高堆滿煙燻牛肉、番茄、起司（沒有橄欖或甜椒，小傢伙們討厭那些配料）

還有綠葉沙拉，小傢伙們也不肯碰（她也不願）

她很愛莎拉和她家那幫人過來，在他們上門拜訪期間，忘卻平日占滿心思的自憐（坦承吧，小潘）思緒

午餐過後，碳水化合物轉變成糖，孩子們變得更加喧鬧，開始在客廳裡東奔西跑

克瑞格，父親是礦業地質學家，成長期間光著腳跟原住民朋友在昆士蘭跑來跑去，相信孩子們應該無拘無束地長大，顯然包括在她的客廳裡，他們撞倒了一杯咖啡，互相拋擲抱枕，跳到窗檯上想抓著窗簾往下盪，只有在莫莉差點把手指塞進插座孔的時候，克瑞格才吼著要她離開那裡，莫莉！

莎拉含著歉意對母親微笑，但並未斥責他們，害怕會被克瑞格罵是掃興鬼

孫子們在失控的時候就需要賞個幾掌，潘妮洛普很樂意親手執行——按照克瑞格的說法，這

樣是虐兒

反之

她在沙發上手持兩根棒棒糖誘拐他們，等他們上了當，就各把他們緊扣在一邊腋下（並未流露**明顯的**勒斃意圖），然後讀一個故事給他們聽，關於一列會講話的火車

莎拉那幫人住在布里克斯頓的二樓公寓裡，潘妮洛普只有在避無可避的時候才會登門造訪，比方說雙胞胎（很遺憾**每年一回**）的生日派對

白牆上蓋滿孩子們的穴居風格畫作，家具上沾滿他們的油彩、彩色筆跡和食物殘渣，不管是不是反芻的結果，包括壓扁的豆子和融化的巧克力

潘妮洛普試著坐在座位前緣，避免碰觸**任何東西**，免得弄得雙手黏乎乎，或更令人憂心的，濕答答

潘妮洛普用她特有的，具催眠功效的說故事嗓音，哄雙胞胎入睡，他們在她兩邊腋下打著盹，這時莎拉決定告訴她，因為永遠找**不**到適合的時機，媽，他們要舉家遷往雪梨，克瑞格在那裡找到一份杜比音效公司的主管工作

潘妮洛普的回應來得很立即、情緒化、極端且無法控制

不久，潘妮洛普面朝下趴在雙人床上，聽見臥房門開了個縫，傳來莎拉催促雙胞胎的聲音：

去啊，去啊

他們溫暖（且**沉重**）的小身體不久便爬得她滿身，膝蓋鑽著她的背，坐在她的腦袋上，用黏乎乎的小掌抹著她淚濕的臉頰

不要緊的，嬤嬤，不要緊的，不要傷心，嬤嬤

其中一個孩子判定，把覆盆子吹進她耳裡更有趣，另一個則把她寬闊的臀部當成彈跳床

她漸漸明白，無法親眼看著這兩隻猴崽子成長，自己該會多麼想念。

第 4 章

梅根／摩根：接下來幾個月，覺得自己漸漸褪去過往強加在身上的一層層東西……

海　　蒂：幾個二十幾歲和三十幾歲的曾孫也來了，天曉得他們大部分從事什麼行業？

葛 莉 絲：孤兒院裡最好的女孩會在那裡工作……

GIRL,
WOMAN,
OTHER

一 梅根／摩根

1

梅根的母親茱麗對待她的方式，彷彿是十九世紀，而不是她出生的一九九〇年代，真荒唐

當梅根能夠對自己清楚說出她問題重重的童年有哪裡不公平時，帶著後見之明回顧著過去

如果有畢畢進入她的人生，一切都會逐漸好轉，畢畢幫她打開眼界，讓她得以好好分析童年的處境

她母親不假思索地複製基於性別的壓迫模式，有個例子就是梅根兒時偏好穿長褲，她覺得比洋裝更舒適，而且她喜歡長褲的模樣，喜歡有口袋可以把雙手和其他東西塞進去，喜歡自己看起來像大她三歲的哥哥馬克

穿長褲對她那年代出生的女生來說，其實不該成問題，但母親希望她看起來比本有的樣子更可愛

像是小可愛裡最可愛的一個

母親決心將梅根裝扮成社會大體上認同的模樣，「社會」通常指的是就她早年記憶所及，會品評她外貌的其他女性

那是梅根童年早期的關鍵面向，她除了可愛之外——這本身就是目的——其實什麼都不必做也不必說

這讓媽跟著沾光，讓媽可以沐浴在眾人恭維的光輝中，確認自己對一個非裔男人懷抱的愛

他倆生出飽受讚賞的孩子

使得這世界成為更好的地方

梅根應該心存感激，接受自己可愛的狀態，哪個女生不希望別人說她有多可愛、多特別？

只是感覺就是不對，即使在年幼的時候，她內在有什麼意識到，長得漂亮就該百依百順，當她並非如此，當她加以反抗的時候，等於讓所有為了讓她變得可愛而投資心力的人失望

媽就是讓她變可愛的主要投資人

她常讓媽失望，有個星期天，梅根被迫穿上另一件討人厭的粉紅蓬蓬袖洋裝時，歇斯底里地撲倒在地板上

她一直鬧到母親被徹底擊潰

母親明明是個想法開明的人，梅根卻是她的盲點

梅根有點不對勁的地方，某個星期天午飯過後，梅根無意間聽見母親跟阿姨蘇說

她們坐在小小的客廳裡喝茶，那裡的空間只夠容納一張小沙發、兩把扶手椅和一臺電視

她是這樣一個美麗的孩子，可是身上沒一絲女性化的特質

希望她長大以後就會改掉，我真擔心她

什麼時候才會結束？

與此同時

爸跟羅傑叔叔、她兩個男生表親、哥哥馬克在車庫，修補爸依然在開的那輛史前時期的福特跑天下

爸從馬拉威移民過來，吹噓說在那裡什麼都能修：手錶、筆、家具、衣物、檯燈、破陶器，以拼圖風格用超級黏膠湊回原樣，沒錯，還有他女兒

他是她母親的執法者，那天的洋裝抗議行動過後（最後她得勝，得以改穿紅牛仔褲），他命令她上樓去玩芭比娃娃

那些有著竹竿腿和火箭胸的芭比娃娃，是梅根得要忍受的另一個問題

她應該花幾個鐘頭替娃娃打扮，或跟娃娃玩扮家家酒，其中包括她該覺得更有共鳴、膚色較暗的那些

她曾經在一氣之下試圖屠殺芭比，用彩色筆毀容，切掉頭髮，用剪刀挖出眼睛，替其中幾個

截肢

得到的懲罰是不能吃茶點就得上床去睡覺

每逢生日和聖誕節，芭比的進犯尤其嚴重，親友們會談起她了不得的收藏，彷彿在人生中擁有它們是她的選擇

床上、櫃架上、壁爐橫架上、窗櫺上，不管她在房間哪裡，娃娃們都死死地盯著她，令她頭皮發麻，就像在恐怖電影裡那樣，用完美的噘嘴對她無聲說著，對，我們知道妳恨我們，可是我們打算賴著不走

她晚上把娃娃塞進床底下，母親隔天早上又會把娃娃拿出來，重新擺在房間裡

一面不停說著買娃娃花了多少錢

妳到底有什麼毛病，梅根？

媽那邊的曾祖母GG，是唯一接受梅根原貌的人

GG會讓梅根和馬克在她農場附近的鄉間到處遊蕩，他們每年夏天會到那裡度假五個星期

他們會從農舍後面騎馬到湖邊，先是繞著湖畔走，然後奔騰越過田野

直到她十三歲那年月經來潮，媽一如既往，在最後一個星期來到，說她變得太野，日後在人生中會出問題

妳要規定她在妳看得見的範圍裡活動，媽對GG說，我們要趁早斬除她這種男人婆的傾向

梅根當時在廚房門口偷聽（壞習慣），聽到GG叫媽不要蠢了，茱麗，我小時候也是四處亂

跑啊

媽依然威脅不讓梅根每年再來農場度假

梅根透過古老的廚房窗戶看著馬克騎著小馬離開院子，迎向自由自在的一日，背上的行囊裝著一瓶柳橙汁、三明治、水果和手機

他回頭聳了聳肩，完全幫不上忙

那周餘下的時間，GG教梅根怎麼做維多利亞海綿蛋糕、桃子蛋糕、香草奶油蛋糕、柳橙起司蛋糕

噢，嗯，學學怎麼烘焙也沒壞處啊，GG在她母親在場的時候說

母親不在場的時候，GG則說，我們就暫時配合演出一下

梅根，明年夏天妳就能再自由到外面玩了

只要確定馬克不會說出去

他並沒有

媽是護士，土生土長的喬迪人⓬

有點衣索比亞的血統，因為GG的媽是半衣索比亞人，也有點非裔美國人的血統，因為嫁了GG的外公史林姆

她看起來幾乎像白人，家族因為隨著每一代膚色越來越淺而自鳴得意

直到她嫁給爸而一舉摧毀這個趨勢，爸是非洲人，皇家維多利亞醫院的護士同仁，他先愛上

她，直到她回報以愛
他們每回提起這個故事時都這麼說
媽說自己是色盲，當她看著奇蒙戈，看到的不是深暗的膚色，而是透射出來的靈魂光亮
這點讓他遠遠勝過其他對手，梅根，當時我可是有不少人追求呢
梅根納悶，當大多數人滿眼**只看得到**爸的膚色，包括媽自己的許多家人，媽怎麼會看不見
在婚禮上拍照時，那些親友都不肯露出笑容
站在那裡就像一排殯葬人員

梅根的血緣有部分衣索比亞人、部分非裔美國人、部分馬拉威人、部分英國人
像那樣分析下來感覺很怪，因為基本上她只是個完整的人類
大多數人假設她是混血，讓他們這樣想比較簡單
學校的女生很欣賞梅根「自然曬黑的」膚色，她們試著拿零用錢躺在太陽燈浴床上加以仿效
也試著複製她的金色螺旋鬈髮但不成功
按照同學的說法，說真的，她注定平步青雲，男生們也喜歡她
接著她的身體開始出現女性化的曲線，感覺就是不對，她覺得不像自己

---

⑫ Geordie 英國英格蘭東北部泰恩賽德地區民眾的暱稱。

不對的感覺強烈到她討厭在鏡子裡瞥見自己，厭惡不經允許就擅自出現的胸脯
一雙兩棲動物似的隆起用乳突眼睛嘲弄著她

她以為她會越來越適應自己的身體，卻開始覺得嫌惡，十六歲時她削去頭髮看看感覺如何，喜歡用手撫過不必費力照顧的一頭刺毛
她覺得自由，覺得輕盈，覺得像自己
只是帶來了劇烈的影響，弄得大家都跟她反目，同學懇求她把頭髮留回來
妳幹嘛這樣對自己？妳瘋了嗎？
她原本以為是朋友的女生們漸漸疏遠她，覺得跟她一起被人看見很尷尬，GG要她儘管放心，說以正確髮型為基礎的友誼大有問題
覺得受傷但心意已決，梅根捨棄所有循規蹈矩的偽裝
她穿上黑色綁帶男鞋，喜歡它們的舒適度，穿著男鞋走路時，覺得自己充滿力量，喜歡男人不再上下打量她
她覺得徹底解放

*

那個學年尾聲，她那個班舉行年度稱號的投票，她得到兩個：班上最像漢子的女生，班上最

醜的女生——有人用粉筆寫在班級的黑板上，也有人用黑色麥克筆寫在廁所白牆上
感覺全校都在嘲笑她
梅根那天最後一次踏出校門，將兩千個坐在課桌前的學子拋在後頭，大家正努力邁向至少擁有幾項資歷的未來
她原本要去讀大學，馬克已經在大學裡發光發熱
她走進麥當勞工作，是她找的第一份差事
在休息時間大口吞下免費的麥脆雞堡、四盎司起司牛肉堡、比利時巧克力蜂巢冰沙
她往體內猛灌食品添加劑，最後看起來就像個快要爆開的充氣氣球

這就是她現在的生活
麥當愚蠢
麥當壞掉
麥當卡住
麥當永遠。

2

梅根晚上都跟接受她原貌的男男女女在碼頭區那裡鬼混
她跟他們一樣都是局外人，只要送上門來的東西，她一律吸食、注射、抽吸、吞下
古柯鹼、快克、K他命、大麻、迷幻藥、搖頭丸，只要能把她帶往更嗨、更快樂的境界
起初她只是抱著實驗心態，直到最後發現自己渴望著下一劑，凡是能提供給她的男人，她就跟對方上床
抵著潮濕的巷弄牆壁，在碼頭倉庫後方，在走廊上，在樹叢中，在骯髒的床墊上
在經血沾染內褲、檢驗報告陰性時，覺得如釋重負
她也跟對她有好感的女性上床
發現自己更喜歡她們

看到她輟學毀掉自己的人生時，父母跟她索討租金
她每天早上一定起床上班，即使凌晨時分才回到家，嗑藥嗑到茫，腦袋跟著放大的重金屬音樂震顫，腦細胞簡直就像受過嘔吐物的洗禮
父母在廚房裡忙著的時候，她則悄悄溜下樓
準備出門到麥當勞上班

在到那裡來一份麥克臘腸培根加起司貝果當早餐之前
一定狠狠摔上前門
讓整棟房子在餘震中迴盪不已

有天晚上睡不著覺，梅根犯了個錯，就是回到社群媒體偷看以前同學的近況
學業表現優良的那些人正在慶祝入學資格考的結果，並貼出即將就讀的大學資料
其他人則炫耀自己找到的工作，向她們求了婚的男友，準備到來的嬰兒，出外飲酒交際的無數夜晚，跑夜店開趴歡慶喝茫喝嗨，享受她們人生中最歡樂的時光，快樂快樂快樂快樂開心開心開心開心，膚色則用濾鏡調到完美，腰線透過修圖修到苗條，她們貼滿笑臉符號的友誼和關係，雖然她知道其中幾個女生有厭食症、貪食症、遭到霸凌、有憂鬱症、有社交焦慮症
你從她們的貼文看不出來
但這依然是個迎頭棒喝

她決定那天晚上不到河濱地區跟她的**哥們**、她的**閨密**廝混，他們接受她成為自己的一分子，他們為了下一劑而活，身邊帶著癩痢狗，過著小奸小惡的生活，讓那些沿著碼頭區散步，走訪活動場地、餐廳和酒吧的一般人困擾不已

梅根在父母到馬略卡島度假的時候斷然戒除毒癮

馬克到美國夏令營打工去了（想也知道），她留在家裡關掉手機，看著父母的錄影帶轉移自己的注意力，一天淋浴好幾次，沖掉讓她發臭的帶毒汗水，用水將自己徹底洗淨，不由自主地渾身發抖，抓得自己滿身紅腫，彷彿有好幾批螞蟻大軍嚙咬她的肌膚，吞下大量止痛劑，足以減緩頭痛但不至於丟了小命

第九天終於能夠入睡，而且徹夜未醒（真幸福）

九個月來頭一次如此

當她醒來的時候

已然

重生。

3

十八歲生日那天，梅根走進尼爾森街（Nelson Street）的「為你刺青」店，牆上貼滿密密麻麻的刺青照片，刻在所能想像（以及無法想像）的每個身體部位上

生日禮金塞在牛仔褲袋裡，準備交給那個禿頭刺青師傅，雷克斯，他在後腦杓上紋了自己的臉（更年輕、更英俊的版本）

她想要一個能夠反映她人生故事的設計：她要他用火焰呈現她受地獄烈火吞噬的人生

雷克斯說她青春期的劇烈感受不會永遠持續下去，她真的想要一個久留不去的刺青？
她原本想怒聲斥責他少看不起人，但轉念提醒自己，接下來幾個鐘頭會用一根電動針，在她肌膚上刮磨的可是這個男人
她的痛楚會緩緩化為血淋淋的身體藝術
讓這世界看到她對它有多麼不滿
也為了徹底惹怒父母
她如願以償
當她回到家，炫耀著頭一個覆滿胳膊的紅腫刺青時
媽媽原本準備了自製雞肉派、薯片、豆泥、鬆糕、蛋糕和蠟燭要替她慶祝生日
在鬥牛士般戲劇性的那一刻，媽掀起她最好的桌巾，一把將餐點全數扯下桌面
東西灑了廚房一地，餐具砸碎
爸因為她惹母親不高興，威脅將她掃地出門
她大吼回去，說不高興的是**她**，這是**她的**生日，都被**他們**毀了，而在同樣戲劇性的一刻，她沒帶錢也沒帶鑰匙，火冒三丈地衝出家門
最後轉身回來，請爸媽再放她進門
他們毫不遲疑地照做了
大家彼此歉聲連連

結果發現是非長效的美容刺青

母親對刺青遲遲無法釋懷，認為這象徵著女兒正常人生結束的起點

梅根得到的結論是，要是繼續跟父母住在一起，她永遠找不到自己

她把自己的用品裝進黑色垃圾袋，拖著下樓，拒絕父親載她一程的提議，不管她要去哪裡，也無視母親要她留下的懇求：我們可以想出解決辦法的，我們愛妳，我們真的愛妳，梅根，跟我們說說話

太少也太遲⓭，梅根說（她在某個地方聽過這句話）

她搬進了青年旅館，跟其他青少年同住

決心過一個

不再由父母定義的

人生

頭幾個小時，她都在她的新獨立共和國裡眺望窗外，窗子框出了一小方塊的純粹天空

只屬於她

接下來幾個月，她覺得自己漸漸褪去過往強加在身上的一層層東西，盼望最終能夠抵達自己的核心

她忖度，自己是否應該生為男人，因為她根本不覺得自己是女性

也許那就是她問題的根源
她下班回家後，透過隔間牆壁會聽到其他年輕人玩樂的噪音
加劇了她的孤獨感
可是她知道這正是她所需要的
孤寂
才能體會自己的感受
迫使自己對所有的聲音充耳不聞，除了自己的聲音之外
她專注在自己呼吸的舒張收縮上，感覺有如冥想
每回
持續幾瞬或幾分鐘？
暫時找到平靜
足以思考自己的下一步
就是到網路上探索，那裡握有一切問題的答案
在冷冽的清晨時光中，躺在單人床上用羽絨被裹住自己，筆電的強光照亮了被子裡的黑暗
她在聊天室裡找到避風港，那裡有跟她一樣憤怒的年輕局外人，發掘了跨性別的世界，和變

---

⑬ Too little too late，意思是為時已晚而無可補救。

性光譜上的種種人士對話聊天

有時候在網路上說錯話，碰到某個叫畢畢的人，對方回覆說，我要痛打下一個把變性和跨性別搞混的人，我發誓！在這裡大家對無知的容忍度是零，親愛的，跨性別者只有經過醫療過渡程序之後，才是變性，可以嗎？

是

好

梅根顯然得小心謹慎，不然可能會引爆地雷，對她來說，這些其實都說不通，男人身分和女人身分難道不是不可變動的嗎？她問畢畢

又錯了！畢畢回答，性別是社會建構，我們大多數人一出生就是男性或女性，但男性氣概和女性氣質的概念是社會的發明物，全都不是與生俱來的，聽得懂嗎？

不懂，不大懂

嘿，這其實是「女性主義入門課程」，你以前都到哪去了，梅根？跟現實世界脫節了嗎？

嗯，大概吧，以前都住在父母星球上，對了，別攻擊我，我只是好奇

啊，敏感型的人啊，從現在開始我會對你客氣點，說真的，你好歹也先做點功課嘛

梅根發現，現在女性主義正當紅，她怎麼完全錯過了？

她想到母親把女性主義者貶為厭男者，我就不是，只要這個話題一出現，母親就會說，我喜歡男人，我喜歡扛起家務事，我愛妳父親，所以我怎麼會支持女性主義？

爸會點點頭，然後說點這類的話：妳也看過我想動手晾衣服或鋪床的時候，會發生什麼事

梅根跟畢畢說，她原本以為女性主義者等於厭男者，雖說她打出這些字眼的時候，才意識到自己對於這件事，不曾確定過立場

噢，又來了！畢畢憤慨地寫道，女性主義當然跟厭男無關！重點在於女性的解放、平權、不受有限期待的束縛，你必須自己思考，而不是機械式地模仿父權觀點，該長大了，梅根！

我還以為你會對我客氣點

呃，對，好吧，就是忍不住，我保證從現在起跟糖果一樣甜

我只是想做自己，畢畢

哇，野心未免也太低，你難道不想改變世界嗎？

我想先改變自己的世界，畢畢，一次一步就好

讚讚讚讚讚

現在你在捉弄我

沒有，我真心同意你的想法，我們都只是想當自己，確定自己在世界上過得去，嘿，說真的，我是個超級棒的人

這點我自己會判斷

噢，你也沒在客氣的啊，花哈哈

梅根把畢畢的照片看得更仔細，她是亞裔，二十多歲吧，也許？戴著黑色粗方框眼鏡，留著
及肩的濃密黑髮，表情嚴肅
非常
迷人

梅根早就知道自己該長大了，離開家的重點就在於找出自己開始、父母結束的地方
跟我說更多你知道的女性主義和性別的事，我知道這些事情我早該曉得，但我**就是不**曉得，
OK？

了解，我試試看：女人是設計來生小孩，不是來玩娃娃的，為什麼女人不能把腿大大張開坐
著（如果她們穿的是長褲，想也知道），男性化或有男子氣概，又是什麼意思？表示大步走
路？態度堅定？主控情勢？穿「男性」服飾？不化彩妝？不刮腿毛？剃光頭髮（花哈哈），喝
啤酒而不是葡萄酒？偏好足球而不是網路彩妝教學（呵欠），世上有些地方的傳統是男人要化
妝穿裙子，所以在我們這裡這樣做為什麼就會被罵「女人氣」？把女人氣這個字拆解開來，又
是什麼意思？

重點是，梅根，我雖然很反對以上守舊的人說的那些性別屁話，我還是覺得自己是女性，我
一直以來都知道，對我來說女性跟玩娃娃無關，而是比那個深層多了
過去七年以來，我從葛帕爾過渡到畢畢，就是成為女性
雌激素、乳房、陰道

現在你知道了

所以畢畢生為男人，現在是個女人，梅根原本就在納悶這件事但遲遲不敢問，深怕對方會修理她一頓

而梅根是個女人，納悶自己是否應該生為男人，受到了曾經是男人的女人所吸引，而對方現在正在說，反正性別這種東西充滿了誤導人的期待，雖說她自己是已經從男性過渡到女性

這整件事搞得梅根七葷八素

她把筆電蓋上準備就寢，等她再打開電腦時，畢畢也會在

兩人現在深夜跟凌晨都會即時通訊，中間幾乎沒怎麼睡，雙方都承認還不敢用Skype視訊或碰面，免得從社群媒體騙人的煙幕走出來以後，兩人之間的化學反應頓時消失

我們再讓這個幻想持久一點，畢畢寫道，我有過類似的經驗，當我跟那個人面對面的時候，兩人卻無話可說

*

畢畢住赫布登橋（Hebden Bridge）那邊，以前在里茲長大

她在薩塞克斯取得文化研究學位之後，到看護中心擔任管理職，刻意盡可能地遠離父母，他

們真的**不懂**她是個被困在男孩身體裡的女孩

那不在他們的大計畫裡面，梅根，他們原本打算替我找個門當戶對的女孩結婚，讓我們生下家族的下一代

結果他們卻有個愛扮裝的兒子，把他的另一面藏在臥房裡，直到壯起膽子，開始穿洋裝化彩妝到當地商店去

在印度人的社區裡，大家彼此都認識

我被踢出家門，別再聯絡我們，你腦袋有病，你不再是我們的兒子，我們先把話講白了

你**永遠不會**是我們的女兒

畢畢說，看護中心的老人家以人的角度接納她，你是我們的畢畢，我們愛你，他們見證了她過渡到女性的歷程

畢畢覺得自己終於得到了出生時被否決的軀體，那也是個開人眼界的經驗，梅根，一等我完全以女性的樣貌現身，我才意識到好多身為男人時覺得天經地義的事

我想念深夜獨自坐在酒吧裡靜靜喝杯啤酒，不會覺得扭捏不安或被人搭訕

電視劇裡常有年輕女人被變態連續殺人狂宰割，她們的軀幹從中間被剖開，放在平臺上，驗屍官的雙手捧著她們血淋淋的心臟，我看到就受不了

我以前很愛看這樣的節目，現在我覺得它們根本是一種掌控女人的方式，意在要嚇唬她們

——嚇唬**我們**

深夜單獨走路回家的時候，我也必須小心，我想念以前在商店或餐廳時，有人尊稱我先生，我一開口講話，別人對我的態度就減了幾分尊重

是這樣的，梅根，我第一手學到女人怎麼受到歧視，那就是我在過渡之後支持女性主義的原因，一個多元女性主義者，因為重點不只是性別，還有種族、性慾、階級和其他我們大多無意識地生活著的其他交會點

好了，我的事情扯夠多（久到數不清時間）了，希望我聽起來不會太嘮叨，但我就是忍不住

你呢？梅根，這些事情你的立場怎樣？該坦白了，親愛的

梅根答說，她還在以自己的步調摸索，說她近來在網路碰到幾百種性別，嚇了好大一跳，真煩，害事情變得更複雜了

她花了幾個鐘頭搜索、估量、鑑定

像跨性女或跨性男以及非二元跨性別，她可以理解，她碰到過其他國家的非二元跨性別，像是印度的第三性「海吉拉」（Hijras）和美洲原住民的雙靈（Two Spirit），其他就讓人摸不著頭腦：像是quivergender——強度會波動的性別；polygender——認定為多重性別；或是staticgender——像是模糊的電視雜訊，人的性別怎麼可能像synchgenders聲稱的那樣一天改變好幾次？畢畢，等我在跨性別宇宙繞過一圈，走過瘋狂的盡頭之後，我的壓力變得無敵大，我把它叫做跨癲狂宇宙，乾脆把這些人全都鎖起來，然後把鑰匙丟掉，花哈哈！！

畢畢回覆訊息，你竟敢對跨性別自我定義的權利不敬，你覺得奇怪，對他們來說不是，你聽

起來就像個無知的壓迫者，不要進來我們的世界嘲笑我們，滾開！

梅根反嗆回去，你自己才滾開啦

一時激動便按下發送鍵

將近整整四天一片靜寂，梅根擔心自己失去畢畢了，她不想當先聯絡的那個

畢畢先出手

傳來七個簡單的字

我們應該碰個面。

4

某個星期六下午，梅根和畢畢約在新堡站的尼祿咖啡館，進行歷史性的初會，之所以這麼安排，是因為要是任何一方看到對方而心生厭惡，就可以輕鬆離開，與此同時，有幾千個激動難安的足球迷，正穿過柵欄湧回站內，由一身鎮暴裝備的警察護送，隨時準備應付突發狀況

梅根認為畢畢看起來就跟照片裡一樣細緻——發亮的黑髮向後紮起，沒化妝，無瑕的肌膚，小骨架，牛仔褲，穿著蓬鬆的露肩毛衣，腳踩運動鞋

她就像舞者，結實－緊緻，很難看出她原本是男性

畢畢喝著抹茶解釋說，腳踩高跟鞋，身穿緊身裙，臉上抹著濃妝，做出這樣的裝扮，全都跟社會性別有關，而不是生理性別，她穿自己喜歡的衣服，覺得舒服自在，不過其他跨性別女性可能認為，身為女人的重點，就在於遵循女性身分的刻板印象，但是大多數女人根本不甩這種事情好嗎？

她指著在站內走動的女人，看看她們

畢畢根本是以男性角度在訓話，梅根覺得不悅，畢畢是個散發男性自信的女人，畢畢繼續說，打扮得像女人，意思就是穿著你所能想像的各種衣物，包括這樣的寬筒褲，她拉了拉自己的藍色牛仔褲

這種事不必對**我**多費唇舌，梅根在有機會插話的時候說，指著自己的寬筒褲和大號紅白方格襯衫，袖子捲起（刺青可要不少錢），別忘了我是**這方面**的專家

你當然是了，畢畢驚呼，看**我**竟然還對**你**講個不停，你千萬別讓我變成那種跨性別女性，就是自以為對於身為女人，比起一輩子都過女人生活的人懂更多

相信我，梅根回答，我會的，對兩人沒在見面十分鐘內就鬧翻感到如釋重負

兩人的對話持續往前飛馳，毫無停歇

兩人不停點著咖啡，一路暢談不斷，直到因為咖啡而躁動不安，後來轉往酒吧，情緒隨著飲下的拉格啤酒鼓漲

兩人越過桌面互握著手，因為他人多看一眼而覺得有趣——那是一對男女，還是兩個女人？

梅根跟畢畢說，深入思索那些選項之後，對我來說最能理解的是性別自由這個概念，生為女性不是問題，社會期望才是，我現在懂了，真高興我沒走上轉性的路

是性別確認，親愛的，畢畢厲聲說

好啦，別激動，我總可以犯點錯吧，所以對我要有耐心一點，要不然我會覺得你也太自以為是了

畢畢露出恰當的受教表情

實情是，畢畢，我就是無法理解服用睪丸酮的做法，而且我真的不想讓皮膚增厚、嗓門降低、身子變壯，毛髮增多，也不可能考慮陰莖成形手術

不過，我想除掉**這個**就是了，梅根指著自己的平坦胸部，她在襯衫底下束緊胸部

那可以大大改善我的生活，梅根說，隨著對話繼續，她逐漸打開心房，那天更晚的時候，兩人回畢畢在赫布登橋租賃的小小木屋

那裡的十七世紀橫梁下凹，地板下沉

畢畢歡迎梅根留下來

兩人在雙人床上初吻

赫布登橋

是個小小的避風港，那裡的居民和商家強調有機並重視環境

有太極、皮拉提斯、冥想、瑜伽、整全療法的課程

有作家、劇場人、電影人、視覺藝術家、舞者和社會運動家

有老派的嬉皮和新興的不守成規者

還有家族在此居住好幾世代的人，他們習慣了六〇年代開始陸續抵達的波希米亞人

梅根喜愛那裡鋪著鵝卵石的街道，喜歡不用走多遠就能抵達科爾德河谷和哈德堡峭壁，兩人會穿著鮮豔的雨衣和健行靴，在那裡漫遊好幾個鐘頭，身體上和語言上都是

梅根說出心中的疑問——既然活在性別二元的世界，要怎麼實踐性別自由的認同呢？而且有那麼多種定義（合理的**以及**荒唐的，她忍住沒說出口），社會性別這個概念最終會失去任何意義，誰能記得住全部啊？也許那就是重點所在，一個完全性別自由的世界，或者那是個天真的烏托邦夢想？

畢畢回答說，夢想並不天真，對生存來說不可或缺，夢想等同於放大規模的希望，烏托邦就定義來說是個難以企及的理想，對啊，她有生之年應該看不到幾十億人徹底廢除社會性別這個概念

梅根說，這麼說來，要求那些完全不懂她在說什麼的人，對她使用社會性別中立的代名詞，似乎也很不切實際

畢畢說，那是改變大家想法的第一步，不過，沒錯，就像所有激進的運動，會有不少阻力，而梅根必須要有彈性

他們在雨中用力踩過泥濘遍布的草地，之後，霧氣搶在話語前面從他們口中逸出

畢畢的拉布拉多犬，喜樂，領先跑在前頭，因為到了戶外而歡天喜地，他們也是，兩人都熱愛鄉間

很高興能夠遠離人類

兩人從斜坡開始，在滑溜的岩石和苔蘚之間穿梭，將霧氣拋在後頭，進入了無雲的山谷地帶時，陽光再次現身於灰色天際後方，土地在他們背後垂降

他們拉下兜帽，審視泛著綠光的景致

梅根說，也許她應該成為不服從社會性別聖戰的倡導者，四處傳播福音，宣導社會性別是我們文明最大的謊言之一

那是為了讓男男女女各安其位，她對著景色放聲吶喊，彷彿站在講壇上傳講福音

她的聲音從谷壁上反彈回來

聽得到我說的嗎？聽得到我說的嗎？聽得到我說的嗎？

他們討論最好的性別中立替代用語，像是ae、e、ey、per、they，並且輪流試用每個字眼，看看哪些順口哪些拗口，也嘗試了「his」（他的）和「hers」（她的）的替代用語：hirs、aers、eirs、pers、theirs和xyrs

梅根決定嘗試they（他們）和theirs（他們的），對我來說，最要緊的是我知道自己的感受，

世界總有一天或許能趕上腳步，即使是一場安靜的革命，不在我的有生之年發生，如果真的會發生

你說的沒錯，梅根，畢畢回答，同時呢，要是有人搞砸了你偏好的代名詞時，也不要對他們不耐煩，即使大家想記住，還是會反覆弄錯的，他們得重新設定大腦才能適應，那種事做起來並不簡單，需要時間

梅根哈哈大笑，那你還好意思說別人

兩人牽起手來

在前不著村後不著店的地方牽手

他們覺得最安全。

5

摩根（不再是梅根）

到現在已經自我認定是性別自由六年了，大家不使用或不明白**他們**⓮偏好的代名詞時，**他們**

⓮這幾段的「他們」指的是摩根自己，摩根為了避開帶有性別的「他」或「她」而選擇用「他們」。

也學會平靜以待

起初**他們**簡直想用拳頭打爆對方的臉

他們倚在國家劇院外頭的牆上俯瞰泰晤士河，裡頭擠得水泄不通，正在舉行《達荷美最後一位亞馬遜人》的慶功派對，撰寫和執導的正是艾瑪．邦宿

傳奇的女同志黑人劇場導演

他們的頭髮還是處於削光的狀態，每周一次，以剃刀加刮鬍泡沫，順向先刮一次，逆向再刮一次，將光禿的腦袋剃得平滑光亮

就這樣——整「髮」完畢

他們的白襯衫袖子捲得老高，露出從胳膊上竄起的紅色和黃色火焰，黑牛仔褲掛得低低的，褲腳摺起，刻意露出白色踝襪，腳踩雕花皮鞋

摩根因為逃離倫敦小圈子那些大放厥詞的自大狂，感到而如釋重負

有幾個恰好在逃生路線上，**他們**不得不打招呼，但**他們**並沒有停下來閒聊而是快步往前走，雖說摩根原本想趕在當地人離開以前，至少來幾段有意義的對話，這回遠道跑來倫敦卻獨自度過，未免也太荒唐

但實際上發生的情形就是如此，**他們**跟社群媒體上那個自信機智的人設不同，在貼文以前可好整以暇地重擬草稿，寫出長長的大字以前，可以先在谷歌上確認，但實際現身又是另一回事

結果**他們**沒跟任何人說過一句完整的話

摩根逃到外頭，點燃捲菸，裝模作樣地拿著一杯香檳（不是平易近人的啤酒或拉格）

他們望向河流對岸那些浮誇的建築

風格混雜的建物巨大醜惡，彼此衝突，是這個首都常見的景象

摩根在這個城市裡迷失了，大路、小路和無情的車流組成的叢林，幾百萬人走路太快的壓力，紛紛攻擊著**他們**的感官，到了讓**他們**摸不清方向的地步

那些人就像勢不可擋的坦克車隊一樣，會將**他們**一舉剷除，壓垮**他們**蜘蛛般細弱的自我

他們想不通那些城市居民為何抱怨鄉間看起來一個模樣，但明明都市才混亂又令人困惑

摩根在約克郡谷地、峰區或諾森伯郡的野地活動根本不成問題

一望無垠的天際，讓人的視線一片淨空

讓心靈

保持健康

才來這裡幾個鐘頭，**他們**已經開始想念北方，那裡的人更真誠、更友善，不會裝腔作勢

倫敦人認為自己是該死的宇宙中心，無視這個國家的其他地區，針對住在北邊的**鄉下人**，持續說著不好笑的笑話，吃油炸的巧克力棒當早餐，周末喝得醉醺醺，最後在水溝裡尿濕褲子，而且通常是跨世代的、失業的寄生蟲

就像摩根今天下午搭車從新堡南下時遇到的兩個倫敦人

他們拚命拿刻板印象開玩笑自娛，片刻也沒想到坐在他們對面的黑人是個土生土長的喬迪人

*

摩根也極度想念畢畢，今天早上趕搭南下的列車之前才跟她說再見，明天早上也會再見到她

兩人在一起六年，過著節奏同步的生活，現在距離如此遙遠，讓**他們**自覺脆弱易傷

生活風格安靜、平和、和諧

他們與畢畢快快樂樂地共度夜晚，並肩坐在沙發上看書，閱讀是畢畢堅持摩根養成的習慣，以便擴展**他們**的心智、想像和智力，我沒辦法跟不讀書的人在一起

畢畢讀非小說，她心目中最新的英雄是葛羅莉亞·史坦能（Gloria Steinem），摩根則讀驚悚小說

性愛很有趣，他們彼此分享重新創造的身體，給予歡愉並接受歡愉

按照他們覺得行得通的方式

隔周周末他們會去探訪ＧＧ，從星期五晚上到星期日早上，幫忙屋子裡和農場上的雜務，出門散久久的步

ＧＧ搞不懂摩根的性別認同——這點情有可原，畢竟她在這個國家最偏遠地帶之一的同一座

農場上生活了九十三年

GG就她的年齡來說，強健得不可思議，也倔強得不可思議，她說什麼都不肯搬離農場，進入安養院，摩根和畢畢為她擔憂，但已經放棄說服她那是最好的做法

我在這裡出生，我他媽的也要死在這裡，他們上一回試圖說服她時，她說，想勸我換個做法的，全都可以滾開

他們上一回來探訪時，GG說她已經更改遺囑，要把農場留給摩根，前提是只要地產會留在家族裡，如果你想要，可以邀你的非二元朋友過來住、做自己，等你死了，可以傳給最可能照顧這地方的家族成員：我何必傳給我的孩子呢，反正他們只要能夠合法逃離，就會拋棄這個地方，我的屍骨在墳地裡都還沒冷，他們就會放仲介來這裡東張西望

從震驚中平復之後，摩根認為這是自己經歷過最刺激的事情了，只要能從到時無可避免的家族風暴中存活下來，其他人肯定會控訴**他們**為了奪得資產而百般討好GG，甚至可能會提起訴訟要求判決遺囑無效，說GG心智不健全

畢畢很樂意參與，兩人從那時起便開始討論，怎麼替那些重新創造自己的人，重新改造農場

很驚愕GG竟然會提出這麼激進的構想

摩根近來替GG安排了DNA溯源檢測，能夠讓人和做過這項檢測的血親串連起來

GG近來常談起自己的母親葛莉絲，葛莉絲沒見過自己的父親，一個叫渥爾德的衣索比亞水手，這點一直讓她到死前都很困擾

這是媽人生裡的大謎團，GG說，渥爾德如果是個永遠解不開的謎，會讓她覺得傷心

渥爾德一八九五年在南希爾茲暫留，讓她外婆黛西懷了身孕之後便逃之夭夭

等這場糟糕的慶功宴過後不久，摩根就要忙這件事

他們受邀替生活風格雜誌《無賴國》（*Rogue Nation*）撰寫一篇有稿酬的劇評，因為**他們**的推特帳號追蹤人數超過一百萬

顯然把**他們**變成了「網紅」

而不是在網路上浪擲太多時間，沒有明確職業生涯可言的高中輟學生

他們跟畢畢這麼笑談，畢畢沒有異議

@transwarrior（@跨性別戰士）起初是用來標記自己從男人婆進展到非二元性別者的旅程，但這陣子以來，更廣泛地運用在普遍的跨性別議題、社會性別、女性主義、政治上

用這個來進行遊說，將**他們**憤慨的聲音加進抗議裡，還滿有用的

他們因為這個推特帳號得到了各種邀約：演唱會、劇場首演、電影首映、新書發表會、公開展覽前的預展、飯店、前衛時裝秀

摩根根本不知道怎麼分析或脈絡化一齣戲、一本書或一部電影，無所謂，重點在於**他們**的追蹤人數，而不是評論或文章的品質

再不久，就不再需要正式的評論家，就是過去以來一直掌控一切的所謂「專家」，他們大多聚居在倫敦這裡，重點在於評論意見的民主化，報章上說，那就包括像摩根這類的人，這些人

推特發文的讀者超過正式的評論家

一不小心，這點可能會讓**他們**沖昏了頭

畢畢提醒**他們**

畢畢讓**他們**保持明智謙遜，說這種所謂的評論民主化，意思就是降低標準，去偏好只知道怎麼用搶眼金句寫作的人，冒的風險就是會失去紮實的知識、歷史和評論脈絡，我指的不是你，摩根，畢畢要**他們**放心，你是個貨真價實的跨性別戰士，會讓大家著眼於重大的議題

有時摩根覺得畢畢指的就是**他們**沒錯

摩根

拒絕了撰寫傳記的邀約，告訴出版公司，**他們**無法想像自己一次寫超過二百八十個字元，而且**他們**並不想寫傷害家人感受的內容，那正是出版公司想要的切入角度：「我如何戰勝痛苦的童年」的戲碼

說到這個，摩根跟家人的狀況有了改善，這陣子以來跟他們的關係還不錯

媽很寵畢畢，這是當然的，因為她很**女性化**

摩根已經貼出**他們**對這齣戲的頭一則評語

剛剛看了「#達荷美最後一位亞馬遜人」「@國家劇院」。我的天，女戰士在舞臺上超威！純正的非裔亞馬遜黑人。屌爆了！令人心碎&強勁有力！歡呼吧「#艾瑪・邦宿」「#黑人歷

史」很重要。大家快快訂票，不然錯過只能哭哭！！！「@無賴國」

這則貼文得到一萬四千零六個讚，轉推了七千四百四十七次，數字持續飆升中

之後會有更多這方面的貼文：不可錯過！絕妙傑作！去看吧，跨性別女孩、跨性別男孩、變性人和T，所有的酷兒和所有的變裝皇后、多元戰士，還有我所有親愛的非二元跨性別同伴們

「#獻給大家的非裔女性歷史」

摩根

將酒杯拋進泰晤士河，酒杯會在那裡沉入河底，加入其他物品的行列，像羅馬人進犯以前就保存在河床深處的皮製鞋子和高腳杯

倫敦人總會在那些由上過公學校的上流蠢蛋領銜的紀錄片裡，得意洋洋地吹噓

他們對著第三根捲菸吸最後一口，捻熄之後，就要悄悄前往國王十字站的昂貴旅館房間，隔日一早搭頭班車離開倫敦，這時**他們**看到了有個熟面孔正在跟某個黑人男性講話，是電視名人羅蘭什麼的，一身做作的亮藍色西裝

是去年來聽講座的小鬼，她叫什麼名字？

摩根認得她，是去年在諾福克一所大學的國際婦女活動上，當時**他們**頭一次針對跨性別進行演說

她顯眼地坐在講堂的第一排，頂著超級誇張的黑人爆炸頭，長相搶眼，穿著印了金髮芭比圖案的棉衫，底下以黑字寫著「諷刺」這個字眼

很機智，小鬼，摩根暗想，你是我的族類

摩根當初之所以同意做第一場大學演說，是因為對兩人在小木屋同條路上的「醉酒懷舊」酒館當服務生的微薄薪水不無小補，那裡是當地輟學生愛去鬼混的地方，他們不在意酒杯上沾著口紅、陶製餐具有小破口、桌子沒擦、廁所裡尿液橫流，在裡頭不是用走的，而必須涉水而行

老闆艾隆喜歡摩根，因為**他們**是壞脾氣的蠢女人，也因為是身上有刺青、頂著光頭的非二元跨性別者，比大多數人還酷跟前衛

這些都算是恭維，摩根也這麼詮釋

艾隆說，如果他的員工看起來很正常，對人很客氣，或者把這個地方打理得很乾淨，就會失去核心客群，他最快樂的時光，就是從前在周六晚打烊以前，在曼徹斯特的學生活動中心酒吧度過的

從那以後就一直嘗試營造同樣的氛圍

身為跨性別者是很個人的事，摩根這麼開場，在無窗的講堂裡試著讓自己聽起來充滿自信，這是**他們**頭一次踏進大學，更不要說演講了，我對跨性別的詮釋，是包含像我這樣的非二元者，跨性別男、跨性別女、變裝者，其他人可能有不同的詮釋

真嚇人，站在聚光燈下面對一排排毫無笑容的學生，這些學生受過的教育全超過他們來聽講的對象

雅茲，她就叫**這個**名字，她不一樣，咧嘴笑著，早早表示認可

感覺其他人正盯著馬戲團的怪胎看

彷彿**她們**自己在那個流行女孩子氣洋裝的正常世界裡，並非格格不入的年輕人

不過摩根懷疑當中有幾個人在畢業以前，可能會進展到卡其褲搭戰鬥靴，以及跟**他們**匹敵的刺青

我只能代表自己，摩根說，暖場時事先警告觀眾，不要假設所有的跨性別人士都相同，我不是每個人的發言人，也不是跨性別運動的領袖，只能解釋自己進入非二元跨性別者的獨特旅程，說得更精確一點，只能解釋我認為自己在性別自由裡所屬的類別

摩根跟面孔鮮嫩的年輕人做眼神接觸，這些年輕人讓身為二十七歲的**他們**覺得像個老江湖

性別自由指的是，我不把自己看作男性或女性，我也認同自己是泛性戀，那就表示我會受到「男－女－跨性別」光譜上的個體所吸引，雖然我的長期伴侶是個跨性別女性，但短期之內我可不打算換對象，不過，我跟誰上床不干你們的事就是了，如果你們非知道不可，我這個人可搶手嘍，方方面面都兼顧到了，沒錯，我注定會成功，大家！

講堂四處爆出笑聲，鬆口氣，終於破冰，摩根成功娛樂了一整個講堂的人——這還是頭一遭

講師珊蒂坐在前排，長髮染藍，穿著中世紀風格的洋裝，她在推特上認識摩根，正面帶欣賞地燦笑著，初試啼聲的客座講者果然不負她的期望

摩根針對自己的成長經歷，說了將近一個鐘頭

提起**他們**對女性理想型的排斥（同時卻對女性主義一無所知）、精神崩潰（迷失在碼頭區的那幾個月）、離開家（到青年旅館）、找到對的伴侶，沒提到畢畢的名字（別把我捲進去，親愛的，我很老派，我只希望跟你享有私密的關係，不想成為你公共**品牌**的一部分）

摩根發現，跟學生談話還滿有樂趣的，學生如痴如醉的表現來得又快又明顯，尤其提到**他們**決定透過手術移除那雙自己不想要的乳房時

這不是摩根刻意安排的，單純覺得這麼做公平又誠實，心知學生會好奇

他們告訴學生，能夠跟乳房永遠分道揚鑣令人如釋重負，畢竟壓縮衣穿了那麼久的時間，做完手術也沒什麼人注意到，這件事戀人也可以接受，說自己愛上的是摩根，而不是**他們**的身體部位

摩根說等痠疼感退去以後，身體覺得更輕盈，能夠享受舒服趴睡的樂趣

泡澡的時候，永遠不必再看到它們像兩個沉不下去的浮球一樣往上浮起

最終，**他們**打算在那個身體部位刺上熱帶鳥類的圖紋，將胸膛變成一件令人驚嘆的藝術品

他們講完的時候，學生搶著舉手發問，他們稱讚摩根的演說勇敢迷人，兼具教育和娛樂性

摩根覺得花在探索社會性別的那些年，透過書本加上和畢畢討論，都值回票價了，在那之後又接了幾場演講

這個雅茲在講座末尾衝上來，驚呼說這場課（課？）也太令人難忘了，她正考慮成為非二元性別者，很有**社會覺知**吧？她興奮地說，彷彿要去換個時下流行的新髮型

摩根盡可能溫和地戳破這小鬼的盲點

她必須知道，身為跨性別者的重點不在於一時興起，演出某種身分認同，重點在於，不顧社會壓力而成為真正的自我，在跨性別光譜上的人，大部分從童年開始就覺得自己有所不同，**他們**說，試著別讓語氣太嚴厲，聽眾正緩緩步出講堂，有幾個學生在旁邊流連不去聽著，結果都是這個雅茲的朋友，包括看起來像索馬利亞人的女生，戴著閃亮華麗的穆斯林頭巾；一個看起來約莫十二歲、臉頰粉紅的擠奶女工，還有卡戴珊－阿拉伯類型的女生，手提名牌包包，露出乳溝，踩著高跟鞋，又直又亮的黑髮看起來像塑膠假髮（學生不都該又髒又臭的嗎？）

那是你內在的東西，摩根對她說，不是個潮流，雖說其他人可能會把跨性別立場當成政治宣言，如果出發點正當，為了團結，真正為了拒絕社會強加的性別觀念，就沒有關係

不是因為很潮或是有社會覺知

那就是為什麼多年前女人會成為政治上的蕾絲邊，選擇跟女人建立性關係，因為她們受夠了有性別歧視的男人

不是因為她們不再渴望他們

梅根在一個停止運作已久、名為《備用肋骨》（*Spare Rib*）的第二波女性主義雜誌網路檔案庫裡看過這個

*

如果**他們**當時對雅茲太過嚴厲，也看不出有何影響，她一派平靜，堅持跟她那群朋友一起拖著摩根到校園咖啡館去

她們在那裡厚顏地猛問訪客問題，拚命喝著卡布其諾，聊起跨性別議題如此放肆無禮，使得摩根也跟著放鬆起來

這種狀況並不常見（照畢畢的說法）

索馬利亞人瓦麗思開玩笑說，在某些穆斯林社會裡，男人很容易喬裝成女性，反正穿著罩袍出門，誰也看不出來

那個擠奶女工柯特妮說她想要過渡成為男性，因為這麼一來，如果銀行沒拿走她父親的農場，父親就必須把農場留給她而不是她弟弟，這是她之所以知道「長子繼承權」這個字眼的唯一原因

那個卡戴珊型的奈娜說她沒辦法成為男人，因為她太愛穿高跟鞋，話還沒講完，其他人攻擊她說她整個畫錯重點

彷彿**她們**突然都成了專家

在這裡，在國家劇院，雅茲竟然又冒了出來，將摩根從孤立中拯救出來

原來她是艾瑪·邦宿的女兒，就像兩人頭一次見面那樣，雅茲情緒很容易激動，頗有感染力

想不到我竟然會碰到摩根·馬林格大大！這也太酷了吧？**遠道從北邊**過來，**沒錯**，**當然**了，你一定很愛待在倫敦吧，打算搬過來嗎？你超級屬於這裡，大家都會很愛你的，剛剛那齣戲很棒吧？見過我媽了嗎？你說沒有是什麼意思？她可是（**早期**）女同志的女王啊，我很以她為榮，還好今天晚上我不用阻止她跳下亨格福德橋（Hungerford Bridge），因為觀眾對這齣戲的反應超讚的

我有追蹤你的推特喔，注意到了嗎？可能沒有吧，畢竟追蹤人數上百萬，你的貼文我幾乎全都轉推了，不，我不是跟蹤狂，只是表示支持！

你說你正準備要離開，是什麼意思，**絕對不行**，進來跟瓦麗思、柯特妮打個招呼吧，她們看到你會超級高興的，希望氣泡酒還有剩，因為那些老酒鬼都來了，相信我

他們全都不懂得節制。

一　海蒂

1

海蒂
後代子孫叫她ＧＧ
高齡九十三，年歲還在增長中
坐在綠野農舍大廳的宴會桌首，這間農舍於兩百年前建成
她持續擴增的基因庫擠滿了桌邊
還有這些子孫的配偶

兩個孩子各坐她的一側，兩人都七十有餘
艾達．梅（照著史林姆的母親取的）、索尼（照著史林姆被私刑吊死的兄弟取的）
然後還有年紀三十好幾和四十好幾的孫子們

茱麗　護士
蘇　店員
保羅　原本是健美選手，後來轉任健身房經理
瑪里安　祕書
吉米　汽車技工
馬修　自雇水管工
艾倫　條子（大家都閃他閃得遠遠的）

幾個二十幾歲和三十幾歲的曾孫也來了，天曉得他們大部分從事什麼行業
玄孫們坐在另一張桌子，他們的名字，海蒂大多不記得，有幾個大人負責看顧，阻止他們把
食物當飛彈，而不是放進嘴裡的糧食
然後還有新生兒，她剛剛才見過——萊利、佐伊、諾亞
她目前還記得他們的名字
頂多維持幾個小時

大家都埋頭大啖聖誕午餐，餐桌中央的主角是一隻巨大的火雞，因為非比尋常的大小，以及
強健的表現而雀屏中選
她整年餵牠吃超量的飼料，昨天才扭斷牠的脖子，拔了毛，塞進冰庫裡，然後今天一早放進

烤箱

摩根和畢畢幫忙其他的事情：烤馬鈴薯（海蒂自種，從儲存馬鈴薯的坑拿來）、餡料、球芽甘藍、約克夏布丁、黑香腸（兩個都是海蒂自製的）、豆子（海蒂冷凍庫裡的）、肉汁

媽的發霉掛毯占據了這個房間的一面牆

發黑的石板壁爐盤據著另一面牆

沒點火的時候

大到足以讓人站在裡面

壁爐現在燃著火，火焰飢餓地攻擊著空氣

*

有一棵大聖誕樹，是村裡的年輕比利（現年六十多歲）從史林姆以前慣稱為「冷杉森林」那裡砍來的

年輕比利每年都會架設一棵樹：掛上燈串、精靈、絲箔彩帶、彩球、松針，弄得一團亂，尤其她又喜歡光著腳在家裡走路，連冬天都是

那是她永保活動力的祕訣之一，也就是大大張開趾頭，雙腳穩穩扎在地上，猶如大自然裡的其他獸類

足蹄，那就是她所擁有的

足蹄

寶琳娜每星期替她泡腳一次，清理並磨平她的腳趾，用浮石磨搓，以乳液潤澤——後者違反
海蒂的原則，史林姆一九八八年過世以後，她就不再用化學劑毒害自己的身體
寶琳娜說不抹乳液，妳的腳就會乾裂，到時細菌可就樂翻天，海蒂
於是她只好乖乖配合，雖說如果你讓毛細孔呼吸，身體會自己製造油脂
跟家族裡的女人講這件事也沒用，她們老愛以美之名，往自己身上塗抹厚厚的油膏和其他有
毒物質
難怪她們會得癌症

禮物堆在聖誕樹下方，大家為了送禮而送禮，跟信仰完全扯不上邊，聖誕節應該改名為貪婪
節
是大家以耶穌基督為名，行暴飲暴食、放縱無度之實的時刻
她從史林姆過世以後就懶得再張羅禮物，也放棄告訴大家不必麻煩替她準備
他們送她她不想要的東西，像是手套、面紙、藥盒、拖鞋、電毯、水瓶抓把，彷彿她沒辦法
用強健的雙手打開蓋子似的
年輕比利替她把這些東西全拿去慈善商店
她需要的都有了，但跟她真心想要的不同：

史林姆裹在包裹裡放在聖誕樹下
等著跳出來給她驚喜

海蒂靜靜坐看這些貪婪節的活動
反正在大家的喧鬧聲中也聽不見什麼，她不想裝那個討人厭的助聽器，害耳朵不舒服，又會扭曲聲音
他們丟著她自顧自地歡騰著，娛樂自己，開開心心，無視她，彷彿她無關緊要，反正他們大多不把她講的話當一回事
她往後沉靠，看著他們表演，沒人打擾她倒也覺得滿足，於是打起瞌睡來，直到有人戳戳她看她是否還好，等同於檢查她的脈搏
她醒來嚷嚷：欸，怎麼了？欸，怎麼了？他們肯定很失望吧
艾達．梅和索尼等不及要染指他們自以為有權得到的遺產，只是她不會讓他們得逞的——他們休想拿到在她家族已經兩百多年的綠野農場，轉賣給俄羅斯或中國來的那些外國人，改建成頂級飯店或高爾夫球場
他們百般糾纏她，要她進養老院，要她釐清她的「代理權」
她很清楚那就表示將擺布她人生的權利交給他們

＊

就她看來

如果她跌下樓梯，身邊沒人可以叫救護車，那也就算了，反正到她這把年紀，不會歹戲拖棚，只要慘摔一次，她必死無疑

如果他們試圖強迫她離開，她會表現得溫順服從並說，讓我上個廁所，在自己的房子裡拉最後一次屎，這樣總可以吧

一旦進了廁所，她就會用史林姆戰後留下來的手槍，轟掉自己的腦袋

他們會發現她的腦漿濺滿整個廁所牆壁

他們將會難以忘懷

他們大多沒資格繼承，他們根本懶得年年來過聖誕節

即使如此，那些懶鬼還是想做做樣子，抱怨下雪或結冰的時候，沒辦法從村莊上坡來

車子開不上去啊，ＧＧ，他們透過她喀拉作響的電話線說，電話是她一九五二年裝的

這架電話好過那些年輕人一天查個幾百次，把他們搞瘋的手機

她在報紙上讀過

況且，她的老電話還可以運作，又何必換掉，電話放在前門旁邊的落地櫃上，連著一條線，而那條線又通往插座

就她看來

講電話原本就該長話短說，而且要站著說

她要那些輕量級的親戚從村莊步行上來，只是區區兩英里的健行，就她上次所聽說的，地形有些陡峭沒錯但也沒人因此頭暈

那個村莊再也稱不上是村莊了，說鬼城才對，有家小商店和小酒吧，幾年前連合作社也關掉了（想當初七〇年代開張的時候還有人抗議呢）

那裡現在成了「藝術畫廊」，可笑的是，一年只在夏天營業兩星期，她懷疑是為了避稅

可別忘了郵箱這個東西，或者說是「以前大家還用手在紙上寫信寄出用的博物館級物件」

噢，夏天還有農夫市集——說得彷彿還有別種市集似的

其他的商店都成了度假屋，屋主是來自約克和里茲的有錢南方人，律師、醫師和學術類型的人，他們想要「逃離那裡的一切」

每年夏天幾個星期

他們拉高了房價，逼走了年輕人

這一點加上缺乏農場工作，摧毀了鄉間社群，《農民周刊》（*Farmers Weekly*）這麼說

就她看來

五〇年代聯合收割機的興起，就是鄉間社群毀滅的開端

近來，廉價的外國勞工推波助瀾，對農民來說有好處，但對當地人來說則不，當地人發現工作被那些勞工搶走，工作分量雙倍但薪資只要一半

很多人這麼跟她抱怨過

她從未引進外國勞工，因為同樣是在地人，她覺得應該忠於他們

在地人工作勤奮程度只有一半，但領雙倍薪水

難怪綠野農場會一敗塗地，除了那點之外，也敵不過從整個該死世界引進這個國家的外國農作物

全球化？去死吧

附近不少農場都仰賴政府補助，她沒有，當初她掙扎著獨自經營農場時，一無所有，她向歐盟提出申請，官員來這裡探東探西，看到是誰負責掌理，不掩吃驚表情，最後她被打了回票

她當然投了脫歐一票，就她看來，政治很個人，她父親在世時，她投了保守黨，因為他這麼期望

她不想讓他失望

史林姆生前，她投票給工黨，因為他說他相信「大眾」，而她也不想讓他失望

因為對他的忠誠而持續投給工黨

幾年前，她頭一回打定主意投給了綠黨，因為她喜歡他們對環境的立場，討厭工黨的好戰

她在上一次選舉投給了英國獨立黨

史林姆不會喜歡的

但反正他人不在了

她家人不管是靠雙腿或四輪登上山丘，在開始喝酒以前，會有一段短暫的蜜月期

他們穿著宴會服魚貫走進屋裡，炫耀著好久以前就該遮掩的膝蓋，肚子越過皮帶鼓凸出來，年輕人的那些衣服緊到你可以看見他們的心臟怦怦跳

襁褓中的新生兒被塞進她懷裡拍照，父母滿臉焦慮，彷彿她抱著嬰兒的那刻就會倒地斷氣

沿著餐桌過去，氣氛開始活潑起來

她的長孫，索尼的兒子吉米，扛著一桶啤酒現身，他那種大喝特喝的樣子，乾脆用嘴對著龍頭直接喝

其他人帶了好幾箱葡萄酒過來，還有給小孩喝的特大瓶汽水，讓他們變得過度活躍，害他們牙齒爛掉

電視上做過一個實驗：把一顆牙放進一杯氣泡飲料裡

她明明跟他們說過，他們聽進去了嗎？

那就是當代的親子教養

吉米現在站起來（因為嚴重身體傷害坐牢兩次），就要有事端了，他通常是率先惹事的那個，他跟他兩個兒子萊恩和尚恩性情最暴躁

他正為了弟弟保羅虧欠他的一件事，用手指戳著保羅，保羅不願任由吉米謾罵，鬧到最後可能會有人掛彩，割傷、瘀青和裂開的肋骨

海蒂聽不清楚他們的對話，現在么弟艾倫不脫條子本色，站起來想用他一貫的跋扈態度弭平

事端，準備動手將兩個哥哥架開

如果他不小心，他們反而會聯手對付他，以前就有先例

沒人喜歡艾倫

連他第二任妻子雪若

也不喜歡

去年離他而去

他畢業之後加入警方，因為個性溫和，成長期間飽受哥哥們的霸凌

一有法律替他撐腰，整個人立刻改頭換面

他曾經問她，農場上的現金收入有沒有報稅

她不確定這是友善的詢問或是威脅

面對艾倫時，你往往不知道該怎麼反應

之後她對他的感覺再也不同於以往

另一方面來說，吉米天生是個萬人迷，索尼任他為所欲為，現在則對他深感絕望，史林姆以前老要他好好管教自己的兒子，他從來都不聽，現在為時已晚

吉米被拒絕時就會鬧脾氣，等長大了就暴跳如雷，到了青春期就跟人拳腳相向，從那之後就像搭雲霄飛車那樣，一路衝進了暴力世界

那就是他的首任妻子凱倫在孩子還小時，就帶著他們離開的原因

在孩子成人以前，他得上法庭爭取監督探訪

這是她這些親族裡婚姻觸礁常見的戲碼

吉米和保羅似乎和好了，要到後院抽個菸，艾倫的視線跟著他們走，永遠是個局外人，對吧，艾倫？

她透過窗戶可以看到他們，走到麥草穀倉的遮篷下，加入其他人的行列，在那裡凍個半死

只要可以定時吸進最終會殺死他們的尼古丁，這樣的出遊對他們來說也就值得了

她在報紙上讀過，這些年頭抽菸的人口減少了

至於她的親族就難說了

她的孫子看起來都更像白人而非黑人，因為索尼和艾達．梅都跟白人結婚

他們沒人以黑人自居，她懷疑他們平日會冒充成白人，如果史林姆還在的話，這點會讓他覺得傷心

她不在意，只要對他們來說行得通，如果他們可以順利過關，那麼祝他們幸運，何必被膚色的重擔所牽制呢？

她唯一反對的事情就是，他們在奇蒙戈現身時表現出來的反彈，他跟茱麗是同一家醫院的護理同事，來自馬拉威

他們的行為讓海蒂作嘔，他們應當更開化的
但隨著每個世代過去，這個家族變得越來越白
他們不想要倒退

奇蒙戈是個正直勤奮的男人，就像史林姆，他很有耐性，個性討喜，不久就贏得大家的心
他並未放棄他們（他早該如此的）
她歡迎他來到農場，為她親族的表現向他致歉
鼓勵茱麗買黑人繪本給孩子看的，就是奇蒙戈
奇蒙戈說他們必須看到書裡有長得像他們的孩子
茱麗跟海蒂說起這點的時候，海蒂難過極了
一九四〇年代有這樣的書給她孩子讀嗎？
她是不是個壞母親？

摩根和她的**伴侶**（這年頭大家都用這個字眼）畢畢一直待到了新年，她最喜歡他們的陪伴，因為他們真心喜歡她，既會幫忙雜務，也很愛待在綠野
摩根珍惜在農場的時間——從還是個心事重重的小小孩就這樣了，母親茱麗不喜歡她，因為她不是母親所期望的那種芭比娃娃型的人
摩根會性倒錯也沒什麼好訝異的，對海蒂來說不成問題

以前有家雜貨店就是兩個女人一起經營的
荷梅妮（妻子，裝扮呼應這個角色）以及
露絲（丈夫，裝扮呼應這個角色）
媽說村裡的人接受她們為一對，雖說無人主動提起，她們是頭一個跟她媽當朋友的人，當時
她媽剛以喬瑟夫妻子的身分抵達
媽說她們會來農場探望她，妳需不需要幫忙啊，葛莉絲
等海蒂夠大的時候，她和媽常會受邀去喝茶，會從農場帶上一籃蘋果、梨子和櫻桃
媽說有人告訴過她，荷梅妮來自貴族世家，露絲是莊園園丁的女兒，兩人一成年就私奔了
戰後不久，兩人在一年內相繼過世
從那時起，海蒂都會到她們的墳前獻花

所以如果摩根也是那樣，海蒂永遠不會有異議，但前陣子，摩根走到了極端，跟畢畢、GG
照常一起散步橫越田野時，宣布說，我的認同再也不是男也不是女
摩根振振有詞解釋，簡直就像在講中文
海蒂劈頭問她，妳去看過醫生沒？因為妳講起話來像個神經病，親愛的
摩根沒再吭聲，一行人默默走回屋裡，最後和畢畢提早一天離開

＊

對於生為男性的畢畢，海蒂也沒有異議，因為打從認識畢畢以來，畢畢就一直是女兒身，這點還說得通

但是妳說自己兩種都不是，這也太牽強，未免荒唐

摩根下次現身的時候，是在兩個月而非兩周後（即使就摩根來說，這場悶氣也算持續很久），海蒂要她坐下並說，欸，我是一九二〇年代出生的人，妳要我聽懂妳在講的那些事，對我的要求未免也太高了

當妳想當的人就好，我們兩個約好別再多談

有趣的是，打從摩根成為性別非二元什麼什麼的以來，除了把名字從梅根改成摩根——這倒無所謂，什麼也沒改變，海蒂可以接受

至少她沒叫自己**雷吉納**或**威廉**

但海蒂絕對不會順應她的要求，用**他們**而不是**她**來叫她

摩根看起來一樣（像個男生），舉止相同（男孩子氣），就方方面面來說都沒變（梅根）。

2

海蒂將注意力轉往艾達・梅

坐在桌邊，身子全變了形，在工廠擔任領班，負責用刀子割出皮鞋形狀

前後長達四十年，這算哪門子工作？只是害她駝背、患風濕病，就這樣
她依然會把頭髮拉直染色，目前髮根那裡是不得體的灰色，頭髮從臉龐往後撥開，整張臉皮
都鬆弛了，除了嘴巴，盛裝著她所有的悲慘，有如皮包口四周扯緊的拉繩
她正在跟坐對面的索尼聊天，索尼得了肺氣腫，像史林姆以前會彈奏的搓衣板⓯那樣喀啦喀
啦，頻頻發出噪音，在貝林登的礦坑工作直到關閉，然後轉任酒保，在禁菸令推行以前幾個月
退休，太遲了，他吸進的尼古丁比氧氣還多

從午餐時間到打烊
整整二十多年
海蒂可能會先走
但也可能活得比他久

她的家人都住在不健康的大氣裡，那些大氣盤旋在他們堅持要住的、設有中央暖氣空調的家
那種地方簡直就是壞病菌的溫床
大廳平日強風掃竄，現在眾人的體溫加上燒得劈啪響的壁爐烈火，對她來說太熱了
農舍的窗框有那麼多裂縫，通常屋外比屋裡溫暖，可以讓一個人活得長壽，對氣候有抵抗

⓯ 噪音爵士樂（skiffle）會用的自製樂器。

力，她對那些抱怨連連的人說，冷沒什麼不好，她住在這個國家接近邊界的偏遠地帶，這輩子
一直覺得冷颼颼的
不知有多少次，暴風雪來襲過後，她下樓便發現大廳窗戶底下積了好幾堆雪
要是還沒融化，再鏟出去就是了
（最好不要鋪地毯）
注意了，她不反對用原木點個溫和的火，按照神的旨意加熱，家族裡的懶骨頭們來訪時
她要他們到柴房裡劈幾個鐘頭的木材
他們就會大發牢騷

*

這些年來，當海蒂看著自己的孩子，就會看到一對身心俱受創的廢人，他們否決農場生活，
要是當初留下來，就能保有身心健康
她滿心只為他們著想，但孩子們就是不聽父母的話，對吧？
她承認他們成長期間吃了不少苦頭，明白他們為何想要離開，但艾達．梅最後跑去工廠工作
了好久，一面痛恨那份工作；索尼則到礦坑上工；他們早該回來過戶外生活的，照著神的旨意
運用自己的身體，在土地上勞動，將精力投注在兩人都沒資格得到的遺產上

艾達．梅和索尼小時候參加冬季市集的時候，曾經被人推倒在泥巴裡前一刻他們還站在她背後，迫不及待等地她買好棉花糖，下一刻就倒在地上，渾身泥巴、滿臉是淚

肇事者已經消失在人群中

要是這件事發生在農場上，她肯定會拿起斧頭猛追那個混帳，卯盡力氣砍掉他的腦袋，這女人可是從父親在她十歲生日送斧頭當禮物以來，就開始劈柴

她會把他丟進飼料槽裡餵豬，毀屍滅跡，肉豬啃起骨頭來就像吃奶油一般輕鬆

她同時也會把紅蘿蔔和包心菜丟進去（肉加兩道青菜）

任何稱職的連續殺人犯都知道，只要把受害者餵給飢腸轆轆的母豬即可

沒必要半夜忙著在林子裡挖墳，也不用在裝滿強酸的鐵桶裡溶掉屍體，就像美國的犯罪紀錄片那樣，能夠住在離那些事端如此遙遠的地方，她覺得感激莫名

孩子們帶著「哭哭故事」——史林姆這麼稱呼——回家時，史林姆沒那麼有同情心，像是有個孩子掐了艾達．梅的手臂，看她會不會瘀血，或是用圓規刮她，看她會不會流血，如果會，流出來又是什麼顏色？

或是男生會問索尼，他的膚色刷得掉嗎？甚至把他壓倒在地，用硬毛刷自己動手嘗試

超脫吧，史林姆說，在更多農事召喚以前，一天當中撥一個鐘頭，全家圍坐桌邊享用午茶，喝冰牛奶配果醬三明治

待辦清單上的首要項目是擠奶

那只是調侃，史林姆告訴他們，碰到這種事別來對我哭訴——要是有人攻擊你，就回擊，然後繼續往前走

你們又不是住我老家那種種族隔離的社會，你們在那裡什麼權利也沒有

而且你們也沒有叫索尼的十五歲弟弟，他先被泡進煤油裡，然後被吊在樸樹上點火活活燒死，眼前有幾千個人在歡呼

叫索尼的男孩被暴民謀殺，拍成照片之後，以明信片的形式寄往全國各地，那些人因為親眼目睹他被私刑處死而洋洋得意

你們不會發現，有個女人大喊強暴，然後九個月之後產下膚色特白的孩子，她爸甚至親自上門到你爸家道歉

你們沒有過那樣的經歷，是吧？

所以黑鬼們，**拜託**，咬牙撐著點

海蒂請**他**說那些故事的時候稍微淡化一下，要不然會嚇到孩子，讓他們自我厭惡，他說他們需要強悍起來，她是住在偏遠地方的淺膚色黑人，這些事情她又懂什麼？

就你說的，我是淺膚色黑人，既然你喜歡我的樣子，就別拿這種事來對付我，史林姆

他說黑鬼有理由憤怒，四百年間在美洲為奴，犧牲受害、飽受踐踏

那是個等著爆炸的火藥庫

她回答說，他們距離美洲有百萬英里遠，這裡不一樣，史林姆，雖然不完美但更好

他說他小弟索尼是這些孩子的叔叔，他們必須曉得他的經歷，知道一個任他被謀殺的國家的歷史，面對種族議題是妳的職責，海蒂，因為我們的孩子膚色比妳深，不可能過得那麼輕鬆
他們持續這麼對話，直到她能夠從他的角度看事情
他們都會追蹤民權抗議活動的新聞，史林姆說，黑鬼需要麥爾坎．X（Malcolm X）以及馬丁路德．金（Martin Luther King）
當他們在前後三年間慘遭謀殺
他消失在山丘間幾天

海蒂看出她孩子都不喜歡身為有色人種，而她不知道該拿這點怎麼辦
艾達．梅在圖畫裡把自己畫成白人小孩，從十二歲起，索尼從來就不想在村莊外面被人看見跟父親同行，青春期的時候討厭跟父親一起上畜牧市集，求海蒂不要帶父親出席學校活動
有一天，史林姆正要領著羊群去牧草地，有個男同學的父親順道送索尼回家，她無意間聽到索尼跟男同學說，史林姆是家裡雇來的臨時工
而史林姆可是願意為自己的孩子獻出生命

3

艾達．梅和索尼十六和十七歲的時候，突然在某天早餐宣布他們要離家出走
我們今天就要走，你們攔不住我們，索尼說，像個成年男人那樣雙腿大張，肩膀往後挺起，
看父母敢不敢挑戰他
我們不打算在這個偏僻地方多待一天
下半輩子都忙著
捲麥草、犁田、擠奶、清理動物糞便

那一天，海蒂歷歷在目
艾達．梅穿著嶄新的橘色高領迷你洋裝，是透過Biba時尚目錄買來的，踩著一路長至膝蓋的
漆皮白靴，頭髮雕塑成蜂巢，戴著假睫毛，眼周畫了黑眼線，讓雙眼看起來大如銅鈴
她當時很美，而她當然不這麼認為
直到現在，他們一起翻看家族老照片的時候，艾達．梅往往語帶傷感地驚呼，看看我，媽，
我那時候還滿漂亮的，不是嗎？

那些年，索尼骨瘦如柴，青少年成為男人以前都是那個模樣，雙腿瘦長且不協調，他太快就

長到了跟父親一般高
他穿著紫色絲絨喇叭褲裝，頭髮幾乎削到了頭皮，她猜是為了藏住小捲髮
頭髮荒唐地側分著
兩人的打扮都不適合長途乘車到倫敦

他們騎著索尼的十七歲生日禮物離開——當初他求他們買的本田摩托車
說他需要這輛摩托車才能來去更自由
是他們賣掉兩支喇叭換來的

艾達・梅坐在後座，索尼發動摩托車，呼嘯著騎出後院，下了山丘，穿過村莊，奔向在倫敦等待他們的光鮮街道
艾達・梅想當流行明星的祕書，索尼計畫成為富商
他們轟隆隆吵雜地離開了雙親的生活，留下一蓬煙霧和臭氣
留她和史林姆在八百英畝的農地上孤立無援

要花時間才能習慣聽不到艾達・梅在大廳播放達斯汀・史普林菲德（Dusty Springfield）、佩圖拉・克拉克（Petula Clark）、綺拉・布萊克（Cilla Black）的唱片，她會用摩登的舞步隨著音樂起舞

要是他們當中一個誤闖進去，她就會吼著叫他們別煩她
索尼假裝在裡面彈吉他，一面聽著滾石樂團
他們以前都會從窗戶偷看，自娛一下

坐下來吃兩人份而不是四人份的餐點，洗一套而不是三套床單，不必像孩子還在家裡晃來晃去時那樣，偵測青少年多變的情緒溫度，讓海蒂和史林姆覺得奇怪
他們不曾停止為遠在首都的孩子操心
孩子在那裡什麼都可能會碰上

倫敦生活沒持續多久，他們連三個月都撐不滿（輕量級！）
索尼在卡納比街（Carnaby Street）的精品店工作，薪水不足以生活，艾達．梅則在麗晶宮飯店的廚房洗碗
他們哪裡都住不起，只能到叫諾丁罕丘的貧民區找個破屋，跟其他有色人種移民住在一起
那些移民語帶嘲諷，指控他們模樣像白人
海蒂想說，她還以為他們會把這個說法當成恭維，並且思考自己的孩子怎麼會從蘇格蘭邊界到倫敦之後，發現下頭是個陌生國度
她很高興他們最後在新堡安頓下來，距離農場只有七十英里
而不是超過三百英里

艾達・梅嫁給湯米，頭一個開口求婚的男人，感激有人願意娶她

六〇年代在新堡，她沒有多少追求者等著把黑人女友介紹給父母

湯米長得偏醜，臉龐像是裝飾花園的矮人偶，她和史林姆說笑，腦袋也不怎麼靈光

海蒂懷疑這小子也沒多少對象可以挑

打從年少開始就當煤礦工，礦坑關閉以後改當焊工學徒

結果證明他是個好丈夫，他真心愛著她，儘管艾達・梅的膚色這樣

當初上門求親的時候，他就這麼跟海蒂和史林姆說過

還好當時

史林姆沒臭罵他一頓

索尼的經驗則有點不同，按照艾達・梅當時回報給父母的說法，想跟他交往的女人大排長龍

她們認為跟他交往，僅次於跟美國歌手約翰・馬蒂斯（Johnny Mathis）約會

最後他娶了女酒保珍奈特，但她父母反對這樁婚事

要她二擇一。

4

海蒂頭一次見到史林姆·傑克森的時候，聯想到馬賽族戰士，她童年時在爸每個月從美國訂來的《國家地理雜誌》(*National Geographic*)裡看過

他們星期天上過教堂後，下午會一起看雜誌裡的照片，探索那些圖片和故事，講的是農場、村莊和周遭城鎮以外的人事物

爸從軍時走遍歐洲各地，去過埃及、加里波利，發展出對異國事物的愛好

海蒂一九四五年在新堡一場午後舞會上認識史林姆，那場舞會為了動員解除的美國黑人軍團所舉辦，他們即將被送回家鄉

那是她來大城市參加的頭一場舞會，父母坐在外頭的農場卡車上，祈禱她會認識什麼人

她到目前為止都沒那個好運

出席的英籍有色女性人數之多，令海蒂驚愕不已，她們老遠從卡地夫、布里斯托、格拉斯哥、利物浦、倫敦過來

有各式組合的混血，大多有白人母親，她們在化妝室聊起天來的時候透露的

海蒂在這些女孩之間立刻自在起來，她們就像她的各種版本，她不曾覺得這麼受到歡迎

她們很詫異她竟然在農場工作，替她覺得遺憾，她們一面照著鏡子補搽口紅，往臉上撲粉，各個擺出選美皇后的架式，而她一身樸素，沒化妝，這樣真的不行，有個女孩說，動手替她自覺不起眼的五官增添色彩

女人們對著她柔聲驚呼說，這樣就漂亮起來啦，海蒂

她照鏡子看著自己的臉頰和嘴唇上的紅，表示同感

其他女生穿著迷人的塔夫綢洋裝，炫耀著柳腰，戴著白色長手套，腳踩細跟高跟鞋

媽照著《婦女周刊》（*Woman's Weekly*）的版型做的寒酸洋裝，令海蒂覺得難堪

在宴會廳裡，樂團演奏著搖擺樂，舞池裡女孩身上的洋裝跟蝴蝶一樣斑斕多姿，配上時髦的綠色軍服，捲成了圈圈漩渦，大家成雙成對，沒有女生被冷落當壁花，海蒂在自家農場的穀倉舞會總是落得這樣的命運

只有她父親會陪她轉個圈

*

女生們都同意，大多英國男人都不想跟她們扯上關係，頂多只想上床玩玩，而非洲裔或西印度裔男人相當稀缺

在這場舞會上，她們各個都是舞會之花，大兵們表明了這一點，為了如此高水準、淺膚色的

女士們神魂顛倒
女人們聽到這些恭維呵呵笑，她們向來被當成低下中的低下
有些人說，在這些大兵啟程回美利堅合眾國以前，這是她們最後的機會
有些人夢想以妻子的身分被帶回去

海蒂跟愛爾蘭混奈及利亞的三姊妹坐同桌，安妮、貝蒂娜、茱麗安娜，全都受訓當護士，她們比她見過的任何人都有活力，看到她們肆無忌憚地跟大兵們調情，她發現自己忍不住咯咯笑
她邀請她們來農場找她玩
她們對這個想法嗤之以鼻，農場？噢，海蒂，妳實在很好笑耶，我們要往前進，而不是倒退走，妳是個好女孩
我們一拿到資格就要去倫敦，到時會寫信給妳，妳可以過來找我們玩
到今天她都在納悶她們後來怎麼樣了

史林姆過來邀她一起跳狐步舞
她受寵若驚，起初很羞澀，閃避他的目光，他公開讚賞她鮮奶油般的膚色，姑娘，在我老家喬治亞州，單是妳紅暈的臉頰就能替妳掙得高分
他又高又瘦，皮膚閃亮光滑
他是頭一個讓她覺得自己像淑女的男人，而不是指甲底下進土、成天幹勞力活的

＊

他們不到一年就結婚了，爸媽都同意，很高興她找了個伴，等兩老走了以後可以照顧她

史林姆喜歡她父母，他們也喜歡他的原貌

爸說他是自己從未有過的兒子，曾經把海蒂拉到一邊說，史林姆沒對她頤指氣使，這點讓他鬆了口氣

那種事想都別想，她回答

就史林姆來說，他不喜歡英國的天氣但喜歡這裡的人，覺得自己在這裡更受尊重，不曾被貶稱為「小子」，騎腳踏車來來去去的時候，也不必擔心會有人戴上白兜帽，私刑處死他

那就是為什麼我永遠不打算回老家，海蒂

史林姆來自佃農的背景，他家族長年耕種但不曾擁有過土地

他父親必須把辛苦收成的一半甘蔗交給地主，永遠還不完積欠商人的債務，商人販售種子、衣服和工具給他們，只要農作物歉收，就會有被驅離的風險

史林姆說，奴隸制度廢止以後，他的親族很多人都離開了那片土地，因為那裡會讓他們想起曾受到奴役

政府原本承諾給他們四十英畝土地和一頭騾子

當事與願違的時候，也只能忍氣吞聲，一家人不得不繼續仰人鼻息
現在他娶了海蒂，他耕作的土地終有一天會是他的
也是她的，她提醒他

大多數人對史林姆都有好感，他自信又健談，會跟陌生人說話，即使是不友善的那些，他會化解對方的敵意，尤其在他們聽到他的口音時，他們稱讚他的謙恭有禮，他會說是，女士、不，先生，他們喜歡他替女人開門、對男人抬帽致意，讓他們覺得受到尊重
尤其他會在教堂、豐收祭、聖誕報佳音、生日派對、穀倉舞會上，一面撥奏吉他或搓衣板，以動人的男中音放聲高唱

他和她一度發現，單是他放進再拔出對她來說並不足夠，後來兩人找到更多方法，大半時候都頗為享受床笫之事
在他心智能力衰退之後才逐漸減少房事
兩人在一起超過四十年，從那之後的三十年，她不曾以肉慾的方式被人碰觸過
她依然可以感覺到他健壯的農人雙手，捧著她光裸的臀部，抱怨上頭的肉不夠多
雖說他欣賞她的體能
史林姆吹噓說，她駕馭犁具的能力比得上任何男人
妳好猛，海蒂，好猛！

5

史林姆過世以後，海蒂開始散步
她買了不同於工作靴的健行靴，替自己刻了根走路杖，杖頭那裡雕了黑色力量拳頭——為了向他致敬
冬天穿保暖外套，夏天穿棉衫，背包裡隨身攜帶雨具，和一瓶史林姆以前習慣喝的甜茶
她踩過自己的土地以及更遠的地方
有時在盛夏的夜裡，她會到自己的一片田那裡，躺在毯子上，仰望夜空中的星辰，想像史林姆正俯視著她
守護著她
等待著她

她讓農場持續生產了好長一段時間，一直到自己八十多歲，薪資帳冊上一度多達三十個農工
只有在過去十年，農場才逐漸被大自然收回，大自然是個侵略性很強的野獸，如果你任由它到處撒野、橫衝直撞，它就會吞噬掉一切
她的土地成了腐爛穀物、青草、雜草、糾纏灌木、狐狸、麞鹿、蛇組成的叢林
野地——曾經因應市場而種植小麥、大麥、燕麥、冬亞麻

野地——那裡曾經是海福牛、愛爾夏牛、耕地與拉車用的役馬、她的切維奧特羊、她童年的冰島小馬史墨基遊走的地方

她和史墨基以前會沿著小路快跑，繞著湖走，慢慢穿過樹林，在眼前開展的低矮山丘上全速奔馳

如果從史墨基身上摔下來，就自己再爬回去，沒戴頭盔也沒穿鞋

如果她沒回去，爸會帶著狗，騎馬來找她

海蒂記得當時還把自己的身體視為理所當然，當時身體會自動配合腦袋下達的指令

她記得自己每天早晚可以擠完三十頭牛的奶，慢慢把溫暖的牛奶擠進桶子，然後將擠奶室的牛糞清理出去，將器皿清洗消毒乾淨，再幫酪農工把牛奶抬上馬拉的貨車

絲毫不覺得累

現在，連最簡單的事情，像是穿上連身工作服、離開椅子、攀爬樓梯，身體都跟她爭吵不休

海蒂記得她和史林姆還跟媽、爸住在一起的時候，當時艾達・梅和索尼還很小

兩男兩女合力經營農場，攜手養大孩子，是相當理想的組合

她和媽更像朋友而不是母女，因為就她自小記憶所及，兩人向來什麼都一起做，父親說她可以任意擺布媽，而他一句話也插不進來，這倒是真的

媽總是說她想念母親黛西，年紀輕輕就過世，沒有一天不希望認識自己的父親，那個阿比西

尼亞人

他是誰，海蒂？他到底是誰？

索尼和艾達．梅還沒上學以前，媽就病倒了
她很難過自己無法看著孫子長大，而他們年紀太小，記不得她
父親勉強繼續生活，媽過世以後一切不復以往，他說他想跟她會合
不久之後他也走了，死於心臟衰竭，她和史林姆都認為是心碎的關係
他對她說的最後一件事就是，妳屬於這裡，海莉葉特．傑克森，本姓萊登戴厄
妳是我的女兒，家族的未來就交到妳手上了
這裡不只是我們的家，海蒂，也是妳先祖們的家，他們為了我們拚死拚活，讓這個地方延續下來
等時候到了，妳一定要傳給索尼，讓這裡永續下去

那是七十年左右以前的事了
到現在，她住這個地方已經九十三年了，這座農場不只是她的家，也是她的血脈
和她的靈魂
從她祖先萊涅俄斯．萊登戴厄船長，在一八〇六年放下第一塊基石以來，皇室家族前後有八個君主登基就位

他原本是這一帶勞工的兒子，賺足了一大筆錢之後，得以實現他長達一生擁有土地的夢想
職涯初期在船上擔任服務員
萊涅俄斯．萊登戴厄船長
帶著一位年輕妻子歐多蕾回到這一帶，歐多蕾來自牙買加的皇家港，是他生意上有往來的商家之女
按照家族傳說，謠傳她有西班牙血統，當史林姆在書房看到歐多蕾的肖像時，說她是我們的一員，海蒂
海蒂說那是他的幻想，他堅持說他看過我們這類人的完整光譜，我告訴妳，海蒂，她就是我們這種人沒錯
海蒂透過他的眼光去看她時，心中浮現了不同的歐多蕾，她膚色上有點什麼，臉龐和五官的形狀，髮絲的濃密度
也許他說得沒錯

*

喬瑟夫過世以後，史林姆找不到鑰匙，直接撬開書房裡的老木箱，說身為一家之主，他必須知道裡頭有什麼

他找到老帳冊，上頭記錄著船長身為奴隸販子，經營利潤豐厚的生意，用非洲來的奴隸交換西印度的糖

她當時忙著煮飯，他瘋了似地衝進廚房，為了她絕口不提這個邪惡的家族祕密而指責她

她原本不知情，她告訴他，她跟他一樣難受，她有生以來，那個箱子一直是鎖上的，父親告訴她裡頭有重要文件，所以她從沒靠近過

她讓史林姆平靜下來，兩人將事情好好談過

不是我也不是我爸的個人責任，史林姆，她說，試著撫慰她丈夫，現在這些戰掠品是你我共有的

她用長長的胳膊從背後攬住他的腰

這件事繞了一圈回到原點，不是嗎？

6

海蒂確實知道一些祕密，她從未跟人提起她失去的孩子，就是她十四歲時生下來的那個

當她的小小胸脯變大變軟，肚子鼓脹起來，早上還會害喜時

媽注意到了，明白怎麼回事

父親是鮑比，村裡學校最受歡迎的男生，身材高挑，一頭白髮，是屠夫的兒子
男生一般都不理會海蒂，所以當這個男生注意到她，她斷不可能拒絕他的攻勢
兩人放學後在教堂的長椅間亂搞
那個年頭，教堂大門一律開放，不怕有人會摸走銀器
她是他宇宙的中心，前後大約三十分鐘
她不記得發生過
但一定發生了

事後
他繼續把她當空氣
就跟之前一樣

父親暴跳如雷，幾乎無法跟她講話，她不肯跟他說害她懷孕的男孩叫什麼，這點讓他更生氣
媽似乎沒那麼介意，在起初的震驚之後，她似乎頗為開心，她跟爸一直想再有個孩子，但遲
遲沒有動靜
海蒂對自己身體的變化感到困惑
也覺得愛上鮑比很傻
她不想要懷孕，她想上學，跟朋友一起玩耍

媽負責指揮：海蒂必須避開大家的耳目，他們會對外宣稱她病了

海蒂覺得自己好好的，想在屋裡走來走去，妳至少不能傷到小孩，小姐，跟妳說什麼就照著做，媽說

寶寶在某個周五晚上迅速到來，是女生，由媽接生，她讀了一本教人怎麼接生的書

她把寶寶遞給海蒂，教海蒂怎麼餵母奶

海蒂覺得好神奇，自己獨自造出了這孩子

媽告訴她，她一定要把這孩子當成世上最珍貴的東西來對待，不要對她粗手粗腳

我們必須讓她好好存活下去，海蒂

因為我們非常愛她

海蒂不確定自己是否愛這寶寶，她不確定自己知道什麼是愛，愛是個很沉重的字

她替寶寶取了個名字，芭芭拉，媽接受了，名字本來就該由妳來取，我們要努力保住她

媽一直陪在她和寶寶身邊，夜裡席地而睡，寶寶醒來的時候，她也率先醒來，確保海蒂在親餵母乳時不會睡著

她替寶寶換尿布，在房裡用小盆替寶寶洗浴

海蒂聽到父母在樓下爭吵，兩人過去不曾爭吵過，不像這樣，持續了好幾個鐘頭，爸放聲大吼，媽也吼了回去

媽紅著眼睛進入房間，我不要讓她走，我跟他說了

那天，爸走進臥房來看他的孫女，是芭芭拉出生以來頭一遭，媽正在浴室洗澡

他說寶寶非走不可

海蒂說她想留著寶寶，這時他用強壯的雙手將寶寶迅速從她懷裡抱走

離開房間以前，他說，這件事妳一個字也不能提，誰都不能說，妳一定要忘記發生過這件事，海蒂

身邊帶著私生子，妳這輩子就永遠毀了

男人會有兩個理由不娶妳

＊

海蒂壓根沒想過婚姻的事，她討厭父親罵她的寶寶是壞人，是混蛋⑯

她當時並不明白，自己再也見不到芭芭拉

海蒂依然留著芭芭拉那張粉紅跟藍色的包巾，是用他們自家生產的羊毛紡成的，在不知道寶寶是男是女的狀況下，由媽染色並編織而成

她收在鞋盒裡，從未洗過

事隔多年，她依然可以在包巾上聞到芭芭拉的氣味，即使她知道那是不可能的事
她以前總會想像芭芭拉被貴族收養，成了那些初入社交界的上流名媛之一，最後嫁給爵爺並住在城堡裡

她一直守住對爸的承諾，不曾跟任何人透露
史林姆、艾達．梅或索尼——誰也不知道

*

海蒂醒來，有人正戳著她的手臂，她睜開沉重的眼皮，她又回到了貪婪節，她的親族越喝越醉，嗓門越來越大
艾達．梅正專注地瞅著她，察看她是否還活著
女兒一輩子都不知道自己其實還有個姊姊。

⓰ Bastard 有私生子、混蛋等意思，海蒂誤會父親的意思。

一 葛莉絲

1

葛莉絲

之所以來到這個世界，是因為來自阿比西尼亞，叫渥爾德的水手，一個年輕的火夫

他在商船內部負責送煤炭進鍋爐

是船上最辛苦、最骯髒也最費力的工作

渥爾德

一八九五年隨船進入南希爾茲，幾天之後離開，留下了葛莉絲的開端，藏在她媽的肚子裡

媽剛滿十六歲

不知道自己懷了孩子，一直等到葛莉絲

幾乎準備要蹦出來，黛西等女兒大到可以理解寶寶是怎麼製造的時候才告訴她

他是妳爸，葛莉絲，他長得很高，走起路來好像碰不到地，像是飄在空中似的，彷彿來自別

的世界
確實如此
我那時覺得他很溫柔，不像當地的小伙子，他們都覺得我們女生手到擒來
我們女生以前都會在船隻卸貨的時候，成群跑到碼頭那邊
希望自己可以找個水手，帶我們遠走高飛，到取這類名字的神奇地方：桑吉巴、卡薩布蘭加、坦干伊喀、歐丘里歐、南卡羅萊納
妳父親只會說一點點英文，是當水手期間學到的，所以我們只能聊一點點，大部分都靠比手畫腳
我會回來找妳，他保證，我在碼頭那裡送他離開，他倒退著走，我面朝前站著
我不想看他離開
我會回來找妳
總有一天，我們會搭船到阿比西尼亞去找他，小莉，我會敲他小屋的門，把妳往前一推，然後說，嘿，先生，看看**你**留在後頭的東西

黛西

在貧民公寓生下葛莉絲，她跟兄弟姊妹在那裡鋪著麻布袋席地而睡
父母睡在布簾後面，布簾用來區隔他們住處的單房

混血

黛西的父親說，她這樣害他到酒吧都抬不起頭
他在地下花十三個鐘頭鑿石採煤，下工後直接上酒吧
然後踉踉蹌蹌地回家來，主動找媽吵架
把小鬼送去教會，不然妳休想留在這邊，他跟黛西說
說得好像我可以拋棄妳似的，小莉，妳那麼無辜、純潔、完整，而且是受上帝祝福的受造物
保護妳、照料妳是我的工作，要是有人想拆散我們，我會殺了他

黛西

搬了出去，發誓永遠不再跟她媽講話，媽太軟弱無法挺身對抗父親，那個父親更在意外人的
想法，而不是幫忙自家的孩子
她找到一份替帽子工廠做人造花的工作，跟另一個少女露比分租住處，少女有個叫恩斯特的
五歲男孩，是跟一個來了又走的水手生的
他從某個叫亞丁的地方來，就在紅海旁邊
紅色的海耶，妳能想像嗎？小莉
黛西不管去哪裡都用揹帶扛著葛莉絲，因為沒人可以幫忙看顧，在家人跟她斷絕關係之後
沒有她信得過的人

露比當然不行，她不常替恩斯特清理

我每天都幫妳洗澡，小莉，用我從臨時供水管蒐集來的一碗水，先放在火爐上烘暖，火爐那裡平常就放著鐵鍋燉蔬菜

我把妳洗得乾乾淨淨，腦袋上的可愛小鬈髮就像露珠那樣發亮

可憐的恩斯特，頭髮都糾成好幾團，露比常常深夜都還沒回來，我必須阻止他晃到外頭去，巷子地上都是泥巴，丟滿垃圾和碎玻璃

我盯著他，可是沒辦法照顧他，小莉，畢竟他不是我的孩子

我不知道他後來怎麼樣了，因為我們搬進了工廠同事瑪莉家裡的一個房間，她自己有三個孩子，需要貼補家用

黛西

答應帶葛莉絲到鄉下去

我多希望能看到妳在柔軟有彈性的草地上，自由地跑來跑去，讓陽光照在妳可愛的焦糖色臉龐上，聽妳大聲喊著，妳抓不到我，媽，妳抓不到我

她答應葛莉絲，要找個讓她們不愁吃穿的丈夫，一個木匠，可以替三房加浴室的小屋打造家具，屋裡會有廁所，廚房桌上擺著真花，烤爐裡烤著麵包，空氣清新，夏天時

有一條天天都能泡澡的清澈河流

黛西

沒料到葛莉絲八歲的時候，自己會開始頻繁地濕咳，空氣裡盤旋的煤灰讓病情雪上加霜
她沒有餘力生病，她告訴女兒，我沒錢看醫生，即使有錢看醫生，請了病假就拿不到薪水，
也可能丟掉工作
到時誰來養我們？小莉，誰會養我們？
我會養妳，媽，我會養妳

黛西

在工廠那些女生集體跑去找經理抱怨，說她病了會感染給她們之後，診斷出肺結核
醫師過來替她檢查，她被帶到一所療養院隔離
指示立即生效

*

在黛西（希望能夠奇蹟似地）復原以前，瑪莉將葛莉絲納入自己的保護傘底下
只是她逐漸溺斃在肺部來去沖刷的液體和組織裡
它們從裡到外
自我蠶食

瑪莉成長於鄉間的北區協會女生之家

商請依然在經營那個地方的蘭里太太收容葛莉絲，時機剛好，因為有個女生正要離院上班

那年冬天，她將葛莉絲送到門口，深情地抱了抱她

掰掰，小莉，這邊的人會照顧妳，教會妳需要知道的所有東西

葛莉絲看著瑪莉走遠，黑靴側面裂開，有破口的洋裝拖著小徑的泥巴，棕色披巾裹著肩膀，鳥巢般的頭髮上戴著帽子，側面別著橘色玫瑰，是葛莉絲特別為她做的

掰掰，小莉，她呼喊，聲音哽咽，頭也不回地推開柵門，消失在小路上

是葛莉絲見過，認識她媽的最後一人

2

葛莉絲在孤兒院裡走走逛逛，起初恍恍惚惚，女生們團團圍繞著她，摸摸她的頭髮，輕撫她的皮膚，盯著她猛瞧，問她為什麼膚色這麼棕

我爸是阿比西尼亞來的，她得意地說，假裝認識他

妳絕對不能因為他從哪裡來而覺得丟臉，媽跟她說過，總有一天我們會去找他，如果他還活著，他沒回來找我，所以也許他已經死了

葛莉絲跟女生們說，阿比西尼亞是個遙遠的神奇地方，那裡的人會穿絲綢長袍、戴著鑽石頭冠，住在童話般的宮殿裡，每天吃烤肉、馬鈴薯和起司舒芙蕾大餐

女生們相當折服

但當她尖叫著醒來，女生們就對她改觀了，舍監衝進來看她碰上什麼可怕的事情，當發現什麼事都沒有時，因為她當眾出醜而訓她一頓

其他女生叫她安靜，妳會習慣這邊的，小莉，大家都是這樣，要花點時間就是了，現在閉嘴，我們想睡覺

葛莉絲用毯子裹住自己，將自己深深埋在裡頭，免得大家聽見她想起媽時的感受

睡覺的時候，媽都會將她緊緊抱在懷裡

我永遠不會放妳走，小莉，妳是我的

但是前一刻，媽還在她旁邊一起在工廠工作，下一刻，穿白袍戴口罩的男人就來把媽帶走

我會回來找妳的，小莉，我會回來的，她保證，他們拖著她走，她踢著雙腳拚命想掙脫

不管是誰用閃亮黑獅頭門環敲響了大門，葛莉絲都希望是媽站在那裡，雙臂大張，笑容燦爛，彷彿兩人一直在玩遊戲

哈囉，小莉，想念我嗎？快去拿妳的外套，親愛的，我們要回家了

*

葛莉絲花了好長一段時間，才不再希望媽會出現
花了更久時間，想到媽的時候，才不再感覺有一股暖流在肚子裡蕩漾
又花更久時間，媽的五官才開始模糊

晚上她開始夢見她爸
夢見他回來拯救她
帶她到天堂去

葛莉絲在那裡學會怎麼清理自己和房子，她喜歡前者，因為媽說過清潔自己幾乎算是敬神的表現，但不喜歡後者
她學會怎麼在洋裝上縫鈕釦、蝴蝶結、打衣褶，在她上教堂穿的白洋裝衣領加上蕾絲
她學會怎麼編織冬天穿的長毛襪、帽子、圍巾，怎麼將側面上下有排釦子的黑靴擦到發亮，等她習慣這雙靴子以後，就得意洋洋地穿著，起初磨得她腳很痛，因為她以前從沒穿過鞋子
她學會怎麼煮肉、魚和鳥禽而不讓人食物中毒，也學會怎麼煮園子裡的蔬菜，學會怎麼烤麵包和蛋糕，院方下令絕對不能在烹調期間偷吃，要不然就會打她的指關節
這種事情發生得

很頻繁

她學會怎麼在裝滿熱泡泡水的木盆裡洗衣物，用一根大木匙攪動床單，用搓衣板清洗沾了頑垢的衣物，學會怎麼在晾衣繩上用木夾把所有東西吊好，不能掛得亂七八糟、半掉不掉的

她喜歡在剛換過床單以後上床睡覺，吸進戶外的風、陽光、雨水後在床單上留下的氣味

她喜歡直接開水龍頭喝水，水源來自無須加熱就很安全的水井

喜歡天天必定消毒清潔的廁所

她學會怎麼照料菜園，種小黃瓜和萵苣、番茄、芹菜、紅蘿蔔、防風草和包心菜，院方也教她不能一邊偷吃，她趁沒人在看的時候違規，尤其是在打理草莓田、黑莓灌木、李子樹的時候

她會大吃特吃，然後後悔不已，因為紫色嘴唇和罩衫上留下的紅漬，害得她的指關節遭一頓毒打

葛莉絲在放有木凳木桌的木頭教室裡，學會心算，學會閱讀和寫字，練寫讓文字產生意義的漂亮字型

院方要她課後留在教室，直到趕上其他人的進度

她學會在儀態課堂上，腦袋頂著書保持平衡，一本也沒掉下，她身形高挑，想像自己來自阿比西尼亞，踩著空氣往前行

妳有種自然的優雅，其中一位老師德洛尼小姐稱讚她，然後立刻跟其他女生說她們走起路來

就像懷了孕的小母牛
讓葛莉絲覺得自己非常特別

她們每個星期天都上教堂，除非雪積得太深或冰太危險或大雨滂沱
她們穿著禮拜洋裝，兩兩排成一列，穿過鄉間小路，手牽手唱聖詩
院方准許她們到草地上嬉戲的時候，她會摘花夾進她那本《聖經》（*Bible*）裡，並針對每種花寫詩，〈玫瑰頌〉、〈水仙花頌〉、〈繡球花頌〉
她養成了刺繡的嗜好，變得相當拿手

低年級宿舍的女生成了她的朋友，有時她們過了就寢時間熬夜閒聊，津津有味，聊得太大聲，忘了孤兒院的規矩
莎莉的嗓門最悅耳，柏莎會編很可怕的故事，艾德琳以後要當演員，喜歡朗讀她在圖書館找到且正在背誦的《魯拜集》（*The Rubáiyát of Omar Khayyám*）
「大地無法言語；大海也無法／在流蕩的紫色裡，哀悼著它們孤獨的主；翻騰的穹蒼也無法，他的徵象在夜晚顯露無掩／並隱藏於晨間」
她會極盡誇張之能事，朗誦很久，直到其他人覺得無聊，現在該閉嘴了，艾德琳
葛莉絲最會扮演蘭里太太，模仿她僵硬傲慢的姿態，撅起屁股，做出弓形腿，穿著奶白色棉布睡袍，在上下鋪之間的走道上來回跳躍，誇張地裝出「矯揉造作」的口音，用誰也聽不懂的

超長無意義字眼，拼湊出一場愚蠢的演說，很高興自己變得這麼受歡迎，逗得其他女生歇斯底里，笑到捧腹，哀求她停下，因為她們快受不了了

就在那一刻，蘭里太太使勁推開房門，拿提燈往內一照，當場逮到葛莉絲「像在丑角戲裡扮小丑似的」

都熄燈這麼久了，她指責葛莉絲帶壞其他人，要葛莉絲隔日一早到她辦公室報到

妳的個性太鮮明了，蘭里太太坐在辦公室的桌子後方說，從廉價圓眼鏡後方瞅著葛莉絲，身姿筆挺地坐著，一身弔喪黑服，為大家都知道許久以前在梅富根城戰役中過世的丈夫哀悼

女生個性太鮮明是很不得體的

葛莉絲直挺挺地坐在辦公桌另一側，腿在半空中盪著，雙手規規矩矩收在懷裡，非常害怕，直到現在，她在孤兒院裡一直覺得很安全，調皮的不只有她，但只有她一人被逮

大家都知道非常調皮的女生有時會被「放生」

唔，儘管哭吧，葛莉絲，妳就把這次當成教訓，妳不像這裡的其他女生，妳隨時隨地都必須做出最好的表現，因為人生對妳來說已經夠難的了，妳以後碰到的人不會有我們這些經營這個機構的好心女士開明，到時妳會從他們身上吃到很多排頭

我們贊成女性有選舉權，想給妳們這些弱勢女孩一個機會，至少完成小學教育

我自己從來就不是那種好鬥的抗議人士，蘭里太太繼續說，現在彷彿自言自語，往空中不屑

一顧地揮著手，因為那只會為相關個人招來公眾的咒罵和政府的譴責，甚至被抓進監牢

我相信透過思考周詳的論證，可以達到投票的目標，懂嗎？

葛莉絲點點頭，蘭里太太在說什麼啊？

我也是個務實主義者，葛莉絲，所以請仔細聽我說，為了妳好，我有責任告訴妳，從現在起妳一定要收斂自己天生充沛的感情，別再露出愛胡鬧、自由放任的態度，因為這樣很不得體，我們這個機構向來以維持端莊有禮和情緒均衡自豪，期望我們轄下的姑娘們都能平靜自如、自我克制，我們無法忍受我昨晚第一手目睹的那種古怪賣弄

難道妳要我叫妳收拾包袱上街頭流浪，而沒有任何保護嗎？妳最後可能會淪落到南希爾茲疾病叢生的區域，在那裡，像妳這樣的姑娘最後都會淪為「夜間女郎」，跑去替伊斯蘭教徒工作，那就是妳為自己打算的未來嗎？葛莉絲

葛莉絲打定主意，要斷然改變她的個性，她要有端莊穩重的情緒，好好克制自己

如果妳死性不改，我們到時無法寫推薦函給未來的雇主，擔保妳有家務技能、端莊穩重、工作勤奮、個性可靠、重視清潔，而且相信我，葛莉絲，沒有我們的背書，妳永遠找不到合適的工作

提供正派的服務

擔任女僕

聞言，葛莉絲拚命想忍住淚水，免得變成有失淑女風範的啜泣

她一直想到特威德河畔貝里克區的吉里恩&兒子百貨當店員，蘭里太太每年都會帶她們到那裡看聖誕裝飾

孤兒院裡最好的女孩會在那裡工作

她夢想穿著時髦的服裝，在顧客購物的時候，客客氣氣地跟他們交談，離開百貨的客人會向經理稱讚說，葛莉絲這姑娘多麼迷人，要求未來由她繼續服務

事與願違

十三歲的時候，蘭里太太替葛莉絲找到工作，到新任的辛馬須男爵家裡擔任女僕，男爵在父親逝世以後回到祖傳的城堡，距離貝里克區幾英里遠

之前男爵在上阿薩姆經營家族的大茶園多年

帶著一批印度僕人返國，包括他的印度情人和兩個兒子，他們就被安置在莊園裡的木屋裡

對於雇請混血女僕沒有異議。

3

葛莉絲

到吉里恩&兒子百貨買夏季洋裝的布料

她百般不願地在那裡花掉辛苦掙來的錢，但城裡只有那邊有她想要的東西

幾年前她寫信給百貨經理，請他安排面試機會，表示她想到銷售樓層工作，既然她現在已經完全長大，也累積了幾年服務資歷，她決心證明蘭里太太錯了

不過，當她穿著自己最時髦的衣服，出現在經理面前時，他卻直截了當地說她會惹顧客反感

他連開口說話的機會都不給她

她一定能理解吧，他說

在她背後斷然關上門

事後幾個星期，她總夢見趁夜溜進百貨，放火將那裡夷為平地

經理人在裡頭，哭喊著要她出手相救

孤兒院的梅寶和碧翠絲，這個星期六在百貨織品部上班，她好久沒見到她們，她們的主管忙著奉承富人模樣的顧客時，她跟她們小聊一下，告訴她們，她真希望自己也在那裡上班

她們告訴葛莉絲，整天站著沒休息，讓她們的腿腳嚴重腫脹，下班後幾乎沒法走路

她們的住宿、衣服和食物的費用全從薪資裡扣除，最後能夠拿來花用和自娛的錢少之又少

葛莉絲才不買帳，她願意用任何東西換取在時髦百貨工作的機會，在那裡她可以擺出世故的模樣，認識有趣的人，包括未來的丈夫（就像她們在追求的那些），有機會住在市區店家的樓上，享受社交活動，像是茶舞會、劇院以及冬季和夏季的園遊會

妳們到前不著村後不著店的地方當女傭試試看，她說，好好訓了她們一頓
妳們試試趕在公雞啼叫以前起床，清掉壁爐裡的灰燼，時時等著召喚，直到大家上床就寢
在這期間是無止境地刷洗、刮磨、擦亮、熨燙、摺疊、拿東西扛東西，因為妳是個必須穿著可怕制服的無名女僕
我在孤兒院最後一年的閱讀、寫字和算術成績明明跟大家一樣好
梅寶和碧翠絲惹她心煩氣躁
她不理她們，走了開來

＊

至少她替自己的洋裝找到了合適的布料——李子色，質地柔軟，包在牛皮紙裡用繩子綁著好珍貴，她緊緊摟在胸前，彷彿怕它**死掉**什麼的
她等不及帶它回家，用所有女僕正在共享的洋裝版型，那種洋裝長度只到膝蓋以下，而不是腳踝以上，一般認為傷風敗俗，她無意間聽到辛馬須男爵的女兒艾斯梅小姐，跟周末來訪的賓客說，艾斯梅小姐當時辦了場派對，在樓梯頂端現身登場
葛莉絲從密門後面往外窺看，密門連接了僕人通道和主屋，艾斯梅小姐在富有的朋友面前展示自己
女士們一身閃閃發亮的露背洋裝，紳士們穿著緞子衣領的優雅西裝外套，手持套在金製菸管

裡的小雪茄、薄荷朱利普雞尾酒

大家一臉讚賞地看著她緩緩走下階梯，炫耀著她修長的腿和細緻的腳踝

在倫敦非常流行，我親愛的，非常流行

葛莉絲永遠無法看起來像那樣，但至少她很快就會有件新洋裝，一有場合就能穿，也不是說常有什麼場合

雇主不許她為了上教堂盛裝打扮，但參加辛馬須家員工聖誕派對時就可以

最後她又得換上制服，跟其他女僕一起清理大家留下的殘局

她正準備穿越吉里恩&兒子百貨外頭的馬路，這時一群騎著單車的男人疾馳而過，近到險些將她撞倒，她猜是工廠午休回家吃飯的工人

就在她準備再踏上馬路的當兒，一輛擠滿人的公車踉蹌駛過，近到險象環生

雖說她已經習慣熙來攘往的城鎮，但每次進城依然要小心翼翼，畢竟其餘時間都是在鄉間度過，遠離繁忙的馬路，偶爾在鄉間小路會發現車子，通常不是辛馬須家中成員的就是賓客的

她發現自己並非獨自一人，有個小伙子悄悄湊了過來

妳一定是尼羅女士[17]，沒錯，妳就是，他說；她猛地轉身，一臉兇惡，準備為了他的粗魯無

---

⑰ Lady of the Nile（尼羅女郎）跟Lady of the Night（夜間女郎）發音近似，葛莉絲聽錯了。

禮訓他一頓，竟然叫她夜間女郎

他讀懂了她的心思，於是說，我指的是埃及豔后，知道吧，**尼羅**女郎

完全不一樣

葛莉絲制止自己，免得訓斥他一頓，或是用包裹猛打他

以前她就這麼做過

他有一頭鮮亮的薑色頭髮，儘管努力想梳平但依然四處亂竄；臉龐紅潤友善，一雙藍眸目光坦誠，欣賞地盯著她看，不像街上許多男人那樣色瞇瞇地瞅著她

她看著他的粗花呢外套，還算時髦的長褲，骯髒的靴子，他沒她高，大多數男人都如此

喬瑟夫．萊登戴厄，他說，堅持要協助她過馬路，他早上剛剛在周五牲畜市集上做了點賺錢的生意，在巴克萊銀行存了一疊爽脆的白花花鈔票

她懷疑他試圖打動她，這倒是起了作用（什麼時候有男人真的試圖**打動**她？）

他似乎是個有家底的男人，通常這樣的男人根本甩都不甩她，但注意她的無賴和浪人倒是有不少

葛莉絲真的受夠了那些只要獨處就幻想有機可乘的男人，他們叫她狐狸精、風騷女、妖婦

而她才不是

這種事情隨時隨地都可能發生，連在城堡裡都是，在僕人專用的後側走道，或在空房間獨自工作的時候，有個賓客某晚竟然溜進她的房間，她隔天趕緊找莊園的鐵匠羅尼，在她的房門上

裝了栓鎖
她到目前為止勉強逃過了所有的攻勢，瞧不起那些霸王硬上弓的男人
那些人撒種生子卻不娶母親，消失到童話般的遙遠地方，天天享受起司舒芙蕾
她很久以前便認命地接受永恆的老處女身分，認定未來無緣享有婚姻和母職的喜樂
沒人想要雜種，以前街上的人都這麼叫她，她以牙還牙用同樣的話罵那些人，你才雜種啦！

怎麼也沒料到會碰上喬瑟夫．萊登戴厄，是吧？
兩人聊了一會兒之後，他約她下下星期天出去走走，之後每個星期天下午都老遠跑去看她，然後衝回家替乳牛擠奶
牠們總沒辦法自己擠奶吧，小莉，而且我不信任農場的那些工人

喬瑟夫從大戰回來，身心完整無缺，不像他大多數的同袍，他們存活下來但苦於截肢，或者即使是在昇平時代，腦袋裡依然聽得見爆炸聲
有些同袍因為這樣而慢慢發瘋
他回到家族農場「綠野」，發現農場和父親漸漸走下坡，疾病讓削瘦的牲畜和穀物大量死亡，工具生鏽故障，農工每周五晚上過來領薪水，其餘時間跑得不見人影
他父親喬瑟夫一世多年前喪偶，開始在夜裡穿著衛生衣褲到農田北邊遊蕩，喊著要妻子來幫忙母羊生產，凱西，快來幫忙母羊生產啊

離鄉幾年的喬瑟夫投注了所有的時間和意志力，讓農場恢復正常，現在準備娶個妻子作伴，為家族延續血脈

喬瑟夫在埃及沙漠和加利波利打過仗，認識了奧圖曼的東方佳麗（葛莉絲不敢問他是怎麼認識的）

他從戰場回到家鄉以後，當地的姑娘他都看不上眼，直到他在貝里克區的街頭看到她

葛莉絲可以看出喬瑟夫是個意圖良善的人，她開始對他產生好感，整個星期都期待著周日兩人共處的幾個小時，夏季在莊園裡有限的區域裡散步，有時穿著自己最好的洋裝，只為了他，在陽光中躺在草地上，冬季則同坐在僕人的廚房裡，讓他跟大家共進星期天的午餐

廚子魏肯太太准許這件事，葛莉絲一抵達，廚子就喜歡上她，確保其他職員都好好善待她

不然我唯你們是問，她警告他們

喬瑟夫開口求婚，一副她是個寶物，而不是安慰獎時，葛莉絲簡直不敢相信自己的好運

為表尊重，兩人等他父親辭世的三個月後才成親

他頭一次帶她回到位於綠野的家

老頭子不管有沒有發瘋，都不可能同意這樁婚事，他還卡在維多利亞時代，依然在滾筒式留聲機上聽音樂廳的曲子

而我在唱盤式留聲機上放爵士樂

他挑星期六早上用馬車載她到農場，走的是穿過熱鬧村莊的唯一道路
路過主街上的商家，路過出來購物的人們，都停下腳步盯著這個奇特的生物瞧
大多數人以前都沒看過黑人，竟然還偷走了這地區最搶手的黃金單身漢之一，後來她開始自己駕馬車進村莊，村民就給她這種感覺
他們的喬瑟夫·萊登戴厄，在地的農人和可敬的退役軍人，家裡有閨女的母親大多巴不得找他當女婿
他們聽她說話的時候，很驚訝她說起話來跟他們幾乎沒兩樣，相當在地的姑娘，逐漸對她心生好感
雜貨店老闆就不是了，他會把找她的零錢扔在櫃臺上，力道大到零錢四散，她得在地上爬來爬去，把錢撿回來
下一次她跟他買東西時，就用同樣的方式將剛好的金額扔在櫃臺上，將她的阿比西尼亞鼻抬得老高，走了出去
媽會以她為榮的

4

綠野農舍是茅草屋頂的長窄形建築，室內瀰漫著霉濕味
葛莉絲習慣了由大群僕人維持得一塵不染的辛馬須宅邸
她不喜歡新家陰鬱的內部，瀰漫著早該扔掉的老舊物品的氣味
各個表面摸起來都黏黏的，地板蓋滿了農場來的砂礫，廚房裡的物品沒一個乾淨到可堪使用

喬瑟夫

在她進門以前，雇來一個很年輕的女僕艾格尼絲，葛莉絲覺得別有興味，畢竟幾天前她自己
也還是個女僕
妳不必再工作了，小莉，他告訴她，妳可以好好看書跟刺繡，艾格尼絲會負責家事，其餘的
事情就由我和農場工人打理
別忘了妳是埃及豔后，尼羅女郎
好吧，她說，興味盎然，看不出艾格尼絲做過家事的證據，當她向喬瑟夫抱怨時，他似乎也
不在意，承認他沒注意到塵土或雜亂
真沒想到，葛莉絲回答，這句話喬瑟夫只做字面解讀，他是個有話直說、個性厚道的人

她在大廳扮演著莊園女主人的角色，開始將農舍一八〇六年的外觀織成掛毯，當時由喬瑟夫的祖先萊涅俄斯・萊登戴厄新建而成

以走廊上同樣主題的畫作為依據

作為送她**丈夫**的禮物

只要對艾格尼絲有所要求，就搖響服務鈴，艾格尼絲這懶散的孩子既缺乏魅力也不機智，她會彎腰駝地背走進來，指甲髒兮兮，無袖連衫裙沒熨燙過，白扁帽底下的頭髮亂蓬蓬，幾乎不正眼看她的**女主人**

葛莉絲因為艾格尼絲的外表而責罵她，要她回廚房刷洗指甲、梳理頭髮

也點了一壺茶，要她泡得又濃又燙，但送來的時候不冷不熱、淡而無味

葛莉絲訓了她一頓，我要妳有最高水準的表現，她傲慢地說，現在按照我的精確要求泡一壺茶過來

葛莉絲端出辛馬須宅邸的家族成員和賓客的語調和用詞

女孩端起茶壺時所拋來的神情，讓葛莉絲擔心她可能會將茶水潑在新女主人的身上

艾格尼絲在喬瑟夫身邊卻低聲下氣

是，萊登戴厄先生，不，萊登戴厄先生，讓我舔舔你的雙腳，萊登戴厄先生，在他走進房間的時候，艾格尼絲還荒唐地行了屈膝禮

葛莉絲逐漸明白，這個智商低、不衛生、能力差、馬虎懶散的差勁女孩，永遠不會聽從

混血黑人女性的指令，不管是不是什麼尼羅河女王

葛莉絲要喬瑟夫遣散艾格尼絲，說受夠了她的無禮和無能

她會自己扛起家務事，可能還會覺得樂在其中，因為是為自己而做的，確實如此，將炊具上泛黑的油脂好好刮除以後，她心頭湧上得意之情

她趴在地上清理石板，直到石板如黑冰一樣發亮，將樓上的木頭地板打亮到日光從上頭反彈回來，也讓她心生得意

同樣精心打理無數的窗戶，窗戶原本髒到蒙著一層黏垢，看不到農舍前方的院落和穀倉，也見不到後頭往下斜降的田野

她拿著肥皂、清水、醋，把玻璃擦到乾淨得有如隱形

她要喬瑟夫進來看看她努力的成果，連聲稱看不到塵土的他，都稱讚房舍現在的樣子看來令人耳目一新

不算耳目一新，喬瑟夫，我建議我們刷新整個地方，為了迎接孩子做準備，只要有孩子在上面蹦蹦跳跳，這些老家具大多會解體，裡裡外外整個重漆一遍也沒壞處啊，我們叫村裡的雜務工來把這個地方整頓一下吧

他正準備出聲抗議時，她說，聽到命令的時候就該遵從，萊登戴厄二等兵

喬瑟夫喜歡她這樣放肆

汰舊換新：瓷器櫃、橡木五斗櫃、餐具櫃、藝術裝飾風格的地氈，她跟他一起到貝里克採購，用新西裝和鞋子讓他時髦起來，為了自己的衣服帶回好幾碼的布料，甚至進吉里恩&兒子百貨向梅寶和碧翠絲炫耀他，將她現在貴為女主人的大農場吹噓一番

他們在新的留聲機上播放阿路易·姆斯壯（Louis Armstrong）、喬治·蓋希文（George Gershwin）、胖子華勒（Fats Waller）、傑利·羅·莫頓（Jelly Roll Morton）的唱片，跟著音樂起舞

炎熱的夏夜，他們會打開窗戶，將派對移到屋外，只有小狗旁觀，村莊在山丘下的兩英里之外，兩人跟著美國新音樂精力豐沛的節奏，舞動腦袋、雙腿和雙手

她漸漸愛上這種音樂

或者在Davenport沙發上閱讀、聊天，這是他們相當寶貝的另一項購入品，原木爐火熊熊燃燒，葛莉絲的腦袋輕靠在喬瑟夫的大腿上，他替她摘下頭髮上的夾子，讓盤旋的鬈髮從禁錮中彈跳出來

他很愛將那些鬈髮繞在他務農的大手上

她真不敢相信他竟然那麼喜愛她濃密粗糙的頭髮

她過去一直為了自己的頭髮感到難為情

對葛莉絲來說，購入物品裡最重要的是塞滿棉花的新床墊，放在主臥室的四柱床鋪上，取代破敗不堪、起伏不平，飽含種種分泌物的舊床墊

在上頭根本沒辦法好好睡覺，尤其在他告訴她，那是他父母以及祖父母的床之後
她很難安睡在那麼多的歷史上

她想將一切都清出去，包括書房裡那個老櫥櫃，裡面塞滿了古老的帳冊；喬瑟夫說不行，說
那些是重要的契約和紀錄，他總有一天會好好整理，說完便在上頭掛了個鎖
他買了拉蓋書桌，每周一回坐在那裡作帳，當收入多過支出時就開心，決心讓農場持續獲
利，也有意往鄰近的田地拓展

夜裡
他們做愛，瓦斯燈調暗
她是他到非洲的長征探險，他說，他是李文斯頓（Livingstone）博士在非洲乘船順流而下，
在尼羅河源頭發現了她
是阿比西尼亞，她糾正他
妳說什麼都好，小莉

他將她帶往高潮之後，她哭了
哭聲來自她所不明白的內在
他想要至少十個強壯的兒子在農場工作，由最大的繼承

葛莉絲覺得五個就好，不確定自己想要因為懷孕而腫脹著身體那麼多年
三個男孩給喬瑟夫，兩個女孩給自己

頭兩胎以流出來的血塊宣布自己的到來
接著是個男孩，接生婆將嬰兒放在他懷裡以後幾個小時，嬰兒就開始變冷
最後慢慢僵硬石化

無法開口提起
夫妻床上的裂隙逐漸擴大
兩人背對背而眠

葛莉絲幾乎什麼都做不了，頂多只能洗澡，除了喬瑟夫餵她的麵包和湯之外沒多吃什麼，彷佛是個病懨懨的孩兒
吃啊，小莉，快吃啊

接著莉莉來到
出生的時候健康無比，個性迷人
她長到了一個月，兩個月，然後三個月

大家都說她是最健康活潑的嬰兒，葛莉絲用綁帶童帽、長袍、毛衣、村莊婦女替她編織的小鞋妝點炫耀她，那些婦女徒步登上山丘或搭馬車上來，跟她一起分享喪子之慟之後的喜悅

對這個深膚色陌生人揮之不去的憎恨或懷疑，早已煙消雲散

她現在是葛莉絲，大家的葛莉絲，喬瑟夫的妻子

莉莉也是他們的，

四個月，五個月，六個月

莉莉有雙神祕的眼眸，妳在想什麼，莉莉？兩人盯著彼此看，彷彿被催了眠，葛莉絲忖度著她會成為真正的衣索比亞美人

是阿比西尼亞，喬瑟夫，葛莉絲反駁

這年頭大家都改叫那裡為衣索比亞了，葛莉絲

七個月，八個月，九個月

她滋養的母奶讓孩子長骨生肉，餵完之後，莉莉趴在她胸口睡覺，輕盈又溫暖，呼吸時有時會發出哨聲，壓擠著一邊臉，迷你的嘴唇皺起

這時候，媽就會鮮明地回到腦海裡，葛莉絲會憶起這樣的感受：深深且徹底地被愛

身為母親生命裡最重要的人

徹徹底底安全

十個月，十一個月，十二個月，一年

一年兩個月又四天

葛莉絲一如往常，早早醒來，急著跟女兒開啟另一天，很高興莉莉現在晚上只需要餵一次奶，產婦告訴他們，那就表示他們可以期待更多不受干擾的睡眠

她起身走到莉莉在床畔的小床

伸出手臂要抱起她小親愛的，但莉莉摸起來僵硬冰冷，動也不動，葛莉絲撫搓她的臉頰，或用掌心貼著她額頭的時候，她也絲毫不動

握住莉莉的雙手

捧住她的腳趾頭

搖晃她。

5

喬瑟夫沒給葛莉絲喘息的時間，他不肯停止嘗試再生個孩子，非得要有繼承人不可，他說，

將農場傳給下一代是他的職責
到這個時間點
他家族已經擁有這座農場將近一百二十年
唯有此時她才意識到，他對這片地產的依戀有多深，也許甚至超過對她，他將自己視為這片地產的管理人，要是沒有孩子可以交接，他人生等同一敗塗地
他必須光宗耀祖

喬瑟夫在屋子裡橫衝直撞，碰倒東西，吼小狗，咒罵農工，到了晚上則喝太多啤酒
兩人交合的時候，他像機器一樣進入她，沒有從前的親吻愛撫
他唯一的野心就是毫不留情地在她體內撒種
她忍受他無情的推刺，望著天花板垂吊下來的燈罩，當初屋裡裝了電力設備時，兩人是多麼雀躍啊
提供強壯的繼承人是她的職責，為了他、為了這片土地、為了他的傳承，這她明白，而到目前為止她都失敗了
他會因為她怠忽職守而趕她出去嗎？她會再次成為家庭女僕嗎？由另一位能夠履行義務的妻子取代？
她忍受著他，床墊在木框裡彈彈跳跳，地氈底下的木頭地板嘎吱作響

到了晚上，兩人在大廳裡分開坐著，老爺鐘滴答作響
喬瑟夫可能在讀農耕期刊或他每個月訂閱的《國家地理雜誌》
（原住民裸露的胸脯，她丈夫為了一飽眼福，多麼愛找藉口！）
她讀《婦女周刊》或狄更斯、珍・奧斯汀（Jane Austen）、勃朗特姊妹（the Brontë）的小說，
或任何她在書房裡能找到用來轉移心思的東西
好讓她遠離這個，遠離他，遠離她自己
遠離這副產下死亡的身軀

他上樓就寢的時候，她會在樓下流連，她一走進臥房，他就會醒來，然後事情就會從頭開始

葛莉絲又生了一個
她拒絕命名，於是喬瑟夫替女嬰取了海莉葉特這個名字，是他祖母的名字，他說，說她活到了高壽，沒生過一天病，最後在睡夢中離世
這個會活下來，小莉，我感覺得到，她是個鬥士，是女生也沒關係
她不在乎這個險些害死她的惡魔，這惡魔先是害她陣痛三天，繼而憤怒地從她殘破的身體硬擠出來，進入產婆手中
揮舞著拳頭，皺起無牙的小臉，被拍了屁股之後，從強大的肺部發出響徹整間屋子的哭聲
葛莉絲需要嗎啡和縫針，起初身體過於虛弱，後來則不願撫育一長串遭逢厄運的孩子裡最新

的一個

她拒絕親餵母乳

喬瑟夫拒絕跟她講話

莉莉是個纖細溫馴的孩子，海莉葉特喧鬧嘲弄般的存在，則不給這屋子分毫喘息的空間

這個惡魔徹夜尖叫，決心毀掉母親的生活，就在他們臥房隔壁的房間小床上，有個乳母駐守在那裡

後來，芙洛希搬了進來，是從貝里克雇來的保母

幾個月以來，葛莉絲幾乎沒開口說話或將自己拖下床，幾乎無法洗浴或刷牙，頭髮糾結成團，皮膚因為缺乏日曬而蒼白，她穿著睡衣有氣無力地走著，有人把惡魔抱到她面前時便把頭別開，只要想到那個惡魔就忍不住作嘔

她夢想劃開自己的動脈消解痛苦，她看過喬瑟夫替農場動物這麼做

她研究廚房刀具，想決定哪一把可以最有效率且最快速地完成工作

有天半夜，她輪流舉起每把刀對著光線查看，被喬瑟夫撞見，他一把搶走刀子

不准妳亂來，葛莉絲·萊登戴厄，不准妳亂來

*

她考慮走出屋外，順著屋後田野往下走進湖裡，直到湖水淹沒她的腦袋

喬瑟夫威脅要送她去精神病院，他們會讓妳光著身子、鍊在牆壁上，妳後半輩子只能坐在自己的洗手間裡

她不在乎，反正她老早在地獄裡，她改到別的臥房去睡，我們共同生活的那部分已經結束了，她告訴他

別擔心，他恨恨地回答，我只是盡義務而已，而妳現在等於失職

葛莉絲想起過去他會滿懷愛意地望著她，那份愛如此強烈，她只能加以回應，現在他拒絕正眼看她，有如她拒絕碰觸自己產下的那個東西

當喬瑟夫硬是把那個東西塞到她面前時，她快步走開

不准妳在女兒面前掉頭就走，妳是個邪惡的女人，葛莉絲．萊登戴厄

那個惡魔被送來調侃她原本的寄望：身為人母，實踐自己在世的角色；擁有全然屬於自己的東西，卻又被強行奪走

葛莉絲想起兒時被孤留於世所受的苦

她想念她媽，媽會知道該怎麼做，媽會擁住她輕搖著說，妳辦得到的，小莉，妳撐得過去，我們會一起撐過去

一年來了又去　海莉葉特長得強壯結實
兩年來了又去　海莉葉特開始爬行／走路／攀爬
兩年半來了又去　海莉葉特吱吱喳喳說個沒完

*

某天早上葛莉絲醒來，並不覺得滿心害怕，這是孩子出生以來的頭一遭，屋外，燦亮的藍天襯托著可愛的淺灰色雲朵

她已有許久不曾仰望天空或任何東西，只覺得體內沉甸甸，壓著她往下

她也不曾好好看著喬瑟夫，當初那個男人讓她成為他的尼羅女郎，他應該正在外頭忙著擠奶

她起身泡澡，試著梳散纏結的髮絲，起初還得用手指先挑開

她換上一般的衣服，而不是繼續穿著睡衣

葛莉絲走進廚房

海莉葉特坐在那裡吃著水煮蛋配小塊烤吐司當早餐，由芙洛希準備，稍早芙洛希還帶她到雞舍挑自己要吃的蛋，這是她倆的晨間儀式

葛莉絲通常等她們離開廚房才吃早餐，成天躲著那個孩子，躲得駕輕就熟，對孩子在屋裡屋外的動靜時時保持警覺，確保兩人盡可能不必碰上面

她這麼做的時候，不理會芙洛希不以為然的眼神
她一現身，海莉葉特和芙洛希立刻靜默下來，海莉葉特仰頭看她，彷彿她是個新人
她想像自己就是新人沒錯——梳整過的髮絲堆疊在頭上，而不是她女兒見怪不怪的糾結亂髮，一身印有黃花的白洋裝，而不是洗晾到褪色的睡袍
葛莉絲彷彿頭一回看著海莉葉特，如此豐滿又健康，臉頰平滑發亮
頭髮編成了單辮垂在背後，雙眼幾呈金黃，也許微綠，閃閃發光，流露好奇，對著她微笑
彷彿在說，哈囉，媽，妳現在喜歡我嗎？

芙洛希一頭灰髮，渾圓駝背，穿著另一個世紀的老式及地長裙，是個子孫滿堂的母親，聽著海莉葉特意義不明的閒談，一面發出鼓勵的噪音
一等習慣了葛莉絲，孩子再次吱喳個不停
她拿小塊吐司去沾流質的蛋黃，吃的時候盡量不讓蛋黃流到下巴
下巴一沾到，芙洛希就拿布去擦
兩人在一起看起來如此自在
這麼舒適，這麼親近
親近過頭了

葛莉絲替自己泡杯茶，回頭坐下，這次更靠近海莉葉特，繼續啊，海莉葉特停下來再次盯著

她時，她說
我想替海莉葉特烤個生日蛋糕，芙洛希，從現在起妳要叫她海蒂，不是海莉葉特，我已經決定，海蒂更適合她
芙洛希勉強點點頭，不怎麼有敵意
葛莉絲召喚海蒂過來，坐在媽的腿上，親愛的，海蒂望向芙洛希求助，這點刺傷了葛莉絲
過去跟妳媽媽一起坐，芙洛希催促海蒂，一面嘀咕著，也該是時候了，刻意大聲到讓葛莉絲聽見
後來葛莉絲帶海蒂到院子的板凳上曬太陽，讓海蒂依偎在懷中，聽她朗讀《童話集》（*The Fairy Tale Book*）裡的故事
讀完的時候，海蒂已經朝她蜷起身子睡著了
葛莉絲抬起頭，看到芙洛希把喬瑟夫帶過來，他正站在院子對面通向前側田地的柵門邊
衣袖捲起，長褲塞進結滿泥巴的靴子，倚在鐵鍬上
看著
彷彿重返埃及沙漠
眺望海市蜃樓。

6

一旦我和海蒂找到對方，媽，一切都改變了，我好像從黑暗中走出來，踏入光明之中，能以我應該愛她的方式愛她

真希望妳能看到我怎麼寵她，媽，因為我沒辦法拒絕她想要的任何事情，老是讓她隨心所欲，最後喬瑟夫挺身介入，說我會毀了她

真希望妳看到喬瑟夫和海蒂有多麼愛對方，他不會因為她是女生而隨便讓步，她跟前跟後，模仿他做所有的事情

真希望妳能看到海蒂越長越壯，強悍高大，媽，看到她學會怎麼耕地、播種、打穀，開著拖拉機，將一捆捆麥草從田地載到穀倉

真希望妳還在，可以當她的外婆，告訴她妳成長的過程，說說我小到記不得的兒時故事

真希望妳不是那麼年輕就過世，媽，希望妳能看到我在孤兒院受到多好的照顧，看到我學會怎麼穿鞋走路，有乾淨的水和新鮮的食物，學會好多好多東西

真希望妳可以看到我在孤兒院外的草地上奔跑，媽，就像妳想像的那樣，將花壓進我的花簿子裡，寫寫關於它們的短詩

真希望妳學會怎麼閱讀寫字，媽，像妳真心希望的那樣去上學，妳會喜歡看書的，媽，尤其是狄更斯寫的那些有名的小說

真希望妳看到我學會端莊的舉止和淑女的禮儀，媽，我不會任人擺布，就像妳也不會，必要的時候我會為自己挺身而出

真希望妳看到我有多討厭當僕人，媽，我痛恨當僕人的每分每秒，直到我有了自己的家，徹底享受維持乾淨討喜的居家環境

真希望妳看到當我回心轉意之後，喬瑟夫再次深深愛著我，我們決定不再生小孩，他用體外射精的方式來避孕

真希望妳能見見我的男人喬瑟夫，媽，他是我後半生的後盾，他是我的避風港、我的同伴，也是我們女兒最棒的父親

真希望妳看到沒人毀掉海蒂的個性，媽，看到她對工人發號施令的樣子，她想指揮我們的時候，我和喬瑟夫哈哈大笑

真希望妳看到我學會在外頭的農場上幫忙

冬天的時候從結凍的湖裡挖冰出來，將冰室填滿了冰

從果園採收水果，做果乾和果醬

摘下蔬菜醃漬起來，存放在冰室裡

餵牛羊豬馬、雞、火雞、鴨子、孔雀

將失去母親的綿羊放在箱子裡，擱在大廳壁爐前面取暖

把積了一整個冬天的糞便從馬廏清出去

用豬油做燻肉和鹽醃培根

搭建樹籬，製作馬欄，編織籃子，製作奶油和乳酪
拔雜草，幫牲畜斷奶，養蜂，釀水果酒、啤酒、薑汁啤酒

真希望妳能見見史林姆，媽，就是娶了海蒂的那個美國男人，她找到等我們離開後可以照顧她的伴，讓我們鬆了一大口氣

真希望妳能見見索尼和艾達·梅，媽，他們是妳的曾孫，我才認識他們不久
喬瑟夫滿懷感激，家裡終於有了男丁，總有一天能讓家族農場延續下去。

第 5 章

慶 功 宴

我無法想像情況會比目前更好，如果這齣戲得了大獎，也許他們會邀我回去再做一齣……

GIRL,
WOMAN,
OTHER

慶功宴

1

羅蘭
是在艾瑪聲勢浩大地走進劇院大廳後，頭一個給她三次吻的人，《達荷美最後一位亞馬遜人》的慶功宴就在那裡舉行
逐漸竄高的吱喳閒聊聲和氣泡酒杯的叮噹碰響
一時靜默
旋即響起熱烈的掌聲
棒極了！艾瑪，棒極了！
她看起來耀眼極了，一襲貼身圍裹洋裝，展現她勻稱的手臂和細腰，以及過去幾年來出現的大皤寬臀

不過她腳踩銀色運動鞋，破壞了整體效果
內心永遠是個叛逆少女——或者該說 au cœur（內心）⑱
那齣戲真是美妙，**妙－極－了**，羅蘭熱情地說
她只想聽到這個
他只想聽到這個
任何人都只想聽到這個

一個五星評論已經上載到網路，來自通常殘酷無情的好鬥評論家，他一反常態滔滔不絕：令人驚豔、觸動人心、具爭議性、創意十足

名副其實，這齣戲值得最高讚許，與艾瑪劇場生涯早期以煽動宣傳為目的的謾罵大相逕庭

不過，他唯一孩子的母親，作家兼導演，親愛、親愛的朋友，要是當初早早接受他的建議，導個幾齣多元文化的莎士比亞、希臘悲劇和其他經典戲劇，而不是編寫關於黑人女性的戲碼，老早可以在有影響力的地方闖出名號，黑人女性戲碼之所以永遠吸引不了大眾，單純因為大多數人中的大多數，認為 Les Négresses（黑人女性）跟自己涇渭分明，是「其他人」（Otherness）的化身

---

⑱羅蘭喜歡賣弄，在英文中穿插法文，或刻意在英文前面加法文冠詞，這裡的意思同為「內心」。

羅蘭很久以前就決定跟主流勢力站在同一邊，那就是他成為贏家而且家喻戶曉的原因所在

在受過教育的階層裡

這樣才有分量

另一方面來說，艾瑪等了三十年才獲准從正門走進去

雖說那段時間裡她也不算是猛敲城堡高牆

事實上，這位姊妹的職涯早期多數時候都朝著高牆猛砸石頭

他悄悄走開，將艾瑪留給激進的女同志們，湧上前來向她道賀，她們依然像年歲漸長的迷妹

一樣追著她跑

他震驚地看到其中一人穿著丹寧吊帶褲

La Dungaree（吊帶褲）並沒有回歸流行吧？

當他正在思索性傾向和裝扮風格之間的關係時，「毛主席席維斯特」走過來搭話，兩人關係

還算友好

在最好的狀況下

兩人的交情從當年艾瑪在國王十字路宮殿般的非法住屋介紹他們認識開始

當年兩人都年輕又俊美，周末都陷在吸食芳香劑和搖頭丸的迷幻狀態裡，在Heaven鏡面球燈

底下，除了皮製熱褲和牛仔靴之外什麼都沒穿，隨著砰砰作響的迪斯可節奏熱舞，然後消失在

Cellar Bar更陰暗的隱蔽處，滿足無藥可救的渴望

甚至跟對方
不過一次就夠了，因為席維斯特在射精的時候大喊**接招吧，柴契爾**，頗令人倒胃口
羅蘭是享樂主義者裡面幸運的一個，從El Diablo（邪魔）[19]存活下來，邪魔突然現身，殲滅
了他們諸多同類
那麼多死亡毀掉了任何懷舊感，悲傷的是，回想過去也就表示
回想起
逝者

暴躁的老席維斯特也是個倖存者
他忿忿地承認這齣戲是艾瑪到目前為止最棒的作品，真可惜她竟然跟他們勾結串通，他們，
以憤怒的指頭指向那些無聊西裝——他這麼稱呼他們，他們站在慶功宴的外圍，代表著透過贊
助強化劇場財務的跨國企業，彆扭地微笑著，急著想融入劇場掛的歡樂氣氛
席維斯特說，他們那些人一離開大學，就出賣了學生時代的左翼原則——如果他們曾經有過
那種原則，進入道德可議的企業工作，接受過度高昂的起薪，那份工作提供有利可圖的職涯前

---

[19] 西班牙文，這裡意指愛滋病肆虐的年代。

景和暴增的年度紅利，不久就讓他們成為超級富有的保守黨黨員，痛恨社會福利的基礎建設，他們透過避稅以及逃稅的手段，特意**不對**那些建設有所付出，一面偽善地蔑視下層階級為依賴國家的社會災禍，而他們明明才是社會最大的禍源，沒有任何社群責任感，只是以非常妄自尊大、可抵稅的形式，隨著時尚投入慈善，他們喜歡稱之為「博愛」！

羅蘭感到驚奇，席維斯特竟能在打招呼的一分鐘內，對著資本主義企業文化和保守黨進行持久的刺擊

這可能破了紀錄

現在輪到他了

《達荷美最後一位亞馬遜人》是個精彩傑作，他說，你也明白，我明天到Channel 4新聞和BBC電臺的《Front Row》節目裡談這齣戲的時候，絕對不會用這種老掉牙的形容用語，刻意炫耀，因為席維斯特不曾認定羅蘭的職涯成就非凡

他的著作可能連一本都沒讀過，也從沒跟他提過在電視上看到他，而一般人常常會跟羅蘭說他們前幾天才在電視上看到他

這是席維斯特這方刻意的閃避

很有破壞力

*

這齣戲確實很有開創性，羅蘭繼續說，儘管席維斯特似乎對搶到免費氣泡酒、一口喝完再抬頭換氣更有興趣，氣泡酒裝在優雅的杯子裡，由服務生端來端去

艾瑪，羅蘭說，可以向原始的亞馬遜人致敬，按照神話，她們是古希臘人的死敵，深入非洲的西方探險家將貝南人，也就是達荷美亞馬遜人比擬為原始的亞馬遜人，寫到她們在一百五十年間大膽無畏的凶猛作風

或許這齣戲也可以在上演時使用更多技術戲劇裝置，像是用全像投影來呈現希臘神話裡原始的亞馬遜人，以幽靈的形式出現在外圍，和主要戲劇互為對比，藉此增加命題上的古典關聯性？真正的亞馬遜人為了更方便用老弓箭跟希臘人交戰，割掉胸脯，這個神話無法被證明，但是近來針對游牧民族斯基泰人的**庫爾干**（俗人的墳塚）所做的DNA測試和其他形式的生理考古分析，證實那個地區存在著這樣的女戰士，揭露了史上騎馬女戰士的存在，她們以小部族的型態生活，從黑海一路延伸到蒙古，雖說她們並未割除胸脯

再者，根據古希臘歷史學家希羅多德，神話中的亞馬遜人會蒐集具有麻醉效果的藥草，將它們丟入營火，吸進煙霧之後嗨翻天，艾瑪沒拿原始素材來玩，結果錯失了一個花招，你看出來了嗎？儘管如此，投射到舞臺上的大量影像，讓舞臺彷彿擠滿了成千上萬死去的貝南亞馬遜人，揮舞武器、高喊戰呼，朝著觀眾蜂擁狂奔而來

這個畫面寫實得嚇人，無疑是這齣戲的驚人轉折

羅蘭頓住，他在表演之前先做了研究，好在表演過後大發議論

他還來不及替自己的演說做個完美收尾，席維斯特就將手搭在他的胳膊上說，我不是那些把你當明星崇拜的學生，羅蘭，然後闊步走開，拿著空杯踱向服務生，那些服務生先前可能聽從領班的指示，刻意繞過他倆站立的地方

羅蘭很想對著席維斯特的背影大喊，他應當覺得該死的感激，他，羅蘭・夸提教授，不嫌麻煩，**免費**提供自己的真知灼見，因為猜猜怎麼著？進行為時一小時的演講，美國大學願意支付一萬美金的是誰？那可能比你過時又微不足道的百分之九十七劇團兩年的營收還多，而且普羅大眾只有百分之一的人聽過

所以你儘管保住自己的社會良心，**同志**，因為他，羅蘭，手上握有更強大的祕密武器，而那叫做

文化資本！！！！

不過，羅蘭過於世故，不至於鬧出這樣的場面，他環顧四周，隨著氣泡酒讓每個人的內心劇場放鬆起來，室內的音量和活力也逐漸增強

開胃小點心從廚房右側登場了，由可口的年輕男子以鍍金托盤端得高高的，他們就像肌肉結實的歌舞隊員那樣走進來

他瞥見雪莉在房間另一頭，裝扮依然走一九八四年左右的女子學院風（親愛的朋友）

多明妮克也來了，**好久**沒見到她了，就女同志來說依然性感無比，即使都五十多歲了也是，同樣被一群流著口水的迷妹團團包圍（老樣子）

肯尼在門口那個帥到爆表、可能是奈及利亞人的性感保全身邊流連，這樣的注目似乎讓保全樂在其中

羅蘭偏好白肉，肯尼喜歡黑肉，就這麼簡單

他們周間各自為政，到了周末則結伴走訪農人市集，跟朋友敘舊，有時到鄉下走走

一年有幾次，他們會趁長周末到最愛的城市去，巴塞隆納、巴黎、羅馬、阿姆斯特丹、哥本哈根、奧斯陸、維爾紐斯、布達佩斯、盧布雅納

夏天則到甘比亞或佛羅里達

「慎重但不欺瞞」是兩人結合二十四年的座右銘，除此之外，兩人可以各自自由行事

受到衝動驅使時就可以加以利用，只要不把人帶回兩人的聖殿

也就是家

羅蘭往外晃到俯瞰泰晤士河的步道

夜空漫布著城市汙染下依然可見的星辰

在這麼晚的時刻，河流狀似帶有黏性的水面浮油，不停搏動著

對岸風格混雜的建築典型組合只剩輪廓

他愛極了倫敦，在他越來越精挑細選的生活圈中，這城市也回報著他的愛，至今已有許久

至於時下對所謂「大都會菁英」的大量嘲諷，他可是拚死奮鬥才抵達了自己的專業頂峰，令人憤慨的是，越來越多政客和右翼煽動家，動不動就用這個詞來指稱社會的弊病之一，荒唐地

指控投票要留在歐盟裡的百分之四十八英國公民，就是那些都會菁英

可笑的是，那些主張脫歐的英國人卻被形容為平凡勤奮，彷彿其他人就不是

羅蘭非常樂意在BBC一場關於歐盟的辯論中，跟那個指控他是「大都會菁英渾蛋」的脫歐運動者面對面，替自己辯護一番

羅蘭回擊說，他家人最初從甘比亞抵達偉大的英國鄉間，撐不過半年，就被六〇年代那些瘋狂的種族歧視者趕出了村莊

換句話說，他對指控他的人說，黑人（羅蘭通常盡可能避用「黑」這個敘詞——好粗糙）最後為什麼集中到大都會來是有原因的，那是因為**你們**不希望我們接近你們綠油油的田野，和粉紅臉頰的閨女

他也不會以菁英身分為恥，羅蘭補充，羅蘭．夸堤教授，由國家所教育出來、非裔工人階級移民之子，為什麼不能享有出人頭地的權利

你的意思難道是，黑人就應該在生產線上工作、清洗馬桶或清掃街道？

觀眾鼓掌歡呼

對談人一時無言以對，來不及想到怎麼回擊以前，主席宣布辯論結束

等於讓羅蘭下了最後的定論，他理應嚐到勝利的快感

但他氣壞了，因為他竟然不得不提到**種族**，那場辯論在網路瘋傳（**那段**當然會）之後他被視為多元文化的代言人

他才**不是**

一條手臂溫柔地從側面盤上他的腰，是雅茲用最美好的方式宣布自己的到來，很美妙，因為他從來就不知道她要擁抱他還是斥責他

爸，她說，依偎過來，他懷疑她有點微醺，雖說她宣稱自己幾乎滴酒不沾

哈囉，親愛的，他回答，吻了她的額頭

我本來好擔心這齣戲會很糟，害媽丟臉，你永遠也不知道她會怎樣，我們以前就有過這種經驗，對吧？她表現得不錯，不是嗎？爸？

是啊，我們以她為榮吧？

是啊，超級以她為榮

妳跟她說過了嗎？妳知道妳必須說出口

說了**好幾次**，一面深深盯著她的眼睛，讓她知道我說的是真心話，她內心深處很依賴，雖然你和我都知道，這次成功會讓她沖昏頭，她會變得很不可理喻，爸，**不可理喻**

他把她摟得更近

他很喜歡她任他擁抱

感覺她的體溫軟軟化入他的身子

雅茲是他當初振作起來的原因，他的人生分成了雅茲前和雅茲後的時期

雅茲前，他是個表現不起眼的大學講師，先前在伊普斯威奇一所校風不良的綜合中學就讀，

年少時期為了逃離在普茲茅斯的老家，在學校埋頭苦讀，休息期間則傻傻盯著偶像流口水
時尚討喜的馬克・波倫（Marc Bolan）、超現實太空時代的大衛・鮑伊（David Bowie）、「甜蜜」樂團美麗可口的主唱布萊恩・康諾利（Brian Connolly）
偏好程度就按以上順序從高到低

他到倫敦上大學的時候，頭一天就加入同志社團，在同志夜店彌補失落的時光
依然以一級榮譽學位順利畢業

經過一年半的搜尋之後找到第一份講師工作，一旦到了那裡，他發現自己無法犧牲辛苦得來的社交生活，投入千萬個鐘頭獨自坐著寫該死的書，那些書可以讓他從默默無聞的學者，躍升成為受人敬重的公眾人物

雅茲快來到世上時，他評估一下局勢，判定自己需要為這個他跟朋友艾瑪有意識帶到這世界來的孩子，成為更了不起的人物，艾瑪是當他倆孩子母親的不二人選，因為她聰慧、富創意又有趣

她找他當捐精者的時候，他深受感動

他到精子銀行走一趟之後，艾瑪很快就懷了身孕，等到雅茲出生時，他已經開始寫他的頭一本書，目標是一本智性但不會太學術，親民又不會太民粹的書，他書寫自己感興趣的東西——哲學、建築、音樂、運動、電影、政治、網路、社會的形塑：過去、現在、未來主義

他以頭一本書闖出了名號，到了第三本，已經奠定了名聲

不過，跟艾瑪不同的是，他的事業從來不是取決於別人眼裡的認同，一般人預期黑人知識分

子都是如此（即使「黑人知識分子」這個詞都令人不自在）
他為這個事實深感惋惜，在缺乏其他可行的選項以前，英國的黑人依然以自己的膚色被定義
他也不能說自己是道地的甘比亞人，他兩歲的時候就離開了
不管怎樣，他身為黑人或同志，都不是在政治上刻意決定的結果，前者是由基因所決定，後者是生理和心理上的先天傾向
兩者都不是智性或運動上的關注焦點
而一直是註腳罷了

大學演說的邀約，讓他在沒有書稿預付款時經濟無虞，他不在意偶爾對成熟的學子演說，但不願意繼續教課，他有了名氣，老上電視，校方也無法逼他
所以要是學生覺得失望，那又如何，制度又不是他建立的，（他只是操縱它，寶貝！）他有個原則就是，除非電子郵件直接來自老闆，不然就不回覆，只要是收到老闆寄來的，他必定立即回信且態度極為友好
這種方式效果甚佳，因為系上的其他人已經放棄要求他做任何事情
他知道「同事」痛恨他，他穿過長劍走廊時，他們幾乎對他齜牙咧嘴
他又何必在乎
反正他幾乎不進系上

羅蘭開始寫他曠世巨作三部曲的第一部時，已經決定自己不要等著被主流接受，而是要成為主流

他的黑人兄弟姊妹想發聲就自己來

他何必扛起代表黑人的重擔？這只會對他造成阻礙

白人只需要代表自己，而不是一整個種族

＊

雅茲在撫慰人心的擁抱裡動了動，他愛她勝過他人，甚至勝過肯尼

從她出生後被放進他懷裡的那一刻，他就為之神魂顛倒，從那之後一直如此，他無法控制對她的愛，雖說她有時很難應付，會隨心情刻意傷人

他擔心她進入這世界的時候，如果不照必贏的規則來玩遊戲，將會受到懲罰

她必須熟練交際手腕，但她個性這麼執拗

就這方面遺傳自她母親

倫敦這區在晚上好特別，不是嗎，爸？她做夢似地說，聖保羅很雄偉吧？

絕對的，很雄偉**沒錯**，親愛的，我把它看成是首都的建築心跳，幾百年來占據天際線，直到城裡的摩天大樓，以經濟繁榮來挑戰它信仰至上的強大象徵

不過，這點很少有人知道，摩天大樓其實受惠於各種高樓的前身，像是埃及十一世紀的高樓、文藝復興時期在佛羅倫斯和波隆納的塔屋、葉門夕班古城五百年之久的泥磚建築

是這樣的，雅茲，這個概念根本不是新的，那是古代市政機關為了解決世紀中葉因為人口擴增，導致城市人口過度密集的問題

他話還沒講完，雅茲就已經抽身離開，就在對話即將精彩起來的時候

她朝著一個獨自站著抽菸、眺望河流的刺青男人走去（還是女人？）

見到你真好，爸，她回頭心不在焉地說，我剛看到認識的人

我很快會去看你和肯尼，我保證

雅茲原本戀戀地窩在他身側，對於自己離開後他所感到的空缺，雅茲毫不知情，就像她兒時全心全意愛著他，也會窩在他身側，遲遲不想放開，即使必須上床或回家，還是摟著他不放，逼得他不得不撬開她骨瘦如柴的小手臂

小小孩子以他的原貌愛著他

無條件地

大多數人認為他很了不起，但她為什麼不呢？他親愛的獨生孩子？

說真的，只要**一次**應該不會**太**難，她只消這麼說就夠了

你表現得不錯喔，爸。

2

嘈雜的慶功宴上，卡蘿跟著其他銀行家和資助人靜靜站在房間遠處的角落裡，他們就像她，一身時髦的商務裝扮，一副格格不入的模樣，整個室內滿是奇裝異服的藝文人士，對著彼此露骨示愛

這完全不是她習慣的環境，所以她拒絕佛萊迪「一起繞繞，認識一下女同志演員」的邀約

他穿過擁擠的人潮，解下領帶並鬆開了襯衫，頭髮東倒西歪，就她看來，只要誰碰上他，就會被他的魅力收服，被他的如珠妙語逗得咯咯輕笑

然後他就會滑步到下一個人那裡，想辦法打動對方

佛萊迪沒有上層階級的含蓄，只是散放出上流階級的自信，加上羞怯的男孩子氣，讓各種背景的人都覺得親近

她真希望有他那樣渾然天成的社交技巧

那齣戲挑起了卡蘿的好奇心，背景放在貝南，雖說她對父母的家鄉奈及利亞所知甚少，不曾去過，但對它的鄰國認識更少

錯不在她，按照母親的說法，近親都過世了，而且年少早早失去雙親，所以很難回去

她母親永遠不會是西非那些大媽，推著過多行李來到機場，在報到櫃臺那裡陷入爭執，抱怨

秤重機有問題，而秤重機顯然運作正常

卡蘿對奈及利亞滿心好奇，想去走走，目前為止，公司還沒派她到那裡出差過，目前她也不急著走那麼一遭，總有一天她會帶母親回去，也許為了幫忙打氣，順道帶上科飛，還有佛萊迪

卡蘿很愛科飛，他很適合她母親

今晚看到一整個舞臺都是黑人女性，全跟她一般黑或更黑，生平頭一次，感覺好怪，雖然讓人覺得受到肯定，但她還是稍感難為情

如果這齣戲講的是英國首位黑人女首相，或諾貝爾科學獎得主，或白手起家的億萬富翁，某個以社會認可的方式達到最高階成就的代表人物，而不是昂首闊步、互相愛戀的女同志戰士就好了

中場休息在吧臺那裡，她注意到幾個白人觀眾看著她的神情，跟早先剛剛抵達劇院大廳時不同，友善得多，彷彿他們正在看的那齣戲反映了她這個人，而因為他們認同那齣戲，也跟著認同她

觀眾席裡的黑人女性也多過她在國家劇院觀賞的其他戲劇

中場休息，她細細看著她們華美的頭巾，大小有如非洲雕像的厚實耳環，巫毒類型的珠子和骨頭項鍊、皮製小袋裡裝著咒語（有可能），金屬手環厚如腕力訓練器，銀製戒指大到橫跨好幾根手指

一直有人用黑人姊妹式點頭向她致意，彷彿這齣戲莫名地將她們連結在一起

這個想法竄過她的腦海：這可能是黑人**同志**姊妹的點頭法，她更加仔細地審視她們，猜想不少人**可能**是女同志，連那些綁著頭巾的人都穿著非常實用的鞋子

這難道是以同志為主的聚會嗎？

她不再做眼神接觸，揪住佛萊迪的手臂

後者過度聯想，用鼻子往她頸子蹭了蹭

現在，就在她做好心理準備要潛入派對裡，將佛萊迪拉走時，有個她許久未見的女人走了過來——多久了？

噢，要命！

噢，要命加三級！

是金恩太太

十八歲離開中學以來後沒再見過

她來這裡幹嘛啊？

*

與此同時

雪莉驚愕地看到以前的得意門生就在房間對面，簡直認不出來，是卡蘿．威廉斯

想也沒想便逕自朝卡蘿走去，留下雷諾克斯繼續跟拉緒米暢談她演奏的爵士，雷諾克斯對她的音樂喜歡到會去聽現場演奏，雪莉受不了那種音樂

她穿過人群的時候，驚訝地看到卡蘿不再是髒兮兮的孩子，而變得優雅、美麗、精緻，連從遠處看來也是

當時用在她身上的方法

一定成功了

雪莉感覺一股壓抑的怒氣像膽汁一樣竄上氣管

「保持聯絡喔，卡蘿，我想知道妳發展的狀況，需要支持的話隨時可以打電話給我。」——這個不知感恩的孩子完全沒聯絡

卡蘿一襲桃色裙裝，戴著有品味的珠飾，兩者看起來都是高價的真品，頭髮拉直成芭蕾舞孃的包包頭，妝容完美低調，比青春期苗條得多，踩著高跟鞋顯得更高

雪莉覺得自己比平日更邋遢（這點值得深究），雖說她明明穿著約翰路易斯百貨新買的圓點洋裝，將腰帶綁得（**非常**）鬆，頸子那裡打了個漂亮的蝴蝶結

金恩太太，卡蘿驚呼，以尊貴的姿態伸出手來

叫我雪莉就好，卡蘿，叫雪莉就好

她的口音幾乎難以辨識，簡直像是貴族，香水味道很芬芳，她渾身散發出雅致的氣息

*

原來她是城裡的銀行家，眼前這個成功的化身相當合乎雪莉的預期，她跟丈夫佛萊迪，在那邊，他家族是贊助這間劇院的公司股東，不過別說出去，這齣戲完全不對我的胃口，卡蘿說

也不對我的胃口，雪莉回答，感覺自己因為沒跟房裡其他人一起熱烈談論這齣戲而背叛艾瑪

（除非他們都是裝出來的，劇場掛的人常這樣）

她自己會很樂意在教職員室裡吹噓朋友在國家劇院搬演的戲，但當這齣戲牽涉到女同志，她就幾乎說不出口

妳都好嗎？卡蘿問，一定退休了吧，我想

完全沒有，我沒那麼老，還在教書，是我自己活該，還在同一所瘋人院，那裡逃過強制關閉的命運很多次，妳可能聽說過，是，還在那裡，繼續培養下一世代的妓女、毒販和毒蟲

雪莉仰頭大笑，預期卡蘿會加進來，結果後者反倒一臉驚恐，雪莉只好趕緊修正成愉快的笑容，免得給人一種尖酸刻薄的印象

我還在指導那些能力最好的孩子，她趕緊爽朗地說，還在拯救那些有潛質的孩子（因為她就是忍不住），他們需要我多年的全心協助，好將他們送上通往成功的道路

一陣尷尬的沉默，雪莉感覺更年期熱潮紅的汗水淹沒了她的臉，該死，不要是現在，她永遠不該喝下那杯酒的，那杯酒等同觸媒，要是她用面紙揩臉，會害彩妝糊成一團，讓自己像個瘋女人

到時卡蘿會怎麼想？

＊

金恩太太話中帶刺令卡蘿不安，卡蘿企圖掩飾，巴不得佛萊迪能趕快把她帶走，這女人像頭豬一樣爆汗，有點奇怪，她在緊張嗎？

金恩太太過去對卡蘿有如此大的控制權，感覺就像虐待

現在她人在眼前，更老一些，頭髮更白，人也更胖，不過這也難說，因為從孩子的角度看來，所有的成人都又老又胖

接著又是一陣沉默，久到令人尷尬至極，兩個女人互相擠鬼臉

雪莉先打破沉默，唔，很高興過這麼多年又見到妳，卡蘿

是啊，也很高興見到妳，卡蘿回答，望進金恩太太的眼睛，預期會閃過一抹邪惡的光芒，結果竟然水汪汪的，她在難過嗎？她看起來很悲傷，一副受傷的模樣，金恩太太真的有感覺嗎？

卡蘿突然想到，自己向來隔著青少年的怒氣迷霧來看金恩太太，但這女人可能只不過想盡一己之力，只是用錯方法而已

卡蘿不想讓這女人難過，現在不想，但她似乎就是害對方難過了，她必須做點補償

我知道現在才說可能太慢，金恩太太，我是說雪莉，妳在我就學期間百般幫忙，我不確定有

沒有跟妳道謝過，唔，遲了總比沒有好吧，呵！

這聲「呵」不是蓄意的，但卡蘿就是忍不住

別傻了，雪莉回答，妳絕對沒什麼好謝我的，我盡了我的力幫妳往前走，從沒預期也沒希望得到感謝，這是我的榮幸，不只如此，這是我身為有良心教師的職責，我只是在做我的工作，最後開花結果，讓我很開心，對我來說那就等於是感謝

卡蘿看到那雙水汪汪的眼睛現在湧出淚花，她頓時想到，在其他人無法也不願幫忙的時候，金恩太太確確實實拉了她一把，她怎麼會到現在才意識到這點呢？

金恩太太往後退開一步，因為自己露出脆弱的樣子而難為情，卡蘿猜想

我得去找我先生了，不然會錯過回家的末班火車，明天還得教課呢，九年級，最糟糕的，再見，卡蘿，很高興碰見妳。

3

雪莉穿過人群走回去，腳步更輕盈

她等不及告訴雷諾克斯自己跟卡蘿巧遇，雖說他不把她懷揣已久的不滿當一回事，認為是負面的浪費精力

人生對男人來說單純得多，只因為女人比男人複雜許多

雷諾克斯似乎不曾為任何事情擔憂緊繃

她把他從拉緒米身邊拖走，準備提領外套，衣帽間服務員去拿外套時，她回頭望向那場派對

偌大的空間裡滿是拔高的人聲，讓她想起學校食堂幾百名學童夢魘般的刺耳噪音

可怕的尖亢人聲加上金屬刀叉刮磨餐具，在牆壁和天花板之間迴盪彈跳

她心目中理想的夜間出遊依然是：在某個同類的派對上，和雷諾克斯一起在角落裡，隨著雷鬼情人搖滾舞動，靜靜在黑暗中擁抱親吻

米飯、豆子、咖哩羊肉在廚房的爐子上細火慢燉

她瞥見羅蘭從散步道上走進來，身姿步態自命不凡，雖說這陣子以來這點總是逗樂她而不是惹她心煩

他成為她教女雅茲的父親時，她才有機會認識他，在此之前，他就跟艾瑪的眾多友人一樣，懶得理她

雅茲剛上小學的時候，他逐漸有了名氣，有一段時間她頗為敬畏他，會有這種反應還真傻氣

她以前滿害怕碰見他，因為只要他一開口講話，就會讓她自慚形穢

有一次她正忙著把小雅茲放進車上的兒童座椅時，羅蘭嘰嘰呱呱說著皮亞傑兒童發展階段的理論，對於這點他懂得遠遠不及她

但她的自信不足以炫耀自己的知識，在他面前就是無法

接著他接到一通電話，說他幾年前回甘比亞生活的母親過世了

前一刻他還站在那裡大放厥詞，下一刻就癱倒在人行道上

雪莉把雅茲和羅蘭帶回屋裡，任他在她懷裡嚎啕大哭

後來她把他以智性娛人的技巧當成演出，知道他內心深處跟別人一樣脆弱

這些日子以來，兩人相處起來頗愉快，雖說還不至於讓她願意延後離開派對，過去打聲招呼

接著她瞥見拉緒米焦慮地四處遊走，一定是在找卡洛琳，她新近年紀二十出頭的兒童新娘，艾瑪這麼說笑

雪莉幾分鐘前才看到那個兒童新娘跟另一個年紀大得多的女人貼得很近，後者看來頗受她的吸引

拉緒米最好當心點

*

她正考慮去找艾瑪道再見時，就看到她跟女神多明妮克一起朝著女廁走去，一面神祕兮兮地輕笑著

讓她想起她們一起經營劇團的時候，當時她們想跟對方在一起的欲望強過跟其他所有人，甚至超過各自的戀人

直到妮辛格出現，突然將多明妮克帶到美國過光鮮亮麗的生活

雖說實情並非如此，根據艾瑪的回報，妮辛格顯然好好挫了多明妮克的銳氣（早該如此）

艾瑪堅持說，她和多明妮克之間從來沒有任何情愫，但雪莉永遠無法理解這樣的友誼：二十幾歲一起去上廁所，她們以前就這樣，更不要說在五十多歲的時候

雪莉今晚試著避開多明妮克，後者太過前衛，不適合跟無聊的異性戀郊區中學老師相處

遺憾的是，中場休息時，兩人碰巧在酒吧那裡並肩站著，雪莉沒辦法低調逃開

多明妮克跟以前一樣，依然纖瘦，緊身白棉衫炫耀著平坦的腹部（哪壺不開提哪壺）、機車夾克、連指戒，沿著耳朵往上爬的耳環，好似銀色縫針一圈又一圈，黑牛仔褲、機車靴、男孩子氣的髮型，沒有白髮

要不是因為小多看起來像三十二歲，不然這樣打扮就是不適齡

黑人女性的外表永遠比實際年紀輕，除了雪莉之外

她向來運氣不佳

她們多年未見，不出所料，多明妮克咧嘴對雪莉露出嘲諷的笑容，彷彿被雪莉可悲的微小生活逗樂了

嘿，近來好嗎？小雪？她以近乎美國腔的口音詢問

一如預期，雪莉完全沒有什麼刺激的事情可以告訴她，她將同一個問題拋回給多明妮克時，對方的回答是，哇！要從哪裡說起才好？就在多明妮克的注意力因為選擇先服務她的酒保而轉移時

他當然會先服務她了

多明妮克兩手各持一杯酒，走了開來，很高興見到妳，小雪，說完便消失蹤影

酒保服務完女神多明妮克之後，替雪莉另一邊的人點酒，那個人比雪莉還晚到

雪莉一反常態，大聲說，**抱歉，我**先來的

整個吧臺的人都轉頭盯著她看

多明妮克出現的時候，她並不怨恨艾瑪跟多明妮克之間的友誼，因為兩人早已踏上截然不同的道路

她跟艾瑪的友誼奠基在長期的忠誠和舒適的熟悉度，而不是共同的興趣和觀點，兩人會結伴去看電影，雪莉相信電影就該是令人興奮的娛樂（就她看來，全世界幾十億人都跟她所見略同）

艾瑪喜歡步調**非常緩慢**的外國電影，**沒有**情節，**充滿**氛圍，因為「最棒的電影重點在於擴展我們對身為人類的意義的理解，它們是一趟挑戰形式邊界的旅程，一場超越商業電影老舊套路的探險，對我們更深刻意識的表達。」

你可以想像雪莉會怎麼想

兩人取得妥協，艾瑪跟她一起去看《樂來越愛你》（*La La Land*），不承認自己看得津津有味（雪莉可以看出她明明就是），《月光下的藍色男孩》（*Moonlight*）這部片，雪莉則從頭坐（睡）到尾，艾瑪說這是她看過最棒的一部片

*

她看著那兩個朋友消失在女廁裡——自信滿滿、活潑愛玩、青春洋溢、耀眼無比

她想跟艾瑪說聲再見，整個晚上兩人幾乎說不到話，因為艾瑪被崇拜者團團包圍，雪莉才不要闖進廁所，打擾艾瑪跟多明妮克的敘舊八卦時段，多明妮克會丟給她一個眼神說，現在又怎樣了？無聊鬼小雪？

雪莉已經跟雅茲匆匆小聊過了，雅茲似乎染上了不得體的非洲爆炸頭病毒，小鬈髮像鐵絲似地往上竄起

七〇年代，大家留的是整齊對稱的非洲爆炸頭，即使在當時，雪莉也不留這種髮型，母親在她十二歲時就開始要她用熱鐵梳打理頭髮，從那以後，她就沒看過或感覺過自己真正的頭髮

雅茲懶得把教母介紹給身邊的兩個朋友，真沒禮貌

她們有點愛擺架子的樣子，雪莉習慣少年少女看到她就縮頭縮腦，而不是表現得好像可以平起平坐

其中一人圍著無涉信仰的亮片穆斯林頭巾，另一個人從低領口上衣露出胸脯

雅茲那種過度自信的形象，跟羅蘭更像而不是她母親，這陣子以來，感覺她只是出於義務才跟雪莉講話

妳是我最愛的教母，雅茲以前總會告訴她，也許她對所有的教父教母都說同一套話，而她的

教父教母總共有一百萬人

她懷疑雅茲覺得她很無趣

雷諾克斯要她別傻了

她和雷諾克斯悄悄走出大廳，踏上了步道，雅茲正倚在面河的牆上跟某人聊天，是個整條手臂紋有粗俗刺青的男人，也可能是女人，在這種「什麼都行」的環境中很難說

雪莉等不及要回家，跟雷諾克斯窩在沙發上喝杯熱可可

然後補看她今晚錯過的《烘焙大賽》（*Bake Off*）最後一集。

4

艾瑪

蹲靠在國家劇院女廁走廊的遠端牆上把風，走廊兩側是成排的廁所門

多明妮克在隨身鏡上將古柯鹼熟練地切成幾行

感覺就像從前，只要聊得起勁，兩人會坐在彼此面前毫無遮掩地上廁所，一路暢談不歇

不管兩人上一次碰面是在多久以前，橫越美洲三千英里的距離，加上橫越海洋的四千英里，都會一舉化掉，彷彿不曾有過阻礙

兩人就像之前一樣自在地接續下去，這就是延續一輩子友誼的真義

多明妮克將鏡子小心地傳給艾瑪，喏，用這個毀掉妳的鼻腔內膜吧

艾瑪將兩行吸進一邊鼻孔，藥粉滿足了渴望，她閉上雙眼品嚐這個時刻，感覺它在血流裡注入美妙無邊的感受

這是我們以前上演首夜的儀式，記得嗎？多明妮克說，將剩下的白粉吸完

毒品發揮效用的時候，一股強烈的幸福感湧來，她的時差問題被歡騰的電流所取代

我怎麼忘得了？艾瑪回答，回想兩人共有的過去，常常就像純粹為了效果的無意義儀式，很高興妳讓這麼好的劇場老傳統復活了，多明妮克，說到這個，妳真的喜歡這個戲碼和演出嗎？我是說妳真心喜歡？

多明妮克已經說她愛極了這齣戲好幾次，但對艾瑪來說仍不夠，她渴望再三保證

超棒的，艾瑪，**棒透了**，妳給那些劇場老先輩吃了一頓排頭，他們肯定在墳墓裡暴跳如雷，我的女孩

那表示妳喜歡嘍？

多明妮克

為了給她驚喜，突然現身在舞臺門口，累到骨子裡，從洛杉磯徹夜飛了十個小時沒睡，再從希斯洛機場搭Uber衝到國家劇院，趕在燈暗之前坐下，這可是咱們友誼史上不可錯過的大事

妳能過來真是太好了，艾瑪說，往後一靠，享受毒品給她的愛

很高興能來這裡，雖然這次來訪有如電光石火，因為我明天又要跨洋回去，四十八鐘頭內來回，就為了妳，我不會為其他人這麼做，小艾

多明妮克已經許久不出席朋友的首演之夜，外頭的派對滿滿是她久未見面的人，雖然理由非常充分

她跟羅蘭短暫敘了舊，在那期間他頻頻提到近來一起午餐／晚餐／喝酒／不管什麼鬼事的名人，其中有兩個知名的政客、一個搖滾明星、一個作品賣價高達數百萬的藝術家

她說她從沒聽過他（其實有）

看到她在戲落幕後離開觀眾席時，席維斯特像飛鴿歸巢一樣速速竄過人群，前來告訴她，過去那些反主流的鬥士所剩無幾，他和她是碩果僅存的其中兩位，堅守原則不受腐化

他會朝艾瑪的方向揮揮手並非巧合

多明妮克正準備提起她非常資本主義的藝術祭，這時某個她在八〇年代合作過的人解救了她，琳達，過去有著頑童模樣的舞臺經理，現在身形壯如古拉格勞改營的獄監

還有與她隨行的一群人，她們湧了過來，用手肘將席維斯特擠開

琳達目前經營自己的電影和電視道具公司，而她這群朋友是汽車技工、水電工、建築工，全是灌木女子劇團的死忠粉絲

這些女人在抗拒女性特質變得流行以前就這麼做了，她向來很欣賞她們

很高興能再見到她們

見到雪莉就沒那麼開心了，雪莉是艾瑪交情最久的朋友，也是地球上最枯燥的女人，兩人不巧在酒吧並肩站著的時候，雪莉一臉驚恐，嘴唇勉強擠出曖昧的笑容

她曾經在某場派對上撞見雪莉看著艾瑪親吻女友，看到雪莉以為沒人在看時所露出的表情

這女人是個隱藏版的恐同者，雖說艾瑪不肯接受這個說法，說如果雪莉恐同，就不會跟她做朋友

多明妮克跟雪莉熱情地打招呼，也熱情地說再見，中間則沒說什麼，這就是她所謂的「哈囉－再見三明治」

專門保留給她不得不善待的人

*

羅蘭、席維斯特、雪莉

過去都是舊識，現在難得見一次面，可以看出他們最糟的特質強化了

羅蘭更加傲慢，席維斯特怨氣更深，雪莉更加緊繃

例外之一是拉緒米，依然是個極好的朋友，替最新專輯巡迴宣傳時，定期會到洛杉磯來

亮點就是見到雅茲，雅茲衝上來得意地將她介紹給兩個自信十足、辯才無礙的大學朋友，其

中一人披著有亮片的穆斯林頭巾，彷彿喊著「沒錯，我就是穆斯林，古怪而且覺得得意！」

兩個朋友滔滔不絕，說她們從雅茲那裡聽說過**好多**她的事，別擔心，妳儘管**放心**，講的都是**好話**，沒**什麼**中傷毀謗

雅茲提議多明妮克出錢讓她明年夏天到洛杉磯住一個月，甩開**妳知道的那個人**，以便加強我倆之間的羈絆，因為妳是我的頭號教母，在我童年的大多時間都缺席，我跟**妳知道的那個人**

還有什麼都看不順眼的教授

一起成長，造成不少創傷

我需要妳給點支持，小多大人

別擔心，我不期待頭等艙的機票，經濟艙就行

加上

每天的零用金

雅茲活潑有膽識，多明妮克就愛她這點，她當然願意出錢讓雅茲來訪

多明妮克往放在廁所地上的背包一挖，抽出一張黑白照片，遞去給艾瑪

記得這個嗎？想說帶過來給妳看看妳有了多大的進展

當然記得，艾瑪回答，怎麼可能忘記？看看我們，原版的女權龐克**娃兒**，現在改叫**小妞**了嗎？雅茲就會知道

她們當時站在這座劇場外側的陽臺上，多明妮克戴著壓扁的軟呢帽，穿著男人舊外套，扯破

的棉衫、牛仔褲、牙套
艾瑪披著短夾克，穿著荷葉短裙、橫紋緊身褲，腳踩馬汀博士靴
兩個人臭著臉，朝著上方高處劇場的粗黑字體，用兩根指頭比出侮辱的手勢
看看我們當時多年輕，小多，感覺像是好久以前的事
因為那就是很久以前的事，一個過往的年代，把嗅鹽傳過來一下，親愛的，看看妳現在的樣子，小艾，處於**顛峰**，我的女孩，妳勝券在握，勢不可擋，那就是妳，至於那齣戲收尾的段落？今天晚上黑人女性中心論拋出了震撼彈

這些奉承滲入了體內，艾瑪覺得自己倚著牆融化了
這正是她所需要的
一切都很完美
就是
完美

5

兩個女人回到艾瑪的窩，持續對話到深夜

多明妮克很高興艾瑪目前的情人並未受邀回來，當她們不得不說再見的時候，因為被剝奪了滾床歡愛慶祝的機會，而掩不住懊惱的神情，怒目看著她
她朋友現在正熱中三人行，艾瑪稍早承認了
妳這個下流的蕩婦，小艾
希望啦，我盡量

雅茲和她「那幫人」也來過夜，老早就上床就寢
現在的年輕人是怎麼回事？她們像五歲孩子睡眼惺松地打著呵欠離開房間時，多明妮克對著她們的背影喊道
該要猛灌酒狂嗑藥的是妳們，不是我們，妳們這些明理的小母牛，回來這裡喝個大醉吧
她們笨拙地踏上木頭階梯時，雅茲越過欄杆往下大喊，屋子裡有調皮**小孩**的時候，**我們有些人**必須要當負責任的大人
注意了，我可沒指名道姓喔

跟往日的戰力不同
她和艾瑪只喝了兩瓶紅酒，嗑完剩下的古柯鹼，毒品令人愉悅地抵銷掉酒精帶來的醉意
同時享受兩邊世界的精華：想喝多少就喝多少，同時思緒又連貫到能夠好好交談
艾瑪姿態有點浮誇地斜倚在凹凸不平的老沙發上，用抱枕撐住身體

就像演員莎拉・伯恩哈特或莉莉・蘭特里的現代版
多明妮克坐在地板上Habitat品牌地氈的褪色幾何圖形上
採蓮花坐姿

這房子讓多明妮克想起自己逃離的生活風格，對面一模一樣的連棟小屋近得令人不適
前院是個三英尺平方的院落，被黑色垃圾桶占去空間，後院也沒大多少
小屋的空間給人窒息感，深紫色牆壁幫了倒忙，違反多明妮克當初給艾瑪的明確提議——漆
成白色以便營造寬敞感
被煙燻黃的劇場海報至少現在保存於玻璃底下
壁爐架上展示著一排蒙塵的非洲雕像，是艾瑪自己積攢的而不是繼承來的
壁腳板磨損了，地面鋪板需要好好上個光，原始的爐床上用來容納蒙塵的細長蠟燭，蠟燭因
為硬化的燭淚而嚴重扭曲
艾瑪將自己的房子形容為破敗中不失雅致，彷彿刻意設計成這樣，但就像一個家居懶婦企圖
矇騙另一個同類，多明妮克建議她省掉「雅致」那部分
她自己有個女僕每周會來兩次，以彌補她的不足之處
她住在通風的平房，玻璃牆面將大小適度的空間往外擴展，將下方山丘上的松樹
以及遠方的城市燈光
容納進去

《達荷美最後一位亞馬遜人》可能是我職涯的顛峰，小多，艾瑪說，隨著夜晚漸深，不再興高采烈，進入了多明妮克認得的傷感模式

我無法想像情況會比目前更好，如果這齣戲得了大獎，也許他們會邀我回去再做一齣，也許不，我還有好多東西要給，我可能還是得到處奔走，試著找工作，然後會有更多人找我去參加專題討論，談劇場多元化

我已經成了社會變遷禮拜堂的長青職涯女祭師，從政治隱形的講壇上，對著邊緣化和改宗後的會眾們講道

那就是為什麼幫助妳逃脫是我的職責，艾瑪，看看那些在這裡找不到工作的英國黑人演員，跳了槽，最後成了好萊塢明星，看看我目前過的生活？看看我的女子藝術祭？想想那邊觀眾的人數多寡，還有支援網絡、對話、在每個社會階層上運作的強大黑人

美國會讓妳盡情拓展，進入它的廣闊無邊，小艾，妳會變得更有聲量，變得更勇敢，在智性和創意上受到更多激發，妳會抵達新高點，這是一定的，我知道美國自身也有不少社會上和政治上的弊病，即使如此，跟英國比起來，唔，我能說什麼？我很久以前就跳槽了

我暫時得待在這邊，直到雅茲準備獨立生活

我們講的是全宇宙最有自信的年輕女子嗎？多明妮克回答，如果有人有能力照顧自己，那非妳女兒莫屬

我也不是希望她獨立生活啦，說真的，永遠不希望

妳有分離焦慮症？

她是個妖怪，但她是我的小妖怪，妳也知道，其實我很愛這裡，即使它讓我挫折得不得了，

我不確定我想到任何地方去當外國人

所以就先像新衣服那樣試試看嘛，可能合也可能不合，人生的重點就是要冒險，而不是把腦袋埋在沙子裡

謝了

甭客氣

妳讓我覺得自己像是個目光如豆的英國小島民

那是因為妳不知道什麼對妳最好，如果我必須拖著妳邊踢邊叫到美國去，那就這樣吧

艾瑪從沙發上起身，打開窗戶，點了根菸，將菸往外吹向陰暗寂靜的街道

多明妮克真不敢相信朋友還抽菸，無法相信有人過了二十歲還抽菸

我也愛英國，小艾，只是隨著每次回來就少愛一點，對我來說，這裡成了一個活生生的記憶，英國感覺像是過去，即使我在它的現在

聽起來妳跟治療師談過這件事

我付錢給她坐著聽我口沫橫飛，完全不打岔，每周一個鐘頭，我離開妮辛格以後就一直去看同一個女治療師，很棒，妳應該試試

只是我不像妳，我沒有心理方面的困擾，小多

那是因為妳挖得不夠深，沒找出來

最好是
對我來說，治療是提升意識的一種形式，小多
提升意識這個詞好復古，小艾
難道妳沒聽說，復古現在回歸流行了？這年頭很風行當個女性主義者：部落格、示威遊行、群眾募資運動，真受不了

艾瑪關起窗戶走回來，再次懶洋洋地癱在沙發上，說服我，女性主義重獲新生，哪裡**不好**了，多明妮克？那不是大家正需要的嗎？
其實讓我困擾的是它的商品化，艾瑪，從前，女性主義受到媒體的詆毀，讓好幾世代的女人遠離自己的解放，因為沒人想要因為支持女性主義而受到責難，現在大家愛死它了，妳看過長相搶眼的女性主義年輕女子拍的那些亮麗照片嗎？穿著古怪的衣服，擺出很跩的模樣——直到不再流行
女性主義需要的是板塊構造的移動，而不是潮流的改造
多明妮克希望朋友附和她，這點不必費什麼力，可是艾瑪，永恆的唱反調者，拒絕去看明擺在眼前的事實，妳太憤世嫉俗了，凡事淨往壞處想，小多
我這樣叫有洞察力，任何仰賴美貌來推銷的嚴肅政治運動都不會有好下場
噢，別這樣，媒體痴迷於美麗的女人又不是新鮮事，看看葛羅莉亞・史坦能、吉曼・基爾（Germaine Greer）和安吉拉・戴維斯年輕的時候，冰雪聰明但不是醜小鴨，如果女人年輕、美

麗又性感，就會得到報導篇幅，不管她們是音樂家或小兒科醫師

小兒科醫師？小艾？

押韻嘛，小多，押韻啊[20]

讓我困擾的還有一件事，就是那些愛鬧事的跨性別者，妳應該看看當我宣布我的藝術祭是給生為女人的女人，不是生為男人的女人時，受到什麼樣的抨擊，他們指控我恐跨性別，我不是，絕對不是，我有跨性別的朋友，但那是不同的，以男性身分被養大的男人，可能不覺得自己是男人，但這世界把他當男人對待，所以他怎麼可能跟我們一模一樣？

他們發起抵制我的藝術祭的運動，由某個在推特上有上百萬追蹤人數，叫摩根·馬林格的人接手，他持續攻擊了好幾個月，嚴重破壞我的聲譽，直到我收回之前的聲明

小多，妳真好笑，呃，愛鬧事？抗議？有沒有讓妳想到誰？要是在我們年輕的時候，我們也會在推特上給別人好看，妳可以想像吧？跨性別社群有權為自己的權利奮戰，妳在那方面心胸要更開放，不然會有變得無足輕重的風險，我有個「社會覺知」的女兒最愛教育我，我不得不徹底重新調整自己的想法，不管怎樣，我確定那邊那些主張女性主義的年輕**女傑**很崇拜妳，打賭妳是個女人大吸鐵

對他們來說，我才不是個寶貝呢，小艾，我是個老派的過去式，是問題的一部分，他們並不

---

[20] Musician（音樂家）和Paediatrician（小兒科醫師）原文押韻。

尊重我

那麼妳必須跟他們談談，小多，有更多女人正在重整女性主義，草根激進主義像野火一樣燎原，幾百萬的女人逐漸覺醒，思考以享有平等權利的人類身分，做自己世界的主宰，我們應該要歡慶才對

有什麼好反對的？

尾聲

潘妮洛普

再兩天即將奔抵八十歲生日，而此時她正搭著城際火車急急奔向北方

她試著閱讀《電訊報》（*The Telegraph*）的文化版，讀到了一篇五星劇評，那齣戲的主題是非洲亞馬遜人，在國家劇院上演，那裡是她最愛的倫敦劇院

不管好評如潮與否，她都打算跳過那齣戲

她搭乘頭等車廂，想要享用她的琴酒加通寧水配上鹽味零食，儘管有高血壓，而她的血壓現在可能因為四周的暴民而飆上天了，就是那些多加一點錢替車票升等，把原本付得起錢的人要享受的更舒適、更平靜的環境，變成了一場惡夢般的旅程，有嚎哭的小鬼頭、醉醺醺的啤酒狂歡客，還有最糟糕的犯規者，就是那些在手機上公開講私事的那些人

她想叫他們全都**閉上－你們的－鳥嘴！！！**

可是即使她是個退休人士，要是有個粗人攻擊她，登上明天報紙頭條，她也不會意外

領年金人士被酒醉惡棍拋下行進中的列車

潘妮洛普發現自己近年來對人的容忍度較低，除了對她的伴侶傑若米之外，後者將她從忍受
太久的小姑獨處中拯救出來
先前那些年她過著不快樂的獨立生活，但她滿心只想跟某個愛她的可愛男人互相依賴
愛她原貌的男人

她將近七十歲開始上太極，在班上認識了傑若米，可愛的拉維妮亞・蕭醫師（可惜退休了，
換成一個**奈及利亞……男人**）推薦她改善自己的平衡感，因為她頻頻跌倒
上次在Waitrose超市，她的肩膀傷得很重，儘管注射類固醇，還是花了幾年時間才痊癒
妳不應該老是跌倒，蕭醫師警告她，這樣下去最後會坐輪椅喔，潘妮洛普
了解

潘妮洛普首先嘗試坎伯韋爾當地的太極課，四周全是瘦到不可思議的年輕女子，還有綁著武
士風格奇怪頭髻的俊美年輕男子——他們在追求那些女人
她在達利奇那裡（不是東達利奇）找到適合許多的課程，那裡有為數不少的某**類**年長紳士
包括傑若米，一頭銀髮，長相肖似貴族登山家（**非常**雷諾夫・范恩斯[Ranulph Fiennes]爵
士），她開始固定站在他旁邊上課
比她年長幾歲，離婚了（這點很快就先查明，這是上上策），老師在課堂上指導他們怎麼撥
開野馬馬鬃、抓擒鳥尾、扛虎過山時，她就站在他旁邊

潘妮洛普趕走所有的競爭者，重溫少女時期最初用來擄獲吉爾斯的生疏技巧

她送傑若米自家園子採摘的梨子，提供插枝填補他園子的（這點也很快查明）園藝空缺——蜀葵、山茶花、紫藤

他似乎對她頗有好感，於是她的野心快速增長，帶了一張極為罕見的瑪麗亞・卡拉絲（Maria Callas）78轉蟲膠唱片送他，是他崇拜的偶像

她在倫敦西區的唱片行花了老半天尋找這張唱片，卻跟他說碰巧在自己的古典音樂收藏（她匆匆拼湊出來，免得他臨時登門來訪）裡看到

她跟著他在皇家歌劇院（Opera House）、英國國家歌劇院（English National Opera）、格林德伯恩、愛爾堡、加斯頓，聽了無數場恐怖的歌劇

彷彿對舞臺上的號叫如癡如醉

她跟他一起到羅德球場和橢圓球場，看了數不清且沒完沒了的板球比賽，裝作**興致盎然**，還好冰桶裡一直有皮姆琴酒幫她撐過去

（維護這樣的傳統，是她的職責）

潘妮洛普將自己變成了有趣的人，凡是跟傑若米有關的，一概不嫌麻煩，而事實上在認識他以前，多數事情對她來說都太費事

跟傑若米在一起，她成了專注的聆聽者，提供撫慰人心的鼓勵話語，尤其在他描述跟安的前一場婚姻

在五〇年代和六〇年代，安是循規蹈矩的母親和妻子，到了八〇年代卻成了厭男的女性主義者，會主動跟他挑起戰端，跟女人們一起消失在葛林漢堪門營地，那些女人很努力裝作不是女人

她把那些女人以朋友身分帶進他們位於肯寧頓的市區住所，直到有一天他撞見她們在臥房裡做著只有男性應該對女性做的事

從那之後，他有過交往對象但不願再結婚

唔，都怪女性主義，潘妮洛普沆瀣一氣地說，如果能夠尋獲個人幸福，她隨時準備好背叛原本的主張

傑若米．桑德斯（曾獲大英帝國勳章）

在西敏宮有過傑出的公僕職涯，主掌內部刊物的出版，不管政黨如何摧毀，哎呀說溜嘴，是不管政黨如何**掌理**這個國家，他常這麼說笑（有幽默感喔，傑若米！）

兩人政治立場一致（中間偏右），喜歡辯論當前的主要議題：法律和秩序、經濟、小國VS.保母國家、國族主義、移民、不鼓勵社會福利、人權、鼓勵小企業的成長，以及替大企業和賺大錢的人減稅，保護個人財產——她在坎伯韋爾的城郊住宅，六〇年代以低價買進，現在的價值可達七位數

潘妮洛普等到兩人認識一年半之後，才跟傑若米有肌膚之親，反正她又不急著跟他上床，除了瑪莎百貨大媽型的內衣銷售員，她已有多年沒在任何人面前寬衣解帶

她的大腿粗壯、凹痕處處，不再有昔日流線形的輪廓，胸脯也不像年輕時有如充飽的氣球，

她有幾晚難以成眠，納悶是不是該為他染深自己的陰毛

兩人終於結合的時候，發生得突如其來，某天晚上，像青少年一樣在他市區住所客廳裡的沙發上

之前她在皇家歌劇院裡忍受了三個小時半的《茶花女》（La traviata）

為了恢復元氣，回到家喝了一瓶上等波爾多

他則享受了幾份最愛的梅塔莎白蘭地

有一就有二，轉眼間，她的七十幾歲男友破了她的處

那時，潘妮洛普發現傑若米對她的感情，讓他盲目到看不見她肉體上的缺陷，他愛她的原貌，沒得抱怨，他說，即使某天早晨她讓他看到床上赤裸裸的自己，當時陽光透過窗戶全力傾注在她身上

妳就是我想像中波提切利的維納斯到了中年的模樣

中年？那個時候她都七十了

他這人真有**憐憫心**

她當然也愛著**他**的原貌，他不是個有圈圈贅肉的米其林輪胎男，也不是正在老化的花美男，雙腿是他最棒的身體資產，他走了一輩子的路，她也跟著愛上走路，這點簡直就是奇蹟，因為認識他以前，她幾乎走不到五分鐘就氣喘吁吁

只是往返她的車子以及逛逛商店

最後她培養出足夠的體力，兩人去住他在薩塞克斯的海邊小屋，或是她在普羅旺斯的小屋時，可以來回走個十英里

走路成了生活的樂趣之一

＊

相處方面一旦都底定了之後，她搬進他家也是合情合理的事，她決定不去改動他家，默默地不喜歡他灰配綠的色調，他喜愛的愛德華時期原版家具，鋪滿地板的米黃色地毯，大量的十九世紀《旁觀者》（*The Spectator*）雜誌加框封面

跟她自己偏好的混搭風格恰恰相反，有峇里島皮影傀儡、玻璃雕塑、貴格派彩色拼布蓋在舒服的白沙發上、羊皮地氈，淺沙色地面鋪板

他們自在地在雙人生活裡安頓下來，常常出門吃飯（兩人都不想下廚），經常探訪國家名勝古宅、上劇院看戲、到西區看音樂劇（為了她），當然還有歌劇

兩人都酷愛閱讀，她的品味在喬安娜．特洛普（Joanna Trollope）、吉利．庫柏（Jilly Cooper）、安妮塔．布魯克納（Anita Brookner）、傑佛瑞．亞契（Jeffrey Archer）這個領域，他則屬於詹姆斯．派特森（James Patterson）、賽巴斯汀．福克斯（Sebastian Faulks）、肯．弗雷特（Ken Follett）、羅伯特．哈里斯（Robert Harris）那派的傢伙，照他自己的說法

傑若米說過，他這輩子沒讀過女性作家的小說，因為他從來就沒辦法讀超過第一章，他不明白為什麼，一定是生理的因素，他說，一臉垂頭喪氣的樣子

她什麼都沒說，不去叨唸他，那是她自己訂下的規則，也是兩人關係和諧的祕方

兩人每天早上一起在他的溫室練習太極，夏天則改到花園，雖說現在他已八十好幾，身手較不靈敏

她一度因為疑似罹癌而飽受驚嚇，最後存活下來，讓她覺得生命非常有限（很感激自己避開了乳房切除術）

不過，當她思索自己的死亡時，為了親生父母的事情在夜裡輾轉反側，她以為克服了得知自己和艾德溫、瑪格麗特沒有血緣關係的震撼之後，年紀輕輕就把這件事情放下了

把她帶到世界上卻又送走的人是誰？

在每周一次的英國－澳洲Skype通話期間，莎拉聽到她提起這件事時相當驚訝

怎麼會突然想到這件事，媽？

莎拉現在都中年了，不常回來英國，她的孩子馬提和莫莉都長大了，非常澳洲

亞當住在達拉斯好久，對美國憲法第二修正案的擁護程度到了驚人的地步，她會針對他那裡的沃爾瑪超市，除了販賣加工起司和兒童玩具之外，還販賣槍枝這一點，跟他起口角

潘妮洛普認為她的孩子刻意逃離她身邊，而他們永遠不會承認這點，她並不是一個壞母親，

想到自己永遠無緣跟孫子拉近關係，她就覺得傷心

她想當一個每周都能當他們臨時保母的奶奶

想成為他們生命中第二重要的女性

她跟莎拉依然非常親近，莎拉告訴她有DNA溯源檢測可做，這種檢測在莎拉所住的地方非常熱門，因為有很多人的根源在英國和其他地方，而他們對這點所知甚少甚或一無所知

既然妳一直惦記這件事，就一定要試試看，媽，她說，我想這個檢測至少能告訴妳，妳的原生家庭是來自大不列顛及北愛爾蘭聯合王國哪個地區

潘妮洛普對這個想法很熱中，她在約克郡成長，想像自己的祖先來自那個地區，或許能一路回溯到石器時代

過去，除了從村莊前往城鎮工作之外，大家並不常四處遷移，工業革命期間才開始流行遷居

在那之前，都非常孤立隔絕，尤其在多山丘的區域，所以沒錯，她的根源可能是在約克郡、蘭開夏郡、柴郡、林肯郡，也可能是杜倫，搞不好祖先裡有維京人，也許她是維京戰士女王的後代

這樣說得通

檢測工具組寄來了，潘妮洛普按照指示，將唾液放進管子裡，再郵寄出去，打算用檢測結果給傑若米一個驚喜

只是結果不符她的預期

現在，潘妮洛普正為創傷後壓力症候群所苦，因為昨天她跟一位離了婚的姊妹淘，按照兩人之間的傳統，周五午餐吃「義大利筆管麵&皮諾紅酒」，餐後她上網查電子郵件，收到這樣的回函

好消息！您的DNA溯源檢測結果進來了，您一直在等待的時刻就在這裡……

以她的例子來說——是等待一輩子

潘妮洛普刻不容緩地按下超連結，幸好傑若米整天不在家，他跟弟弟雨果到薩里郡打高爾夫球去了

起初她發現自己一時很難吸收，有那麼多國籍

這種特殊技術呈現了她最深刻也最祕密的自己，而她認為自己可能是誰，以及她顯然是誰，這兩者互相牴觸

歐洲

斯堪地那維亞	百分之二十二
愛爾蘭	百分之二十五
大不列顛	百分之十七
歐洲猶太	百分之十六
伊比利亞半島	百分之三

芬蘭／俄羅斯西北　百分之二
西歐　百分之二

非洲
衣索比亞　百分之四
南蘇丹　百分之一
肯亞　百分之一
厄利垂亞　百分之一
蘇丹　百分之一
埃及　百分之一
奈及利亞　百分之一
象牙海岸／迦納　百分之一
喀麥隆／剛果　百分之一
非洲中南部狩獵採集者　百分之一

潘妮洛普直接走到酒櫃那裡，幾個小時之後她勉強走到臥室躺下
有猶太血統是一回事，但她怎麼也料不到會在自己的ＤＮＡ裡看到非洲，那是最令她震驚的
地方，這個檢驗提供的不是答案，而是掀起了諸多疑點

她躺在那裡，想像自己的祖先圍著腰巾，在非洲大草原上東奔西跑執矛追獵獅子，同時戴著猶太圓頂小帽，吃著外餡三明治和西班牙海鮮飯，拒絕在安息日出門狩獵

為了符合自己的新身分，也許她應該買頂髒辮假髮，加入拉斯塔法里運動，然後販賣毒品

至少這解釋了一件事，她的皮膚為何一碰到太陽很快就曬黑

她身上竟然只有百分之十七的英格蘭血統，這點令她失望透頂，其實她身上的愛爾蘭血統勝過英格蘭，那很可能表示她祖先是**馬鈴薯農**

只要是維京，斯堪地血統就沒有關係，但要怎麼分辨？他們也可能是馬鈴薯農，西歐的血統肯定是她對美麗的普羅旺斯這麼有好感的原因

她的非洲祖先可能是游牧民族，在整片大陸上遊走，互相殘殺，直到英國人將區域劃分為國家，將紀律和控制加諸於上

如果她身上有百分之十三的非洲血統，那是否表示她父母的其中一個是百分之二十六的非洲人？還是說他們一人一半？

因為不知道自己的親生父母是誰，她甚至無法弄清楚哪個特質屬於誰

潘妮洛普Skype莎拉要通知她這個消息，時值澳洲當地的凌晨，但這是個非比尋常的時刻，莎拉興奮到爆表

向她索取網站連結，因為妳，媽，講的話不是很說得通，不管妳是不是很喜歡北歐犯罪小

說，都跟這件事沒關係

妳是不是又喝酒了？

（只喝了一點）

*

幾分鐘之內，莎拉回到了Skype，說那個網站不只提供了種族的分析，也將她跟做過這個檢測的親戚串連起來，妳怎麼會錯過這個訊息呢，媽？好了，深呼吸，準備要聽這個了嗎？妳的網頁上列了一百多位的基因親屬，從五等到八等親開始，手足或祖父母那個分類底下沒人，也沒有雙胞手足，但顯示了別的，媽，一個家長——妳明白這是什麼意思嗎？

妳的生母或生父一定做了這個檢測，生理上顯示是妳的血親以無名氏二十五的名稱註記，最後一次登入是兩周前在約克郡，等一下，想知道更多的話，有個電子郵件連結可以直接跟他們聯繫

媽，妳有沒有在聽？妳臉色好蒼白，噢，天啊，對不起害妳這麼難過，別哭，媽咪，這完全情有可原，當然是了，我明白，我真的明白，真希望現在可以抱抱妳，欸，我會處理的，妳好好休息等酒醒，我們之後再聊

莎拉發電郵給一個叫摩根的人，對方幾乎立刻回函，曾祖母海蒂·傑克森的DNA檢測，由他／她負責處理，目的是為了查出更多關於海蒂母親葛莉絲的事，他們原本以為葛莉絲是半個

衣索比亞人，後來才發現她的基因在非洲散播得更廣，真是出乎意料

摩根怎麼都沒料到會收到自稱是海蒂女兒的人所發的電郵，因為海蒂只有一個女兒叫艾達・梅，住在新堡

摩根向莎拉保證會立刻打電話問海蒂，然後再回覆

海蒂從震驚中恢復之後，告訴摩根，她十四歲的時候，生過一個她取名為芭芭拉的女兒，出生幾天後就被她父親帶走，這件事她毫無發言權，她一直不知道寶寶到哪去了，只有她父母知道這孩子的存在，而兩老很早以前就過世了

這個祕密海蒂守了一輩子，天天想起芭芭拉，不敢相信她還活著

摩根發電郵給潘妮洛普，說她曾祖母相當震驚，她非常老了，妳一定要趕快來

潘妮洛普回覆說她明天就搭火車北上

潘妮洛普從車站轉乘黑色計程車，她通常對里程計費表斤斤計較，這一趟可能得花個上千英鎊，但她一點都不在意

計程車司機說路程會超過兩個鐘頭，他是非裔人士，她沒料到都到這麼北邊，幾乎在蘇格蘭境內，還會碰見非裔人士

他讓她覺得彷彿回到了倫敦南邊，接著她趕緊制止自己，事情沒有以前那樣涇渭分明了，他可能是親戚，如果她從過去四十八個小時裡學到一件事，那就是任何人都可能是親戚

照理說她應該會睡著，畢竟凌晨四點起床趕搭七點從國王十字出發的火車，但她根本睡不著，因為腦袋轉個不停
車子往諾桑比亞鄉間深處駛去
很容易忘記英格蘭是由很多區域組成的
這些田野和森林、綿羊、山丘、昏昏欲睡的村莊
她覺得自己恍如正要前往地球的盡頭，同時又返回自己的起始處
她就要回到自己開始的地方，回歸母親的子宮

*

計程車路過另一座冷清的村莊，然後爬上又陡又長的山坡，她擔心車子沒辦法成功登頂
到了坡頂，高聳的金屬拱門上有個標誌
綠野
由
萊涅俄斯．萊登戴厄船長
以及他摯愛的妻子歐多蕾
創立於
一八〇六年

他們開進院子裡，泥濘深到計程車得放慢速度，緩緩跋涉，泥巴紛紛濺在車窗上

彷彿回到了遠古時代

她的右手邊有一幢古老軟頹的農舍，屋頂由不成套的瓦片和磚塊拼湊而成，藤蔓沿著屋頂攀爬，也從裡面往外竄，彷彿使勁一推，整棟屋舍就會坍倒

幾座穀倉圍繞著院子，倉門在風中頻頻拍打

幾隻小雞和母雞在四周呱呱叫，一頭乳牛從圈欄探出腦袋，一頭山羊用繩子綁在樁柱上，遠端有一把生鏽的犁具，藤蔓從裡頭竄長出來

一切正在瓦解崩壞，不受控地恣意蔓延

她下了計程車，按錶付給了那傢伙三百英鎊，加上一筆小費，想說他幾乎可以算是六等親什麼的

農舍的門打開，有人踏進院落，一頭灰髮鐵絲似的到處亂竄

穿著破舊的藍色連身工作服，上頭套了件羊毛衫，竟然**光著腳丫**？在這樣的地方？在這片泥濘裡？在這種天氣中？

女人朝她走來，年老骨瘦，看起頗為強健，身材高挑，並未拱著背，一副凶悍的模樣，潘妮洛普就是遺傳自這裡嗎？她那種跋扈張揚的態度，過去常被人非議的特點？

女人一身淡棕色肌膚，這點確確實實卻也模稜兩可，這種膚色要說來自什麼國家有很多可能

這個來自荒野、髮如鐵絲的狂野生物，雙眸銳利野性
就是她母親
這就是她
就是她
誰在乎她的膚色？潘妮洛普為什麼以前會覺得有關係？
這一刻，她感覺到如此純粹和原始的什麼，令她難以招架
她們是母親和女兒，而她們對自己的整體認知正在重新校準
她母親現在近到伸手可及
潘妮洛普原本擔心自己不會有任何感覺，或擔心母親不會對她表達愛意，無感、無覺、不帶
柔情
她真是大錯特錯，兩人都淚眼婆娑，彷彿歲月飛快倒退，直到橫亙於兩人間的人生時光不復
存在
重點不在於感受什麼，也不在於說些什麼
重點在於
終於聚首。

謝詞

我和Hamish Hamilton的出版指導Simon Prosser開始合作以來，已經過了將近二十個年頭，我想感謝他在我出版的六本書上所展現的編輯專業。我非常感激，也覺得很有福氣。我也想向Penguin出版團隊致謝，他們努力將我的書帶向全世界，包括Hermoine Thompson、Sapphire Rees、Hannah Chukwu、Annie Lee、Donna Poppy、Lesley Levene、Amelia Fairney，以及在幕後付出讓事情得以實現的人們。特別要感謝我在Curtis Brown的經紀人Karoline Sutton。也要大大感謝這份書稿不同階段的讀者們：Sharmilla Beezmohun、Claudia Cruttwell、Maggie Gee、Lyn Innes和Roger Robinson。謝謝Chris Abani、Jackee Holder、Michael Irene和Kechi Nomu，謝謝他們檢查我的方言土話和洋涇濱語。我也想感謝美國惠德比島的霍奇布魯克女作家工作坊，讓我二〇一八年到那裡當駐地作家。

雖然最後才提但重要性不減：感謝我先生David，他在我勇闖未知的創作水域時，總是在身邊扶持，也一直是我收帆歸返時的安全港灣。

國家圖書館出版品預行編目（CIP）資料

女孩、女人、其他人：12位非裔女性的掙扎、痛苦、歡笑、渴望與愛／柏娜汀・埃瓦里斯托（Bernardine Evaristo）著；謝靜雯譯.
-- 初版. -- 新北市：臺灣商務印書館股份有限公司, 2021. 10
528面；14.8×21公分 --（Muses）
譯自：Girl, woman, other.

ISBN 978-957-05-3353-8（平裝）

873.57 110012573

Muses

女孩、女人、其他人

12位非裔女性的掙扎、痛苦、歡笑、渴望與愛

Girl, Woman, Other

作　　者—柏娜汀・埃瓦里斯托（Bernardine Evaristo）
譯　　者—謝靜雯

發 行 人—王春申
選書顧問—林桶法、陳建守
總 編 輯—張曉蕊
責任編輯—廖雅秦、洪偉傑
校　　對—楊蕙苓
封面設計—蕭旭芳
內頁設計—黃淑華

行銷組長—張家舜
影音組長—謝宜華
營業組長—何思頓
出版發行—臺灣商務印書館股份有限公司
23141 新北市新店區民權路 108-3 號 5 樓（同門市地址）
電話：（02）8667-3712　傳真：（02）8667-3709
讀者服務專線：0800056193
郵撥：0000165-1
E-mail：ecptw@cptw.com.tw
網路書店網址：www.cptw.com.tw
Facebook：facebook.com.tw/ecptw

局版北市業字第 993 號
初版一刷：2021 年 10 月
印刷廠：鴻霖印刷傳媒股份有限公司
定價：新台幣 560 元

法律顧問—何一芃律師事務所